KB059528

구술문화와
문자문화

Orality and Literacy 3rd edition (30th anniversary edition)

일러두기

1. 개정판에는 Routledge에서 2012년 출간한 『구술문화와 문자문화』 30주년 기념판(30th
   anniversary edition)에 수록된 존 하틀리(John Hartley) 교수(호주 커틴대학교)의 해제를 번역해
   실었습니다.
2. 본문 중 〔 〕안의 설명은 옮긴이 주입니다.

ORALITY
AND
LITERACY

구술문화와
문자문화

월터 J. 옹 지음
임명진 옮김

언어를 다루는 기술

문예출판사

차 례

존 하틀리

"우리가 현재 원하는 존재가 되기 위해서는,
과거에 우리가 어떤 존재였는지를 규정해야만 한다."[1]

"친구, 로마인, 시골사람들이여, 나에게 귀 좀 빌려주시게."[2]

2012년(정확히는 11월 30일)은 월터 옹(Walter J. Ong) 탄생 100주년을 기념하는 해였지만, 그는 여전히 동시대 학자로 간주되며 읽히고 있다. 옹이 한때 자신의 스승이었던 맥루언(M. McLuhan)에 대하여 쓴 글은, 옹 자신의 학문적 여정에도 그대로 반향되어 나타난다. 즉 그의 "목소리는 항상 과거로 우리를 불러들이는 현재의 목소리이다. 그는 그 과거를 독자들의 마음속에 현전하는 실재에 열정적이면서도 효과적으로 반응시킬 것을 끈질기게 촉구한다"(Ong 2002, p. 307). 월터 옹은 그가 타계한 2003년까지 70년간 지속적으로 저술을 발표했다.[3] 옹의 관심 범위는 고대 수메르어의 쓰기 체계부터 현대의 컴퓨터에까지 이른다. 수메르어 쓰기 체

---

1 영국박물관장 닐 맥그리거의 글(2010, p. 409)에서 인용.

2 William Shakespeare(1599), 『줄리어스 시저(Julius Caesar)』, Ⅲ. ii .52. 온라인: http://shakespeare. mit.edu/julius_caesar/julius_caesar.3.2.html;

3 1929년부터 2003년 그가 죽을 때까지. 참고문헌 목록은 다음 주소를 확인하라. http://www.slu. edu/Documents/arts_sciences/ong_center/Full%20Ong%20Bibliography%20fixed.pdf

계와 컴퓨터는 둘 다 디지털 코드를 사용하였다고 옹은 기록하였다(2002, p. 527~49). 그는 역사적 연구방식에 몰두하였지만, 줄곧 미래지향적 자세를 견지하였다. 그의 90세 생일 무렵 출판되었던 마지막 저서(Ong 2002)에 멋지게도 '미래 탐구를 위한 도전'이라는 부제가 붙어 있듯이.

이 글은 옹의 삶과 저술들을 찬양하기 위한 것이 아니다. 열광적인 팬이나 전문가를 위해서는, 이미 언급한 선집에 패럴(T. Farrell)이 쓴 서문을 포함하여 손쉽게 찾아볼 수 있는 좋은 논평들이 있다(Ong 2002, p. 1~68; 그리고 Soukup, p. 207 참고). 옹의 가장 잘 알려진 저서『구술문화와 문자문화(Orality and Literacy)』최신판에 독자 여러분의 관심을 끌어들이기 위한 이 글에서, 나는 옹을 매장하지도 찬양하지도 않으려 한다. 그 대신, 나는 비전문적인 독자에게 그의 책에 대해서 말하고자 한다. 아마존닷컴 서평에 따라서 판단하는, 그래서 그의 역사적이고 지적인 궤적의 기저를 이루는 일관성을 알아보지 못할 독자들 말이다.[4] 최근에 생겨난 '독자의 정신'이라는 말을 위해서는, 아마도 현전하는 실재와 과거의 이념을 '열정적이며 설득력 있게' 재결합시킬 필요성이 있다. 앞으로 나는 이 재결합을 '옹이즘'이라 부르려고 한다.[5]

옹의 자유분방한 역사적 연구를 감안하면, 폭넓은 개념들의 역사 속에

---

4 아마존닷컴 고객 평점은 별 한 개에서 다섯 개까지 다양하다. "누군가가 읽으라고 강요할 경우에만 이 책을 읽으시오. 나 같으면 그러더라도 읽지 않겠지만 (…) 기꺼이 비싼 값을 치를 열렬한 초보자나, 혹은 탁자가 흔들리는 데 받쳐둘 무언가가 필요한 사람만 이 책을 사시오." (별 하나); "독자로서 혹은 읽을 수 있는 사람으로서, 나는 일차적 구술세계에 내재하는 차이를 전혀 생각해본 적이 없다. 이 책은 그러한 것들을 설명해준다. 사물을 보는 얼마나 경이롭고 새로운 방법인가." (별 다섯). http://www.amazon.com/Orality-Literacy-New-Accents-Walter/dp/0415027969/ (2012년 1월)

5 옹이즘은 내가 만든 신조어가 아니다. 이 말은 아마도 하임즈(Hymes 1996, p. 34)에 의해 만들어졌는데, 소통이론에서 기술결정론을 지시하기 위해 사용되었다. 이는 "단어들은 살아 있는 사물이고 활자인쇄술(typhography)이다"라는 주장에 대한 근거가 된다(캘리포니아 예술학교의 디자인 이론).

서 옹이즘과 다양한 역사적 시기들을 연결시키는 궤적을 추적하는 것은 유용한 일이 될 수 있다. 사고체계의 역사와 그런 사고가 조직되어옴으로써 생겨난 표현 매체를 정리하면 아래와 같다.

고대와 중세 수사학 (대략 기원전 500년부터 기원후 1500년까지)

왜냐하면 구술 예술이었던 수사학은 "그 분야에서는 궁극적으로 모든 지식이었기 때문이다"(Ong 1971, p. vii).

유럽의 재형성 (1500년~1700년)

(이 시기에) 라무스 철학에 기초한 인쇄(Ong 1958)는 종교와 마찬가지로 지식을 재형성하였다. 그러한 움직임은 자본주의의 발생을 종교와 연결시켰으며(Tawney 1998), (개신교의) 감리교와 유사한 (과학적) 방법을 위한 경로-의존성(path-dependency)을 창출하였다(Ong 1953).[6]

잇따라 일어난 계몽운동 (1700년~1900년)

과학적 계몽운동과 스코틀랜드 계몽운동 모두 다(Berry 1997; Philipson 2010 참고)

아메리카 민주공화국의 성장에 영향을 준 요소

직접적으로는 프랭클린(B. Franklin)을 통해서(Atiyah 2006), 간접적으로는 제퍼슨(T. Jefferson)을 통해서(McLean 2011)

근대 지식의 기술 결정 (1900년 이후~)

옹의 사고 궤적에 따르면, 이 기간에 쓰기와 인쇄는 인간 의식을 총체적인 것으로 '변형시켰으며', 반면 '이차적 구술성'은 디지털 매체와 더불

6　하틀리는 '경로-의존성'이라는 용어를 다음과 같은 의미로 사용하는 듯하다. 즉 어떤 매체가 일정한 경로를 형성하면서 변화해가면 사람의 인식도 그에 의존하여 변화되어간다는 것이다. 즉, 언어로 소통되는 매체들이 목소리·쓰기·인쇄 등의 경로로 변화되면 사람의 사고도 그 경로에 따라서 변화된다는 옹의 주장을 하틀리는 이 용어로 설명하기도 한다. (옮긴이)

어 출현하였다.

『구술문화와 문자문화』는 옹의 30년 연구의 총합으로서, 옹의 사상에 대한 폭넓은 관심을 이끌어냈으며, 말하기·쓰기·인쇄·영화·컴퓨터 등 커뮤니케이션 기술이 인간의 사고와 지식 습득 방법에 끼친 영향에 대해 호기심을 갖는 사람들의 공감을 불러일으켰다. 그러나 그러한 호기심은 항상 우호적인 동기를 갖지는 않았다. 동시대 기술들이, 특히 가장 대중적인 전파 매체와 영화 매체(특히 텔레비전)가 지식을 창조하기보다 파괴할지 모른다는 우려 때문이었다. 더구나 근대성이 낳은 위대한 사실주의 지식 체계 전체―즉 과학(논문), 저널리즘(신문), 상상적 허구(소설)―와 소통하는 최강의 매체, 즉 인쇄가 이룬 제국과 비교해보면 말이다.

이와 같은 (실제적인 지식 체계에 관한) 삼분할은 훨씬 더 오래된 분류들과 상응했다. 이러한 분류들은 인쇄가 매체로서 지배력을 행사하기 시작했던 바로 그 시기, 즉 16세기 후반에서 17세기 초반 유럽에서 나타났다. 옹이 매우 선호하여 스스로 방점을 찍었던 시대이기도 했다. 근대 경험철학을 창시(1605)한 철학자 프랜시스 베이컨 경은 종종 '귀납추리의 아버지'라 불리기도 한다.[7] 그는 '학식의 진보'를 강력하게 주장했으며, 소통 형태와 인간 능력의 관계에 토대를 두고 지식을 분류하려 노력하였다. 앨트고어(D. Altegoer)는 다음과 같이 썼다. "베이컨은 '인간의 학문은 모두 기억, 상상, 이성이라는 세 가지 샘에서 흘러나온다. 그것들로부터

---

7 예컨대 『간추린 영문학 전기 사전(The Short Biographical Dictionary of English Literature)』(1910)의 다음과 같은 고전적인 첫 문장을 참고하라. "베이컨이라는 지식인은 인류가 일찍이 소유했던 가장 강력하고 탐구적인 사람 중 하나였으며, 그가 전개한 귀납철학은 인류의 미래 사고를 혁신시켰다." 이미 알려진 것(베이컨의 출판물)에서부터 알려지지 않은 것('인류의 미래 사고')까지를 망라하여 외삽(外揷)하는 이런 습관은 오래된 문제였으며, 월터 옹도 그로부터 자유롭지 않았다. 이 책의 마지막 장인 '옹이즘 이후'를 참고하라.

역사, 시, 철학이 생겨났다. 그 밖에 다른 것들은 있을 수 없다'고 주장하였다"(2000, p. 22). 베이컨은 소위 '인간 마음의 능력'을 두 종류로 보았다. 즉 "인간의 이해와 이성과 관련된 것과 인간의 의지, 식욕, 애정에 관련된 것이다". 그리고 그 둘 사이에서 '대리인이나 교황 대사[전달자]'처럼 작동하는 것이 상상이다(Bacon 1605, Book Ⅱ, section Ⅶ). 그러므로 "이성에 의지와 식욕을 연결시킴으로써, 상상과 결합된 시는 베이컨의 학문진보 도식에서 중추가 된다"(Altegoer 2000, p. 22).

베이컨의 도식은 수사학과 논리학이라는 초기의 구두 전승을 상속받은 것이지, 옹의 학문에서 중심인물인 라무스(P. Ramus)를 경유한 것은 아니다. 옹은 아마도 스스로 의식하지 않은 채, 혹은 알지 못한 채[8] 베이컨의 도식을 현대 인쇄문화의 사실주의 텍스트 체계 세 가지의 기저를 이루는 인식론으로서 지속적으로 차용해왔다. 아마도 우리는 그것들을 아래와 같이 자리매김할 수 있을 것이다.

	인간 능력 (베이컨)			종합
	기억	상상	이성	진실
	의지	식욕	이해	진실
	지식 형태			종합
전근대	역사	시	철학	학식
근대	저널리즘	소설	과학	사실주의
	소통 매체 (옹)			종합
전근대	수사학	노래	대화/강의	구술/필사
근대	산문	소설	종이	인쇄/문자

---

8 내가 보기에 이 부분에 적합한 수식어는, 기번(Edward Gibbon)이 『로마 제국 쇠망사(The Decline and Fall of the Roman Empire)』에서 자주 썼던 '눈에 띄지 않게(insensibly)'이다. 이 책에서 그는 이 단어를 의식적인 의지의 한계를 넘지 않는 선 아래에서 서서히 발생하는 역사적 변화를 기술하기 위해 사용하였다. 예컨대 "(여러 부분들로 이루어진) 이탈리아의 원시적인 국가들이 (…) 눈에 띄지 않게 합쳐져 어떻게 하나의 거대한 국가가 되었는지"에 대하여 쓸 때 사용하였다(1910, Vol 1, Ch Ⅱ. p.41).

베이컨의 도식은 진리를 지식의 세 형태인 역사, 시, 철학이 함께 작용하여 생겨난 매우 가치 있는 것으로 간주했다는 사실에 주목할 필요가 있다. 그 이후의 특수화 작업으로 '과학'과 '허구'는 더욱더 멀어지게 되었지만, 적어도 원칙적으로는, 베이컨은 중개자에게 "과학적 이해와 정서적 시학 사이의 공생관계"를 원했다(Altegoer, p. 23). 그런데 그런 공생관계는, 예컨대 윌슨이 창의적 인문학과 자연과학 사이의 '통섭'(E. O. Willson 1998)이라고 부른 것처럼 현대 과학이 서서히 회귀하고자 하는 목표이기도 하다.

옹의 전문성은, 문학사 탐구와 텍스트 비평기술을 전근대적 지식들(논리학·수사학·변증법 등)이 인쇄의 출현과 더불어 변형된 방식을 밝혀내기 위해서 사용한 점에 있다. (베이컨의 도식에는 전혀 배치되지 않았지만, 아마도 위의 표에서 각각의 칸에 할당될 수도 있었던) 그 전근대적 지식들은, 지식을 조직하고 분배하는 일의 심각함 때문에 중세에 전개되었다. 옹의 작업은 요즘 '과학 중의 과학'이라고 불리는 것, 즉 우리가 무엇을 아는가에 대한 탐구가 아니라 어떻게 아는가에 대한 탐구의 초창기 사례인 셈이다. 동시대 사람이자 "매체는 메시지다"라는 구호를 만들었던 맥루언[9]과 함께, 옹은 지식이 언어의 산물이라는 생각을, 또 목소리·쓰기·인쇄 등 언어로 소통되는 매체들이 우리로 하여금 어떤 경로-의존적인 선(path-dependent lines)을 따라 사고하도록 한다는 생각을 대중화하였다. 옹은 더 나아가 "쓰기는 의식을 재구조화한다"고 주장하기에 이른다(『구술문화와 문자문화』 4장).

따라서 '옹이즘'은 마음이 매체에 의해 결정되는 지점이다. 방법론적

---

9 옹(1958, p. x)은 라무스에 대한 맥루언의 관심에 고무되어 그를 신뢰하였다. 패럴(Farell)은 (Ong 2002, p. 12) 옹의 책이 맥루언으로 하여금 『구텐베르크 은하계(The Gutenberg Galaxy)』(1962)를 쓰도록 고무하였다고 주장하였다. 그러므로 비록 옹이 형식적으로는 맥루언의 문학석사 학생이지만, 그들은 서로 동료로서 영향을 주고받았다고 해야겠다.

으로는 "중세 스콜라철학 시대부터, 앵글로색슨 세계는 이런저런 많은 사고들을 창출해왔다"(Ong 1958, p. 4)는 식의 언어 분석이 사용된다. 그러한 분석은 수사학과 과학(지식)을 재연결시킨다. 또한 옹이 몇천 년 전 과거로 되돌아가 쓰기의 발명에 관심을 가졌다 할지라도, 옹 자신의 학문은 주로 르네상스와 종교개혁 시대에 집중되어 있었다. 그 시대에 유럽 문화는 내적으로는 종교 갈등으로 요동치고 있었으며, 외적으로는 (영토) 팽창주의를 가속화하고 있었다. 그러한 시기에, '언어 분석'은 근대화되어가는 서구에서의 종교와 제국(권력)이라는 대주제들을 연결한다. 옹이즘은 외견상으로는 비밀스런 과거를 통해서 장구한 현재를 예기치 않게 조명하였다. "열정적이면서도 효과적으로" 텍스트 연구를 사용하여 권력과 지식을 연결하고 "역사적 연속성(심리적 연속성이기도 한)"을 횡단하여, 푸코(Foucault)에 의해 이론화된 것을 넘어서기도 하였다(『구술문화와 문자문화』, p. 257). 옹 자신의 평가에 따르면 분명히 그러하였다.

옹이즘은 『구술문화와 문자문화』의 놀라운 현대적 성취와, 많은 학제간 영역들을 가로지르는 옹의 영향에 관한 콘텍스트이다. 다음에 열거된 것들은 스트래트(L. Strate)가 작성한 (옹의 영향을 받은 학문영역) 목록이다. "수사학, 커뮤니케이션, 교육, 매체 연구, 영어, 문학비평, 고전, 성서 연구, 신학, 철학, 심리학, 인류학, 문화 연구, 역사, 중세 연구, 르네상스 연구, 미국 연구, 젠더 연구, 생물학, 컴퓨터 과학"(Ong 2002, p. ix). 스트래트는 이처럼 넓은 영향 범위를 "인식론에 관한, 지식과 앎의 방법들에 관한" 옹의 정통함과 "전문 지식으로 전문 지식 자체를 아우르는" 학문적 탐색 추구 때문으로 본다. 영리한 관찰이지만, 옹의 영향력을 설명할 수 있는 이유는 최소한 두 가지 이상 더 있다. 첫째는 역사적 방법이고 둘째는 학제간 방법이다. 첫째 방법은, 둘째 방법보다 더 의미심장함에도 불구하고 둘째보다 덜 논평되었다.

미국주의의 지적 기원

역사적으로 옹의 학문은 미국이 세계적인 리더십에 도달했거나 그것을 성취했던 시기에 등장했다. 정확하게는 소위 팍스 아메리카나(미국의 힘에 의해 유지되는 평화)라고 하는 것과 함께 2차 대전 후에 출현했다. 전지구에 걸친 미국의 헤게모니적 지위는 직접적으로 제국주의 정복에 의거하는 대신 이념들을 통해, 그러한 이념들이 도덕적·민주적 우월성을 갖는다는 전제 아래에서 형성되었다(그러한 이념들을 미국 사람이든 베트남 사람이든 모두가 준수할 의무가 있는 것으로 널리 공표하기만 하면 되었다). 그러므로 옹이 추구했던 '앎의 방법'과 '전문지식'은 단순한 역사적 관심에 그치지 않는다. 즉 그것들은 미국적인 것이 되었기 때문에 새롭게 중요시되었다.

미국연구가들은, 옹의 학문적 멘토였던 밀러(Miller 1939; 1953)가 일컬은 소위 '뉴잉글랜드 정신(New England Mind)', 청교도적이고 '순전한', 민주적이며 '알뜰한' 정신에서 미국 우월성의 지적 기원을 찾았다. 밀러에게 영감을 받은 옹은 곧장 16세기 프랑스 변증론자인 피터 라무스로 돌아가서 그러한 사고방식을 추적하였다(Ong 1958, p. 4~7). 라무스에 관한 그의 저술은 큰 성과를 거두었지만, 아메리카 공화국의 최고 대학인 하버드 대학에서 행해졌다는 맥락 없이는 세미나 차원을 벗어나지 못했을 것이다.

밀러는 영국에서의 비밀 군복무 후 하버드로 돌아가서, 심리전이라는 새로운 기술 분야에서 미국의 능력을 개발시키는 데 관여한 것으로 추정된다.[10] 그는 옹의 박사학위 논문을 지도하였고(1948~54), 그 후 옹의 박

---

10 "1942년 밀러는 하버드에서 맡았던 직책을 사임하고 미국 군대에 합류했다. 그는 전쟁 기간 동안 영국에 머물며 전략정보국(the O.S.S. CIA의 전신)에서 일했다. 아마도 전략사무국(the O.S.S.)의 지부인 심리전 분과를 창설하는 데 산파 역할을 한 듯하다. 그가 전쟁 기간 동안 공공사업위원회

사학위 논문은 하버드 대학 출판부에서 간행되었다. 옹은 그 논문에서 밀러에게 사의를 표했으며(1958, p. x) 하버드와 미국주의, 라무스주의의 연결고리를 찾아냈다.

라무스에 대하여 현재(1958) 일어나고 있는 관심의 물결은 1935년과 1936 년부터 시작되었다. 그 당시 모리슨(S. E. Morison) 교수는 하버드 300주년 기념도서인 『17세기의 하버드 칼리지와 하버드 대학 설립(The Founding of Harvard Colledge & Harvard in the Seventeenth Century)』을 간행하였다. 모리 슨은 (…) 미국의 유산을 다룬 이 전통적인 보고서에서 뉴잉글랜드의 첫 번째 결실의 기원을 찾아 오랫동안 잊힌 지식의 나뭇가지들로 거슬러 올 라갔다. (1958, p. 3)

한 페이지 남짓 넘어가면, 이러한 '미국의 유산'은 세계적인 것이 되었 다. "모리슨과 밀러의 저서들 이전에, **인류 정신사**에서 라무스주의의 의 미를 더욱 충만하게 담아낸 저술들은 거의 없었다"(1958, p. 5, 강조는 하틀 리가 한 것이다). 따라서 옹 덕분에 "오늘날 영어를 사용하는 세계에서 라 무스주의에 대한 관심은 (…) 공공연한 것이 되었다. 즉 라무스주의는 지 식의 역사와 **근대정신의** 형성과 관련된 유용하고 심지어 놀랄 만한 정보 를 주는 하나의 현상이나 징후로 간주되는 경향이 있다"(1958, p. 6 강조는 하틀리가 한 것이다).

(라무스적인 방법이 한창이던 1636년에 설립된) 하버드는 미국에서 가장 오 래된 고등교육기관만은 아니다. 세계에서 가장 부유한 대학이고, 아마도

(Public Works Board)를 위해 일한 건 확실하다(그가 했던 일은 철저히 비밀에 부쳐졌다. 아마도 전후 에 국가 안보 사안인 정부 기관원으로 간주되었을 것이다). 1945년 이후에 밀러는 하버드 대학의 교 직으로 돌아왔다."(위키피디아 Perry Miller 항목)

거의 관례적으로 세계 최고로 평가되는 대학이다.[11] 하버드는 특히 하버드 비즈니스 출판사(Harvard Business Publishing)를 통해서 일종의 미국주의의 확성기로 남아 있다. 그 출판사의 임무는 "하버드가 본질적으로 제공하는 이념들의 영향 범위와 충격을 극대화함으로써" 실제 세계 변화에 영향을 주는 것이다.[12] 하버드 비즈니스 출판사가 제공하는 이념들 중 최근의 것인 '근대정신의 형성'은 언어라는 도가니, '질박한 문체'와 '순전함(downrightness)'에 의해서 냉각되자마자 문학과 드라마에 의해 가열되는 도가니 속에서 발생한다.

예를 들면, 옹과 동시대에 하버드에서 수 년 동안 일했던 하비지(A. Harbage) 같은 사람이 있다(1941; 1947). 유명한 문학사 연구자였던 하비지는 셰익스피어의 청중을 근대 미국 민주주의의 선구자이자 모델로 보았는데, 셰익스피어의 연극이 신하에서부터 매춘부와 구두 수선공까지 사회의 모든 구성원들을 다루었기 때문이다.[13] 시간이 지나자 글로브와 다른 극장들은 전체 인구의 상당한 비율을 청중으로 끌어들였다. 구어(A. Gurr 2004, p. 50)는 일주일에 25000명, 1580년부터 1640년까지 전부

---

11 하버드가 대학 평가에서 1위 지위를 잃을 때만 뉴스거리가 된다. 예컨대 다음 주소를 참고하라. http://www.bloomberg.com/news/articles/2011-10-06/harvard-loses-top-world-ranking-to-caltech

12 http://www.harvardbusiness.org/about-us를 참고하라.

13 하비지는 미국 독자들을 위해서 이 점을 강조할 필요를 명확하게 느꼈던 바, 『뜻대로 하세요(As They Liked It)』의 미국판 서문에 다음과 같이 덧붙였다. "셰익스피어의 청중은 일반 대중으로부터 이끌려온 거대하고 이질적인 존재이지만, 그 이끌림에는 선택적인 원칙이 있었다. 글로브 극장(the Globe) 이상의 다른 극장들도 있고, 글로브 자체만을 위한 다른 작가들도 있었다. 셰익스피어와 그의 청중은 얼마간 서로를 알고 있었다. 그는 고급 청중을 위한 고급스러운 작가였다. 우리는 결코 다른 결론에 도달할 수는 없다. 셰익스피어가 발견한 위대함은, 고급스러운 작품의 수준을 경제적·학문적 차원에서 더 위에 있는 상류층에 수평적으로 확장하는 것이 아니라, 사회적 규모를 수직적으로 확장하는 것이었다. (…) 우리가 알고 있는 것보다 더 위대한 정도로까지, 셰익스피어와 그의 청중은—바라건대 우리 자신의 세대를 포함한 이후—세대의 인간적인 토양을 만들었다."(Harbage 1947; 1961년 미국판 서문).

5000만 명의 입장이 있었던 것으로 계산하였다. 글로브 극장의 청중은 도제들과 장인들처럼 근대 정치 조직 자체를 확립했으며, 한편 무대 위의 연극들은 모더니티의 출현으로 인한 고통과 긴장—미국 민주주의는 이것의 상속자이기도 하다—과 씨름하였다.

과장하여 말하고 싶지는 않지만(예컨대 미국 지상주의라는 식으로) 미국 중반기의 문학사 연구를 관통하여 정치 철학의 광맥이 형성되었으며, 그러한 분위기는 하버드를 넘어서 상당히 확대되었다. 국가 전체적으로, 문학 연구는 남북 전쟁 이후 미국의 '민주적 전망'이라는 월트 휘트먼(Walt Whitman)의 비전에—2차 대전 후에 새롭게 긴요해진—실체를 부여하는 결정적인 역할을 한 것으로 보인다.[14] 이에 해당하는 예로 오하이오 대학의 앨틱(R. Altick, 『영국의 대중 독자The English Common Reader』, 1957)과 스탠퍼드 대학의 존스(R. F. Jones, 『영어의 승리The Triumph of the English Language』)가 바로 머릿속에 떠오른다.[15] 아마도 가장 주목할 만한 것은, 같은 시기에 특히 정치적인 목적으로 미국학을 확립시킨 예일(Yale) 대학일 것이다. 미국학이란,

> 무엇보다도 이념 투쟁의 도구가 될 법한 기획이었다. 어떤 사람들은 그것을 냉전 속에서 벌어진 미국의 십자군 전쟁으로 칭했고, 다른 사람들은 사실상의 2차 남북전쟁으로 보았다. (Holzman 1999, p. 7)

이러한 기획의 주도 인물은 피어슨(N. H. Pearson)이었다. 하버드 대학의 페리 밀러처럼, 그는 2차 대전 중에 CIA의 전신인 전략정보국(the

---

14 http://xroads.virginia.edu/~hyper/Whitman/vistas/vistas.html을 참고하라.

15 http://historicalsociety.stanford.edu/pdfmem/JonesRF.pdf와 http://www.telegraph.co.uk/news/obituaries/1584760/Richard-D-Altick.html을 참고하라.

O.S.S.)의 비밀요원이었다. 하버드 대학에서 페리의 제자 중에는 예수교 신부인 월터 옹이 포함되어 있었으며, 예일 대학에서 피어슨의 제자 중에는 앵글턴(J. J. Angelton)이 포함되어 있었다. 앵글턴은 예일대에서 탈문 맥화된 문서들을 실용비평으로 다루는 기술을 배운 사람이다. 앵글턴은 CIA에서 방첩정보기관(counter-intelligence)의 수장으로서 그것을 줄곧 적용하였으며, 그곳에서 그런 일을 한 세대 동안 해왔다(Holzman 2008). 한편 그는 호크스(T. Hawkes)가 지적한 것처럼 예일대에서 신비평의 영향도 많이 받았는데, 특히 엠프슨(W. Empson 1930)에게 영향을 받았다. 엠프슨의 환원 불가능한 애매성 이론은, 앵글턴이 CIA 내부에 소련의 '이중간첩'이 있다는 증거로서 이중 의미를 수색하는 데 기여하였다. 그의 강박적인 스파이 수색은 존슨(Johnson) 대통령과 닉슨(Nixon) 대통령 시기에 이르러 국내 용의자들로 옮겨갔으며, 그 용의자들 가운데에는 마틴 루터 킹(Martin Luther King)과 에드워드 케네디(Edward Kennedy) 등 미국 사회의 자유주의적·반체제적 엘리트들이 포함되어 있었다. 호크스는 문학비평과 방첩활동을 다음과 같이 비교하였다.

간첩들이 아마도 '전향한' 것으로 인식되었을 때 (…) 그들은 스스로 복잡한 분석을 요구하는 '텍스트'가 된다. 그러면 애매성의 예민함은 결정적인 무기가 된다. 현대 문학비평이 실제 정치에 끼친 영향은 믿기 어렵게 보이지만 실제로는 부정할 수 없는 것이며, 그보다 더 나은 모델은 없다. 그래서 나중에 앵글턴은 방첩정보기관에서 자신의 작업을 "애매성의 실용적 비평"이라고 기술하였다.

(Hawkes 2009)

이상하게도 아이비리그 대학에서의 수사학 연구, 문학이론 연구, 그리고 난해한 텍스트에 대한 실용비평은, 미국주의가 전 지구적으로 지도권을 행사하는 결정적인 시기 동안 중대한 이해관계가 걸린 정치적 미국주의와 개인적으로나 제도적으로 연루되었던 것처럼 보인다. 예수회 신부였던 옹은 페리나 피어슨, 앵글턴처럼 활동적인 스파이 마스터라는 사기 방첩활동에 참여하지는 않았을 것이다. 그러나 그는 문학사, 언어분석, 그리고 미국의 '명백한 운명(Manifest Destiny)'[16]이라는 팽창정책이 일렬로 정렬되는 지적 환경에서 탁월함을 드러냈다.

이는 고전적인 키케로 수사학과 현대 대중 민주주의, 그리고 미공화국 사이의 연대를 재생하거나 유지하고자 하는 철학이기도 하다. 마치 미국의 전 대통령이었던 존 퀸시 애덤스(John Quincy Adams)가 19세기 초에 하버드의 초대 수사학 학과장을 차지한 데서 드러난 것과 유사하다(Rathbun 2000).[17] 옹은 하버드의 학문 풍토에서 스스로 문학 전통과 수사학 전통을 결합시켰으며 전근대 유럽의 문화형식을 보편화하고 미국화하는 습관을 배운 것 같고, 패리와 로드(A. Rord)의 저작을 뒤따라 『구술문화와 문자문화』를 저술하면서 그것들을 광범하게 인용하였다. 패럴은 아래와 같이 언급했다.

패리는 하버드 대학의 고전주의자로서, 1930년대에 노래로 이야기를 하는 유고슬라비아 가수에 관한 현장조사를 수행한 사람이다. 로드는 대학원생

---

16 미국이 북미 전체를 지배할 운명이며, 북미 전역을 정치·사회·경제적으로 지배하고 개발할 신의 명령을 받았다는 주장. 19세기 중후반 미국 팽창기에 유행한 이론으로, 제임스 매디슨이 미국 대통령으로 재임할 당시 민주공화당, 특히 워호크(Warhawks, 주전파)에 의해 널리 퍼졌다. 이는 팽창주의와 영토 약탈을 합리화하였다. (옮긴이)

17 www.shakespeareinamericanlife.org/identity/politicians/presidents/pick/jqadams.cfm을 참고하라. 이 대통령 가문의 자손이었던 조셉 퀸시 애덤스 주니어(Joseph Quincy Adams Jr.)는 워싱턴에 있는 폴저 셰익스피어 도서관(Folger Shakespeare Library)의 설립자이다. http://folgerpedia.folger.edu/Timeline_of_the_Folger_Shakespeare_Library

으로 패리와 함께 작업하였으며 후에 그들의 현장조사 결과를 가지고 자신의 박사논문을 썼다. (⋯) 그 뒤에 1960년에는 획기적 연구(a landmark study)인 『이야기를 노래하는 가수(The Singer of Tales)』를 출판하였다.

(Farrell, in Ong 2002, p. 2)

'우리가 구술성에 관해서 무엇을 새롭게 이해해야 하는가?(여기에서 '구술성'은 특정한 문화나 시·공간에 속하는 것이 아니라 인간적인 특성으로 이해해야 한다)'라는 질문에 대한 답을 찾으면서, 옹은 다음과 같이 썼다. 이와 같은 문화적 쇼비니즘을 송두리째 끊어내는 데 성공한 사람은 고전학자 밀먼 패리였다. 그는 '원시적인' 호메로스의 시를 그 시 자체의 요소에 따라서 분석했다(『구술문화와 문자문화』, p. 52). 앨버트 로드의 경우, "설득력 있는 면밀한 방식으로 패리의 작업을 완수하고 확장하였다." 나아가, "하버드에서 그(패리)와 로드와 함께 공부한 사람들은 (⋯) 이미 패리의 생각을 중세 영시 연구에 적용하였다"(『구술문화와 문자문화』, p. 65). 이어 옹은 자신의 작업을 하버드의 학문 전통 안에 위치시켰다. 그런데 이 전통이란, 전(前) 문자 문화의 시인들 가운데 과거의 시인(호메로스)과 현대의 시인(세르보-크로아티아인) 사이에 있는 "마음의 구술적-청각적 주형"(Ong 2002, p. 301)을 미국의 학계가 발견하여 재빠르게 영어 사용자의 정전 문학에 적용하고 그 뒤에는 문화와 문명 일반에 적용하였으며, 나아가 수사학과 철학 등 지식 일반에 적용해온 전통을 뜻한다. 그래서 "미국의 정신은 수많은 측면을 갖고 있음에도 불구하고," 인류의 정신과 동일시될 수 있다는 가정을 낳았다. 이러한 논리는 『구술문화와 문자문화』에서 분명히 드러나며, 이 책의 2장 「일차적 구술성에 대한 현대의 발견」에서 그렇게 결론을 내리고 있다. 옹은 직접적으로는 호메로스 시의 구술적인 작문 방법을 통하고(『구술문화와 문자문화』, p. 56), 로드와 해블록(Havelock)

과 다른 학자들을 경유하며 맥루언과 옹 자신의 저서(p. 68~9)까지 동원하여 그런 결론에 다다르고 있다. 이어 그는 심리학자 제인스(J. Jaynes, p. 29~30)의 작업을 통해서 인간 의식 전반에 관한 연구에까지 시선을 돌린다. 물론 제인스는 예일대에서 심리학 박사학위를 받기 전에 하버드 대학 학부생으로 공부한 바 있다.[18]

이러한 전통은, 환경과 학문적 유행이 변화함에 따라 가려지기는 했어도 미국학으로 정착되었을 뿐 아니라 '말하기', '수사학', '커뮤니케이션'을 다루는 미국의 여러 학과에서 더욱 굳건하게 제도화되었다(Ong 2002, p. 74). 그리고 그 학과들은 문학비평을 청교도적이고 과학적이며 설득력 있는 산문의 '질박한 문체'와 함께 서부에 확장되어가던 대학들까지, 예를 들면 옹이 문학 석사학위를 받았고 이후에 강의도 했던 세인트루이스 대학 같은 곳까지 확산시켰다.[19] 수사학은 법률가나 교역자나 정치인과 같이 공적인 삶을 사는 시민들을 배양하고 상업계와 과학계에 종사하는 사람들을 교육하는 기초로 큰 효과를 발휘하였다(Bedford 1984). 개인적인 목적뿐만 아니라 공공의 목적을 위해서, 민주적인 원칙들과 지식을 효과적으로 배열하고 사용하는 능력을 국민들에게 어떻게 보급할 것인가? 지식을 통해서 점점 더 조직화되고 커뮤니케이션 매체의 기술공학화에 의존하는 사회에서, 이러한 문제는 결코 사람들의 주의를 벗어나지 않았다. 옹 세대에게도 그 대답은 결코 멀리 있지 않았다. "정보화된 시

---

18 다음을 참고하라. www.julianjaynes.org/about-julian-jaynes.php
19 세인트루이스 대학은 아직도 '커뮤니케이션 연구 + 말하기 커뮤니케이션과 수사학'이라는 석사 프로그램을 제공한다. "이 프로그램은 다양한 형식들, 매체, 맥락 속에서 이루어지는 인간의 소통에 대한 과학적이고 인문학적이고 비평적인 연구들에 초점을 둔다. 이론 강의와 개인 상호간, 집단간 실습과 조직적이고 전문적이고 상호문화적인 커뮤니케이션; 말하기와 듣기, 언어적·비언어적 상호작용; 수사학 이론과 비평; 퍼포먼스 이론; 주장과 설득; 기술적으로 매개된 커뮤니케이션; 대중문화와 다양하게 맥락화된 응용 프로그램 등을 포함한다."(www.universities.com/edu/Masters_degree_in_Communication_Studies_Speech_Communication_and_Rhetoric.html)

민"(Schudson 1998)은 수사학을 이해하고 있음에 틀림없다. 1970년에 이미 옹은 다음과 같이 썼다. "오늘날까지 수사학의 역사에 관한 저작은 대부분 미국인들에 의해 이루어졌다. 미국인들은 글을 읽고 쓸 수 있는 능력에 극도로 전념함으로써, 유럽 교육의 기저를 이루고 있는 고전 수사학이나 웅변술 문화로부터 충분히 멀리 떨어져 나오게 되었다(Ong 2002, pp. 74, 294를 참고하라).

월드와이드웹(World Wide Web) 세대는, 2차 대전 세대와는 반대로 이러한 지적인 유래에 관해 재구성할 필요가 있었다. '자유', 즉 '미국식 방식'은 논쟁에서 이기는 능력을 토대로 세워졌다. 그리고 "우리가 어떻게 알게 되는지를 아는" 인지론(noetics)은 냉전 의제의 꼭대기에 있었다. 또한 그 냉전 의제에는 피해망상적인 형식(방첩활동)이든 낙관적인 형식이든 간에, 말하자면 흐루시초프(Khrushchev)의 러시아를 능가하는 미국주의의 우월성을 증명하는 방법론이 포함되어 있었다.[20]

거시적 수준에서 보면, 미국의 헤게모니는 군사력 못지않게 대중매체·문화·과학의 힘에 토대를 두고 있다. 냉전이 치열해졌을 때, 온 세계의 정신과 마음은 미국주의의 간접화된 비전들(설득력 있게, 즉 셰익스피어 식으로 변장한 대중오락 형식의)로부터 구애를 받았다. 이것은 오늘날 '연성 권력(soft power)'[21]이라고 불린다. 중국 공산당은 그것을 외교와 국정운영이라는 최상위 수준에서 받아들였을 뿐 아니라, 또한 미국인들이 여전히 그러하다고 간주한다.

---

20 아마도 가장 악명 높은 것은 1959년 미국 부통령인 닉슨과 소비에트 수상인 흐루시초프 사이에 있었던 '주방토론(Kitchen Debate)'일 것이다. http://watergate.info/1959/06/24/kitchen-debate-nixon-khrushchev.html을 참고하라.

21 무력을 쓰지 않고 외교술과 설득으로 자기 목적을 이루는 능력. 문화·가치관·이데올로기 등 무형의 간접적인 영향력에 근거한 힘. (옮긴이)

집권 공산당의 최고 이론잡지이며 '진리 추구'를 의미하는 『구시(Qiushi)』의 최근 이슈에서, 당 주석 후진타오는 적대세력에 의해 촉진되는 '서구화'를 능가하도록 중국 문화를 촉진해야 한다고 경고하였다. 그는 "우리는 국제적인 적대세력들이 중국을 서구화하여 분열시키려는 전략적 음모를 단계적으로 진행하고 있다는 사실을 분명히 알아야만 한다."고 썼다. 또 "사상과 문화의 장(場)들은 그들이 이러한 장기적인 침투에 사용하는 중요한 분야들이다. 우리는 분명히 이러한 싸움의 심각성과 어려움을 명백하게 인식하고, 경고음을 울려야 하며 (…) 그것을 다루기 위한 효과적인 조치들을 취해야 한다."고 했다. (Reuters 2012)

이것이 중국이 할리우드 영화에 엄격한 수입쿼터를 부과하는 (표면적인) 이론적 근거이다. 어떤 사람에게는 해가 되지 않는 오락이 다른 사람들에게는 적대적인 침투가 된다. '민주적인 전망'이 '전략적인 음모'가 되는데, 휘트먼이 1871년에 표현한 것처럼 "나는 미국과 민주주의라는 말을 전환 가능한 용어로 사용하겠다"[22]는 것은 바로 그런 이유 때문이다.

미시적인 수준에서 보면, 시민 개개인은 점차 텍스트화되는 세계에 참여하기 위해서 정신적인 소프트웨어가 필요하였다. 그처럼 점점 텍스트화되는 세계에서는, 마치 쓰기와 인쇄가 말하기의 상황 의존적 직접성에서 추출되는 것처럼, 개인의 앎도 그 맥락적인 뿌리로부터 추출되어 기술(공학)적으로 전송된 정보에 의존하였다. 아마도 그러한 추출은, 구 유럽의 토착 문화들에서보다는 이주자와 정착자가 섞여 있는 남북 아메리카 사회에 더욱 편안하게 잘 어울렸을 것이다. 다른 사람들이 메시지를 다루는 것을 방해하기 위해 관념과 지식을 다루는 수사학 기술을, 그리

---

22 http://xroads.virginia.edu/~hyper/Whitman/vistas/vistas.html을 참고하라.

고 "애매성의 실용적 비평"에 관련된 기술을 필요로 하는 것은 분명 법률가와 지도자만이 아니다. 시민들과 소비자들이 성공하기 위해서는, 즉 진취적인 경제를 유지하고 그들의 악의적이고 공격적인 스팸메일을 우리 스스로의 즐겁고 계몽적인 소셜 미디어와 구분하기 위해서는, 우리 모두 지식이라는 '연성 권력'을 행사해야 한다.

동시대 커뮤니케이션과 문화 연구

옹이즘의 영향을 설명하는 데 있어 역사적 근거에서 학문적 근거로 전환하는 것은 이제 '지적인' 전통이 되었는데, 이런 전통은 물론 동시대 커뮤니케이션 연구의 거대한 뿌리들 중 하나이다. 그 초창기 인물로, 옹의 하버드 대학 박사 지도교수가 아니라 세인트루이스 대학 석사 지도교수였던 맥루언을 꼽을 수 있다. 그는 옹과 동년배인 영문학 전공 캐나다인 교수로,[23] 셰익스피어를 가르치기 위해 케임브리지 대학에서 막 세인트루이스 대학으로 달려왔던 인물이다. 맥루언은 수사학에 관심을 가져야 할 새로운 이유를 제공하였다. 커뮤니케이션 기술에 관한 연구를 개인적인(그리고 보편적인) 인지심리학과 연결시킴으로써, 수사학의 영향을 역사적이고 정치적인 '뉴잉글랜드 정신'에서 보편적인 정신으로까지 확대시킨 것이다. 또한 그는 '명백한 운명'이라는 진보주의적 거대 서사를 폐기하지 않고, 그것을 단순히 시간상으로 거꾸로 투사하여 외적으로 휴머니티 전체에 연결시켰다.

이러한 한층 더 추상적이고 애매모호한 의제는, 맥루언의 이후 이력이 입증하는 것처럼 1960년대에 매우 잘 어울렸다(Wolfe 2000). 실제로 군사

---

23 맥루언은 1911년에, 옹은 1912년에 태어났다.

적 승리주의는 베트남에서 결정적으로 패배하였기 때문에, 미국주의가 승리할 수 있는 영역은 오직 이념·지식·매체·문화뿐이었다. 베트남 전 시대에 미국주의는 애국심에서 저항으로, '미국식(american way)'에서 비판적인 '아메리카(Amerika)'[24]로, 즉 1960년대의 대중음악, 하위문화, '새로운 사회운동'을 통해 세계를 정복하는 아메리카로 전이되었다. 인류 정신을 매체의 산물로 재구성함으로써, 중세 수사학은 학술 세미나에서 끌려나와 최근엔 〈미친 남자들〉[25](매디슨 가의 광고주들)로 알려진 세계에 처박혔다. 이러한 맥락에서, 매체가 의식을 만들기도 하고 변형시킬 수도 있다는 관념은 베트남 문제 만큼이나 인기를 끌었다. 또 그런 맥락에서 가능한 한 빠르게 다양한 방식으로 의식이 바뀌어야 하며 기호적이든 화학적이든 가능한 모든 수단을 사용해야 한다는 관념과 함께, 섹스와 마약과 로큰롤이 캠퍼스를 불야성으로 만들었다.

옹을 이제는 '1960년대'라는 용어에 총합된 것의 예언자로 보기는 어렵다(Gitlin 1987). 그럼에도 불구하고, 『구술문화와 문자문화』의 마무리 진술에 따르면 "구술성과 문자성의 역학은 한층 심화된 내면화와 더불어 한층 심화된 개방으로 향하는 의식의 현대적 진화의 흐름에 합류하고 있다"(『구술문화와 문자문화』, p. 277). 이는 아마도 헤이트 애시베리(Haight-Ashbury) 세대(일리치를 통해 결합된 티모시 리어리, 플레이파워Playpower, 오노 요코) 그리고 글로벌 미디어로 확장되어가는 사업가들에게 모두 매우 의미 있게 들릴 것이다(Wolfe 2000). 철학, 반전, 정신의 확장, 상업적인 대중

---

24 이 신조어는 제리 루빈(Jerry Rubin), 애비 호프먼(Abbie Hoffman), Yippies(Youth International Party, 미국국제청년당. 히피와 신좌파New Left의 중간을 자처하는 반전주의 미국 젊은이들)과 연관되어 있다. www1.american.edu/bgriff/H207web/sixties/rubinchildofAmerika.htm을 참고하라.

25 맥루언의 격언 "미디어는 메시지다"는 미국 TV드라마 〈미친 남자들(Mad Men)〉에 사용되었다. https://vimeo.com/30736282
이 격언이 드라마에서 시대착오적으로 적용되었다는 논설 기사: www.nytimes.com/2010/07/25/magazine/25FOB-onlanguage-t.html

문화는 모두 이 시대의 한 부분이었는데, 이로써 구술성이라는 화제는 '멋진(cool, 맥루언이라면 이렇게 표현하진 않겠지만)' 것으로 간주되기도 하였다. 옹 자신은 '정신역학'에 관한 장에서 데리다(J. Derrida)의 논리를 "도취적인" 것으로, 그것의 효과를 "왜곡된 감각"에서 오는 것으로 비난하였다(『구술문화와 문자문화』, p. 137). 그러나 그는 데리다에게 실제로 아무런 영향을 주지 않았으며, 그 시대의 젊은이들에게 영향을 주었다.

전자 시대는 인간의 신체 외부에 대한 탐색을 확대하는 동시에, 내적 세계의 탐색에 대한 개인의 욕망을 창출하였다. 한 예가 환각물질에 대한 광범위한 관심이다. 이러한 화학물질을 먹은 여러 미국인들이 맥루언과 옹의 이론들을 되풀이하고 있다. 그들은 환각 경험이 "시공간에서의 동시성 감각"과 "세계 모든 사람들과의 연대감"을 불러일으켰다고 진술하였다. 다른 사람들은 마약과 '히피'라는 하위문화로 모여들었다. 부족 의식이 재연되고, 눈부신 인디언 복장들과 원시적 문신들이 착용되었으며, 강력한 공동체 감각이 자주 전개되었다. (Krippner 1970)

『구술문화와 문자문화』에서, 옹은 다음에 열거하는 당대의 다른 멋진 이론(cool theory)─이 책을 포함한 '뉴 악센트' 시리즈(New Accents series)[26]의 존재 이유가 된─몇몇을 다루고 있다. 언어학적·사회과학적 연구방법뿐만 아니라 형식주의, 구조주의, 해체론 등 여러 이론들의 관계 속에서 자신의 위치를 결정하기 위해서였다. 이와 같은 위상들, 토론들, 이론적인 접근방법들은 동시대 매체들에 대한 지적인 유래와 커뮤니케이션

---

26 '뉴 악센트 시리즈'는 이 역서의 원서인 *Orality and Literacy*를 낸 출판사 Routledge에서 야심적으로 기획 출판하고 있는 인문학 계열 이론서 시리즈를 가리킨다. 현재 *Orality and Literacy* 외에 *Deconstruction, Fantasy, Structuralism & Semiotics* 등 몇십 권이 출판되었다. (옮긴이)

연구에 있어 의미심장한 일부분을 형성한다.

옹의 성과와 영향은, 동시대 문학이론의 흐름과 포스트모던 철학을(그 '이론' 속에서 익사하지 않고) 다루는 능력에 의해 적어도 부분적으로 해명된다. 그는 과거의 지식 역사상 유례가 없을 정도로 전문지식을 발휘하면서, 고차원적 학문 단계에서 현대 대중매체라는 시끄러운 아수라장 한가운데로 곧바로 이어지는 과정을 지속함으로서 이를 성취했다. 그는 라틴어 문학이나 지적인 전통보다도 음악·영화·매체·약물을 통해 지적 랜드마크를 형성하는 학생들의 '파장을 맞추고, 즐기고, 빠져나가는' 즉각적인 감각 경험에 통찰력 있는 설명과 알리바이를 제공한다. 옹의 저술 자체에서 환각제 냄새가 나는 건 아니지만, 옹은 현대 매체 연구의 향정신적 시점을 주재했다. 그의 이론은 흥미롭게 독자의 정신을 뒤흔들어놓았고, 아마도 이 때문에 당대에 그의 이론이 그토록 멋지게 보였던 것 같다. 그 이론이 인간 정신 전반의 변화를 설명하는가 하는 것은 또 다른 문제이지만, 나는『구술문화와 문자문화』본문 뒤에 첨가할 장에서 이 문제로 돌아오려고 한다.

최근 몇십 년간, 일차적 구술문화(primary oral culture, 전혀 쓰기writing를 알지 못하는 문화)와 쓰기에 큰 영향을 받은 문화 사이에는 지식을 다루고 말로 표현하는 방법에서 기본적인 차이가 있다는 점이 발견되었다. 이 새로운 발견에는 놀라운 점들이 함축되어 있다. 즉 문학·철학·과학 분야의 사고와 표현에서 당연하게 여겨졌던 많은 특징들이, 그리고 문자에 익숙한 사람들 사이의 구술 담론(oral discourse)에서 당연하게 여겨졌던 많은 특징들조차도, 결코 인간에게 선천적인 것이 아니라 쓰기라는 기술(技術)로 인해 인간의 의식이 획득한 자질들 때문에 생겨난 것이라는 사실이다. 우리는 이제 인간의 정체성에 관해서 이해해온 바를 고쳐 생각해야만 하게 되었다.

이 책의 주제는 구술성(口述性, orality)과 문자성(文字性, literacy)의 차이에 관한 것이다. 또는 다음과 같이 말하는 편이 좋을지도 모르겠다. 이 책을, 또는 무슨 책이든 '읽는' 사람들은 당연히 내면에서부터 문자문화(literate culture)에 익숙하기 때문에, 구술문화에서의 사고와 언어표현(오늘날 우리에게는 익숙하지 않고 때로는 기묘하게도 여겨지지만)은 어떠한 것인지가 이 책의 첫 번째 주제가 된다. 두 번째로 주제가 되는 것은 문자에 익숙한 사람의 사고와 표현이 구술성으로부터 어떻게 생겨났는가, 그리고 그러한 사고 및 표현과 구술성의 관계는 어떠한가 하는 것이다.

이 책은 해석에 있어 어떠한 '학파'에 근거하지는 않는다. 구술성과 문자성을 다룬 '학파' 자체가 없기 때문이다. 형식주의(Formalism)나 신비평(New criticism), 또는 구조주의(Structuralism)나 해체주의(Deconstructionism)도 그런 학파는 아니다. 구술성과 문자성의 상호관계에 대한 이해가 이러한 문학비평 이론들뿐만 아니라 인문·사회과학 전반에 걸친 여러 '학파'나 '운동'으로 성취된 업적에 영향을 끼칠 수는 있을지라도 말이다. 구술성과 문자성을 대조하고 양자의 관계를 잘 안다고 해서 어느 이론을 열광적으로 신봉하게 되는 것은 아니다. 오히려 그렇게 함으로써 인간 조건의 다양한 양상(너무 많아서 일일이 열거할 수 없을 정도인)을 깊이 성찰할 수 있는 고무적인 계기가 마련될 것이다. 그러한 양상들을 포괄적으로 다루려면 책이 여러 권 필요할 테니, 이 책에서는 그중 일부만을 다루고자 한다.

한 시대에 공존하는 구술문화와 필사문화(chirographic culture, 즉 writing culture)를 비교함으로써 구술성과 문자성에 공시적으로 접근하는 것은 유익하다. 그러나 한 시대와 다음 시대를 비교하여 통시적 또는 역사적으로 이 문제에 접근하는 것도 절실하게 필요하다. 인간 사회는 원래 구두로 말을 주고받음으로써 형성된 것이고, 문자는 역사상 극히 최근에야 사용하게 되었으며 그나마 처음에는 특정한 집단에 국한되었다. 호모사피엔스가 지상에 나타난 것은 지금부터 3만 년에서 5만 년 전이다. 그런데 최초의 기록물(script)이 나타난 것은 고작해야 6천 년 전이다. 구술성과 문자성에 대한, 그리고 한 단계에서 다른 단계로의 다양한 발전에 대한 통시적 연구를 통해 어떤 준거 틀(frame of reference)을 세울 수 있다. 그리고 그 준거 틀을 통해 최초의 구술문화와 그것에 이어지는 필사문화뿐만 아니라 쓰기를 보편화시킨 인쇄문화, 그리고 쓰기와 인쇄 양자의 바탕 위에 세워진 전자문화(electronics culture)를 한층 잘 이해할 수 있게 된다. 이 통시적인 틀로써 과거와 현재, 즉 호메로스의 시대와 텔레비전의 시대를 서로 조명해볼 수 있다.

그러나 이러한 작업은 그렇게 간단하지 않다. 구술성과 문자성의 관계, 그리고 그 관계가 우리에게 시사하는 바를 이해하는 것은 작금의 정신사(精神史)나 현상학의 소관이 아니다. 그러한 이해에는 넓고 광범한 학식과 심사숙고, 주의 깊은 설명이 요구된다. 이 문제가 복잡하게 얽혀 있을 뿐만 아니라 우리 자신의 선입견에도 관련되어 있기 때문이다. 이 책을 비롯한 여러 책의 독자로서, 우리는 문자를 통해 사물을 생각하는 것에 너무나 익숙해 있다. 그래서 의사소통이나 사고에 있어 구술에 입각한 세계(oral universe)가 문자에 입각한 세계(literate universe)의 변종이 아니라는 사실을 의식하기는 실상 매우 어렵다. 이 책은 우리가 이러한 선입견을 어느 정도 극복하여 새로운 이해의 길을 열어가는 데 바쳐질 것이다.

이 책의 초점은 구술성과 문자성의 관계에 있다. 문자성은 쓰기와 더불어 시작했으나, 나중에는 인쇄와도 관련을 맺게 되었다. 그 때문에 이 책에서는 쓰기와 더불어 인쇄에도 얼마간 주의를 기울인다. 나아가 라디오나 텔레비전이나 인공위성을 통해서 전달되는, 즉 전자 매체를 통하여 처리된 언어나 사고에 대해서도 기회가 있으면 언급한다. 우리가 구술성과 문자성의 차이에 관하여 이해하기 시작한 것은 겨우 전자 시대에 와서이지 그 이전이 아니기 때문이다. 우리는 전자 매체와 인쇄를 대조시킴으로써 그 이전에 있었던 문자성과 구술성을 민감하게 대조하게 되었던 것이다. 전자 시대는 '이차적 구술성' 즉 쓰기와 인쇄를 통해 존립하는 전화·라디오·텔레비전의 구술성으로 형성된 시대이기도 하다.

구술성에서 문자성으로의 전환, 나아가 전자 시대로의 전환은 사회, 경제, 정치, 종교 및 그 밖의 여러 체제와 맞물려 있다. 그러나 이 책에서는 이러한 문제들에 관해서 간접적으로만 논하겠다. 이 책에서 논하고자 하는 것은 그보다도 구술문화와 문자문화에 있어 '정신구조(mentality)'의 차이에 관한 것이다.

지금까지 구술문화와 문자문화를 대조한 연구들은 대부분 구술성을 알파벳 체계와 대조했을 뿐 그 밖의 문자 체계(설형문자, 한자, 일본의 가나, 마야 문자, 기타 등등)와는 대조하지 않았고, 그중에도 서양에서 사용되는 알파벳에 한정되어 있었다(인도나 동남아시아나 한국에서도 알파벳 체계가 익숙하게 사용되고 있다). 이 책에서는 전반적으로 기존 연구방식에 따르겠지만, 적당한 지점에서 알파벳 이외의 문자, 서양 이외의 문화에도 주의를 기울이려고 한다.

세인트루이스 대학교
월터 J. 옹

1장

언어의 구술성

문자성에 입각한 정신과 구술성에 입각한 과거

지난 몇십 년 사이 학계에서는 언어의 구술적 성격에, 그리고 구술성과 쓰기의 대조에 숨은 한층 더 깊은 의미에 새삼 눈을 뜨게 되었다. 인류학자와 사회학자와 심리학자는 구술적 사회에서 현장조사(fieldwork)를 행하고 그 결과를 보고해왔다. 문화사가는 선사(先史)를, 즉 쓰기로 인해 말의 기록이 가능해진 시대 이전의 인간 생활을 더욱더 깊게 파고들어갔다. 현대 언어학의 아버지인 소쉬르(Ferdinand de Saussure, 1857~1913)는 구술로 하는 말이 가장 우선적이고 모든 언어적 의사소통의 근저를 떠받치고 있음을 강조한 바 있으며, 쓰기가 언어의 기본 형태라고 생각하는 (잘못된) 뿌리 깊은 경향이 학자 사이에조차 존재한다는 데 주의할 것을 촉구한 바 있다. 그가 말한 바와 같이 쓰기에는 '편리함과 결점과 위험'이 동시에 따라붙는다(Saussure 1959, pp. 23~24). 그러나 그는 쓰기를 구술에 대한 일종의 보완물이라고만 생각하고, 그것이 언어표현을 변형시킨다고까지는 생각하지 못했다(Saussure 1959, pp. 23~24).

소쉬르 이래 언어학은 음소론, 즉 언어가 음에 깃드는 방식에 관해 고도로 복잡한 연구를 발전시켜왔다. 소쉬르와 동시대의 영국인 헨리 스위트(Henry Sweet, 1845~1912)는 일찍부터 단어는 문자로 짜인 것이 아니라 기능을 지닌 음 단위, 즉 음소로 이루어진 것이라고 주장하였다. 현대 언어학의 여러 학파들도 말의 음성에 주의를 기울여왔으나, 쓰기에 입각한 문자성(文字性, literacy)과 일차적 구술성(口述性, orality), 즉 문자성의 세례를 전혀 받지 않은 구술성 양자를 대조하는 일에는 아주 최근에야 부수적으로만 주의를 기울였을 뿐이다(Sampson 1980). 구조주의자들은 구두 전승을 상세히 분석해왔다. 그러나 구두 전승과 기록된 작품을 명확하게 대비시키는 일은 거의 하지 않았다(Maranda and Maranda 1971). 쓰인 말과 발화된 말의 차이를 다룬 문헌은 상당히 많지만, 거기서 비교하는 것은 어디까지나 읽고 쓸 수 있는 사람이 쓴 말과 발화한 말이다(Gumperz, Kaltmann and O'Connor 1982 또는 1983). 이 책에서 주로 관심을 기울이는 연구 대상은, 그처럼 읽고 쓸 수 있는 사람에 있어서의 차이는 아니다. 이 책에서 주로 다루는 구술성이란 일차적 구술성, 즉 쓰기를 전혀 알지 못하는 사람들의 구술성을 가리킨다.

그렇지만 최근 들어 응용언어학과 사회언어학 분야에서는 일차적 구술성에 입각한 언어표현의 역학과 쓰인 언어표현의 역학에 대하여 점점 더 많이 비교 연구를 해왔다. 잭 구디(Jack Goody)의 최근 저작『야생 정신 길들이기(The Domestication of the Savage Mind)』(1977), 과거 그의 논문과 다른 저자들의 논문을 그가 직접 편집한『전통사회의 문자성(Literacy in Tradition Societies)』(1968)은 문자를 사용하면서 나타난 정신구조와 사회구조의 변화에 관하여 헤아릴 수 없을 만큼 귀중한 서술과 분석을 보여주었다. 또한 일찍이 체이터(Chaytor 1945)가, 이후에 옹(Ong 1958b, 1967b)과 맥루언(McLuhan 1962)과 하우겐(Haugen 1966)과 체이프(Chafe 1982)와 탄

넨(Tannen 1980a) 등이 언어와 문화에 대하여 더 깊은 데이터와 분석을 제공하였다. 또한 폴리가 노련한 솜씨로 문제를 제기한 연구(Foley 1980b)는 상세한 문헌목록을 포함하고 있다.

구술 양식에 입각한 사고 및 표현방식과 문자 양식에 입각한 사고 및 표현방식의 뚜렷한 차이를 기술적으로나 문화적으로나 가장 깊이 인식한 분야는, 언어학이 아니라 문학연구 쪽이었다. 그중에서도 선수를 잡은 것은 분명히 밀먼 패리(Milman Parry, 1902~35)의 『일리아드』와 『오디세이』텍스트에 관한 연구였다. 패리는 젊어서 세상을 떠났으나, 이후 그의 연구를 로드(Albert B. Lord)가 완성하였고 또 이후에 해블록(Elic A. Havelock) 등이 보완하였다. 응용언어학이나 사회언어학 출판물에서 구술성과 문자성의 대비를 다룬 연구는, 이론적인 것이든 현장조사 기록이든 으레 패리 이래의 이런 연구들이나 그에 관련한 작업들을 인용하고 있다(Parry 1971; Lord 1960; Havelock 1963; McLuhan 1962; Okpewho 1979; 등).

패리가 발견한 내용을 상세하게 살펴보기에 앞선 준비 작업으로서, 언어의 구술적 성격에 학계가 새삼 눈을 돌려야 하는 이유는 무엇인가? 그 이유를 여기서 질문해보는 편이 좋을 것이다. 우선 아무리 보아도 명백하다고 생각되는 점은 언어가 구술에 의존하는 현상이라는 사실이다. 인간은 촉각, 미각, 후각, 특히 시각과 청각 등 오감 전반을 이용해서 헤아릴 수 없을 만큼 다양한 방식으로 의사소통을 꾀한다(Ong 1967b, pp. 1~9). 목소리를 사용하지 않는 방식으로 이를테면 몸짓 같은 것은 매우 다양하지만, 아무래도 진정한 의미의 의사소통에는 언어, 즉 분절된 음성이 가장 탁월하다. 의사소통뿐만 아니라 머릿속의 생각도 아주 특수한 방식이기는 하지만 음성과 관련을 지닌다. '그림 한 장이 천 마디 말에 해당한다'라는 말을 흔히 듣는다. 이 말이 사실인지도 모르지만, 그렇다 하더라도 어째서 굳이 이러한 표현이 생겨난 것일까? 그림 한 장이 천 마디 말에 해당하는 것은 단지 특수한 조건이 충족되었을 때에 한정된다. 즉 일반적으로 그 그림에 관해서 미리 말로 어떤 맥락을 만들어두었을 때이다.

인간은 어디서든 언어 없이는 살아갈 수 없다. 그리고 그 언어는 어떠한 경우든 기본적으로 말하고 듣는 언어이며 음성의 세계에 속한다(Siertsema 1955). 세련된 수화법(手話法)도, 그 손짓의 다채로움에도 불구하고 말의 대용에 지나지 않으며 결국 구술 언어 체계에 의존한다. 선천적 농아들이 쓰는 수화의 경우도 마찬가지다(Kroeber 1972; Mallery 1972; Stokoe 1972). 실제로 언어란 압도적으로 목소리에 의존하는 것이어서, 지금까지 인간 역사상 사람들의 입에 오르내린 몇천이나 되는—어쩌면 몇만일지도 모르지만—언어들 중에서 문학을 산출할 정도로 충분히 쓰기(writing)에 결부된 언어는 불과 106가지에 지나지 않는다. 게다가 대부분의 언어에는 쓰기라는 것이 아예 없었다. 오늘날 사용되는 약 3천 가지언어 가운데 문학을 가진 언어는 단지 78가지다(Edmonson 1971, pp. 323, 332). 얼마나 많은 언어가 문자로 쓰이기 전에 소멸하거나 변개되어 다른언어가 되었을까? 지금으로서는 헤아릴 방법이 없다. 활발히 사용되면서전혀 문자로 쓰이지 않는 언어가 현재도 몇백이나 있다. 이런 언어들의경우, 그것을 쓰는 효과적인 방식을 아무도 고안해내지 않았기 때문이다. 언어는 기본적으로 구술에 의존한다는 사실은 어느 시대에나 변함이없다.

여기서는 이른바 컴퓨터 '언어'에 관해서는 문제 삼지 않는다. 이 '언어'는 어떤 점에서는 인간의 언어(영어, 산스크리트어, 말라얄람어, 북경어, 취이어, 쇼쇼니어 등)와 비슷하지만, 무의식적으로 생겨난 것이 아니라 의식으로부터 직접 만들어졌다는 점에서 인간의 언어와는 완전히 다르다. 컴퓨터 언어의 규칙(문법)은 의식적으로 정해지고 나서 사용된다. 인간의자연적 언어에서 문법 '규칙'은 우선 무의식중에 사용되고, 그런 뒤에 실제로 사용하는 방식에서 추상되는 것이다. 그리고 이처럼 추상화된 규칙은 명시적으로는 말할 수 있을지라도 결코 완벽하게 말할 수는 없는 난점을 포함한다.

쓴다는 것은 말을 공간에 고정시키는 것이다. 이렇게 함으로써 언어의 잠재 가능성이 거의 무한하게 확대되고 사고는 재구축되며, 그러는 가운데 특정한 소수의 방언이 '기록방언(grapholects)'이 된다(Haugen 1966; Hirsh 1977, pp. 43~48). 기록방언이란 쓰기와 깊이 결부되어 형성된, 여러 방언을 관통하는 언어를 가리킨다. 쓰기 때문에 기록방언은 순수하게 구술적인 방언보다 훨씬 더 큰 힘을 지닌다. 표준영어로 불리는 기록방언에는 사용 가능한 어휘가 적어도 150만 개 이상 등록되어 있다. 이런 어휘들에 관해서는 현재의 의미뿐만 아니라, 몇십만에 이르는 과거의 의미도 알려져 있다. 순수하게 구술적인 방언에는 보통 2, 3천 단어밖에 축적되지 않으며, 실제로 그 방언을 말하는 사람이라 해도 단어 하나가 지닌 의미의 실제 역사는 모를 것이다.

그러나 쓰기로 해서 세계가 놀랍게 달라졌다 해도, 발화되는 단어는 세계 도처에서 여전히 살아 있다. 쓰인 텍스트라 하더라도, 직접적이든 간접적이든 언어가 본래 존재하는 장소인 음성의 세계에 결부되지 않고서는 의미를 지닐 수가 없다. 텍스트를 '읽는' 것은 음독이든 묵독이든 간에 텍스트를 음성으로 옮기는 일이다. 서서히 읽을 때에는 한 단어 한 단어 똑똑히 음성화하고, 고도 기술문화에 공통된 숙독의 경우 마치 스케치를 하듯 빠르게 생략할 수 있는 곳은 생략해서 음성화한다. 구술성이 없으면 쓰기는 결코 성립하지 않는다. 유리 로트만(Jurij Lotman)이 조금 다른 맥락에서 사용한 용어를 여기서 차용한다면(1977, pp. 21, 48~61; Champagne 1977~78도 참고), 쓴다는 것은 '이차적 양식화 체계(secondary modeling system)'라고 할 수 있다. 선행하는 일차적 체계인 음성 언어에 의존한 것이기 때문이다. 구술 표현은 꼭 쓰기에 의지하지 않더라도 존재할 수 있다. 사실 대부분의 경우 구술 표현은 쓰기와는 무관하게 이루어져왔다. 그러나 쓰기는 구술성 없이는 존재 불가능한 것이다.

모든 언어표현의 근저에는 구술성이 잠재해 있다. 그럼에도 불구하고 언어와 문학에 대한 과학적·문학적 연구는 최근에 이르기까지 몇 세기 동안이나 구술성을 소홀히 해왔다. 텍스트에만 너무 집중한 결과 사람들은 구술 창작품을 문자 창작품의 변종으로 보거나, 진지하게 학문적 관심을 쏟을 만한 것으로 여기지 않게 되었다. 우리는 최근에 이르러서야 그러한 어리석음을 용인하지 않게 되었다(Finnegan 1977, pp. 1~7).

언어 연구는 최근 몇십 년간 구술성보다도 쓰인 텍스트에 주의를 집중해왔다. 그 이유는 쉽게 지적할 수 있는데, 연구 그 자체가 쓰기와 관계가 있기 때문이다. 일차적 구술문화의 사고(思考)를 포함해서 모든 사고는 어느 정도 분석적이다. 즉 사고는 재료를 다양한 성분으로 분해한다. 그렇지만 다양한 사실이나 현상을 추상적으로 서열화하고 분류하고 설명해서 분석하는 것은 쓰기와 읽기 없이는 불가능하다. 일차적 구술문화 속에서 생활하는 사람들, 즉 어떠한 방식으로든 쓰기를 접하지 않는 사람들은, 비록 '연구'하지 않더라도 많은 것을 배우고 대단한 지혜를 실제로 행하고 있다.

그들은 경험 또는 견습을 통해 배운다. 이를테면 노련한 사냥꾼과 함께 다니며 사냥하는 것을 배운다. 남이 말하는 것을 듣고 들은 것을 되풀이함으로써 배운다. 격언을 외우고 그것을 서로 결부시키거나 고쳐 짜는 방식을 외움으로써, 그 밖의 관용구를 자기의 것으로 익힘으로써, 일종의 집단적 회상에 참여함으로써 배운다. 그러나 그들은 엄밀한 의미에서 연구를 통해 배우진 않는다.

엄밀한 의미에서의 연구, 즉 순차적으로 분석을 전개해나간다는 의미의 연구가 쓰기의 내면화와 더불어서 가능하게 될 때, 문자에 익숙한 사람이 흔히 최초로 연구하는 것은 언어 자체와 그 사용법이다. 말하기(speech)는 우리의 의식에서 분리해낼 수 없다. 쓰기가 행해지기 훨씬 이전의 의식 단계에서부터 말하기는 사람들의 마음을 이끌었고 진지한 고찰 대상이 되어왔다. 이런 매우 인간적인 현상, 즉 본래의 구술적 형식으로서의 말하기에 관해서는 세계의 여러 격언에 풍부한 고찰이 제시되어 있다. 말하기의 힘에 관한, 그 아름다움에 관한, 그에 따르는 많은 위험에 관한 고찰들이다. 쓰기가 행해지고 나서도 여러 세기 동안, 구술적 말하기에 대한 관심은 여전히 쇠퇴하지 않고 강하게 이어진다.

이러한 관심은, 서양의 고대 그리스인 사이에서는 수사학(rhetoric)이라는 세심하게 만들어진 방대한 기술을 통해 제시되었다. 수사학은 과거 2천 년 동안 서양문화 전체에서 가장 포괄적인 학문의 주제가 되어왔다. 그 본래의 그리스어 이름인 테크네레토리케(*technērhētorikē*, 보통은 줄여서 단지 *rhētorikē*), 즉 '말하기 기술(speech art)'은 본질적으로 구술적 말하기와 관계가 있었다. 예컨대 아리스토텔레스의 『변증론』에서처럼 설령 수사학이 조직적인 '기술', 즉 하나의 과학으로서 쓰기의 산물이고 또 쓰기의 산물일 수밖에 없었다 하더라도 그렇다. 레토리케(*Rhētorikē*) 즉 수사학은 기본적으로 대중 앞에서 말하는 것이나 연설을 가리키며, 이후 몇 세기 동안 문자에 입각한 문화나 활자문화(typographic culture)에서도 상당 부분 쓰기를 포함하여 모든 담론(discourse)의 패러다임으로 잔존해왔다(Ong 1967b, pp. 58~63; Ong 1971, pp. 27~28). 이와 같이 구술성은 처음부터 쓰기에 배척당한 것이 아니라 오히려 쓰기 덕분에 그 가치를 높였던 것이다. 즉 쓰기에 의해서 연설의 '원리'나 연설을 구성하는 여러 요소들이 과학적 '기술'로, 즉 순서에 따라 정리된 설명 체계로 조직되기에 이르렀고, 그러한 설명을 통해 연설이 다양한 효과를 거두게 된 원인과 방법을 제시할 수 있었다.

그러나 수사학의 일부로서 연구되는 말하기나 그 밖의 구술 연행(oral performance)은 실제 구술로 전달되는 말하기와는 다를 수밖에 없다. 후자는 실행된 후에는 아무것도 남기지 않는다. 그것을 '연구하기' 위해서는 기록된 텍스트를 이용하는 방식밖에 없었다. 그러한 텍스트는 보통 말하기가 실행된 이후에, 그것도 흔히 상당한 시간이 지나고 나서 기록된 것이었다(고대에는, 미리 준비한 텍스트에 따라 말한다는 건 어리석고 무능한 연설가를 제외하고는 일반적으로 있을 수 없는 일이었다. Ong 1967b, pp. 56~58). 이와 같이 구술로 성립된 말하기조차 말하기로서가 아니라 쓰인 텍스트로 연구되었던 것이다.

더구나 쓰기는 연설과 같이 구술로 실행된 것을 적는 데 그치지 않고 마침내는 엄밀하게 쓰인 문장, 즉 글자를 눈으로 훑음으로써 바로 내용을 읽어낼 수 있도록 쓰인 문장을 낳게 되었다. 이와 같이 쓰인 문장이 등장함에 따라 한층 텍스트에 주의가 집중되었다. 정말로 쓰인 문장은 오직 텍스트로서만 존재하기 때문이다. 리비우스의 역사책에서 단테의『신곡』에 이르기까지, 그 이후로도 쓰인 문장 상당수가 보통 묵독되기보다 낭독되어 듣기 위한 것이었다 하더라도 말이다(Nelson 1976~77; Bäuml 1980; Goldin 1973; Cormier 1974; Ahern 1982).

'구전문학'이라고 말할 수 있는가

학문적으로 텍스트에 관심이 집중되자 이데올로기적인 결과가 나타났다. 학자들은 심사숙고하지 않고서 텍스트에만 주의를 기울인 나머지 구술적 언어표현도 보통 자기네들이 연구 대상으로 삼는 문자로 쓰인 언어표현과 본질적으로 같은 것이며, 따라서 구전예술의 여러 유형들은 기록되지 않았다는 점 외에는 사실상 텍스트와 다름이 없다고 종종 생각해왔다. 그 결과 (기록한 수사학 규칙에 지배되는) 연설은 별도로 하더라도, 구전예술 유형들은 결국 미숙한 것이며 진지하게 연구할 가치가 없다고 느끼게 되었다.

그렇지만 모두가 이렇게 생각했던 것은 아니다. 16세기 중반 이후로, 쓰기와 말하기는 상당히 복잡한 관계에 있다는 의식이 점점 더 강해졌다 (Cohen 1977). 그러나 역시 텍스트성(textuality)이 학자들의 정신을 완고하게 지배했다는 점은 다음과 같은 사실로 보아 분명하다. 즉 의식적이든 무의식적이든 간에 쓰기와 관련시키지 않고서 구전예술을 있는 그대로 인식하는 개념이 오늘날까지 적절하게는 아니더라도 효과적으로조차 형성되지 않았다는 사실이다. 구전예술 유형들은 아직 쓰기가 존재하지 않던 몇만 년 동안 발달해온 것이기 때문에 쓰기와 아무런 관계도 없었다는 점이 분명한데도 말이다. 우리는 '문학(literature)'이라는 용어를 가지고 있다. 본래 이 말은 '쓰기'(라틴어로는 literatura인데, 알파벳 문자를 의미하는 litera에서 유래한다)를 의미하고, 예컨대 영문학, 아동문학처럼 쓰인 것 전반을 포섭한다. 그런데 순수하게 구두로 전해져온 유산을 가리키는 '문학'에 필적할 만큼 만족스런 용어나 개념은 없다. 이를테면 입으로 전해진 전설, 격언, 기도문, 관용구(Chadwick 1932~40 도처), 또는 그 밖의 구전작품, 예컨대 북미의 라코타 수족이나 서아프리카의 만딩고인 또는 호메로스 시대 그리스의 구전작품에 대해서는 그러한 용어가 없는 것이다.

위에서 기술한 바와 같이, 쓰기나 인쇄가 존재하지 않는 문화의 구술성을 나는 '일차적 구술성(primary orality)'이라고 하겠다. 그것이 어째서 '일차적'인지는 오늘날 고도 기술문화의 '이차적 구술성(secondary orality)'과 견주어보면 안다. 후자의 새로운 구술성은 전화, 라디오, 텔레비전, 그 밖의 전자 매체로 뒷받침된다. 그런데 이런 장치들은 어느 것이든 쓰기와 인쇄에 의존하지 않고는 존재할 수도, 기능을 발휘할 수도 없다. 오늘날 엄밀한 의미에서의 일차적 구술문화는 이미 거의 존재하지 않는다. 어느 문화든 쓰기에 익숙해 있으며 그것이 가져다주는 효과를 조금이라도 경험하고 있기 때문이다. 그래도 여전히 여러 문화와 하위문화(subculture)가 고도 기술문화를 접하면서도, 정도의 차이는 있지만 일차적 구술성의 사고양식을 상당히 간직하고 있다.

순수한 구두 전승이나 일차적 구술성을 정확하게 인식하고 그 의미를 충분히 파악한다는 것은 쉽지 않다. 쓰기는 우리로 하여금 '말'을 사물과 동일하게 생각하도록 한다. 우리는 말이라는 것을 말의 해독자(decoders)에게 신호하는 가시적인 표시로 생각하기 때문이다. 우리는 텍스트나 책에서 그런 식으로 쓰인 '말'을 보고 접할 수 있다. 쓰인 말은 찌꺼기다. 구두 전승에는 그러한 찌꺼기나 침전물이 전혀 없다. 자주 발화되는 구전 이야기라 하더라도, 실제로 발화되지 않는 순간엔 말할 수 있는 누군가의 내면에 잠재해 있을 따름이다. 우리(이 책과 같은 텍스트를 읽는 인간)는 대개 어쩔 수 없을 만큼 문자에 익숙해 있으므로, 구두 전승에서와 같이 언어표현이 좀처럼 텍스트로 구체화되지 않는 상황을 그다지 기분 좋게 느끼지 않는다. 그 결과, 오늘날엔 예전만큼 빈번하게는 쓰이지 않게 되었지만, 학자들은 과거에 '구전문학(oral literature)'이라는 이상한 개념을 만들었다. 아주 불합리한 이 용어는 오늘날에도 여전히 통용된다. 이 용어는 말로 조직된 것의 유산이 쓰기와는 전혀 관계가 없을 때조차도 그 유산을 쓰기의 변종으로밖에 인식하지 않는 우리의 무능함을 노골적으로 드러내는데, 그러한 사실을 점점 민감하게 간파해가야 할 학자들조차 아직 이 용어를 사용한다. 저 위대한 밀먼 패리의 이름을 붙인 '하버드 대학 밀먼 패리 구전문학 컬렉션(Harvard University Milman Parry Collection of Oral Literature)'이라는 명칭은, 당시 관리자의 인식 수준보다는 오히려 전대 학자들의 인식 수준을 기념비적으로 드러내고 있다.

그중에도 피네건(Ruth Finnegan)처럼 다음과 같이 논하는 사람이 있을지도 모른다. '문학'이라는 용어는 본래 쓰인 작품을 위해서 고안된 것이지만, 전통적인 구전 이야기와 같이 쓰기를 알지 못하는 문화의 관련 현상까지 내포하도록 확대되었다고(1977, p. 16). 확실히 처음에는 대상이 뚜렷이 한정되었던 용어들이 종종 이런 식으로 확대 사용되어오긴 했지만, 개념상 줄곧 그 어원을 간직하는 경향이 있다. 용어의 어원을 만드는 여러 요소들은 언제나 그 용어의 의미 속에 어떠한 형태로든 머무른다. 다소 애매한 형태일 수도 있지만, 종종 강력하고 결코 지워지지 않는 형태로 말이다. 더구나 뒤에서 상세하게 말하겠지만, 쓰기는 독점적이고 제국주의적인 활동이기 때문에 어원과 같은 역사적인 연결에 의지할 것도 없이 다른 것을 동화시키고 흡수해버리는 경향이 있다.

말(words)은 구술적 말하기(speech)에 기초를 두지만, 쓰기는 그 말을 억지로 시각적인 장(場)에 영구히 고정해버린다. 'nevertheless'라는 단어에 관해서 생각해보라고 요구받은 문자 해독자는 대체로(나는 '언제나'일 거라고 추측하지만), 철자화된 단어가 지닌 어떤 이미지를 적어도 흐릿하게나마 떠올릴 것이다. 그러나 그 발음만 생각하고 철자는 생각하지 않는다면 비록 1분간이라도 'nevertheless'라는 단어에 관해서 생각할 수 없을 것이다. 즉, 문자 해독자는 읽기와 쓰기를 모르고 구술성에만 의존하는 사람들에게 말이 어떠한 것인지 충분히 느낄 수 없다. 문자문화에는 이와 같이 전횡적인 힘이 있기 때문에, 만약 구두 전승과 구술 연행에까지 '문학'이라는 용어를 적용하려고 하면 그것들을 완전히 쓰기의 변종으로 환원해버리고 말 것이다.

구두 전승 또는 구술 연행, 장르, 스타일의 유산을 하나로 뭉뚱그려서 '구전문학'으로 생각하는 것은, 말하자면 말을 바퀴 없는 자동차로 생각하는 것과 같다. 물론 누구라도 그렇게 생각해볼 수는 있다. 말을 한번도 본 적 없는 사람에게 읽히기 위해 말에 관한 논문을 쓴다고 상상해보라. 그 논문은 말의 개념 설명으로 시작하는 게 아니라 독자의 체험에 입각해서 형성된 '자동차'의 개념을 설명하는 것으로 시작하며, 말을 논할 때는 언제나 '바퀴 없는 자동차'라고 말하게 된다. 이리하여 말은 한번도 보지 못했으나 자동차라면 많이 이용해본 독자는 '바퀴 없는 자동차'라는 개념에서 '자동차'의 개념을 완전히 지워버리려 노력함으로써, 그리하여 '바퀴 없는 자동차'에 완벽하게 말과 동일한 의미를 띄게 함으로써 말과 자동차의 모든 차이를 설명할 것이다. 바퀴 없는 자동차는 바퀴 대신에 말굽이라고 불리는 발톱을, 헤드라이트나 백미러 대신 두 눈을, 도장된 래커 대신에 털이라 불리는 것을 가지며, 연료로서 가솔린 대신에 건초를 섭취한다…… 등등. 그러나 결국 말은 자동차와는 다른 존재이다. 이와 같은 수사학적 기술은 비록 아무리 정확하고 완벽하더라도 말을 보지 않은 채 '바퀴 없는 자동차' 이야기를 듣는 것에 지나지 않고, 자동차 운전만을 경험해본 독자에게는 고작해야 말에 대한 기묘한 개념을 건네받는 데 지나지 않는다. '구전문학', 즉 '목소리로 쓰인 것'이라는 용어를 논하는 사람들도 마찬가지다. 누구라도 이차적 현상을 통해서는, 본래적인 것과 다른 점을 제거했다 하더라도, 상당한 왜곡을 하지 않고서 일차적 현상을 기술할 수 없다. 그러기는커녕, 이렇게 역으로 출발해서 자동차를 말의 일차적 대상으로 하여 양자의 진정한 차이를 알아보는 일은 절대로 불가능하다.

'문자 이전(preliterate)'이라는 용어는 그 자체로는 유익하며 때로는 필요하기도 하다. 그럴지라도 심사숙고해서 사용하지 않으면, '구전문학'이라는 용어만큼 단정적이지는 않지만 역시 같은 문제를 제기하게 된다. '문자 이전'이라는 용어는 '일차적 양식화 체계'인 구술성을 그 뒤에 오는

'이차적 양식화 체계'로부터 시대착오적으로 일탈된 것으로 제시하기 때문이다.

'구전문학'이나 '문자 이전'이라는 용어와 더불어, 또한 우리는 구술적 발화(oral utterance)에 의한 '텍스트'라는 표현도 듣는다. 알파벳 문자(*literae*)를 어원으로 하는 '문학(literature)'과 달리, '텍스트(text)'라는 말은 '엮다(to weave)'라는 어원적 의미를 지니기 때문에 어원적으로도 구술적 발화와 모순되지는 않는다. 구술 담론(oral discourse)은 구술문화에 입각한 사회에서도 보통 '엮음(weaving)' 또는 '짜맞추기(stitching)'—이 말은 본래 '노래를 함께 짜맞춘다'는 뜻을 가진 그리스어 *rhapsōidein*에서 유래했다—로 간주되어왔다. 그러나 사실 오늘날 문자에 익숙한 사람들은 '텍스트'라는 용어로 구술 연행(oral performance)을 가리킬 때 쓰기로부터 유추해 생각한다. 일차적 구술문화에 속한 사람이 말하는 이야기를 문자에 익숙한 사람들의 용어로 '텍스트'라고 부르는 것은, 말을 '바퀴 없는 자동차'라고 말하는 것과 마찬가지로 완전히 역전된 어법이다.

말하기와 쓰기에 엄청난 차이가 있다면, 시대착오이고 자기 모순적 용어인 '구전문학'을 대체할 말을 어떻게 찾아낼 수 있을까? 노스럽 프라이(Northrop Frye)가 『비평의 해부(The Anatomy of Criticism)』에서 서사시를 칭한 것처럼(Frye 1957, pp. 248~50, 293~303), 문자와 상관없는 순수한 구전 예술을 모두 '에포스(epos)'라고 부를 수도 있을 것이다. 에포스는 라틴어의 *vox*나 그것에 대응하는 영어 voice와 마찬가지로 원시 인도유럽어의 *wekw*-을 뿌리로 가지므로, 목소리로 낸 것 즉 구술적인 것에 뚜렷한 근거를 두고 있다. 이리하여 구술 연행이 '목소리로 낸 것(voicings)'으로 받아들여지게 될 것이다. 이것이야말로 구술 연행의 성격 그 자체다. 그러나 에포스라는 용어에는 (구술된) 서사시라고 하는 더욱 일반적인 의미가 있어서(Bynum 1967 참고), 그 점이 구술된 작품 모두를 가리키고자 하는 포괄적 의미를 약간 혼동시킬지도 모른다. '목소리로 낸 것'이라는 말은 너무나 많은 방면에 걸쳐 상충된 연상을 일으킬 수 있다. 그 용어에 자생성이 충분히 있으므로 도입해도 된다고 생각하는 사람이 있다면, 나도 분명 그 시도에 힘을 보탤 것이다. 그렇기는 하나, 순수한 구전예술과 문학 양쪽을 아우르는 한층 포괄적인 용어가 부재한다는 것은 변함이 없다. 이 책에서는 해당 사안에 관련된 사람들 간의 일반적 관행에 따라서, 할 수 없이 다음과 같은 설명적이고도 우회적인 말에 의지할 것이다. 즉 '순수한 구전예술 유형들'이라든가 '언어예술 유형들'(후자는 구술적 유형들과 쓰기를 통해 만들어진 유형들, 그 중간의 모든 유형들을 포함한다)와 같은 말이다.

현재 '구전문학'이라는 용어는 다행히도 설 땅을 잃어가고 있다. 그러나 그 용어를 완전히 배제하려 해도 결코 완전하게 성공하진 못할 것이다. 문자에 익숙한 사람들은 대체로 말을 쓰기로부터 완전히 떼어놓고 생각하기가, 언어학이나 인류학 분야의 전문적 연구가 그렇게 생각하도록 요구한다 해도, 단적으로 말해서 매우 어렵기 때문이다. 어떻게 하더라도 말은 계속 쓰인 모습으로 뇌리에 떠오른다. 게다가 쓰기로부터 말을 떼어낸다는 것은 심리적으로 두려운 일이다. 문자에 익숙한 사람이 언어를 조작할 때의 감각은 언어를 시각적으로 변형하는 일과 밀접하게 결부되어 있기 때문이다. 사전, 기록된 문법규칙, 구두점, 그 밖의 도구로써 말을 '참고해볼' 수 없다면, 문자에 익숙한 사람들은 도대체 어떻게 살아갈 수 있겠는가? 표준영어와 같은 '기록방언'을 사용하고 문자에 익숙한 사람들은, 소리로만 기능하는 언어 이용자보다 몇백 배나 많은 어휘를 구사하고 있다. 이러한 언어 환경에서 사전은 필수적이다. 그러나 다음과 같은 사실을 상기해보면 우리는 당황하지 않을 수가 없다. 인간의 정신에는 사전이 없다는 점, 사전과 같은 도구가 언어에 덧붙여진 것도 매우 최근의 일이라는 점, 모든 언어는 정련된 문법을 가지고 있고 점점 더 정련되어왔으나 그에 있어 쓰기의 도움은 전혀 없었다는 점, 그리고 고도 기술문화 외부의 사람들은 대부분 음성을 전혀 시각적으로 변형하지 않고서도 문제없이 언어를 사용하면서 살아간다는 점 말이다.

실제로 구술문화(oral culture)는 고도로 예술적이고 인간적 가치를 지닌 강력하고 아름다운 언어 연행을 산출한다. 그런데 그런 언어 연행은 일단 쓰기가 사람들의 마음을 사로잡고 나면 불가능해진다. 하지만 한편으로 쓰기가 없다면 인간의 의식은 잠재능력을 온전히 발휘할 수 없으며, 그 밖의 아름답고 힘찬 작품을 낳을 수도 없다. 이런 의미에서 구술성은 쓰기를 낳을 필요가 있으며 그럴 운명을 지니고 있다. 뒤에서 살펴볼 바와 같이 문자성(literacy) 즉 문자를 읽고 쓰는 힘은 아무래도 필요한 것이다. 과학뿐만 아니라 역사와 철학의 발전을 위해서도, 문학을 비롯한 예술의 이론적 이해를 위해서도, 그리고 (구술적 말하기를 포함한) 언어 자체의 설명을 위해서조차 문자성은 필요하다. 오늘날 세계에 남아 있는 구술문화 또는 구술이 지배적인 문화들 가운데, 구술성이 지닌 거대하고 복합적이면서도 영원히 접근하기 어려운 힘을 문자성의 도움 없이 인식할 수 있는 문화는 거의 없다. 일차적 구술성에 뿌리내리고 있는 사람들에게 그러한 인식은 더할 나위 없는 고통이다. 그들은 열렬하게 문자성을 얻고자 하지만, 또 동시에 문자성의 세계로 옮아간다는 건 이전의 구술적 세계에서 흥미롭고 깊이 사랑을 받아온 많은 것들을 남겨놓고 떠나는 것임을 잘 알고 있다. 무언가가 생명을 지속하기 위해서는 다른 것이 죽어야만 한다.

문자성은 그 선행자인 구술성을 먹어치우고, 주의해서 감시하지 않으면 그러한 선행자가 있었다는 기억조차 파괴해버린다. 그렇지만 다행히도 문자성은 무한한 적용 가능성을 지닌다. 문자성을 통해 그 선행자에 대한 기억도 재건될 수 있기 때문이다. 문자성을 사용함으로써, 문자를 전혀 몰랐던 시대의 원초적 인간 의식을 완전히는 아니더라도 적어도 상당한 정도까지 재구성할 수 있다(어떠한 과거이든 간에 그 완전한 모습을 정신 속에 재구성할 수 있을 만큼 지금 우리가 익숙해 있는 현재를 잊어버리기란 불가능하기 때문이다). 이러한 재구성이 이루어지면, 인간 의식을 형성하고 고도 기술문화로 향하게 하여 이끌어간 문자성은 본래 무엇이었는지 더욱 잘 이해할 수 있을 것이다. 구술성과 문자성 양쪽에 관한 이러한 이해야말로, 이 책—필연적으로 구술 연행이 아닌 문자로 쓰는 작업에 의존하고 있지만—을 통하여 어느 정도나마 달성하려 시도하고 있는 바이다.

2장
일차적 구술성에 대한
현대의 발견

구두 전승에 대한 초기의 주목

말하기의 구술성은 근년에 와서 새로이 주목받고 있지만, 전례가 없었던 것은 아니다. 기원전 몇 세기에, 필명을 히브리어로 코헬레트(Qoheleth, '집회에서 말하는 사람')라 했고 같은 뜻의 그리스어인 에클레지아스테스(Ecclesiastes)라고도 일컬어지는 구약성서의 익명 필자는 자신의 쓰기가 구두 전승에 의지했다는 것을 다음과 같이 확실히 언명했다. "게다가 코헬레트는 지혜가 있기 때문에 지식을 백성에게 가르쳤다. 그는 많은 잠언을 생각하고 조사하고 정리했다. 코헬레트는 아름다운 말(구술적인 말 가운데 격언, 속담, 수수께끼 등을 가리킴 – 옮긴이)을 얻으려고 힘썼다. 그리고 그는 진실한 말을 올바르게 기록했다." (전도서 12장 9~10절)

'말을 기록했다'. 중세 사화집 편찬자들에서부터 에라스무스(1466~1536)나 비케시무스 녹스(1752~1821)에 이르기까지 그리고 그 이후로도, 문자 해독자들은 구두 전승(oral tradition)을 따라 말을 계속 텍스트로 기록했다. 단 늦어도 중세와 에라스무스 시대 이후에는, 적어도 서구 문화의 경우 대부분의 편찬자가 직접 귀로 들은 발화에서가 아니라 다른 책에서 '말'을 취하게 되었다는 데 중요한 의미가 있다. 낭만주의 운동은 먼 과거나 민속 문화에 관심을 기울인 것이 특징이다. 낭만주의 시대 이후 많은 편찬자들은 구두 전승 또는 그것에 준하거나 가까운 것에 다소라도 직접 바탕을 두고 일하게 되었으며 그러한 전통에 새로운 존엄성을 부여하였다. 그러한 편찬자로는 스코틀랜드의 제임스 맥퍼슨(James McPherson, 1736~96)을 비롯해서 잉글랜드의 토머스 퍼시(Thomas Percy, 1729~1811), 독일의 야콥 그림(Jacob Grimm, 1785~1863)과 빌헬름 그림(Wilhelm Grimm, 1786~1859) 형제, 미국의 프랜시스 제임스 차일드(Francis James Child, 1825~96) 등이 있다. 구술 민간전승(oral folklore)이 문자로 쓰인 '한층 고급스런' 신화의 파편에 지나지 않는다는 견해는, 스코틀랜드 학자 앤드루 랭(Andrew Lang, 1844~1912) 등의 덕택으로 20세기 초엽에 이르러서는 상당히 일소되었다. 그러한 견해는 앞장에서 논한 바와 같이 필사문화와 인쇄문화의 경향으로 아주 당연하게 생겨났던 것이다.

초기 언어학자들은 발화된 언어와 쓰인 언어가 다르다는 생각에 저항했다. 구술성에 대한 새로운 통찰에도 불구하고, 어쩌면 그 통찰 때문인지는 모르지만, 소쉬르는 쓰기란 발화된 언어를 단지 시각적인 모습으로 재현한 것에 지나지 않다는 견해를 취했다(Saussure 1959, pp. 23~24). 에드워드 사피어(Edward Sapir), 호킷(C. Hockett), 레너드 블룸필드(Leonard Bloomfield)도 이 점에서는 마찬가지다. 프라하 언어학파, 그중에서도 바체크(J. Vachek)와 에른스트 풀그람(Ernst Pulgram)은 쓰인 언어와 발화된 언어에는 어떤 차이가 있다는 것을 알아차렸다. 단 그들은 언어의 발전 요인보다 보편적 특성에 전적으로 주목했기 때문에, 이 차이를 거의 연구에 이용하지 않았다(Goody 1977, p. 77).

호메로스의 문제

구두 전승이 이미 까마득한 옛날부터 인식되었다면, 그리고 순수한 구술문화도 세련된 언어예술 유형들을 산출할 수 있다는 점을 랭 등이 이미 증명하였다면, 구술성에 관하여 우리가 새로이 이해한다고 할 때 그 새로움이란 어떠한 것일까?

구술성에 관한 새로운 이해는 갖가지 방향으로 탐구되어왔으나, 그 발자취를 가장 잘 더듬어볼 수 있는 것은 아마 '호메로스의 문제(Homeric question)'에 관한 역사일 것이다. 2천 년도 더 전부터, 읽고 쓸 수 있는 사람들은 호메로스 연구에 심혈을 기울여왔다. 그러한 연구에는 분방한 통찰력, 오해와 편견, 의식과 무의식이 온통 뒤얽히고 섞여 있다. 구술성과 문자성 사이의 대조를, 필사문화 또는 활자문화에 익숙하고 무반성적인 정신 상태가 지니는 맹점을 이보다 더 풍부한 문맥에서 제시하는 예는 없을 것이다.

'호메로스의 문제'란, 19세기에 성서에 대한 고등 비평(higher critism)과 발맞춰 발전해왔던 호메로스에 대한 고등 비평에서 비롯되었다. 그러나 그 뿌리는 그리스·로마의 고전시대로 거슬러 올라간다(Adam Parry 1971 참고, 다음부터는 이 책을 여러 페이지에 걸쳐 크게 참고한다). 서구 고전시대를 연구하는 학자들이 간간히 주목해온 바지만, 『일리아스』와 『오디세이』는 여타 그리스 시와 달리 기원이 분명하지 않다. 키케로(Cicero)는 이 두 시의 현존하는 텍스트는 호메로스의 원작에 피시스트라투스(Pisistratus)가 손질을 가한 것이리라고 말했다. 그러나 키케로도 호메로스의 작품 자체는 하나의 텍스트라고 생각하였다. 요세푸스(Josephus)는 심지어 호메로스가 문자를 알지 못했다고 주장한 바 있다. 다만 호메로스의 작품에 나타나는 문체나 그 밖의 특징에 근거를 두고서 주장한 것은 아니고, 오히려 고대 히브리 문화가 쓰기를 알았기에 그리스 문화보다 뛰어났다고 논하기 위해서였다.

논의의 시초부터, 강한 억압이 작용하여 우리가 호메로스의 시를 있는 그대로 이해하지 못하도록 방해해왔다. 『일리아드』와 『오디세이』는 서구의 문화유산 중 가장 모범적이고 가장 진정하며 가장 뛰어난 세속시라는 것이 고대로부터 현재에 이르기까지 변함없고 일반적인 견해이다. 그러나 이 두 시의 공인된 훌륭함을 설명하면서, 각 시대 사람들은 그 근거를 당대의 시인들이 표현했거나 표현하려는 것을 이 시들이 더욱 잘 표현하였기 때문이라는 식으로 해석하려고 했다. 낭만주의 운동이 일어나 '원시성'을 부끄럽다기보다 오히려 좋은 문화적 단계로 고쳐 해석하고 있었던 시대조차도, 일반적으로 학자나 독자 들은 원시적인 시 중에서 자기네 시대에 보아도 좋다고 생각되는 것들에만 논의를 한정하는 경향이 있었다. 이와 같은 문화적 쇼비니즘을 송두리째 끊어내는 데 성공한 사람은 고전학자 밀먼 패리(Milman Parry, 1902~35)였다. 그는 '원시적인' 호메로스의 시를 그 시 자체의 요소에 따라서 분석했다. 그러한 요소가 시와 시인의 본질에 관한 일반적인 사회통념을 위반하는 경우라도 말이다.

패리 이전에 이루어진 작업들 중에도 그의 연구를 막연하게나마 예시한 것이 있다. 즉 호메로스의 시에 대한 한결같은 찬사 속에도 종종 다소의 의심이 섞여 있었다. 이를테면 호메로스의 시에는 어딘지 모르게 조화롭지 않은 곳이 있다는 지적들이다. 17세기 도비냑과 메이마크의 대수도원장 프랑수아 에드랭(François Hédelin, 1604~76)은, 진정한 학문적 논의라기보다 수사적 논의를 통해서였지만 다음과 같이 논한 바 있다. 『일리아드』와 『오디세이』는 줄거리가 형편없고 등장인물의 성격 묘사도 빈약하며 윤리학적으로나 신학적으로나 기피해야 할 작품으로, 나아가 호메로스라는 인물은 절대 실존하지 않았고 그의 작품으로 되어 있는 서사시는 다른 사람들의 시를 짜깁기한 것에 지나지 않는다는 것이다. 이른바

『팔라리스의 서한(Epistles of Phalaris)』이 가짜라는 것을 증명했고 스위프트(Swift)가 간접적이나마 활판인쇄를 풍자한 『책들의 전쟁(Battle of the Books)』을 쓰도록 영향을 끼친 것으로 유명한 고전학자 리처드 벤트리(Richard Bentry, 1662~1742)는, 확실히 호메로스라는 사람은 있었으나 그가 '쓴' 여러 가지 노래라는 것들은 대략 5백 년 후 피시스트라투스 시대에 와서야 비로소 서사시의 모습을 갖추게 되었다고 생각하였다. 이탈리아의 역사철학자 비코(Giambattista Vico, 1668~1744)는 호메로스가 실존하지 않았다고 생각하였으며, 이른바 호메로스의 서사시라는 것은 민족 전체가 만들어낸 것이라고 믿었다.

로버트 우드(Robert Wood, 1717~71)는 『일리아드』와 『오디세이』에 나오는 장소 몇 군데를 신중하게 확인한 영국의 외교관이요 고고학자이다. 또 그는 패리가 결정적으로 증명해낸 것에 대단히 근접한 추론을 남긴 최초의 사람이기도 하다. 그는 호메로스가 문자를 알지 못했으나 기억이라는 능력 덕분에 이러한 시를 산출할 수 있었다고 주장했다. 놀라운 것은, 우드가 구술문화에 있어서 기억의 구실은 문자문화에서 맡는 것과 전혀 다르다고 말했다는 점이다. 호메로스의 기억력이 어떠한 방식으로 작용했는가는 설명할 수 없었지만, 우드는 호메로스 시구에 드러나는 특질은 학자의 것이 아니라 민중의 것이라고 분명히 말하였다. 루소(Jean-Jacques Rousseau)는 아르두앵 신부의 견해를 인용하면서, 호메로스나 그와 동시대의 그리스인에게는 책이 존재하지 않았을 가능성이 크다고 했다(Rousseau 1821, pp. 163~64. 다만 패리는 아르두앵도 루소도 언급하고 있지 않다). 하기야 루소도 『일리아드』 제6권에 나오는, 리키아의 왕에게 파견된 벨레로폰테스가 소지했다는 목판에 새긴 메시지에 관해서는 어쩌면 문자였을지도 모른다고 하였다. 그러나 벨레로폰테스를 살해하라고 요구한 그 목판의 '기호'가 진짜 기록물(script)이었다는 증거는 어디에도 없다(본서 pp. 147~149 참고). 오히려 호메로스의 서술에서 판단하는 한, 그 기호는 일종의 조잡한 표의기호(ideographs)처럼 느껴진다.

19세기에 이르러, 프리드리히 아우구스트 볼프(Friedrich August Wolf, 1759~1824)가 1795년 『프롤레고메나(Prolegomena)』에서 창시한 이론을 모태로 해서 호메로스에 관하여 이른바 분석주의 이론이 발전하게 되었다. 분석주의자들은 『일리아드』와 『오디세이』의 텍스트를 그 이전에 있었던 시들이나 그 조각들이 조합된 것으로 간주하고, 조합된 각각의 시나 그 조각들이 어떠한 것이며 어떻게 층을 이루었는지 분석적으로 확인하려 했다. 그러나 애덤 패리(Adam Parry)도 언급하는 바와 같이, 분석주의자들은 시를 이루는 조각들을 단순히 텍스트라고만 여겼으며 다른 것은 끝내 생각해내지 못하였다(Parry 1971, pp. xiv~xvii). 분석주의가 20세기 초에 유니테리언으로, 때로는 문학적 경건주의로 이어진 것은 당연한 귀결이었다. 경건주의자들은 내심 불안을 느끼면서도 지푸라기를 잡는 심정으로 텍스트를 숭배하였다. 그래서 『일리아드』와 『오디세이』는 아주 잘 조립되어 있고, 인물의 성격화도 일관되었으며, 따라서 전반적으로 말하여 멋대로 편집한 작품일 수 없고 분명히 한 사람이 창조한 고도의 예술작품이라고 언급하였다. 이러한 의견이 지배적이었던 무렵 패리는 학창생활을 보내며 자신의 견해를 형성하기 시작했던 것이다.

밀먼 패리의 발견

선구적이고 지적인 작업이 흔히 그러하듯이, 밀먼 패리의 작업도 명백히 규명하기 어려운 심원하고도 확고한 통찰을 바탕으로 생겨났다. 밀먼 패리의 아들로 지금은 고인이 된 애덤 패리는 그의 아버지가 1920년대 초 캘리포니아 버클리대학에서 써낸 문학 석사논문에서부터 1935년 요절할 때까지, 자기 아버지의 이론에 나타난 매혹적인 발전과정을 아름답게 추적해왔다(Adam Parry 1971, pp. ix~lxii).

패리의 견해에 포함된 요소들 모두가 새로웠던 것은 아니다. 1920년대 초부터 줄곧 그의 사고를 지배했던 기초 원리는, 호메로스의 시에서 "단어나 어형 선택은 (구술적으로 짜인) 육각운(hexameter) 형태에 의존한다"는 것이었다(Adam Parry 1971, p. xix). 그러나 이 생각은 엘렌트(J. E. Ellendt)와 뒨체르(H. Dünzer)의 작업에서 이미 언급되었던 것이다. 패리가 초기에 보여준 그 밖의 통찰들에도 역시 선구적 업적이 있었다. 제네프(Arnold van Gennep)는 현대의 구술문화에서 시의 공식적 구조에 주목한 바 있으며, 무르코(M. Murko)는 그러한 문화에서 구두로 유포되는 시는 정확하게 축어적으로 기억되지 않는다는 점을 확인하였다. 더욱 중요한 것은 예수회 사제이자 학자였던 마르셀 주스(Marcel Jousse)의 업적이다. 그는 구술문화가 잔존한 프랑스 농촌에서 자라고 성인이 되어서는 삶의 태반을 중동에서 그곳의 구술문화에 듬뿍 젖어 지내면서, 구술문화에서 작품이 짜이는 방식은 어떠한 방식이든 간에 문자로 쓰여 조립되는 경우와는 다르다는 것을 날카롭게 간파해냈다. 주스는 구술문화와 이 문화가 산출한 성격적 구조에 '목소리에 의지한다(verbomoteur)'는 특징을 부여하였다(Jousse 1925, 유감스럽게도 주스의 작업은 아직 영역되지 않았다. Ong 1967b, pp. 30, 147~48, 335~36 참고). 밀면 패리의 이론은 이상의 모든 통찰과 그 밖의 통찰들을 종합하여 호메로스의 시에 대해, 그리고 그의 시를 그런 형태로 만든 당대의 조건에 대해 설득력 있게 설명하였다.

그렇지만 패리의 이론은, 비록 이전의 학자들이 부분적으로 착수하기는 했어도 역시 그 자신의 손으로 이루어진 것이다. 1920년대 초에 처음으로 그 이론을 떠올렸을 때 그는 앞에 언급된 학자들 중 한 사람도, 심지어 그러한 사람들이 있다는 것조차도 분명히 몰랐기 때문이다(Adam Parry

1971, p. xxii). 그러나 앞에 언급된 학자들에게 영향을 준 당시의 미묘한 분위기가 그에게도 미쳤다는 점은 물론 의심의 여지가 없다.

패리의 박사논문(Milman Parry 1928)에 충분히 성숙한 형태로 제시된 바, 패리의 발견은 다음과 같이 요약할 수 있다. 사실상 호메로스의 시에 드러나는 모든 특징들은 구술적 창작 방식에 필연적인 유기적 체계에 기인한다는 발견이다. 이러한 창작 방식을 재구성하려면 시 자체를 주의 깊게 조사해야 한다. 다만 그렇게 하려면 문자문화 속에서 수백 년 동안 사람들의 마음 깊숙이 스며든 표현과 사고 과정에 관한 여러 가설들을 일단 한쪽으로 치워놓을 필요가 있다. 이러한 발견은 문학계에서는 혁명적이었으며, 문화사나 심리사와 같은 다른 분야에도 헤아릴 수 없는 영향을 끼치게 된다.

이 발견의 더 깊은 의미는 무엇일까? 특히 앞서 언급했듯 '단어나 어형 선택은 육각운 형태에 의존한다'는 원리를 패리가 강조한 데는 어떤 의미가 담긴 것일까? 이미 뒨체르가 알아차린 바와 같이 호메로스가 포도주를 묘사하는 데 사용한 형용구는 운율적으로 모두 달라서, 그중 무엇을 사용할지는 그 구의 의미보다도 오히려 그 구가 놓인 절의 운율적 필요에 따라 결정되었다(Adam Parry 1971, p. xx). 호메로스가 사용한 형용구가 얼마나 딱 들어맞는가에 관해서는 경건할 정도로, 총체적으로 과장되어 왔다. 하기야 구송시인(oral poet)은 충분히 풍부하고 다채로운 형용구 레퍼토리를 가지고 있었으므로, 이야기를 이어 맞출 때 생기는 운율상의 어떠한 필요에도 금세 적당한 형용사를 찾아낼 수 있었다. 그것도 암송할 때마다 다르게 말이다. 뒤에 보게 될 바와 같이, 구송시인은 보통 시행을 축어적으로 기억하여 낭송하지 않기 때문이다.

운율에 따라서 시를 짓는 시인이라면 누구나 당연히 이런저런 운율상의 필요에 따라서 단어를 선택하게 된다. 그러나 일반적으로 통용되어온 생각은, 운율에 맞는 말은 물 흐르듯 거의 예측할 수 없는 방식으로 시인의 상상력에 저절로 떠오르는 것이며 '천재'(즉 본질적으로 설명 불가능한 능력)의 영역에 속한다는 것이다. 시인은 필사문화에서, 그리고 활자문화에서는 더욱더 이상화되었기 때문에, 그들이 미리 만들어진 재료를 사용해 시를 쓴다고는 생각되지 않았다. 간혹 과거의 다른 시들을 부분적으로 되풀이하더라도, 시인은 그 편린들을 '자기 것'으로 바꾼다고 여겨졌다. 확실히 이러한 생각에 반대되는 관행도 있었다. 특히 고전 시대 이후에 라틴어 시를 쓰는 사람들이 표준적인 표현 방식을 제공하는 관용구집을 사용한 것이 그러하다. 라틴어 관용구집이 특히 많이 사용되었던 것은 인쇄술 발달로 그런 모음집이 간단히 양산될 수 있었기 때문이며, 이런 책들은 학생들이 『시학의 단계』를 곧잘 이용했던 19세기에 이르기까지 계속 애용되었다(Ong 1967b, pp. 85~86; 1971, pp. 77, 261~263; 1977, pp. 166, 178). 『시학의 단계』에는 고전 라틴어 시인이 사용한 형용구와 그 밖의 관용구가 꽉 차 있었다. 나아가 사용자의 편의를 고려해서 운율을 맞출 수 있도록 모든 음절에 장단 구분이 표시되어 있었다. 따라서, 시인이 되고자 하는 사람은 『시학의 단계』를 통해 마치 요즘 아이들이 '이렉터'나 '메카노' 또는 '팅커토이' 세트로 무엇을 조립하듯이 시를 조립할 수 있었다. 이렇게 해서 조립된 전체 구조는 시인 자신의 손으로 이루어졌다고 할 수 있지만, 각 부분은 그가 손을 대기 전부터 이미 존재하던 것이다.

그렇지만 이와 같은 방식으로 시를 제작하는 것은 초심자의 경우에만 받아들여진다고 여겨졌다. 역량 있는 시인은 운율이 딱 들어맞는 독자적 시구를 만들어낼 것으로 간주되었다. 상투적인 사상은 용인되었으나, 상투적인 언어는 용인되지 않았다. 알렉산더 포프(Alexander Pope)는 저서 『비평론(An Essay on Criticism)』(1711)에 다음과 같이 썼다. 시인의 '기지(wit)'란, 항상 사람들의 뇌리에 떠오르는 평범한 내용이라도 독자들이

'이렇게 솜씨 좋게 나타낸 것은 없었다'고 생각하도록 표현할 수 있어야 만 한다고. 널리 받아들여지는 진리라도 독창적 방식으로 표현되어야만 했다. 포프가 세상을 떠난 지 얼마 안 되어 도래한 낭만주의 시대에는 더 한층 창조적인 것이 요구되었다. 극단적인 낭만주의자에게는, 완전한 시 인이란 이상적으로는 '무에서 창조'하는 신과 같아야 했다. 훌륭한 시인 일수록 자기 시 전체를 보통 사람은 생각해내지 못할 표현으로 채워야 했다. 초심자나 딱히 솜씨가 좋지 않은 삼류시인만이 미리 만들어진 재 료를 사용했다.

여러 세기에 걸쳐 일치된 견해에 의하면, 호메로스는 초심자도 형편없 는 시인도 아니고 타고난 '천재'였다. 말하자면 날갯짓을 할 때까지의 성 장과정을 뛰어넘고 태어나는 순간부터 곧장 퍼덕일 수 있는 '천재'였다. 마치 니얀가인의 서사시에 나오는, "조그마한 채 태어나자마자 바로 걷 기 시작한 사람"이라고 일컬어진 영웅 므원도처럼 말이다. 어떻든 간에 『일리아드』와 『오디세이』에 있어서 항상 호메로스는 충분히 완성되고 더할 나위 없이 숙련된 시인으로 간주되었다. 그러나 이젠 그도 일종의 관용구집을 머릿속에 간직하고 있었다는 것이 분명히 밝혀졌다. 한 예 로, 밀먼 패리의 면밀한 연구에서 분명히 밝혀진 바에 따르면 호메로스 는 거듭거듭 판에 박힌 문구를 사용했던 것이다. 그리스어 랩소딘 (*rhapsóidein*)의 뜻, 즉 '노래를 짜맞추다'(*rhaptein* 즉 '짜맞추다'와 *óide* 즉 '노래' 의 결합)는 당시의 시작법을 암시한다. 호메로스는 미리 만들어진 부분들 을 이어 맞췄던 것이다. 그는 창조자가 아니라 조립 라인의 노동자였다.

이와 같은 생각은, 문자 사용에 너무나 익숙한 사람들에게는 특히 위 협적인 것이었다. 문자 사용자들은 원칙적으로 진부한 상투구(clichés) 같 은 것은 절대 사용하지 않도록 교육받기 때문이다. 호메로스의 시를 보 면 볼수록 진부한 상투구나 그와 비슷한 부류의 말로 형성된 것처럼 보인다는 사실을 사람들이 받아들일 수 있었겠는가? 대체로 패리의 연구가 진행되고 그에 이어 후대 학자들의 연구가 더욱 진전됨에 따라서, 『일리아드』와 『오디세이』에 사용된 말 가운데 정형구(formulas), 그것도 너무나 뻔한 정형구가 아닌 것은 아주 적은 일부만이라는 사실이 증명되었다.

더구나 표준화된 정형구는 마찬가지로 표준화된 테마, 즉 평정, 군대의 집결, 도전, 피정복자들에 대한 약탈, 영웅의 방패 등과 같은 테마 주변에 집중된다(Lord 1960, pp. 68~98). 전 세계에 걸쳐 구전 이야기나 구전 설화는 이와 같은 테마의 레퍼토리를 지닌다(쓰인 내러티브나 담론에도 필연적으로 당연히 테마가 있다. 그러나 이 경우 테마는 무한히 다양하며 더욱 다듬어져 있다).

호메로스의 시 언어는 전체적으로 기묘하게도 아이올리스(Aeolis)와 이오니아(Ionia)의 초기 및 후기 방언의 특징들이 혼합되어 있어서, 몇 가지 텍스트가 겹쳐진 것이라기보다는 해묵은 관용 표현을 사용하는 서사 시인들이 오랜 세월 동안 산출한 언어라고 설명하는 것이 가장 합당하다. 시인들은 그런 해묵은 관용 표현을 보존해오다가 전적으로 운율상의 필요에 따라 고쳐 만들었던 것이다. 호메로스의 두 서사시는 당대에 이르기까지 여러 세기에 걸쳐 형성되고 손질된 끝에 기원전 700~650년경 새로운 그리스 알파벳으로 적힌 것이다. 이리하여 이 알파벳으로 적은 최초의 장편 작품이 생겨났다(Havelock 1963, p. 115). 여기서 사용된 그리스어는 한번도 일상생활에서 사용되지 않은, 시인들이 세대에서 세대로 전해오면서 그 윤곽을 빚어낸 특별한 그리스어였다(이것에 비교할 만한 특별한 언어의 흔적으로서 잘 알려진 예는, 동화에 사용되었으며 지금까지도 발견되는 영어의 특유한 정형구이다).

어째서 이처럼 거침없이 정형구를 구사하고, 미리 만들어진 부분으로 조립된 시가 그럼에도 불구하고 여전히 훌륭할 수 있는가? 밀먼 패리는 이 물음에 명확히 대답하려고 했다. 후세의 독자들에게는 대체로 중요하지 않다고 가르쳐온 것, 즉 관용구, 정형구, 판에 박힌 수사, 더욱 엄격히 말하면 진부한 상투구가 어쨌든 호메로스의 시에서는 중요하게 이용되었다는 명백한 사실을 이제는 부정할 수 없기 때문이다.

이에 관한 여러 문제 가운데 일부는 뒤에 해블록의 작업으로 상당히 상세하게 해명되었다(Havelock 1963). 호메로스 시대의 그리스인은 어째서 진부한 상투구를 값지게 평가했을까? 단지 시인뿐만 아니라, 구술문화에 속하는 인식 내지 사고 전체가 그러한 정형적인 사고의 조립에 의지하였기 때문이다. 구술문화에서는 일단 획득된 지식을 잊지 않도록 끊임없이 반복해야만 했다. 지혜를 적용하는 데도, 효과적으로 사무를 처리하는 데도 고정되고 형식화된 사고 패턴이 필수적으로 요구되었다. 그러나 플라톤(기원전 427?~347) 시대에는 이미 변화가 일어나 있었다. 마침내 그리스인이 쓰기를 실효성 있게 내면화했던 것이다. 그리스 알파벳이 대략 기원전 720~700년 무렵에 만들어졌으니, 여기에 이르기까지 몇 세기가 걸린 것이다(Havelock 1963, p. 49, Rhys Carpenter를 인용). 기억을 도와주는 정형구 대신 쓰인 텍스트로 지식을 저장하는 새로운 길이 열렸다. 이렇게 해서 정신은 해방되고 자유로워졌으며, 더욱 독창적이고 추상적인 사고를 지향할 수 있게 되었다. 해블록이 분명히 밝힌 바와 같이, 플라톤이 이상 국가에서 시인을 배제한 것은(비록 플라톤 자신은 명확히 의식하고 있지 않았더라도) 본질적으로 그 자신이 문자가 형성한 새로운 인식 세계에 속한다고 생각하였기 때문이다. 이 새로운 세계에서, 전통적인 시인 모두가 애용했던 정형구나 진부한 상투구는 뭔가를 만들어내는 데 방해가 되며 시대에 뒤진 유물이었다.

서구 문화는 호메로스를 이상화된 고대 그리스의 일부로 긴밀하게 일체화시켜왔기 때문에, 지금까지 말한 것들은 마음을 불편하게 하는 결론인 셈이다. 위의 언급을 통해 드러난 것은, 우리가 악덕이라고 간주해온 것을 호메로스 시대에는 시적이고 지적인 미덕으로서 육성했다는 사실이다. 또한 호메로스 시대의 그리스와 플라톤 이후의 철학이 표현하는 모든 것들은, 표면상 아무리 친밀하고 연속적인 것처럼 보이더라도 실제로는 깊은 대립관계에 있었다는 사실이다. 그러한 대립이 의식적이라기보다는 오히려 무의식적인 것이라도 말이다. 바로 이러한 갈등이 플라톤의 무의식을 괴롭혔던 것이다. 『파이드로스(Phaedrus)』나 『일곱 번째 서한 (Seventh Letter)』에서 플라톤은, 쓰기가 지식을 처리하는 수단으로서 기계적이고 비인간적이며 질문에 무책임하고 기억력을 손상시킨다며 쓰기를 유보하자는 의견을 심각하게 표명한 바 있다. 우리가 아는 바와 같이, 플라톤이 열렬하게 탐구한 철학적 사고가 쓰기에 전적으로 의존했는데도 말이다. 이 책에서 제기하는 문제들이 오랫동안 표면화되지 못했던 것도 놀랄 일은 아니다. 전 세계에 영향을 미친 그리스 문명의 중요성이 전혀 새로운 관점에서 나타나고 있었다. 즉 인류사에 있어서 알파벳을 읽고 쓰는 문자성(literacy)이 깊이 내면화되어 구술성(orality)과 처음 정면으로 부딪쳤던 시기가 바로 이때였다. 플라톤이 쓰기 문제로 불안해하긴 했지만, 이러한 문제가 전개되고 있다는 것을 당시에는 플라톤뿐만 아니라 어떤 사람도 분명히 알아차리지 못했으며 또 알아차릴 수도 없었다.

패리는 그리스 시의 육각운을 연구하다가 정형구를 생각하여 개념화했다. 다른 연구자들이 패리의 이 개념을 다루고 발전시키면서 정형구에 관한 정의를 어떻게 내포시킬 것인가, 확장할 것인가, 또는 적용시킬 것인가 하는 문제를 에워싸고 많은 논쟁이 있었다(Adam Parry 1971, p. xxviii, n.1 참고). 논쟁의 이유 중 하나는 정형구에 관한 패리의 정의, 즉 '어떤 본질적인 관념을 표현하려고 운율이 같다는 조건하에 규칙적으로 사용되는 단어의 집합'이라는 정의만으로는 분명해지지 않는 의미의 심층이 패리의 이론에 내재해 있었기 때문이다(Adam parry 1971, p. 272). 이 의미의 심층을 더욱 철저하게 파헤친 것은 바이넘(David E. Bynum)의 『숲의 마신(The Daemon in the Wood)』이었다(Bynum 1978, pp. 11~18과 그 밖의 여러 곳). 바이넘은 다음과 같이 썼다. "패리가 말하는 '본질적인 관념'은 그의 정의의 간결함만큼, 또 정형구 자체의 일반적인 간결함, 서사시적 스타일의 관습성, 태반의 정형구가 지닌 진부함만큼 단순하지 않다"(Bynum 1978, p. 13). 바이넘은 '관용구적인(formulaic)' 요소와 '엄밀하게 관용구인(strictly formular, 즉 정확히 반복되는) 시구'를 구별한다(Adam parry 1971, p. xxxii, n. 1 참고). 확실히 후자와 같은 시구가 구전시를 특징짓지만(Lord 1960, pp. 33~65), 구전시에서 그러한 시구는 언제나 덩어리로 나타난다(바이넘이 든 예를 보면, 「높은 나무」라는 시는 "무서운 전사가 다가와서 생긴 격변"과 같은 시구를 수반한다 – 1978, p. 18). 이 덩어리(clusters) 현상이 정형구를 조립하는 원칙이 된다. 따라서 '본질적인 관념'이란 명료한 것이 아니며, 오히려 대부분 무의식중에 모인 일종의 허구적 복합체다.

바이넘의 인상적인 저작은 바로 그가 '두 나무의 패턴(Two Tree patten)'이라 부르는 기본적인 허구에 역점을 두었다. 그는 이런 종류의 허구를 고대 메소포타미아, 지중해부터 현대 유고슬라비아와 중앙아프리카, 그 밖에 세계 도처의 구전 이야기와 그에 결부된 도상에서 확인하였다. 일관적으로 '이별, 전별, 예측하기 어려운 위험' 등의 관념이 한쪽 나무(녹색 나무) 주위에 모이고, '합일, 답례, 협동' 등의 관념이 다른 한쪽 나무(마른 나무, 베어 쓰러뜨린 나무) 주위에 모인다(Bynum 1978, p. 145). 바이넘이 구전 이야기와 그 밖의 특유한 '기본적 허구'에 주목한 덕분에, 우리는 구술된 내러티브 조직과 필사되거나 활자화된 내러티브 조직을 이전보다 더욱 확실히 구별할 수 있게 되었다.

이 책에서는, 바이넘과 다르긴 하지만 매우 가까운 입장에서 이 구별에 주의를 돌릴 것이다. 폴리가 분명히 밝힌 바와 같이(Foley 1980a) 정형구의 성격이나 본질, 작용 방법은 확실히 그 정형구가 통용되어온 개별 전통에 의존하게 된다. 그러나 여러 전통에는 공통적으로 정형구라는 개념을 유효하게 하는 광대한 기반이 있다. 여기서는 특별히 단서를 붙이지 않는 한 아주 일반적으로 운문이나 산문에서 대체로 정확히 되풀이되는 구절이나 (격언과 같이) 한 세트로 묶인 표현을 정형구로서 이해해두기로 하자. 뒤에서 살펴보겠지만, 이러한 구절이나 표현은 필사문화, 활자문화 또는 전자문화보다도 구술문화에서 더욱더 결정적이고 확산적인 구실을 담당한다(Adam Parry 1971, p. xxxiii, n. 1 참고).

구술문화에서 정형구적인 사고나 표현은 의식 영역과 무의식 영역 모두에 깊이 침투해 있어서, 그 문화에 익숙한 사람이 펜을 손에 잡게 되어도 그러한 사고나 표현을 금세 떨쳐버릴 수는 없다. 코사(Xhosa) 시인이 문자를 배워서 시를 쓰게 되어도 여전히 그의 시에 정형구적 스타일이 드러난다는 오플랜드(Opland)의 관찰을 피네건은 분명히 놀라움을 드러내며 보고한 바 있다(Finnegan, 1977, p. 70). 사실, 이 시인이 뭔가 다른 스타일로 시를 쓸 수 있다면 그것이 오히려 놀라운 일이리라. 특히 일차적 구술문화에서 정형구적 스타일은 시에 국한되지 않고 어느 정도는 모든 사고나 표현의 특징이기 때문이다. 세계 어디서든, 쓰기가 막 시작되는 문화에서의 시는 필연적으로 우선 구술 연행된 것을 문자로 적은 것처럼 보인다. 인간 정신에 처음부터 문자를 술술 써내려가는 재능이 있었던 것은 아니다. 일차적으로는 목소리로 말하는 실제 장면을 떠올리고, 자신이 낭랑하게 발음한 말을 어떤 표현에 아로새긴다. 쓰기(writing)가 쓰기를 통한 글짓기(composition in writing)가 되는 일은 매우 느리게 진행된다. (초기의 작가들이 글을 지을 때 당연히 그랬을 것과 같이) 쓰기는 실제로는 큰소리로 말하는 것이다. 그런데 쓰기를 통한 글짓기란, 그것이 시적이든 아니든 간에, 쓰기가 실제로는 말하는 것과 같다는 느낌을 전혀 수반하지 않은 완전히 다른 종류의 담론(discourse)이다. 뒤에서 곧 언급하겠지만, 클랜치의 보고에 의하면 11세기 캔터베리의 에드머조차 쓰기를 통한 글짓기를 '자신에게 받아쓰기를 시키는 것'으로 생각했던 듯하다(Clanchy 1979, p. 218). 정형구 요소를 광범위하게 사용하는 구술문화에 뿌리박은 사고와 표현 습관은 주로 옛날부터 내려온 고전 수사학 교육을 통해서 유지되었고, 플라톤이 구송시인을 비난한 지 무려 2천 년이나 지난 이후인 튜더 왕조에서도 이 습관은 거의 모든 산문 스타일을 특징지었다(Ong 1978, pp. 23~47). 영어에서 이 습관의 흔적이 실제로 거의 완전히 제거된 것은 그로부터 2세기 후인 낭만주의 운동기였다. 몇 세기 이전부터 쓰기가 존재했으나 그것을 충분히 내면화하지 않은 여러 현대 문화, 이를테면 아랍 문화나 그 밖의 지중해 문화(그리스 문화가 그 일례다 - Tannen 1980a)는 아직도 정형구적 사고와 표현에 깊이 의존한다. 칼릴 지브란(Kahlil Gibran)은 그처럼 구술로 유포된 정형구적 작품을 인쇄해서 문자를 읽을 수 있는 미국인에게 제공하는 작업을 해왔다. 이런 종류의 격언과 같은 발화를 미국 사람은 매우 색다른 것으로 여기는데, 레바논 친구의 말에 따르면 베이루트 사람들은 이를 진부한 것으로 생각한다고 한다.

후속 연구와 관련 연구

밀먼 패리가 내린 결론이나 주안점들은 당연히 이후 연구로 어느 정도 수정되었다(예컨대 Stoltz and Shannon 1976 참고). 그러나 구술성에 관한, 그리고 구술성과 시의 구조나 미학의 관련성에 관한 패리의 중심적인 메시지는 호메로스 연구뿐만 아니라 인류학에서 문학사에 이르는 여러 분야의 연구 방향을 전에 없을 만큼 뒤흔들어놓았다. 애덤 패리는 자신의 부친이 이룬 이 혁명의 직접적인 결과를 기술하였다(Adam Parry 1971, pp. xliv~lxxx). 그 밖의 여러 결과에 관해서는 홀로카(Holoka 1973), 헤임즈 (Haymes 1979)가 대단히 귀중한 서지 연구들을 통하여 언급한 바 있다. 패리의 작업은 세세한 점에서는 다소 비판을 받았고 수정도 되었다. 그러나 그의 작업에 대해 아주 적게나마 일어났던 전적인 거부반응은, 이제는 대부분 필사문화 또는 활자문화를 무반성적으로 받아들이는 정신의 산물로 이해된다. 그러한 심성은 당초 패리의 진의를 이해하는 데 방해가 됐지만, 지금은 패리의 작업 그 자체로 인해 시대에 뒤진 것이 되어버렸다.

지금도 학자들은 패리의 발견과 통찰에 담긴 심층적 의미를 꼼꼼하게 검토하고 검증하고 있다. 일찍이 휘트먼이 『일리아드』의 전체 구조를 제시하는 야심찬 연구를 해냄으로써 패리의 작업을 보충했다(Whitman 1958). 그 연구에 따르면 『일리아드』는 일화의 말미에서 그 일화의 발단에 있었던 요소를 되풀이하는 정형구적 구조로 되어 있다. 즉 휘트먼의 분석에 의하면, 각 일화는 상자 속에서 또 상자가 나오는 중국식 퍼즐과 같이 구축된 셈이다. 그러나 구술성과 문자성을 대조시켜 이해하는 측면에서 패리가 이룩한 것을 가장 의의 깊게 발전시킨 사람은 역시 로드(Albert B. Lord)와 해블록(Eric A. Havelock)이었다. 로드는 『이야기를 노래하는 가수(The Singer of Tales)』(1960)에서 설득력 있는 면밀한 방식으로 패리의 작업을 완수하고 확장하였다. 그의 보고는 장기간에 걸친 조사 여행의 산물로서, 세르보-크로아티아 서사시 가수들의 공연과 장기간에 걸쳐 그들을 인터뷰한 내용의 방대한 녹음 자료를 사용하였다. 그보다 이전에 프랜시스 마곤(Francis Magoun), 하버드에서 패리, 로드와 함께 연구한 사람들, 특히 크리드(Robert Creed)와 베싱어(Jess Bessinger) 등은 이미 패리의 생각을 중세 영시 연구에 적용하였다(Foley 1980b, p. 490).

『플라톤 서설(Preface to Plato)』(1963)에서 해블록은 패리와 로드가 구전 서사시의 내러티브에서 발견한 것을 고대 그리스 구술문화 전반으로 확장시킨 다음, 쓰기를 통해 발생한 사고의 재구조화와 그리스 철학의 시작이 서로 긴밀하게 결부되었음을 분명히 보여줬다. 플라톤이 『국가』에서 시인을 배제했다는 것은, 호메로스의 시에 되풀이하여 나타나는 소박하고 집합적이고 병렬적인 구술성에 입각한 사고에 대한 플라톤의 거부를 뜻한다. 그 대신 플라톤은 세계와 사고에 대한 날카로운 분석 또는 해부를 지지하였는데, 이는 그리스인의 마음에 알파벳이 내면화됨으로써 가능해졌다. 해블록은 이후의 저작 『서양 문자성의 기원(Origins of Western Literacy)』(1976)에서, 그리스인 사이에 분석적 사고가 우세하게 된 원인을 그들이 알파벳에 모음자를 도입한 데에서 찾고 있다. 그 전에 셈족이 만든 최초의 알파벳은 자음자와 몇 개의 반모음자만으로 이루어졌다. 그리스인은 모음자를 도입함으로써 음성이라는 붙잡기 어려운 세계를 추상적이고도 분석적이며 시각에 호소하는 모습으로 코드화하는 새로운 단계에 도달하였다. 이 위업은 그들이 나중에 달성하는 추상적이고도 지적인 위업의 전초이자 그것을 성취하는 도구가 되었다.

패리가 선수를 잡은 이러한 작업은, 이와 용이하게 결부될 수 있는 다른 영역의 연구와 더욱 연결될 필요가 있다. 그러나 몇 가지 중요한 결부는 이미 이루어져왔다. 예컨대 『아프리카의 서사시(The Epic in Africa)』(1979)라는 장대하고도 사려 깊은 작품에서, 이시도르 오크퓌호(Isidore Okpewho)는 패리의 통찰과 분석(로드의 저작이 정교화한 내용에 입각하여)을 유럽과 전혀 다른 여러 문화권에 남아 있는 구전예술 유형들에 적용하였다. 그 결과 아프리카 서사시와 고대 그리스 서사시가 서로 빛을 던져주게 되었다. 밀러(Joseph C. Miller)는 아프리카의 구두 전승과 역사에 관해서 논한 바 있다(1980). 에오양(Eugene Eoyang)은 구술성의 정신역학

(psycodynamics)이 무시됨으로써 초기 중국의 내러티브에 대해 오해가 생겼다는 것을 보여주었다(1977). 그리고 플랙스가 편찬한 논집(Plaks 1977)에서 또 다른 저자들이 문자로 쓰인 중국의 내러티브에 선행하는 정형구적인 작품에 관해서 검증하였다. 츠베틀러는 아라비아 고전 시에 대해서 논한 바 있다(Zwettler 1977). 로젠버그(Bruce Rosenberg)는 미국의 민간전도사(folk preachers)에게 옛날의 구술성이 잔존해 있다는 점을 연구해왔다(1970). 폴리(John Miles Foley)는 로드에게 바친 기념 논집에 지역적으로는 발칸으로부터 나이지리아와 뉴멕시코까지, 시대적으로는 고대에서 현대까지 구술성에 관한 새로운 연구들을 집록하였다(1981). 그 밖에도 전문 연구들이 속속 나타나고 있다.

인류학자들은 더욱 직접적으로 구술성 문제를 연구해왔다. 잭 구디(Jack Goody)는 패리, 로드, 해블록뿐만 아니라 다른 연구자들의 작업도 교묘하게 이용하였다(1977). 그중에는 16세기의 사고 과정에 인쇄가 끼친 영향에 관한 나의 초기 작업도 포함되었다(Ong 1958b — 구디는 1974년 발행된 재판을 인용했다). 이 책에서 구디는 종래의 마술에서 과학으로의 전환, 이른바 '전논리적' 의식 상태에서 한층 '합리적인' 의식 상태로의 전환, 또는 레비스트로스(Lévi-Strauss)가 말하는 '야생의' 정신에서 길들여진 사고로의 전환이 구술성에서 갖가지 단계의 문자성으로의 전환을 통해 더한층 무리 없고 적절하게 설명될 수 있다는 것을 설득력 있고 분명하게 밝혔다. '서양적인 것'과 다른 관점의 대비는 상당수의 경우 깊이 내면화된 문자성(literacy)과, 정도의 차이는 있지만 구술문화에 뿌리박은 의식 상태의 대비로 환원될 수 있을 것이라고 나는 그보다 앞서 시사한 바 있다(Ong 1967b, p. 189). 마셜 맥루언(Marshall McLuhan)도 잘 알려진 연구에서 귀와 눈, 즉 구술적인 것과 텍스트적인 것을 중요하게 대비시킨 바 있다(1962, 1964). 그는 제임스 조이스(James Joyce)가 일찍이 선견지명을 갖고 알아차렸던 귀와 눈이라는 양극성에 주목하고, 그 양극성에 관련시키지 않았더라면 이질적으로 보였을 여러 학문적 연구들을 방대하고도 포괄적인 학식과 깜짝 놀랄 만한 통찰로 결부시켰다. 맥루언은 학자뿐만 아니라 매스컴 관계자와 실업가, 교양 있는 대중 일반의 주의를 끌었다 (Eisenstein 1979, pp. x~xi, xvii). 이는 무엇보다도 격언풍이며 신탁과 같은 그의 여러 선언들이 드러내는 매력 때문이었다. 그 선언들은 어떤 독자에게는 천박하다고 받아들여지기도 하지만 종종 깊은 통찰을 담고 있다. 이러한 선언을 그는 '프로브(probe)'라고 부른다. 일반적으로 그는 '조리 있는'(즉 분석적인) 철저한 설명은 거의 하지 않고, 하나의 '프로브'에서 다른 '프로브'로 빠르게 옮겨갔다. '미디어는 메시지이다'라는 그의 주요한 경구풍 선언은 구술성에서 문자성으로의 전환, 그리고 인쇄에서 전자 매체로의 전환의 중요성을 그가 날카롭게 알아차렸다는 것을 보여준다. 그에게 동의하지 않는 사람들과 동의하지 않는다고 주장하는 사람들까지 포함하여, 이처럼 다양한 이들에게 영향을 끼쳤다는 점에서 맥루언에 필적할 만한 사람은 거의 없다.

그러나 몇몇 학문 동아리에서 이처럼 복합적인 구술성과 문자성의 대비에 점점 더 관심을 쏟고 있긴 해도, 그러한 관심을 가짐으로써 유익한 결과를 가져올 여러 다른 분야에서는 아직도 거의 관심을 기울이지 않는다. 이를테면 줄리언 제인즈(Julian Jaynes)는 의식의 초기 단계와 그 이후 단계를 설명하고, 전자에서 후자로의 전환을 이원적 정신 내의 신경생리학적 변화에 관련시키고 있으나(1977), 이러한 두 단계도 구술성에서 문자성으로의 전환이라는 관점에서 보면 훨씬 더 간략하고 검증할 만한 설명이 가능할 것이다. 제인즈는 의식의 원초적 단계에서는 뇌 구조가 강고하게 '이원적'이었다고 하고, 의식의 원초적 단계를 다음과 같은 특징에 따라 식별한다. 즉 뇌 우반구가 통제불능의 '목소리(voices)'를 산출하고 그 '목소리'는 신들에게 귀속되며, 뇌 좌반구가 그러한 신들을 말로 나타낸다고 하였다. '목소리'는 기원전 2천 년부터 천 년 사이에 유효성을 잃기 시작했다. 주목해야 할 것은 기원전 1500년 무렵 알파벳의 발명이 이 시기를 분명하게 양분하고 있다는 사실이다. 제인즈는 분명히 쓰기 능력이 뇌의 원초적 이원성을 쇠퇴시키는 데 한몫했다고 믿는다. 제인즈에게 『일리아드』는 자의식에 손상을 입지 않은 뇌의 이원성을 보여주는 실례이다. 그는 『오디세이』가 『일리아드』보다 백 년 뒤에 나타났다고 생각하고, '재주가 뛰어난 오디세우스'는 이미 '목소리'의 지배에 굴복하지 않고 자의식을 가진 근대적 정신으로 비약적인 전개를 이룩했다고 여긴다. 제인즈의 이론을 어떻게 취급하든지 간에 그가 말하는 초기의 정신, 즉 '이원적' 정신과 과거뿐만 아니라 현재의 구술문화에 있어서도 인정되는 정신의 유사함은 강한 인상을 준다. 즉 내성, 분석 능력, 의지 자체에 대한 관심, 과거와 미래의 차이에 대한 감각 등의 결여가 유사한 것이다. 구술문화에 뿌리박은 의식 상태의 영향은 문자에 익숙한 정신의 관점에서는 매우 기묘하게 보인다. 그러므로 꼼꼼한 설명이 요구되지만, 이는 결국 불필요한 것으로 판명될 수도 있다. 이원성도 단지 구술성을 뜻하는지도 모른다. 구술성과 이원성에 관한 문제는 앞으로도 더욱 연구할 필요가 있다고 생각한다.

3장
구술성의 정신역학

힘과 행위로서의 음성 언어

지금까지 보아온 연구들의, 그리고 뒤에서 인용할 다른 연구들의 결과로 이제 일차적 구술문화(oral culture), 즉 쓰기에 일절 영향을 받지 않은 구술문화의 정신역학을 어느 정도 일반화하는 것이 가능해졌다. 편의를 고려하여, 문맥상 의미가 분명할 때는 일차적 구술문화를 단지 구술문화라고 칭하기로 하겠다.

문자 사용에 익숙한 사람들은 일차적 구술문화가 어떠한 것인지, 전혀 쓰기(writing)를 모르거나 쓰기라는 수단이 있다는 것조차 모르는 문화가 어떠한 것인지 상상하기가 매우 어렵다. 어떠한 말을 '찾아서 읽어보는' 경험을 해본 사람이 아무도 없는 문화를 상상해보라. 일차적 구술문화에서 '무엇인가를 찾아서 읽어본다'는 표현은 공허한 말이다. 즉 이 표현에는 생각할 만한 의미가 없는 것이다. 쓰기가 없으면, 말이 지시하는 대상은 눈에 보이더라도 말 자체는 보이지 않기 때문이다. 말은 소리이다. 그러므로 우리는 말을 다시 '발음할' 수 있다. 즉 '재발음할' 수 있다. 그러나 말을 '찾아서 읽을' 데는 어디에도 없다. 말은 초점을 맺지 않으며 자취도 남기지 않는다(이처럼 시각적 비유를 쓴다는 것 자체가, 우리가 쓰기에 의존하고 있다는 점을 나타낸다). 말에는 궤적조차 없다. 말은 발생된 것이자 사건이다.

일차적 구술문화란 무엇인지, 그리고 이런 문화와 관련하여 우리에게 부과된 문제는 어떤 것인지 알기 위해서, 우선 소리(sound) 자체의 성질에 관해 생각해보자(Ong 1977, pp. 111~38). 모든 감각은 시간 속에서 생기지만, 소리는 인간의 감각으로 등록된 다른 영역과 달리 시간과 특수한 관계를 맺는다. 소리는 그것이 막 사라져갈 때만 존재한다. 소리는 단지 소멸하는 것일 뿐만 아니라 본질적으로 덧없는 것이며, 덧없는 것으로 이해된다. 'permanence'라는 말을 발음할 경우, '-nence'라고 발음할 때 이미 'perma-'라는 소리는 사라진다. 사라지지 않을 순 없다.

소리를 멈추게 할 방법은 없으며 그것을 소유할 방법도 없다. 영사기라면 멈추게 할 수가 있고 스크린에 한 장면만 비출 수도 있다. 그러나 소리의 움직임을 멈추게 한다면 거기에는 어떠한 소리도 존재하지 않는다. 있는 것은 침묵뿐이다. 모든 감각은 시간 속에서 생겨나지만, 진정 이러한 방식으로 행위를 억제하고 고정하는 데 저항하는 감각 영역은 청각뿐이다. 시각은 움직임을 기록할 수 있다. 그러나 또한 부동 상태도 기록할 수 있다. 실제로 시각은 부동 상태에서 진수를 발휘한다. 무엇인가를 시각으로 면밀히 조사할 때 우리는 그것을 정지 상태에 놓으려고 하기 때문이다. 우리는 움직이는 것을 더욱 잘 관찰하려고 흔히 그것을 일련의 정지 상태로 바꿔 놓는다. 소리에는 이 정지 상태로의 변환이 없다. 오실로그램(oscillogram)은 침묵일 뿐이며 소리의 세계 바깥에 있는 것이다.

일차적 구술문화, 또는 일차적 구술성으로부터 멀리 떨어지지 않은 문화에서 말의 성격과 본질을 알고 있는 사람이라면 누구든 히브리어의

'dabar'라는 단어가 '말'과 '사건' 두 가지를 의미한다는 데 놀라지는 않을 것이다. 말리노프스키가 분명히 한 바와 같이, '원초적인'(즉 구술문화 속에 사는) 사람들 사이에서 언어란 일반적으로 행동 양식이지 사고를 표현하는 단순한 기호는 아니다(Malinowski 1926, pp. 451, 470~81). 다만 말리노프스키는 이를 설명하는 데 고심해야 했다(Sampson 1980, pp. 223~26). 1923년이란 시점에는 아직 사람들이 구술성의 정신역학에 대하여 거의 이해하지 못했기 때문이다. 구술문화 속에 사는 사람들은 일반적으로, 아마도 예외 없이 말에 위대한 힘이 깃들어 있다고 생각한다는 사실도 결코 놀라운 것이 아니다. 음성은 힘을 사용하지 않으면 소리로서 울릴 수 없다. 들소가 완전히 힘을 잃고 쓰러져 거의 죽어버린 다음에야 사냥꾼은 들소의 몸을 보거나 냄새를 맡거나 핥거나 건드려볼 수 있다. 그러나 들소가 내는 소리가 들릴 때는 떨어져서 지켜보는 쪽이 현명하다. 이런 의미에서 모든 음성, 특히 구두로 하는 발화는 유기체 내부에서 발하는 것이기 때문에 '역동적'이다.

구술문화 속에 사는 사람들은 보통 그리고 아마도 예외 없이 말에 마술적인 힘이 있다고 생각하는데, 바로 이러한 사실이 그들의 말에 대한 감각과 무의식적으로나마 분명히 결부되어 있다. 즉 말이란 반드시 발화되고 소리로 울리는 것이며 그러므로 힘에 의해 발생한다는 감각이다. 활자문화에 익숙한 사람들은 말이란 무엇보다도 우선 목소리이며 사건이고, 따라서 필연적으로 힘에 의해서 발생하는 것이라는 사실을 잊는다. 그들은 오히려 말을 평면상에 '내던져진' 사물과 같이 생각하는 경향이 있기 때문이다. '사물'은 좀처럼 마술적인 것과 결부되지 않는다. 사물은 활동이 아니며, 설령 역동적으로 재생할 수 있는 것이라 하더라도 근본적인 의미에서는 생명이 없기 때문이다(Ong 1977, pp. 230~71).

구술문화 속에서 사는 사람들은 한결같이 이름(일종의 말)이 사물에 힘을 불어넣는다고 생각한다. 창세기 2장 20절, 아담이 동물에 이름을 붙여주는 부분에 대한 설명들은 보통 이러한 엉뚱하고도 고풍스런 믿음에 대해 생색내듯 관심을 기울인다. 그러나 사실 이러한 믿음은, 필사문화 또는 활자문화를 의심 없이 받아들이는 사람들이 생각하는 것만큼 엉뚱하지 않다. 첫째로, 사람은 이름을 붙임으로써 자신이 이름 붙인 것을 지배하는 힘을 갖기 때문이다. 방대한 양의 이름들을 외우지 않는다면 말 그대로 그 대상을 이해할 수 없는 것이다. 이를테면 화학기호를 외우지 않고서는 화학을 이해하거나 화학 기술을 수행할 수 없는 것과 같다. 다른 모든 학문적 지식에 관해서도 마찬가지이다. 둘째로, 필사문화나 활자문화 속에서 생활하는 사람들은 이름을 표찰처럼 생각하는 경향이 있기 때문이다. 즉 이름이란 문자를 쓰거나 인쇄한 표찰과 같이 그것이 지칭하는 사물에 관념적으로 붙이는 것으로 생각해버리기 때문이다. 구술문화 속에서 사는 사람들은 전혀 이름을 표찰과 같이 생각하지 않는다. 이름을 눈에 보이는 무언가로 생각하는 것 자체가 불가능하기 때문이다. 말을 쓰거나 인쇄되는 것으로 생각한다면 표찰이 될 수 있겠지만, 실제로 발화되는 말은 그렇지 않다.

생각해낼 수 있어야 아는 것이다: 기억술과 정형구

구술문화에서 말은 소리에 제한된다. 이것은 표현 양식뿐만 아니라 사고 과정에서도 마찬가지이다.

생각해낼 수 있어야 아는 것이다. 유클리드 기하학을 안다고 말하는 것은 바로 그 순간 그 정의와 증명을 생각하고 있다는 의미가 아니라, 오히려 그것들을 언제라도 생각해낼 수 있다는 의미이다. 우리는 그것들을 생각해낼 수 있다. '생각해낼 수 있어야 아는 것이다'라는 정의는 구술문화에도 해당된다. 그러나 구술문화 속에 사는 사람들은 도대체 어떻게 생각해내는가? 오늘날 읽고 쓸 수 있는 사람들이 배워서 알게 된, 즉 생각해내는 조직화된 지식은 대부분 쓰기(writing)를 통해 이용하기 편리하도록 만들어지고 조립된 것이다. 유클리드 기하학뿐만 아니라 미국 혁명사, 심지어 야구의 타율이나 교통 법규도 그러하다.

구술문화에는 텍스트가 없다. 구술문화에서는 어떻게 조직화된 지식을 생각해낼 수 있도록 간추려두는가? 이는 다음 물음과 같은 것이다. '구술문화에서 조직화된 방식으로 알게 되는, 또는 알 수 있는 것은 무엇인가?'

구술문화 속에 사는 사람이 하나의 복잡한 문제를 숙고해보려고 결심해서 마침내 몇백 단어로 하나의 해답을 만들어냈다고 하자. 이 사람은 뼈를 깎는 노력 끝에 다듬어낸 이 언어표현을 어떻게 기억해두고 나중에 생각해낼까? 쓰기란 것이 존재하지 않기 때문에, 이 사색자에게는 사고의 흐름을 재현하거나 그 재현의 동일함을 검증하는 데 도움이 될 만한 텍스트가 없다. 새겨서 표시해둔 막대기라든가 주의 깊게 늘어놓은 물체 같은 비망록은 있겠지만, 그것만으로는 복잡한 일련의 언명을 재생시킬 수 없다. 사실, 애초에 어떻게 그가 길고도 분석적인 해답을 조립할 수 있었겠는가? 그러려면 사실상 이야기 상대가 필수적이다. 계속해서 몇 시간이고 혼잣말을 지껄인다는 것은 어려운 일이기 때문이다. 구술문화에서, 오래 이어지는 사고는 사람과의 대화에 결부되어 있다.

그러나 설령 사고를 자극하고 확인해주는 청자가 있다 하더라도, 그 사고의 편린이나 조각이 바로 적혀서 보존되지는 않는다. 애써 떠올려낸 생각을 어떻게 해서 마음속에 환기할 수 있을까? 대답은 단 하나, 기억 가능한 사고방식이다. 일차적 구술문화에서는 잘 생각해서 말로 표현해낸 사고를 기억해두고 효과적으로 재현하기 위해서, 기억하기 쉽고 바로 말할 수 있도록 만들어진 패턴(pattern)에 입각하여 사고해야 했다. 즉 이러한 사고는 다음과 같은 형식을 따라야 했다. 강렬한 리듬을 띠고 균형잡힌 패턴, 반복이나 대구, 두운과 유운, 형용구와 그 밖의 정형적인 표현, 표준화된 주제적 배경(집회, 식사, 결투, 영웅의 조력자 등), 누구나 끊임없이 듣기 때문에 힘 안 들이고 생각해내며 그 자체로 기억하고 생각해내기 쉽게 패턴화된 격언 등 기억하기 좋은 형식에 따라야만 했다. 진지한 사고는 기억 체계와 밀접하게 교직된다. 기억의 필요성이 통사구문까지도 결정한 셈이다(Havelock 1963, pp. 87~96, 131~32, 294~96).

구술문화에 입각한 사고가 오래 이어지면, 정형시가 아닌 경우에도 대단히 리드미컬하게 되기 십상이다. 리듬은 심리적으로 보아도 무엇인가를 환기해내는 데 도움이 되기 때문이다. 고대 아랍과 그리스의 타굼(targum) 그리고 고대 히브리에서 리드미컬한 구술 형태와 호흡 과정, 몸짓, 인체 좌우 대칭 사이에는 밀접한 관련이 있다는 것을 주스는 분명히 밝혔다(Jousse 1978). 고대 그리스인 중에서도 헤시오도스는 호메로스 시대의 구술문화와 그리스에서 문자문화가 충분히 발전한 단계의 중간에 있었다. 그는 정형구적인 시 형태를 통해 의사-철학적(quasi-philosophic) 소재를 자신의 성장환경이었던 구술문화에 짜 넣었다(Havelock 1963, pp. 97~98, 291~301).

정형구는 리드미컬한 대화를 돕고, 또한 모든 사람들의 귀와 입으로 유통되는 관용 표현(set expression)으로서 그 자체로 기억에 도움이 된다. '아침노을은 뱃사람에 대한 경고, 저녁노을은 뱃사람의 기쁨(Red in the morning, the sailor's warning; red in the night, the sailor's delight)', '분할해서 통치하라(Divide and conquer)', '허물은 사람의 것, 용서는 신의 것(To err is human, to forgive is divine)', '슬픔은 웃음보다 낫다, 얼굴에 슬픔이 가득할 때 마음은 더욱 현명해지기에'(Sorrow is better than laughter, because when the face is sad the heart grows wiser, 전도서 7장 3절), '달라붙는 넝쿨(The clinging vine)', '단단한 참나무(The sturdy oak)', '자연은 내쫓더라도 빠른 걸음으로 되돌아온다(Chase off nature and she returns at a gallop)' 등의 관용 표현을 보라. 리듬에 있어 균형을 이루는 이러한 정형구적인 표현은 인쇄물에서 종종 볼 수 있으며, 실제로 속담 책에서 '찾아서 읽어볼' 수도 있다. 그러나 구술문화에서 이런 종류의 표현은 가끔 나타나는 정도가 아니라 끊임없이 나타나며, 이런 종류의 표현이 사고 자체를 이룬다. 정형구가 없으면 어떤 형태로든 사고를 형성하기가 불가능하다. 사고 자체가 그러한 관용구로 이루어지기 때문이다.

구술문화의 방식으로 형식화된 사고가 복잡해질수록, 교묘하게 사용되는 관용 표현이 점점 더 눈에 띈다. 이것은 호메로스 시대의 그리스에서 현재에 이르기까지 이 지구상에 나타난 구술문화 전반에 걸쳐 보아도 사실이다. 해블록의 『플라톤 서설』과 서아프리카 이보족의 구술 전승에 입각한 작품인 『더 이상 평안은 없다(No Longer at Ease)』(Chinua Achebe 1961) 같은 소설은 구술문화의 방식으로 교육된 인물들의 실제 사고형태를 풍부히 담고 있다는 점에서 공통적이다. 화자(話者)들은 높은 지능과 깊은 교양을 발휘해서 자신이 말려든 상황에 관해서 생각하며, 인물들은 기억하기 쉽게 도구화된 구술문화의 특유한 관습에 따라 행동한다. 구술문화에서는 법률까지도 정형구적인 말씨나 격언을 통해서 표현된다. 그러한 말씨나 격언은 법률적 표현의 단순한 장식이 아니라 그 자체로 법률이 된다. 구술문화에서 재판관은 제기된 송사를 공정하게 판결하는 데 있어, 판결의 바탕이 되는 일련의 격언을 똑똑히 말하도록 종종 요구받는다(Ong 1978, p. 5).

구술문화에서 정형구나 판에 박힌 말이나 기억하기 쉬운 말에 의지하지 않고서 무엇인가를 생각해낸다는 것은 불가능하지만, 비록 그렇게 할 수 있다 치더라도 시간 낭비이기 십상이다. 구술문화에서의 생각은 일단 끝까지 진행되고 나면, 쓰기의 도움을 받아 생각을 재현할 때만큼 효과적으로 재현하는 것이 불가능하기 때문이다. 따라서 그러한 생각은 지속적인 지식이 되지 못하며, 비록 아무리 복잡하더라도 순간적인 것에 지나지 않는다. 구술문화에서 빈번히 사용되는 패턴과 공동체에서 관용적으로 정해져 있는 정형구는 필사문화에서 쓰기가 맡는 구실을 얼마간 맡는다. 그러나 응당 그럴 수밖에 없듯이, 그 패턴이나 관용구는 사용되면서 사고의 종류와 머릿속에 경험을 정리하는 방식을 결정한다. 구술문화에서 경험은 기억하기 쉬운 형태로 머릿속에 정리된다. 다소간 문자를 쓰고 읽을 줄 알았으나 아직 압도적으로 구술문화의 영향을 받았던 히포의 성 아우구스티누스(354~430)를 비롯한 학자들이, 정신의 여러 능력에 관해서 논하면서 기억을 그토록 중요하게 다루었던 이유 중 하나가 이것이다.

물론 어떠한 말이든, 그리고 그 말을 통해서 전해지는 어떠한 개념이든 일종의 정형구라는 의미에서, 즉 일정한 방식으로 경험적 결과를 처리하고 경험과 반성을 머릿속에서 정리하고 간추리는 방법을 결정하며 기억장치로 나름의 기능을 발휘한다는 의미에서 당연히 어느 정도 정형구적 성격을 지닌다. 경험을 말로 바꾸는 것(그렇게 하면서 적어도 조금은 경험이 변형되겠지만, 그렇다고 경험이 왜곡되는 것은 아니다)은 그 경험을 생각해내는 단서가 된다. 그러나 구술성을 특징짓는 정형구는, 개중에 비교적 단순한 문구도 있지만, 낱낱의 말보다 정교하다. 이를테면 『베어울프(Beowulf)』의 시인이 쓴 '고래의 길'이라는 관용구는 '바다'라는 말에는 없는 의미로 바다를 나타내는 (은유적인) 관용구이다.

구술문화에 입각한 사고와 표현의 특징들

일차적 구술문화에서 사고와 표현을 기억하는 토대에 주의를 기울임으로써 구술문화에 입각한 사고와 표현의 정형구적인 양식이 이해될 뿐만 아니라, 그러한 사고와 표현이 지니는 다른 특징들도 이해할 수 있는 길이 열린다. 다음에 드는 것들은, 구술문화에 입각한 사고와 표현이 필사문화나 활자문화에 입각한 사고와 표현과 두드러지게 다른 점들이다. 즉 필사문화나 활자문화 속에서 자라난 사람들에게는 매우 이상하게 느껴지는 특징들이다. 여기에 몇 가지 특징들을 열거했다고 해서 그것들이 곧 결론은 아니며, 또 그 밖의 특징들이 고려되지 않는 것도 아니다. 단지 시사적인 사항들일 뿐이다. 구술문화에 입각한 사고를 깊게 이해하려면 (그리고 그 결과를 통해서 필사문화, 활자문화, 전자문화에 입각한 사고를 깊게 이해하려면) 더욱 많은 연구와 고찰이 필요하기 때문이다.

일차적 구술문화에서의 사고와 표현은 다음과 같은 특징을 지니는 듯하다.

(1) 종속적이기보다 첨가적이다

첨가적인 구술 양식으로서 우리에게 익숙한 예는 창세기 1장 1~5절에 있는 천지창조 이야기이다. 이것은 확실히 텍스트이지만, 구술적인 형태를 분명히 보존하고 있다. 두에판 성서(1610)는 아직 구술문화의 영향을 크게 받는 상황에서 산출된 만큼 여러 면에서 히브리어 원전이 지닌 첨가적인 양식에 가깝다(이 양식은 라틴어 판을 통해서 두에판에 연계된다).

태초에 하나님이 천지를 창조하시니라. 땅이 혼돈하고 공허하며 흑암이 깊은 위에 있고 하나님의 정신은 수면에 운행하시니라. 하나님이 가라사대 빛이 있으라 하시매 빛이 있었고 그 빛이 하나님 보시기에 좋았더라. 하나님이 빛과 어둠을 나누사 빛을 낮이라 칭하시고 어둠을 밤이라 칭하시니라. 저녁이 되며 아침이 되니 이는 첫째 날이니라.(In the beginning God created heaven and earth. And the earth was void and empty, and darkness was upon the face of the deep; and the spirit of God moved over the waters. And God said: Be light was made. And God saw the light that it was good; and he divided the ilght from the darkness. And he called the light Day, and the darkness Night; and there was evening and morning one day.)

도입의 구실을 맡는 'and'가 아홉 군데나 있다. 이것이 신역 성서(1970)에 와서는 쓰기와 인쇄의 영향을 받아 한층 변화한 감각에 맞춰서 다음과 같이 번역된다.

태초에 신이 천지를 창조했을 때 땅은 형체 없는 황무지였으며, 어둠이 심연을 뒤덮고 있었다. 한편 강풍이 수면을 휘젓고 지나갔다. 그때 신이 '빛이 있으라'고 말했다. 그러자 빛이 있었다. 신은 빛을 보고 좋다고 했다. 이어서 신은 빛과 어둠을 나누었다. 신은 빛을 '낮'이라 이름하고 어둠을 '밤'이라 이름했다. 이리하여 저녁이 되고 아침이 되었다. 첫째 날이다.(In the beginning, when God created the heavens and the earth, the earth was a formless wasteland, and darkness covered the abyss, while a mighty wind swept over the waters. Then God said, 'Let there be light', and there was light. God saw how good the light was. God then separated the light from the darkness. God cslled the light 'day' and the darkness he called 'night'. Thus evening came, and morning followed – the first day.)

도입의 구실을 맡는 두 개의 'and'는 모두 중문(重文) 속에 들어가버렸다. 두에판 성서는 히브리어의 we라든가 wa('그리고, 그래서'의 뜻)를 무조건 'and'로 교체했다. 신역 성서에서는 그것이 'and', 'when', 'then', 'thus', 'while'로 바뀌어 분석적이고 추론적인 종속관계라는 쓰기의 특징(Chafe 1982)을 나타내는데, 이쪽이 20세기 텍스트에서는 훨씬 더 자연스럽게 느껴진다. 구술적 구조는 종종 화용론적으로(화자의 형편에 따라서 – 셰르저의 보고에 의하면 쿠나인들은 청자가 도무지 이해할 수 없는 구술 연행을 공중 앞에서 길게 행한다고 한다) 조립된다(Sherzer 1974). 쓰기의 구조는 기번이 시사하는 것처럼 한층 통사론적으로(담론 자체의 조직에 따라서) 조립된다(Givón 1979). 기술 담론(written discourse)은 구술 담론(oral discourse)보다 한층 정교하며 일정하게 정해진 문법을 발달시킨다. 의미를 표현하는 데 있어 기술 담론은 언어적 구조에 의지하는 정도가 크기 때문이다. 그리고 이는 구술 담론을 둘러싸고 문법으로부터 어느 정도 독립적으로 구술 담론의 의미를 결정하는 일상적이고 실재적인 맥락이 기술 담론에 결여되었기 때문이다.

오늘날 두에판 성서가 신역 성서보다 그 원전에 단순히 '한층 가깝다'라고 생각한다면 잘못일 것이다. 전자는 we나 wa를 무조건 같은 단어로 바꾸고 있다는 점에서는 원전에 한층 가깝지만, 현대인의 감각과는 거리가 멀고 고풍스러우며 엉뚱하기까지 하다. 구술문화나, 성서를 산출한 문화를 포함해서 구술문화의 영향이 강하게 남은 문화 속에 사는 사람들은 이러한 표현을 현대인처럼 고풍스럽고 엉뚱하다고 느끼지 않을 것이다. 마치 신역 성서가 우리에게 자연스럽고 일반적으로 보이는 것과 마찬가지로, 그들에게는 전자가 자연스럽고 일반적으로 보이는 것이다.

이 같은 첨가적 구조의 또 다른 예를 전 세계에 걸쳐 일차적 구술 내러티브에서 발견할 수 있으며, 이제 우리는 그런 내러티브를 기록한 테이프를 광범위하게 확보하고 있다(Foley 1980b의 테이프 목록 참고).

(2) 분석적이기보다 집합적이다

이 특징은 정형구에 의지해서 기억하는 것과 밀접하게 결부된다. 구술문화에 입각한 사고와 표현의 구성 요소들은 뿔뿔이 흩어지기보다 한데 모여서 덩어리가 되는 경향이 있다. 예컨대 병렬적인 단어나 구나 절, 대비적인 단어나 구나 절, 형용구와 같은 것이다. 구술문화 속에 사는 사람들의 이야기, 특히 격식을 차리는 장소에서의 이야기를 보면 '군인'보다는 '용맹한 군인'이라고, '공주'보다는 '아름다운 공주'라고, '참나무'보다는 '단단한 참나무'라고 말하는 편을 선호한다. 그리하여 구술문화의 특유한 표현은 형용구를 비롯한 정형구적인 짐을 짊어지게 된다. 고도의 문자문화에서 그러한 짐은 그 전체의 무게 때문에 번거롭고 싫증나고 지루하다며 거부당할 것이다(Ong, 1977, pp. 188~212).

'인민의 적'이라든가 '자본주의자 전쟁상인들'과 같은, 기술 수준이 낮고 발전 도상에 있는 여러 문화권에서 정치 고발에 쓰이는 진부한 상투구는 고도의 문자문화에 사는 사람들에게 명청해 보이겠지만, 이는 구술문화에 특징적인 사고 과정에서 생겨난 정형구적 필수요소의 잔존이다. 소련 문화에는 그러한 요소가 줄어드는 중이긴 하지만 아직 상당히 잔존해 있는데, 이를 보여주는 많은 예 중 하나는 '10월 26일의 영광스런 혁명'과 같은 문구를 고수하고 있다는 점이다(나는 수년 전까지만 하더라도 그러한 문구를 보았다). 이 형용적인 정형구는 고정되었다. '현명한 네스토르'라든가 '지모가 풍부한 오디세우스'와 같은 호메로스의 형용적인 정형구가 의무적으로 고정되어 있었던 것과 마찬가지이다. 심지어 20세기 초엽 미국에서도 아직 구술문화의 영향이 남아 있었던 일부 집단에서 '영광스런 7월 4일'이라는 말투가 의무적으로 고정되었던 것이다. 구소련은 소비에트 역사상의 여러 중요한 사건들에 대한 공식적인 형용구를 여전히 매년 발표한다.

구술문화에서도 참나무는 어째서 단단한가 하는 수수께끼 식의 질문이 있을 수 있다. 그러나 그러한 질문 역시 참나무는 단단하다는 것을 확인하려는 목적에서 나온 것이다. 즉 전혀 손상되지 않은 집합적 상태를 그대로 유지하기 위해서이며, 그 상태를 진정 문제로 삼거나 의문하기 위해서가 아니다(자이르의 루바인 구술문화에서 직접 취재한 예에 관해서는 Faik-Nzuji 1970 참고). 구술문화에서의 전승 표현은 개별적으로 떼어낼 수 없다. 이러한 표현은 여러 세기에 걸쳐서 겨우 하나로 간추려진 것이며, 정신 말고는 어디에도 저장해둘 데가 없기 때문이다. 그러므로 군인은 영원히 용감하고, 공주는 영원히 아름답고, 참나무는 영원히 단단하다. 그렇긴 해도 군인이나 공주나 참나무에 다른 형용구를 쓰면 안 된다는 것은 아니다. 반대 의미의 형용구가 있을 수 있다. 이를테면 '거만한 군인'이라든가 '가련한 공주'와 같은 형용구도 표준적이다. 이것들 역시 그러한 집합의 일부가 될 수 있다. 형용구에 관한 것은 다른 정형구에 관해서도 마찬가지이다. 일단 정형구적인 표현이 성립되면 그것을 건드리지 않고 내버려두는 것이 상책이다. 쓰기 체계 없이 사고를 분해하는 것, 즉 분석한다는 것은 매우 위험한 작업이다. 레비스트로스가 한마디로 잘 표현한 바와 같이, "야생의(즉 구술적인) 정신은 전체화한다"(Levi-Strauss 1966, p. 245).

(3) 장황하거나 '다변적'이다

사고에는 모종의 연속성이 필요하다. 쓰기는 텍스트 안에서 한 '줄(line)'의 정신 외적인 연속성을 확립한다. 주의가 산만해서 지금 읽는 텍스트의 문맥을 잘 모르겠다거나 문맥 자체를 잊어버렸더라도, 텍스트를 다시 쭉 읽으면 문맥을 되찾을 수 있다. 되돌아가는 것은 전적으로 그때그때 경우에 따르는 일이며 지극히 임시적인 일이다. 정신은 앞으로 나아가는 것에 에너지를 집중시키면 된다. 정신이 돌이키는 것은 정신 밖에 정지해 있어서 문자로 쓰인 페이지에 언제라도 이용할 수 있도록 준비된 단편이기 때문이다. 구술 담론에서 상황은 달라진다. 정신 밖의 어디에도 되돌아갈 수 있는 곳은 없다. 구술 발화(utterance)는 발화되는 순간 사라져버리기 때문이다. 그러므로 정신은 지금까지 논해온 사안에 더 많은 주의와 관심을 가지면서 한층 서서히 앞으로 나아가야 한다. 장황한 말투, 즉 직전에 발화된 것의 되풀이는 화자와 청자 양쪽을 이야기의 본래 줄거리에서 벗어나지 않도록 단단히 비끄러매둔다.

장황한 말투는 구술문화에서의 사고와 말하기의 특징이라는 점에서, 그러한 말투는 빈틈없이 논리 정연한 것보다 심오한 의미에서 한층 자연스러운 사고와 말하기가 되는 셈이다. 논리 정연한, 즉 분석적인 사고와 말하기는 인공적인 제품이며 쓰기 기술로 조립된 것이다. 장황한 말투를 어느 정도 제거하기 위해서는 시간 차이를 제거하는 기술, 즉 쓰기의 기술이 필요하다. 쓰기는 언어표현이 한층 자연스러운 형태(구술적 형태-옮긴이)로 떨어지지 않도록 하기 위해서 정신에 모종의 긴장을 부여한다. 손으로 쓰는 것이 물리적으로는 구술로 말하는 속도의 1/10 정도이기에 그러한 긴장이 겨우 유지될 수 있다(Chafe, 1982). 쓰기를 통해 정신은 느린 패턴을 따르게 되며, 쓰기보다 일반적이며 장황한 과정에 개입하고 고쳐 조직할 기회를 갖는다.

장황한 말투는 많은 청중 앞에서의 구술 표현이라는 물리적인 조건으로도 촉발된다. 이 경우 실제로 보통의 일대일 회화보다 장황한 말투가 늘어난다. 많은 청중 전원이 화자가 하는 말 전부를 알아들을 수는 없다. 단지 음향상의 문제만은 아니라도 말이다. 화자 입장에서는 같은 말이나 같은 의미의 말을 두세 번 하는 편이 형편상 유리할 것이다. 청자 입장에서는 '뿐만 아니라'를 못 들었다 하더라도, '~과 마찬가지로' 같은 말로 미루어 이해를 보충할 수 있다. 확성기가 발달하여 음향 문제가 거의 없어진 시대에 이르러서도, 이를테면 윌리엄 제닝스 브라이언(1860~1925)과 같은 현대 연설가도 구식의 장황한 말투를 대중 연설에서 계속 사용하였으며, 심지어 쓰기에서도 습관적으로 그러한 말투가 사용되었다. 언어 의사소통 대신으로 사용하는 음향장치 중에는 아프리카의 드럼 토크(drum talk)처럼 장황함이 터무니없는 규모에 달한 것도 있다. 드럼을 두드려서 무엇인가를 말하려면, 음성 언어로 하는 경우보다 평균적으로 약 8배나 많은 단어가 필요하다(Ong, 1977, p. 101).

연설가는 말을 하는 동안에도 다음에 무엇을 말할지 계속 마음을 써야 하는데, 이것도 장황한 말투를 촉발시킨다. 구술로 말할 때 간격을 두는 것은 효과적일 수도 있으나, 머뭇거림은 항상 서툰 것이 된다. 따라서 다음에 무엇을 말할지 찾을 동안 말을 그냥 멈추기보다는 무엇인가를 되풀이하는 편이 좋다. 그리고 되도록이면 우아하게 되풀이하는 편이 좋다. 구술문화는 유창함, 과장, 다변을 촉발한다. 수사학자라면 이것을 코피아(copia)라 부를 것이다. 수사학이 연설 기술에서 쓰기 기술로 전환됐을 때 수사학자들은 무심코 코피아를 그대로 집어 넣어버렸던 것이다. 중세에서 르네상스에 걸쳐 쓰인 초기의 텍스트는 종종 '부연'으로 부풀어 올라서 현대의 잣대로 재보면 지루할 만큼 장황하다. 서구 문화는 구술문화의 영향을 크게 받는 한 코피아와의 연관을 짙게 유지한다. 이러한 영향은 대충 잡아서 낭만주의 시대까지, 또는 그 이후까지도 남아 있었다. 토머스 배빙턴 매콜리(1800~1859)는 과장된 문체를 사용한 여러 빅토리아 초기 작가 중의 한 사람인데, 중복표현이 많은 그의 문장을 읽으면 아직도 구술되는 화려한 연설을 듣는 느낌이 든다. 마치 윈스턴 처칠(1874~1965)이 쓴 연설문이 종종 그러한 인상을 주듯이 말이다.

(4) 보수적이거나 전통적이다

일차적 구술문화에서 개념화된 지식은 소리 내어 되풀이하지 않으면 바로 사라져버린다. 그러므로 구술 사회에서는 여러 세대에 걸쳐서 끈기 있게 습득한 것을 몇 번이고 되풀이해서 입으로 말하는 데 상당한 에너지를 투입해야 한다. 그 결과 응당 지적인 경험들이 유산으로 남아 정신을 이루며, 이 정신은 매우 전통적이고 보수적인 틀을 취하게 된다. 당연히 지식은 습득하기 어렵고 귀중해지며, 이런 사회에서는 전문적으로 지식을 보존하는 박식한 노인들이 높이 평가된다. 그들은 옛 시대의 이야기를 알고 있으며 말할 수 있기 때문이다. 지식을 정신 외부에 저장함으로써, 즉 쓰거나 심지어 인쇄함으로써 과거를 재현시키는 사람들이었던 박식한 노인들의 값어치는 떨어지고, 그 대신에 새로운 것을 발견하는 사람들인 젊은이들의 값어치가 오르게 되었다.

물론 쓰기 역시 나름대로 보수적인 행위다. 초기의 수메르에서 쓰기가 행해지기 시작하고 얼마 지나지 않아 쓰기는 법률 조문을 고정시키는 데 사용되었다(Oppenheim, 1964, p. 232). 그러나 보수적인 기능을 스스로 떠맡음으로써 텍스트는 정신을 보수적인 임무에서, 즉 기억하는 일에서 해방시키고 정신이 새로운 사색으로 향할 수 있게 하였다(Havelock 1963, pp. 254~305). 실제로 어떤 필사문화에 얼마만큼 구술성이 잔존하는지는 그 문화가 정신에 남겨둔 기억의 부담으로부터, 즉 그 문화의 교육 절차에 요구되는 기억의 양으로부터 어느 정도 추측할 수 있다(Goody 1968a, pp. 13~14).

물론 구술문화에 나름대로 독창성(originality)이 없는 것은 아니다. 이야기(narrative)의 독창성은 새로운 줄거리를 생각해내는 데 있는 것이 아니라 그때그때 청중과 특별한 교류를 만들어내는 데 있다. 이야기는 발화될 때마다 당시의 상황에서 고유한 방식으로 제시되어야 한다. 구술문화에서 이야기는 청중에게 받아들여져야 하며, 때로는 열광적으로 받아들여져야 하기 때문이다. 물론 이야기하는 사람이 해묵은 줄거리에 새로운 요소를 담는 수도 있다(Goody 1977, pp. 29~30). 구두 전승에서, 어떤 신화는 되풀이 발화되는 수만큼 조금씩 다른 '이본'들이 있을 수 있다. 그리고 되풀이 발화되는 횟수도 무한히 늘어날 수 있다. 우두머리를 찬미하는 시 같은 것은 일종의 기업가 정신을 필요로 한다. 낡은 정형구나 테마는 새로운, 종종 복잡한 정치상황 때문에 고쳐 만들어져야 하기 때문이다. 하지만 그런 때도 정형구나 테마는 새로운 재료를 덧붙이기보다는 고쳐 짜인다.

종교적인 관행, 그와 더불어 우주관이나 뿌리 깊은 신앙심도 구술문화에서는 변화해간다. 기존의 사원에 참배해도 결과가 신통치 않고 효과가 별로 없을 경우 강력한 지도자는, 즉 구디가 말하는 구술 사회의 '인텔리'는(Goody 1977, p. 30) 새로운 참배 장소를 마련하고 그와 더불어 새로운 개념적 우주를 마련한다. 그렇지만 새로운 개념적 우주나 일정한 독창성을 보여주는 그 밖의 변화들도, 본질적으로는 공식적으로 테마에 따라서 사물을 인식하는 인지 체계(noetic economy)의 틀 안에서 이루어진다. 그러한 변화는 좀처럼 새롭다는 이유로 상찬되진 않고, 오히려 선조 전래의 전통에 합치하는 것으로서 제시된다.

(5) 인간 생활세계에 밀착된다

쓰기는 생활 경험으로부터 일정한 거리를 두고서 지식을 구조화한다. 따라서 세련되고 분석적인 범주화는 쓰기에 의존한다. 구술문화는 그러한 범주화가 결여되어 있어서, 모든 지식을 인간 생활세계에 다소라도 밀접하게 관련시키는 방식으로 개념화하고 언어화하지 않을 수 없다. 그러한 개념화와 언어화는 외적이고도 객관적인 세계에 대한 관계에서도 더욱 직접적이고 가까이 지내는 인간끼리의 상호관계를 본뜬다. 필사문화(쓰기) 나아가 활자문화(인쇄)는 그런 인간적인 관계로부터 거리를 두며, 심지어 그것의 성질까지 바꿔버리기도 한다. 이를테면 인간적인 행동 상황이 전적으로 결여된 추상적이고도 중립적인 목록에 지도자와 정치 분파들의 명칭 같은 것이 명세되듯이 말이다. 『일리아드』 2권 후반에는 400행 이상에 걸친 선박 일람표로 유명한 대목이 있는데, 그리스 지도자들의 이름과 그들이 지배하는 지역이 열거된다. 그러나 그런 열거도 인간 행위의 전체 상황 속에서 이루어진다. 즉 사람 이름과 지명은 행위와 관련되어 나타난다(Havelock 1963, pp. 176~80). 호메로스의 그리스 시대에 이런 종류의 정치적 정보가 언어화된 형태로 발견되는 곳은 보통, 그리고 아마도 이야기나 계보에 한정되는 듯하다. 그리고 그러한 이야기나 계보는 중립적인 목록이 아니라 인간 사이의 관계를 기술하고 설명한 것이다(Goody and Watt 1968, p. 32 참고). 구술문화는 인간 활동이나 그와 유사한 활동에서 동떨어진 요소나 통계 같은 것은 거의 알지 못한다.

마찬가지로 구술문화에는 숙련 직업을 위한 안내서라 할 것이 전혀 없다(그와 같은 안내서는 사실 필사문화에서조차 매우 드물었으며 있더라도 아주 조야했다. 제대로 된 안내서가 나타나기 시작하는 것은 인쇄문화가 상당히 내면화된 후의 일이다(Ong 1967b, pp. 28~29, 234, 258). 숙련 직업은 도제살이를 통해 배웠다(오늘날의 고도 기술문화에서도 역시 대충 그러한 식으로 배운다). 즉 견습을 통해 배우는 것이어서 말로 하는 설명은 최소화된다. 호메로스 시대 문화에서 대단히 중요했던 항해 절차 같은 것이 그나마 최대로 말로 표현된 곳은 추상적인 안내서가 아니라, 다음에 인용하는 『일리아드』 1권(141~44행) 같은 곳이다. 여기서 추상적인 기술은 인간 행동에 필요한 특정 지시나, 특정 행위에 대한 설명을 제공해주는 이야기에 파묻힌다.

자 이제 까만 칠을 한 배를 저 큰 바다로 끌어내리자

숙고하여 노 젓는 사람을 모아 거기에 갖추고 그 위에 헤카톰도 싣자

그리고 저 뺨이 아름다운 크리세이스를 배에 싣자.

그리고 상담역이자 지휘관으로 남자 한 사람이 꼭 있어야겠다.

As for now a black ship let us draw to great salt sea

And there in oarsmen let us advisedly gather and thereupon a hecatomb

Let us set and upon the deck Chryseis of fair cheeks

Let us embark. And one man as captain, a man of counsel, there must be.

　(이 대목은 Havelock 1963, p. 81에 인용되어 있다. 같은 책 pp. 174~75도 참고).
일차적 구술문화는 기술 지식을 추상적이고도 자존적인 동체(corpus)로
서 보유하는 데 거의 관심이 없다.

(6) 논쟁적 어조가 강하다

　전부는 아니지만 대부분의 구술문화나 그 영향이 잔존하는 문화에서,
언어 연행과 실제 생활양식은 문자에 익숙한 사람들의 눈으로 보면 이상
하게 논쟁적으로 보인다. 쓰기는 추상을 기르는데, 추상은 사람들이 서로
논쟁하는 곳으로부터 지식을 분리해낸다. 쓰기는 아는 주체를 알려지는
객체로부터 떼어놓는다. 구술성은 지식을 인간 생활세계에 파묻힌 채 놓
아둠으로써 사람들의 투쟁 상황에 위치시킨다. 속담이나 수수께끼를 인
용하는 것은 지식을 쌓기 위해서가 아니라 언어로 상대방과 지적인 대결
을 하기 위해서이다. 속담이나 수수께끼 하나를 말하는 것은 상대에게
그 이상으로 딱 들어맞거나 그것을 반박하는 속담이나 수수께끼를 말하
라는 도전인 것이다(Abrahams 1968; 1972). 이야기 속에서 인물끼리 만날
때는 으레 자신의 용감함을 자랑하거나 말로 상대를 공격하는 장면이 나

타난다. 『일리아드』, 『베어울프』, 중세 유럽의 기사담 도처에서도 그러하며, 므윈도 서사시(The Mwindo Epic)를 비롯해서 그 밖의 무수한 아프리카 설화에서도 그러하고(Okpewho 1979; Obiechina 1975), 다윗과 골리앗의 경우(「사무엘상」 17장 43~47절)와 같이 성서에서도 그러하다. 서로간의 험담이 전 세계의 구술 사회에서 표준적으로 나타나는 이 현상은, 언어학에서 말다툼(fliting)이라는 특수한 명칭으로 불리어지는 것과 합치된다. 아직도 구술문화가 지배적인 문화권, 즉 미국이나 카리브 해 등에서 자라는 젊은 흑인 남자들은 'dozens'나 'joning'이나 'sounding' 등 여러 이름으로 불리는 놀이에 참가한다. 그 놀이에서는 참가자 한쪽이 다른 한쪽의 어머니를 욕함으로써 상대편을 패배시키려 한다. 이는 다른 문화에서 나타나는 다른 양식의 언어적 비난과 마찬가지로, 실제로는 싸움이 아니라 하나의 기술이다.

지식의 사용 방식뿐만 아니라 물리적 행위에 대한 찬양에 있어서도, 구술문화는 논쟁적으로 만들어져 있음을 드러낸다. 물리적 폭력에 대한 열광적인 서술이 종종 구전설화의 특징이 된다. 예컨대 『일리아드』 8권과 10권은 그 뚜렷한 폭력에 있어 적어도 오늘날 가장 적나라한 텔레비전 프로그램이나 영화에 필적할 만하며, 피비린내 나는 장면의 세세한 묘사에 있어서는 그것들을 훨씬 능가할 것이다. 그런데 그러한 장면은 시각적으로 제시될 때보다 말로 구술될 때 덜 혐오스럽다. 물리적 폭력의 과장된 묘사는 많은 구전 서사시나 그 밖의 구전 장르에서 큰 비중을 차지했으며 초기 문자문화에도 많이 잔존했으나, 후대에 문자로 쓰인 이야기에서는 점점 퇴조하여 주변적인 요소가 되었다. 그러한 묘사가 중세 발라드에는 아직 잔존하나, 내시(Thomas Nashe)의 「비운의 나그네」(1594)에 이르면 이미 조롱 대상이 되었다. 문자로 쓰인 이야기가 다시 진지한 소설로 나아감에 따라 결국 위험스런 폭력은 기피되고 내적인 위기에 초점을 맞춰가게 된다.

물론 여러 초기 사회에서 공통되고 지속적이었던 생활상의 물리적 고통도 초기 언어예술 형태에 폭력이 빈번히 나오는 이유의 일단이다. 또한 질병이나 천재지변의 물리적인 원인에 관한 무지함도 개인의 긴장감을 높일 수 있다. 즉 질병이나 천재지변은 어떤 원인 때문에 발생하는 것일 텐데, 물리적인 원인 대신에 마술사나 마녀와 같은 다른 사람의 개인적인 악의가 상정될 수 있고, 이에 따라 개인적인 적의가 증대될 것이다. 그렇지만 구전예술의 여러 형태에 나타나는 폭력은 구술성 그 자체의 구조와도 결부되어 있다. 모든 언어적 의사소통이 입으로 내뱉는 말로 이루어져 음성을 역동적으로 주고받아야만 할 때 사람들의 관계는 고양된다. 이러한 관계는 서로 끌어당기는 쪽으로 고양되기도 하지만, 그 이상으로 서로 반목하는 관계가 되기도 한다.

구술문화나 그 영향이 잔존한 문화에서, 논쟁적으로 매도하거나 독설을 퍼붓는 것과 표리 관계에 있는 것이 과장된 찬사 표현이다. 이러한 찬사도 구술성과 관계가 있는 모든 곳에서 찾아볼 수 있다. 이 점은 많이 연구가 된 현대 아프리카의 구전 송시에서 잘 밝혀졌다(Finnegan 1970; Opland 1975). 또 아직 잔존한 서양 수사학의 구두 전승에서도 고전 시대로부터 18세기에 이르기까지 이는 마찬가지이다. 셰익스피어(Shakespeare)의 『줄리어스 시저』에 등장하는 마르쿠스 안토니우스는 장례식 조사에서 "나는 시저를 매장하러 왔지 이 사나이를 칭찬하러 온 것은 아니다"라고 부르짖는다(5막 2장 79절). 그렇게 말한 다음 모든 르네상스 시대 학생들이 확실히 주입받았을, 에라스무스(Erasmus)가 『우신예찬(Praise of Folly)』에서 실로 재치발랄하게 사용한 수사적인 형태의 찬사(encomium)를 서서히 풀어내어 시저를 칭찬한다. 구술성이 잔존한 고전 수사학 전통을 따르는 과장된 찬사는, 고도의 문자문화 속에서 자란 사람들에게는 진실하지 못하고 공허하며 우스꽝스러울 만큼 허식을 부리는 인상을 준다. 그러나 선과 악, 덕과 악덕, 악인과 영웅 등으로 강하게 분극화하는 논쟁적인 구술의 세계에서 그러한 찬사는 으레 있는 것이다.

구술문화에 특징적인 사고 과정과 표현에 드러나는 논쟁적인 역동성은 줄곧 서구 문화 발전에 중심이 되어왔다. 서구 문화에서 이 역동성은 수사학 '기술(art)', 그리고 그와 관계가 있는 소크라테스와 플라톤의 변증법으로 제도화되었다. 이 변증법들이 구술문화에 특징적인 논쟁적 언어표현에 과학적인 기초를 제공하긴 했지만, 그러한 기초는 쓰기의 도움을 빌어서 확립되었다. 이 점에 관해서는 뒤에서 거론할 것이다.

(7) 객관적 거리를 두기보다 공감적이며 참여적이다

구술문화에서 배우거나 안다는 것은, 알고자 하는 대상과의 밀접하고도 공감적이며 공유적인 일체화를 이룩한다는 것을 뜻한다(Havelock 1963, pp. 145~46). 즉 '그것과 하나가 된다'는 것이다. 쓰기는 알고자 하는 대상(the known)에서 아는 주체(the knower)를 끊어냄으로써 '객관성'의 조건을 세운다. 이 객관성이란 알고자 하는 대상에 개인적으로 관여하지 않고 거리를 둔다는 의미이다. 호메로스를 비롯한 구연자들(oral performers)이 가지는 '객관성'은 정형구적인 표현을 통해 강요되는 객관성이다. 개인의 반응은 개인적인 또는 '주관적인' 반응으로 표현되지 않고 오히려 공유적인 반응, 공유적인 '혼'에 송두리째 감싸인 것으로서 표현된다. 플라톤이 쓰기에 대해서 항의하긴 했지만, 그도 그 영향 하에 있었기 때문에 시인들을 '국가'에서 추방했다. 시인들에게서 배우는 것은 본질적으로는 저 '혼'에 반응하기 위한 학습이며, 다시 말해 자신이 아킬레우스나 오디세우스와 일체가 된 것처럼 느끼기 위한 학습이기 때문이다(Havelock 1963, pp. 197~233). 그보다 2천 년 이상 뒤에 『므윈도 서사시』

의 편집자들은 또 하나의 일차적 구술문화에서 나타나는 사항을 다루면서, 이 서사시의 구연자인 칸디 루레케를 통한 청중과 주인공 므윈도의 강한 일체화에 주의를 돌린다(1971, p. 37). 일체화는 현실에서 이야기하는 방법에도 영향을 끼친다. 그래서 서술자는 주인공의 활동을 말할 때 종종 무심코 1인칭으로 말해버린다. 서술자와 청중과 등장인물은 매우 긴밀히 하나가 되므로, 루레케는 시의 주인공 므윈도가 되어 루레케의 이야기를 받아 적는 서기에게 다음과 같이 말한다. '자, 서기여! 진행하라'라든가 '어이, 서기! 내가 이미 움직이고 있으니 우물쭈물하지 마' 등등. 서술자와 그 청중의 감수성 속에서, 구연되는 작품의 주인공은 그 내용을 텍스트로 탈구술화(de-oralizing)하는 서기까지도 구술 세계로 끌어넣어 동화시켜버린다.

(8) 항상성이 있다

구술사회(oral societies)는 문자사회와 비교해보면 항상성이 유지된다고 특징지을 수 있다(Goody and Watt 1968, pp. 31~34). 다시 말하면, 구술사회는 이미 현재와 관련이 없어진 기억을 버림으로써 균형상태 또는 항상성을 유지하는 현재 속에 영위된다.

항상성을 지배하는 힘은 일차적 구술 환경에서 단어의 조건을 곰곰이 돌이켜봄으로써 파악할 수 있다. 인쇄문화는 사전을 발명했으며, 사전에서 어떤 단어의 갖가지 의미는 시기를 추정할 수 있는 어떤 텍스트에 나타나는 것과 마찬가지로 형식적인 정의에 따라 기록될 수 있다. 그리하여 단어에는 의미의 층이 있는 것으로 알려지는데, 그중 많은 것은 지금 널리 쓰이는 의미와는 거의 관계가 없다. 사전은 의미론적으로 빗나간 것을 널리 알린다.

구술문화에는 물론 사전도 없으려니와 의미론적인 빗나감도 아주 조금밖에 없다. 개별단어의 의미는 구디와 와트가 '직접적인 의미의 승인'(Goody and Watt 1968, p. 29)라고 부른 것을 통해, 즉 그 단어가 지금 여기서 쓰이는 실생활의 상황을 통해 통제된다. 구술문화에 뿌리박은 정신은 정의에 무관심하다(Luria 1976, pp. 48~99). 단어는 언제나 그 단어가 끈질기게 실제 서식하는 곳에서만 의미를 얻는다. 그러한 서식지는 사전에서처럼 단지 다른 단어들이 아니라 몸짓, 목소리 음조, 얼굴 표정, 실제 발화되는 단어가 야기하는 인간적이고 실존적인 전체 환경을 포함하는 것이다. 단어의 의미는 끊임없이 현재에서 나온다. 물론 과거의 의미가 다양한 방식으로 현재의 모습을 이룩해왔지만, 이미 과거의 의미는 인식되지 않는다.

서사시와 같은 구술적인 예술 형태에는 확실히 고풍스런 어형이나 의미를 가진 단어가 남아 있다. 그러나 그러한 단어가 남아 있는 것은 그것이 현재도 사용되기 때문이다. 시골 사람들의 일반 회화에 남아 있는 것이 아니라, 그들의 특별한 어휘 속에 고풍스런 어형을 보존하는 일반 서사시인들이 현재 사용하기 때문에 남아 있는 것이다. 이러한 구술 연행이 일상 사회생활의 일부를 이루므로, 고풍스런 어형 역시 시적인 활동에 한해서는 현재의 것이다. 이리하여 옛 단어의 옛 의미도 어느 정도는 지속적으로 기억될 수 있다. 그러나 무한히 지속되는 것은 아니다.

몇 세대를 거쳐서 고풍스런 단어가 지시하는 사물이 이미 현재 삶의 경험 일부를 이루지 못하면, 비록 그 단어가 보존되어 있다 하더라도 그 의미는 변화하거나 상실되는 것이 상례이다. 예컨대 아프리카 동자이르의 로켈레인 사이에서 사용되는 토킹 드럼(talking drum)은 절묘한 정형구를 사용한다. 로켈레인이 북으로 두드리는 그 정형구 속에는 이제 의미를 알 수 없는 고풍스런 단어들이 보존되어 있다(Carrington 1974, pp. 41~42; Ong 1977, pp. 94~95). 그 고풍스런 단어가 뭔가를 지시한다 하더라도, 그 지시적 의미는 이미 로켈레인의 일상 경험을 벗어났기에 남은 단어는 껍데기인 것이다. 유아들 사이에서 어느 세대로부터 다음 세대로 구전되는 노래나 놀이말은 고도의 기술문화에도 남아 있으나, 그중에는 본래 의미를 잃고 사실상 무의미한 음절이 되어버린 단어도 있다. 이처럼 의미 없는 단어의 많은 예가 오피 부부의 책(Opie and Opie 1952)에 실렸다. 그들은 문자 사용자로서, 지금도 그 단어들을 사용하는 사람들조차 이미 잃어버린 본래의 의미를 어렵사리 회복해내어 기록하였다.

구디와 와트는 계보 전승에 엿보이는 구술문화의 놀라운 항상성에 대한 예를 들면서 보하난(Laura Bohannan), 피터스(Emrys Peters), 고드프리(Godfrey)와 윌슨(Monica Wilson)의 여러 저작을 인용하고 있다(Goody and Watt 1968, pp. 31~34). 몇십 년 전 나이지리아의 티브인 사이에서, 재판정에서 실제로 법정 논쟁을 진정시키기 위해 구술적으로 사용하는 계보가 그보다 40년 전에 영국인이 주의 깊게 기록해둔(당시에도 법정 논쟁에서 중요한 자료였으므로) 계보와는 상당히 다르다는 것이 판명되었다. 그러자 티브인들은 자기네들이 40년 전과 똑같은 계보를 사용하며, 이전에 적어둔 기록이 틀렸다고 주장했다. 사실 후대의 계보는 티브인 사이의 사회관계 변화에 맞춰서 변화되어왔다. 다만 그 계보는 현실 세계를 통제하는 기능에 있어서는 똑같다. 과거의 완전무결성이 현재의 완전무결성에 종속되어버린 셈이다.

구디와 와트는 가나의 곤자인에게서 보이는 '구조적인 기억 상실'에 관하여 더욱 놀랄 만하게 상세한 사례를 보고한다(Goody and Watt 1968, p. 33). 20세기 초엽에 영국인이 기록한 것을 보면 다음과 같다. 당시 곤자인의 구두 전승에 따르면 곤자 나라의 시조인 운데우라 작파(Ndeura Jakpa)에게는 일곱 아들이 있었는데, 그들은 나라를 일곱으로 나누어 각각 한 지역을 지배했다. 60년 후에 그 나라의 신화가 재차 기록되었는데 일곱 지역 중 둘은 없어진 뒤였다. 하나는 다른 지역으로 병합되었고 또 하나는 영토 경계선 변경으로 소멸되었다. 신화에는 운데우라 작파에게 다섯 아들이 있었다고 기록되었고, 소멸된 두 지역에 관해서는 아무런 언급도 없었다. 곤자인은 자기네들이 과거와 여전히 연결되어 있다고 생각하며, 신화에 고집스럽게 그들을 연결시킨다. 그러나 현재와의 관련이 직접 인식되지 않는 과거의 부분은 단순히 기억에서 지워버린다. 현재가 과거를 상기하는 데 자신의 인지 체계(economy)를 강요한 셈이다. 패커드에 따르면, 구두 전승이 반영하는 것은 과거에 관한 무의미한 호기심보다 오히려 현재 사회의 문화적 가치임을 레비스트로스(Claude Lévi-Strauss), 바이델만(T. O. Beidelman), 리치(Edmund Leach) 등이 시사하였다(Packard 1980, p.157). 패커드는 이 전제가 바슈인의 경우에 해당된다는 점을 발견했고, 함즈는 보방기인의 경우에 해당된다는 것을 발견하였다(Harms 1980, p. 178).

여기서 구술된 계보가 암시하는 사안에 주의할 필요가 있다. 서아프리카의 그리오(griot)를 비롯한 계보 구술자들은 청자가 귀를 기울이도록 계보를 낭송할 것이다. 그가 아는 계보라 해도, 이미 별로 필요치 않은 계보라면 레퍼토리에서 빠져나가 결국은 사라져버린다. 정치적 승자의 계보가 패자의 계보보다 살아남기 쉬운 것은 당연하다. 헤니게는 간다와 미요로 왕들의 계보를 보고하면서 "구술 양식은 (…) 과거의 불편한 부분이 망각되는 것을 허용하는데, 지속되는 현재의 필요 때문"이라고 언급한 바 있다(Henige 1980, p. 255). 더구나 숙련된 구술자는 전승을 이야기하면서 일부러 변화시킨다. 새로운 청중이나 상황에 맞추는 능력, 또는 단순히 청중의 비위를 맞추는 능력마저도 구술자 기량의 일부이기 때문이다. 왕가 일족에 고용된 서아프리카의 그리오는 고용주의 마음에 들도록 낭송을 변화시킬 것이다(Okpewho 1979, pp. 25~26, n. 33; p. 248, n. 36). 구술문화는 승리자의 가치관을 강화한다. 그러나 이러한 입장은, 근대로 내려오면서 이전의 구술 사회가 점점 문자화됨에 따라 한결같이 사라지는 추세이다.

(9) 추상적이기보다 상황의존적이다

모든 개념적인 사고는 어느 정도 추상적이다. '나무'라는 '구체적인' 말도 단지 개개의 '구체적인' 나무를 가리키는 것은 아니다. 그것도 개별적이고 감각적인 현실에서 도출되고 떨어져 나온 또 하나의 추상이다. 즉 '나무'라는 말이 가리키는 것은 이 나무라든가 저 나무가 아니라 어떠한 나무에도 해당될 수 있는 개념이다. 우리가 나무라고 부르는 개별 대상은 정말로 '구체적'이고 그것 이외에 아무것도 아니며 조금도 '추상적'이지 않다. 그러나 이 개별 대상에 우리가 적용하는 말은 그 자체가 추상적이다. 이와 같이 모든 개념적인 사고는 어느 정도 추상적이지만, 어떤 개념의 사용방식은 다른 개념의 사용방식보다 한층 추상적이다.

구술문화에서는 상황의존적이고 조작적인 준거 틀에서 개념이 사용되는 경향이 있다. 이러한 준거 틀은 인간 생활세계에 여전히 밀착해 있다는 의미에서 추상 정도가 매우 낮다. 이 현상을 다룬 문학으로 고려할 만한 것이 있다. 해블록이 분명히 한 바와 같이, 소크라테스 이전의 그리스인은 정의(定議)라는 것을 형식적으로 개념화된 방식보다도 오히려 상황적으로 생각했다(Havelock 1978a). 앤 에이머리 패리도 호메로스가 아이기스투스에 붙인 형용구 '아미몬(amymōn)'에 관해서 아주 똑같은 지적을 하였다. 즉 이 형용구는 문자를 사용하는 사람들이 이를 번역할 때 사용하는, 지나치게 추상적으로 정리된 '나무랄 데 없다'라는 의미가 아니다. 오히려 이 형용구가 의미하는 것은 '싸울 각오가 된 군인이 아름다운 그런 식으로 아름답다'라는 뜻이다(Anne Amory Parry 1973).

상황적인 사고에 관해서는, 루리아(A. R. Luria)의 『인식의 발달: 그 문화적·사회적 기초(Cognitive Development: Its Culture and Social Foundations)』 (1976)만큼 현재의 목적에 유용한 연구가 없을 것이다. 소련의 저명한 심리학자 레프 비고츠키의 권유로, 루리아는 1931년과 1932년에 걸쳐 소비에트 연방의 우즈베크 공화국(아비센나의 고향)과 키르기스 공화국의 오지에서 읽고 쓸 수 없는(구술문화 속에 사는) 사람들과 얼마간 읽고 쓸 수 있는 사람들을 상대로 광범위한 현장조사를 했다. 루리아의 저작은 1974년에야 러시아어 원전으로 발행되었는데, 그의 조사가 완료되고 나서 42년이 지난 후였다. 영어판이 나온 것은 그로부터 2년이 더 지나서다.

　구술문화에 입각한 사고 작용에 관해서, 루리아의 작업은 뤼시앵 레비브륄의 이론보다도 훨씬 정확한 통찰을 보여준다. 레비브륄은 '원시적' 사고(사실상 구술문화에 입각한 사고)는 실제 현실보다 신념 체계에 바탕을 둔다는 의미에서 '전논리적' 또는 마술적이라고 결론을 내렸기 때문이다 (Lévy-Bruhl 1923). 루리아의 작업은 프란츠 보아스(루리아는 조지 보아스라 하고 있으나 이는 오류이다 – Luria 1976 p. 8)와 같은 레비브륄의 논적이 제기한 생각에 대해서도 훨씬 정확한 통찰을 보인다. 보아스는 원시적인 사람들이 우리와 마찬가지로 생각하지만 우리와는 다른 카테고리의 조합을 사용한다고 주장했기 때문이다.

　루리아의 견해는 마르크스주의 이론이라는 정교하게 만들어진 틀을 따랐기 때문에, 문자성(literacy)의 직접적 결과보다도 다른 사안, 이를테면 '농업 중심의 비통제적인 개인주의 경제'라든가 '집단화의 시작'과 같은 사안에 주의를 할애한다(Luria 1976, p. 14). 그는 조사 결과를 구술문화와 문자문화의 차이라는 관점에서 뚜렷하게 체계적으로 정리하지는 않았다. 그러나 정교하게 만들어진 마르크스주의 이론의 발판에도 불구하고, 루리아의 보고는 사실상 분명히 구술문화와 문자문화의 차이를 중심으로 조립되었다. 그는 면접한 사람들을 전혀 읽고 쓸 수 없는 상태에서 중간 정도로 읽고 쓸 수 있는 상태까지 여러 단계로 분류하였으나, 이런 사람들로부터 얻은 통계를 구술문화에 입각한 인식과정이라는 두 가지 집합으로 뚜렷하게 구분하였다. 읽고 쓸 수 없는 사람(그의 조사 피험자 중에 압도적 다수)과 조금이라도 읽고 쓸 수 있는 사람 사이에 나타나는 여러 대비는 현저하며, 분명히 중요한 의미를 가진다(루리아는 때때로 이것을 명기하였다). 이 대비에서 제시된 것은 캐로더스가 보고하고 인용한 연구에서도 마찬가지로 제시된다(Carothers, 1959). 즉 중간 정도의 읽고 쓰는 능력만 있으면 사고 과정에 있어 압도적 차이가 나타난다는 것이다.

루리아와 그의 동료들은 카페의 편안한 분위기 속에서 피험자들과 오래 얘기를 주고받으면서 데이터를 모아갔다. 그리고 질문에 격식을 차리지 않고 피험자들에게 익숙한 수수께끼와 같은 방식으로 조사 목적을 꺼냈다. 그리하여 피험자들이 다른 곳으로 빠지지 않고 질문에 대답하도록 온갖 노력을 기울였다. 피험자들은 그들 사회의 지도자는 아니었다. 그러나 모든 점에서 보통의 양식을 가진, 그들 사회의 문화를 충분히 대표하는 사람들이라고 할 수 있다. 루리아의 조사 결과 중 다음과 같은 점들이 특히 여기에서 제기된 문제와 관련이 있는 것으로 주목된다.

(1) 읽고 쓸 수 없는(구술문화 속에 사는) 피험자들은 기하학적 도형을 식별할 때 각 도형에 여러 대상의 이름을 연결하여 식별하고, 결코 추상적인 원이나 사각형으로는 식별하지 않았다. 원은 접시·채·물통·시계·달 등으로, 사각형은 거울·문·집·살구 건조판 등으로 불렸다. 피험자들은 그려진 도형을 자기네들이 아는 실제 사물로써 식별했다. 그들이 다루는 것은 결코 추상적인 원이라든가 사각형이 아닌 구체적인 물건이었다. 한편 중간 정도로 읽고 쓸 수 있는 교원 양성학교 학생들은 기하학적 도형을 원, 사각형, 삼각형 등 기하학적 카테고리에 따라 식별했다(Luria 1979,

pp. 32~39). 그들은 실생활에서의 반응이 아니라 교실용의 대답을 하도록 훈련되어 있었던 것이다.

(2) 피험자들은 네 가지 품목이 그려진 그림을 제시받았다. 그중 셋은 하나의 카테고리에, 나머지는 다른 카테고리에 속했다. 그들은 그중에서 서로 비슷하거나 하나의 그룹에 속하거나 통틀어서 한마디로 말할 수 있는 것이 있다면 하나로 뭉뚱그리도록 요구받았다. 어느 그림에는 '망치', '톱', '나무', '손도끼'가 그려져 있었다. 읽고 쓸 수 없는 피험자들은 이를 분류할 때 한결같이 카테고리의 관점에서 분류하는 대신에(나머지 셋은 도구이나 나무는 도구가 아니라는 식으로) 실천적 상황의 관점에서 분류했다. 즉 '상황의존적인 사고'에 따라서 생각하고, 나무 이외의 것을 모두 '도구'로 분류하는 데는 전혀 유의하지 않았다. 도구를 가진 목수가 나무를 보았다면 그는 이 나무에 대해서 도구를 사용하는 것을 생각할 것이고, 엉뚱한 지적 게임처럼 도구가 필요한 대상과 도구를 떼어놓으려고 생각하지는 않을 것이다. 읽고 쓸 수 없는 25세 농부는 이렇게 대답하였다. "모두 비슷비슷하죠. 톱은 나무를 썰고 손도끼는 통나무를 가른다. 어느 쪽인가를 버리라고 한다면 손도끼가 될까, 톱만큼 여러 가지 일을 할 수 없으니까."(Luria 1979, p. 56) 망치도 톱도 손도끼도 모두 도구라고 말해도, 그는 그런 카테고리에 따른 분류에는 관심을 보이지 않고 여전히 상황의존적인 사고에 구애되었다. "그렇죠. 연장이 있다 하더라도 역시 재목이 있어야죠. 재목이 없으면 아무것도 세울 수 없거든요." 다른 그림을 보고서도 그는 네 가지 모두 같은 종류라 생각했으나, 그렇다면 왜 다른 사람이 그중 하나를 제외했겠냐는 물음에 이렇게 대답했다. "그 친구가 그런 식의 생각을 타고났기 때문이겠죠."

대조적으로 단 2년 동안 그 마을의 학교에서 공부한 18세 소년은, 마찬가지로 짝을 지은 그림을 보여주자 그것을 카테고리별로 분류했을 뿐만 아니라 그 분류에 이의를 제기하자 자신의 분류가 올바르다고 고집했다(Luria 1976, p. 74). 겨우 읽고 쓸 수 있는 56세 노동자는 상황에 입각한 분류와 카테고리에 입각한 분류를 동시에 했는데, 후자 쪽이 우세했다. '큰도끼', '손도끼', '낫'이라는 짝과 '톱', '밀의 순', '통나무'라는 짝을 제시하고서 전자에 후자 중의 무엇을 보충하면 완전해질지 묻자, 그는 '톱'을 선택했다. "이렇게 하면 사람들이 일에 사용하는 도구가 되죠." 그러나 이후 다시 생각을 고쳐 밀에 관해서 덧붙였다. "그러니까 낫이 있기 때문에 이것을 벨 수가 있겠군."(Luria 1976, p. 72) 추상적인 분류만으로는 만족할 수 없었던 것이다.

루리아는 피험자들과 대화를 나누는 과정에서, 읽고 쓸 수 없는 사람들에게 추상적인 분류 방식의 원칙을 몇 가지 가르쳐주고자 했다. 그러나 그들은 그것을 결코 마음속 깊이 이해할 수는 없었다. 실제로 재차 문제를 해결해야 하는 상황이 되자, 그들은 카테고리에 입각한 사고가 아니라 상황의존적인 사고로 되돌아가버렸다(Luria 1976, p. 67). 그들은 상황에 따르지 않는 사고, 즉 카테고리에 입각한 사고를 중요하지 않고 재미있지도 않으며 아무래도 시시한 것으로 확신하였다(Luria 1976, pp. 54~55). '원시적인 사람들'(구술문화 속에 사는 사람들)이 자기네 생활에 쓸모 있는 짐승이나 화초에는 이름을 붙이지만, 숲속에 있는 다른 것들은 대수롭지 않고 너저분한 배경으로 간주하고서 '저것은 그냥 〈숲〉'이라든가 '단지 하늘을 나는 동물'이라는 식으로 처리해버린다는 데 대한 말리노스키의 설명을 환기시킨다(Malinowski 1923, p. 502).

(3) 형식논리가 그리스 문화의 발명임은 잘 알려져 있다. 그리고 그리스 문화는 알파벳 쓰기 기술을 내면화하고, 이 기술로 인해 가능해진 사고방식을 스스로를 인식하는 수단의 항구적인 일부로 삼은 뒤에 이 형식논리를 발견했던 것이다. 이 점을 생각하면, 삼단논법에 입각해 형식적으

로 추론을 쌓아간다는 것에 대해서 읽고 쓸 수 없는 사람이 어떻게 반응하는지 조사한 루리아의 실험은 유난히 큰 의미를 지닌다. 간단히 말하면, 읽고 쓸 수 없는 피험자들은 전혀 형식적인 연역적 절차에 따라서 사고하는 것으로 보이지 않았다. 그러나 그렇다고 해서 그들이 생각할 수 없다든가, 그들의 사고는 논리적이지 않다는 건 아니다. 그들은 다만 아무런 흥미도 찾을 수 없는 순수하게 논리적인 형식에 자기네 생각을 굳이 맞추고 싶지 않았던 것이다. 순수하게 논리적인 형식이 애초에 어떤 점에서 흥미롭겠는가? 삼단논법은 사고와 관련이 있긴 하지만, 실제로는 어떠한 사고도 형식적으로 서술된 삼단논법과 같은 방식으로 작용하지는 않는다.

"귀금속은 녹슬지 않습니다. 금은 귀금속입니다. 그러면 금은 녹슬겠습니까, 녹슬지 않겠습니까?" 이 질문에 대한 대답의 전형적인 예는 다음과 같다. "도대체 귀금속은 녹습니까, 녹슬지 않습니까? 금은 녹습니까, 녹슬지 않습니까? 어느 쪽입니까?"(18세 농부) "귀금속은 녹슬죠. 금도 녹슬죠."(읽고 쓸 수 없는 34세 농부 – Luria 1976, p. 104) "눈이 있는 북극지역에서 곰은 모두 흰색입니다. 노바야 젬블라는 북극지역에 있으며 언제라도 눈이 있습니다. 그러면 거기 있는 곰은 무슨 색이겠습니까?" 이 질문에 대한 대답의 전형적인 예는 다음과 같다. "글쎄, 잘 모르겠는데요. 까만 곰이라면 본 적이 있습니다만 다른 색 곰은 본 적이 없거든요······ 어디든 그 땅에만 있는 생물이 있는 법이거든요."(Luria 1976, pp. 108~9) 곰이 무슨 색인지는 그 곰을 보면 누구나 안다. 실생활에서 곰의 색깔을 추론으로 도출한다는 것은 들어본 적이 없다. 게다가 강설 지역의 곰은 모두 희다는 것을 누군가가 확실하게 안다고 해도, 그가 아는 것을 어떻게 해서 다른 사람이 확실히 알 수 있을까? 겨우 읽고 쓸 수 있는 45세 집단농장 책임자는, 위의 삼단논법을 두 번째 보여주었을 때 그럭저럭 이렇게 말할 수 있었다. "당신 말씀을 따라서 생각하면 그 곰들은 모두 흰색이어야겠군요."(Luria 1976, p. 114) '당신 말씀을 따라서 생각하면'이라는 말은 그가 인식의 형식구조를 알아차리고 있음을 의미할 것이다. 즉 조금이라도 읽고 쓸 수 있다는 사실은 대단한 위력을 발휘하는 것이다. 그렇기는 하더라도, 이 책임자의 경우 읽고 쓰는 능력이 어느 정도밖에 없기 때문에 사람을 직접 대하는 인간적인 생활세계 쪽이 순전한 추상개념 세계보다 한층 마음 편했던 것이다. '당신 말씀을 따라서 생각하면'이라는 말투에는, 그러한 형식적 추론으로 대답할 수 있고 대답한다 하더라도 그 대답에 책임을 지는 것은 내가 아니라 '당신'이라는 생각이 담겨 있다.

제임스 페르난데스는 미셸 콜과 실비아 스크리브너가 리베리아에서 행한 조사 연구(Cole and Scribner 1973)를 언급하면서, 삼단논법은 자기 완결적이며 특정한 전제에서만 특정한 결론을 이끌어낼 수 있다고 지적했다(Fernandez 1980). 그는 다음과 같은 사실에 주목하였다. 고등교육을 받지 않은 사람들은 이런 특수한 기본 원칙에는 정통하지 않다. 오히려 그들은 삼단논법에 제시된 진술을 자기 나름대로 해석하려 함으로써 그러한 진술을 넘어서려는 경향이 있다. 마치 실생활에서 접하는 여러 상황에서, 또는 (모든 구술문화에서 공통으로 나타나는) 수수께끼에 대해서 그들이 하듯이 말이다. 다음과 같은 고찰도 덧붙여두자. 이처럼 하나의 삼단논법은 하나의 텍스트와 같이 고정되고 다른 것들로부터 격리되어 있다고. 이 사실은, 논리라는 것이 쓰인 문자에 입각한다는 점을 극적으로 보여준다. 그에 반해서 수수께끼와 같은 것은 구술문화 세계에 속한다. 수수께끼를 푸는 데는 현명함이 요구된다. 수수께끼를 풀려면 수수께끼에 사용된 말 자체를 넘어서 종종 잠재의식 깊이 숨은 지식을 이끌어내야 하기 때문이다.

(4) 루리아의 현장조사에서 사물의 정의에 관한 질문은 그것이 가장

구체적인 대상에 관한 것일 때라도 저항을 받았다. "나무란 무엇인가. 나에게 설명해보십시오." "어째서 그래야 하죠? 나무가 무엇인가는 누구나 알아요. 누구도 나로부터 그런 설명을 듣지 않아도 돼요." 읽고 쓸 수 없는 22세 농부는 이렇게 대답했다(Luria 1976, p. 86). 하나의 정의로 제시되는 것보다도 실생활의 환경을 통해 제시되는 것이 훨씬 만족스러운데 어째서 굳이 정의 같은 것을 할 필요가 있겠는가? 기본적으로 이 농부의 태도는 옳다. 일차적 구술문화의 세계에 반박해도 소용없다. 할 수 있는 일은 이 세계를 떠나서 문자문화로 되돌아오는 것밖에는 없다.

"나무를 두 단어로 어떻게 정의하시겠습니까?" "두 단어로요? 흠, 사과나무, 은행나무, 포플러나무같이 말인가요?" "당신이 차가 전혀 없는 곳에 갔다고 합시다. 그 경우 차를 어떻게 설명하시겠습니까?" "버스에는 다리가 네 개 있고, 앞쪽에 사람이 앉는 의자가 있고, 그림자를 드리우는 지붕이 붙어 있는데 거기에 엔진이 있다고 말하지 않을까요. 그러나 더욱 직접적으로 말한다면 이렇게 하겠지요. 차를 타고 드라이브를 해보라고. 그렇게 하면 차가 어떤 것인지 알 테니까." 이 응답자는 몇 가지 차의 특징을 열거하지만, 결국은 개인적이고 특정한 상황에서의 체험으로 되돌아오고 만다(Luria 1976, p. 87).

읽고 쓸 수 있는 30세 집단농장 노동자의 경우는 이와 대조적이다. "그것은 공장에서 만들어집니다. 말[馬]로 간다면 열흘 걸리는 거리도 그것이라면 잠깐이에요. 그만큼 빠른 거죠. 그것은 불과 전기를 이용해서 달리지만 물이 끓어 증기가 되도록 우선 불을 피워야 하죠. 수증기를 통해 엔진이 힘을 발휘하는 거니까…… 차 속에 물이 있는지는 확실히 모르지만 아마 틀림없이 있을 겁니다. 그러나 물만 가지고는 충분하지 않죠. 불도 필요하죠"(Luria 1976, p. 90). 그는 차에 대해 그다지 자세하게 알지는 못하나 그래도 차를 정의하려고 시도하고 있다. 그러나 그의 정의는 눈에 보이는 외관의 정확한 기술에는 미치지 못하고, 그것을 움직이는 방식에 대해서만 기술한 것이다. 외관에 대한 기술은 구술문화에 뿌리박은 정신의 능력 밖에 있다.

(5) 읽고 쓸 수 없는 루리아의 피험자들은 말로써 자기를 분석하는 데 곤란을 느꼈다. 자기분석을 할 수 있으려면 상황의존적인 사고를 어느 정도 깨뜨려야만 한다. 그러려면 자아(생활세계 전체는 자아의 주위로 소용돌이친다)를 하나의 개인으로서 분리할 필요가 있으며, 온갖 상황의 중심을 그와 같은 중심으로 하여금 충분히 검증되고 기술될 수 있도록 용인해준 상황으로부터 떼어낼 필요가 있다. 루리아는 사람들의 성격적 특징이라든가 개인적 차이에 관해서 오랫동안 서로 이야기를 주고받은 후에 비로소 미리 준비해두었던 질문을 했다(Luria 1976, p. 148). 산에서 천막을 치고 목축을 하는, 읽고 쓸 수 없는 38세 남자의 경우는 이러했다(Luria 1976, p. 150). "당신은 어떤 사람입니까? 당신의 성격은 어떻습니까? 당신의 장점은 무엇입니까? 당신의 단점은? 당신은 자기 자신에 대하여 어떻게 말하겠습니까?" "나는 우츠그루간에서 여기에 왔죠. 무척 가난했지만 지금은 이미 결혼해서 자식도 있어요." "당신은 지금의 자신에 만족합니까? 아니면 지금과 다른 사람이 되고 싶습니까?" "좀더 땅이 있어서 보리를 얼마간 경작했으면 좋겠다고 생각하죠." 그의 관심은 자신의 외부를 향한다. "그러면 당신의 단점은 무엇입니까?" "나는 금년에 보리를 1푸드 경작했지요. 우리는 조금씩이지만 모자라는 것을 보충하고 있어요." 더욱더 외부적인 이야기가 되었다. "여러 가지 사람이 있지요. 침착한 사람, 화를 잘 내는 사람, 그리고 개중에는 기억력이 나쁜 사람도 있지요. 당신은 자신을 어떻게 생각합니까?" "우리는 똑바로 하고 있어요. 우리가 나쁜 놈들이라면 아무도 우리를 존경하지 않죠."(Luria 1976, p. 15) 자기평가는 집단평가('우리')로 조정되어버렸고, 나아가 타인으로부터 예상되는

반응으로 교묘하게 환치되어갔다. 또 다른 36세 농부는 그 자신이 어떤 사람인지 묻자 감동적이고도 인간미 있는 솔직함으로 이렇게 대답했다. "나 스스로 자기 마음이 이렇다고는 말할 수 없죠. 자기 성격은 이렇다고 남에게 말할 수 있다고 생각합니까? 다른 사람에게 물어보십시오. 그들이라면 나에 관해 당신에게 여러 가지로 말해줄 테니까요. 나 스스로는 아무것도 말할 수 없습니다." 자기 내부로부터가 아닌 외부로부터의 판단이 개인을 압도한다.

앞에서 든 사례들은 루리아의 풍부한 예시 중 일부에 지나지 않지만, 어느 것이든 전형적이다. 이 응답들이 최선은 아니라고 말할 수도 있다. 루리아가 피험자들을 수수께끼와 같은 상황으로 교묘하게 유도할 수 있었다 하더라도, 그들은 이런 종류의 질문에는 익숙하지 않았기 때문이다. 그러나 바로 이 익숙하지 않다는 점이야말로 중요하다. 왜냐하면 구술문화는 기하학적 도형, 추상적 카테고리에 의한 분류, 형식논리적인 추론·수속·정의 등의 항목과는 전혀 관련이 없기 때문이다. 포괄적인 기술이나 말에 의한 자기분석조차도 그러하다. 이러한 항목들은 모두 사고 그 자체가 아니라 텍스트를 통해 형성된 사고에서 유래한다. 루리아의 질문들은 텍스트 사용과 관계가 있는 교실에서나 가능한 것들이다. 실제로 그 질문들은 읽고 쓸 수 있는 인간이 작성한 표준적 지능검사 질문지와 흡사하거나 아주 똑같다. 그 질문 자체는 타당하지만, 구술문화에 속한 피험자들이 공유하는 세계와는 다른 세계에서 온 질문들이다.

피험자의 반응에서 암시된 것처럼, 본래 문자에 익숙한 사람의 발상으로 고도의 구술문화에 속하는 사람이 타고난 지적 능력을 정확히 평가하는 쓰기 테스트를, 또는 구술 테스트라도 고안해내기란 불가능할 것이다. 글래드윈이 관찰한 바에 의하면 남태평양의 폴라와트 섬 주민들은 자기들 배의 조타수를 존경한다고 한다(Gladwin 1970, p. 219). 복잡하고도 어려운 기능을 익히려면 그 조타수들은 지적으로 매우 뛰어나야 한다. 그런데 어째서 조타수들이 존경받는가 하면, '지적으로 뛰어나기' 때문이 아니라 아주 단순히 그들이 좋은 조타수이기 때문이다. 어느 중앙아프리카 사람에게 마을 학교의 새로운 교장을 어떻게 생각하느냐고 물었더니, "그가 춤추는 것을 좀 지켜봐야죠."라고 대답한 사례도 있다(Carrington 1974, p. 61). 구술적인 민족은 지적 능력을 일부러 꾸며낸 텍스트 퀴즈로 추론하여 평가하지 않고, 그때그때 상황에 맞추어 평가한다.

학생이나 그 밖의 사람들에게 이처럼 분석적인 질문을 강요하는 일은 텍스트에 영향을 받은 문화 단계 중에서도 매우 최근에 나타난 것이다. 사실 이런 질문을 하려는 발상은 구술문화뿐만 아니라 문자문화 단계에서도 아직 없었다. 필기시험이 사용된 것은 일반적으로(서구에서는) 바야흐로 인쇄가 의식의 존재방식을 좌우하면서부터, 즉 문자가 발명되고서도 몇천 년이 지난 이후였다. 오늘 우리가 학교에 들어갈 때 '치르고(take)', '합격(pass)'해야만 하는 '시험(examination)'을 가리키는 말은 고대 라틴어에 없었다. 서구에서는 몇 세대 전부터 행해졌고 아마 세계의 태반에서 여전히 행해지는 교육 관행은 수업 중 학생에게 '암송'시키는 것, 즉 수업 지도나 교과서를 통해 문구를 기억하게 한 다음(구술문화의 유산인 정형구) 교사 앞에서 구두로 되풀이시키는 것이다(Ong 1967b, pp. 53~76).

지능검사를 지지하는 이들은 우리가 사용하는 지능검사 질문지가 특정한 종류의 의식에 맞춰서 만들어졌다는 점, 즉 근본적으로 문자문화와 인쇄문화라는 조건에 결부된 '근대적 의식'(Berger 1978)에 맞춰서 만들어졌다는 점을 인식해야 한다. 구술문화나 그 잔재가 많이 잔존한 문화 속에서 자라난 사람 중 대단히 지적으로 뛰어난 경우라 해도, 루리아의 질문에는 일반적으로 즉 루리아의 피험자들 중 많은 사람이 했던 식으로 반응하게 될 것이다. 즉 초점이 어긋나 보이는 질문 자체에는 대답하지 않고, 고개를 갸우뚱하게 하는 전체 상황(구술적 정신은 상황을 전체화한다)의 의미를 미루어 짐작하려고 한다. 무엇 때문에 나에게 이러한 엉터리 같은 질문을 하는가, 도대체 저 친구는 무엇을 생각하고 있는가 하고 말이다(Ong 1978, p. 4 참고). '나무란 무엇인가?'라니, 이 친구도 다른 사람처럼 지금까지 수많은 나무를 보아왔을 텐데, 정말로 이런 질문에 응답을 듣고 싶은 건가? 수수께끼라면 응할 수도 있다. 그런데 이것은 수수께끼는 아니다. 게임인가? 물론 게임이다. 다만 구술문화 속에서 사는 사람들은 그 규칙에 익숙하지 않을 뿐이다. 이러한 질문을 하는 사람들은 어린 시절부터 그러한 질문을 자주 받으면서 살아왔던 것이다. 그들은 자기네들이 특수한 규칙에 따르고 있음을 알아차리지 못한다.

문자가 어느 정도 보급된 사회, 즉 루리아의 피험자들이 살아가는 사회에서는, 물론 읽고 쓸 수 없는 사람이라도 읽고 쓰는 지식에 입각해서 조직된 사고를 타인으로부터 경험할 수 있고 실제로 종종 그러한 기회가 있다. 이를테면 읽고 쓸 수 없는 사람이라도, 다른 사람이 기술된 문자를 읽는 것이나 읽고 쓸 수 있는 사람들만이 할 수 있는 회화 내용을 들을 수 있을 것이다. 루리아의 연구가 보여준 가치 중 하나는 다음과 같다. 적어도 루리아의 사례가 보여주는 한, 읽고 쓸 수 없는 사람들은 이렇게 지나가는 식으로 문자에 의한 지식의 조직을 접해도 그다지 영향을 받지 못한다는 것이다. 쓰기가 사고 과정에 작용하려면 개별적으로 내면화되어야 한다.

쓰기를 내면화한 사람은 쓸 때뿐만 아니라 말할 때도 문자로 쓰는 것처럼 말한다. 즉 정도의 차이는 있지만, 그들은 쓰지 못하면 결코 알 수 없는 사고와 말의 형태에 따라서 구술 표현까지도 조직한다. 문자에 익숙한 사람들은 구술적인 사고의 조직이 이러한 형태에 따르지 않는다는 이유로 소박한 것이라 치부해왔다. 그렇지만 구술적 사고는 매우 세련된 것일 수 있으며, 그 자체로 반성적일 수도 있다. 나바호족의 민담 중 동물 이야기를 말하는 나바호족 화자들은 인간 생활에 있어서의 복잡한 사건들을 이해시키는 여러 의미를 포함한 이야기에 관해서 정교하게 설명할 수 있다. 그러한 설명은 생리적 차원에서 심리적·도덕적 차원에까지 미친다. 그들은 물리적 부정합(inconsistencies, 예컨대 양쪽 눈에 호박 구슬을 가진 코요테)과 같은 것도 온전히 알며, 이야기의 여러 요소를 추상적으로 해석할 필요에 관해서도 안다(Toelken 1976, p. 156). 구술문화 속에 사는 사람들은 본질적으로 지적이지 않으며 그들의 정신적 과정은 '거칠다(crude)'고 상정하는 것은, 호메로스의 시는 교묘하게 만들어졌기 때문에 기본적으로 쓰인 작품이 틀림없다고 생각하는 것과 마찬가지로 잘못된 사고방식이다.

또한 구술문화 속에 사는 사람들은 인과관계를 이해할 수 없다느니 하는 단순한 견해에 따라 구술문화에 입각한 사고를 '전논리적'이라든가 '비논리적'이라고 상상해서는 안 된다. 구술문화 속에 사는 사람들도 어떤 물건을 밀면 그것이 원인이 되어 물건이 움직인다는 것을 충분히 안다. 확실히 그들은 여러 원인을 정교하게 결합하고 분석적으로 한 줄기의 연쇄된 형태로 조립할 수는 없다. 그러한 연쇄는 텍스트의 도움이 있어야 비로소 만들 수 있기 때문이다. 그들이 만들어내는 긴 연쇄, 이를테면 계보와 같은 것은 분석적이 아니라 집합적이다. 그러나 구술문화는 감탄할 만큼 복잡하고 지적이고 아름다운 사고와 경험을 조직해낼 수 있다. 구술문화가 어떻게 그러한 것을 만들어내는지 이해하려면 구술문화에 특유한 기억의 작용에 관해서 다소 논할 필요가 있다.

구술문화의 기억형성

말을 기억하는 숙련 기능이 구술문화에서 중요한 재산이라는 것은 쉽게 이해할 만하다. 그러나 말의 기억이 구술적인 예술 형태에서 작용하는 방식은, 문자에 익숙한 사람들이 과거에 흔히 상상한 것과는 전혀 다르다. 문자문화에서는 축어적인 기억형성이 보통 텍스트를 바탕으로 이루어진다. 기억하는 사람은 필요한 만큼 몇 번이고 텍스트로 돌아가서 축어적으로 외우는 것을 완전하게 하고 또 확인할 수 있다. 구술문화에서 문자에 의지하지 않는 기억형성도 보통 이와 같이 완전히 축어적 반복이라는 같은 목표에 도달한 것이라고, 문자에 익숙한 사람들은 지금까지 일반적으로 상정해왔다. 다만 분명하지 않았던 것은, 음성 기록 방법이 알려지지 않았는데 어떻게 그러한 반복이 확인되었는가 하는 점이었다. 쓰기가 없었기 때문에, 기다란 한 절이 축어적으로 반복되는지 여부를 확인하기 위한 방법으로서는 두 사람 이상이 동시에 그 절을 암송하는 방식밖에는 없었기 때문이다. 그렇지만 동시에 암송하는 예는 구술문화에 거의 없었다. 문자에 익숙한 사람들은, 구술에 입각한 경이적인 기억도 역시 어떠한 방식으로든 텍스트를 축어적으로 기억하는 자기네들의 방식과 마찬가지로 작용한다고 단순하게 상정하는 데 만족하였던 것이다.

일차적 구술문화에 있어서 언어 기억의 본질을 한층 현실적으로 헤아렸다는 점에서 밀먼 패리와 앨버트 로드의 연구는 혁명적이었다. 호메로스의 시에 관한 패리의 연구는 이 문제에 초점을 맞췄다. 『일리아드』와 『오디세이』는, 그것들이 쓰였을 때의 사정은 어떻든 간에 기본적으로 구술 작품이라는 것을 그는 증명했다. 이 발견은 말에만 입각한 기억도 역시 축어적으로 형성된다는 가정을 일견 뒷받침하는 것처럼 보인다. 『일리아드』와 『오디세이』는 엄격한 운율에 따른다. 한 단어 한 단어 기억하지 않았다면, 도대체 가수는 어떻게 몇천 행이나 되는 장단단격의 육각운 시행으로 이루어진 이야기를 요청받는 대로 암송할 수 있었던 말인가? 문자에 익숙한 사람이 긴 운문작품을 요청받는 대로 암송할 수 있는 것은 텍스트에 입각해서 그 작품을 축어적으로 기억하기 때문이다. 그러나 페리는 축어적인 기억 방식을 가정하지 않고서도 그런 가수들의 작품 산출을 대단히 잘 설명할 수 있는 새로운 접근방법에의 길을 열었다(Parry 1928, in Parry 1971). 2장에서 이미 본 바와 같이 패리가 제시한 이론은, 육각운 시행이 단순한 단어의 단위가 아니라 정형구 단위, 즉 전통적인 재료를 다루기 위해 한 묶음으로 뭉뚱그려진 단위로 이루어져 있으며, 각 정형구는 육각운 시행에 잘 들어맞도록 만들어졌다는 점이다. 시인은 육각운에 맞는 구절로 된 방대한 양의 어휘를 가지고 있었다. 이처럼 육각운에 맞는 구절로써 그는 정확한 운율에 따른 시행을 무한으로 만들어낼 수 있었다. 적어도 전통적인 소재를 다루는 한 말이다.

그리하여 호메로스의 시에서 예컨대 오디세우스·헥토르·아테네·아폴론 또는 그 밖의 등장인물 누군가가 무엇인가를 말하는 장면에서 그들의 이름을 불러야 할 때, 시인은 운율에 그 이름이 딱 들어맞도록 하는 형용구나 동사를 가지고 있었다. 이를테면 그 서사시들에는 '메테페 폴리메티스 오디세우스(Metephē polymētis Odysseus, 지모가 풍부한 오디세우스는 목소리를 올려서 말하다)'라든가 '프로세페 폴리메티스 오디세우스(prosephē polymētis Odysseus, 지모가 풍부한 오디세우스는 소리 질러 말하다)'와 같은 구절이 72회 나온다(Parry 1971, p. 51). 오디세우스가 폴리메티스(지모가 풍부)하다는 표현은, 그가 그러한 인물이기 때문만이 아니라 폴리메티스라는 형용사가 없으면 오디세우스가 운율에 딱 들어맞지 않기 때문이기도 하다. 이미 말한 바와 같이, 이러한 호메로스의 형용구가 얼마나 잘 들어맞는가에 관해서는 신자와 같은 경건함으로 과다하게 언급되어왔다. 시인

110

은 같은 작용을 하는 운율상의 관용구를 그 밖에도 몇천 개나 가지고 있어서, 그것들을 사용하면 어떠한 상황·인물·사건·행동이라도 거의 대부분 변화하는 운율의 필요에 맞출 수 있었던 것이다. 사실 『일리아드』와 『오디세이』의 내용 대부분은 금방 식별 가능한 정형구로 되어 있다.

패리의 연구는 운율적으로 맞춰진 정형구가 고대 그리스의 서사시 작법을 통할(統轄)했다는 점과, 그런 정형구가 이야기 줄거리나 서사시의 분위기를 손상시키지 않고 아주 간단히 자리를 옮길 수 있었다는 점을 보여주었다. 구술 가수들이 실제로 관용구를 바꿔가며 노래 불렀다면, 비록 같은 이야기가 운율이 규칙 바른 노래로 불렸다 하더라도, 그때마다 이야기의 말투는 달라지지 않았을까? 그렇지 않으면 이야기는 축어적으로 외워져 암송될 때마다 똑같이 재현되었던 것일까? 텍스트가 되기 이전 호메로스의 시를 노래로 부른 시인들은 2천 년도 더 전에 죽었기 때문에 그들의 목소리를 테이프로 녹음해서 직접 확인할 수는 없다. 그러나 고대 그리스에 인접했고 일부는 겹쳐진 현대의 유고슬라비아에서 지금도 살아 있는 이야기 시인으로부터 직접적인 증거를 입수할 수 있었다. 패리는 이 시인들이 구술적인 서사적 이야기를 조립한다는 것을 발견하였다. 그 서사시에는 어떠한 텍스트도 없었기 때문이다. 그들이 노래 부르는 이야기 시는 어쩌다 그 운율이 고대 그리스의 장단단격 육각운과는 다를 때도, 호메로스의 것과 마찬가지로 일정한 운율에 따르고 관용구로 이루어져 있었다. 패리의 작업을 계승하고 동시에 발전시킨 사람은 로드다. 그는 현대 유고슬라비아의 이야기 시인에게서 목소리를 채록하여 방대한 자료를 만들었다. 그 자료는 현재 하버드 대학의 패리 컬렉션에 들어 있다.

이 현존하는 남슬라브의 이야기 시인들 대부분이, 실제로 그중에서도 뛰어난 사람들 모두가 읽고 쓰지 못했다. 로드는 읽기와 쓰기를 배우는 것이 시인의 정신에 이야기를 통제하는 텍스트라는 개념을 끌어넣음으로써 구술로 이야기를 만들어내는 과정을 방해하고 구송시인을 망친다는 사실을 알아차렸다. 그런 구술적인 작법 과정은 텍스트와는 아무런 관계가 없고, 오히려 "일찍이 불렸던 여러 노래들을 생각나게 하는 것"(Peabody 1975, p. 216)이다.

일찍이 불렸던 여러 노래들에 대한 구송시인의 기억력은 기민하다. '10음절 시행을 1분 동안 10행 내지 20행' 노래 부르는 유고슬라비아의 음유시인을 만나는 것은 '진기한 일이 아니다'(Lord 1960, p. 17). 그러나 녹음된 노래를 비교해보면 운율상으로는 규칙적이지만, 결코 같은 방식으로 두 번은 노래 부르지 않았다는 것을 알게 된다. 기본적으로는 동일한 정형구와 테마가 몇 번이고 사용되지만, 그러한 정형구나 테마는 비록 동일한 시인이 노래 부를 때에도 청중의 반응, 시인의 기분, 장소의 분위기 등 사회적·심리적 요인에 맞춰서 그때마다 다르게 꾸며져 '짜깁기되었던' 것이다.

이러한 20세기 음유시인들과의 인터뷰 내용은 그들의 연행만으로는 알 수 없는 점을 보충해준다. 음유시인들을 인터뷰하거나 직접 관찰해보면 이들이 어떻게 배우는가를 알게 된다. 그들은 몇 개월이고 몇 년이고 다른 음유시인의 노래에 귀를 기울임으로써 배운다. 모범이 되는 다른 음유시인들은 결코 같은 방식으로 두 번 이야기를 노래하지는 않지만, 표준적인 테마에 결부된 표준적인 정형구를 몇 번이고 되풀이해서 사용한다. 물론 정형구도 테마도 항상 같은 것은 아니며, 어떤 시인의 이야기 낭송 즉 '짜깁기하는 방식'은 다른 시인과는 확실히 구별될 만큼 다르다. 어떤 말씨는 그 시인의 독특한 것일 수도 있다. 그러나 이야기의 재료, 테마, 정형구, 그것들이 쓰이는 방식은 본질적으로 명료하게 인식할 수 있는 전통에 속한다. 창조성은 새로운 재료를 도입하는 데 있는 것이 아니라, 전통적인 자료를 개별 상황이나 청중에게 어울리도록 그때그때 효과적으로 맞추는 데 있다.

이러한 구송 음유시인들이 기억해내는 재간은 놀랍지만, 그것이 텍스트를 기억함으로써 연상되는 것은 아니다. 한 번밖에 들은 적이 없는 이야기를 재현하려는 음유시인이 그 이야기를 듣고 나서 스스로 할 수 있을 때까지 보통 하루나 이틀 시간을 두고 반복하고 싶어 한다는 것을 알면, 문자에 익숙한 사람들은 깜짝 놀란다. 쓰인 텍스트를 기억하려는 경우에는 암송을 뒤로 미룰수록 기억해내기가 어렵기 때문이다. 그러나 구송시인은 텍스트에 입각해서 노래하지 않으며, 텍스트의 틀에 입각하여 노래하지도 않는다. 그가 가진 테마와 정형구의 저장고에 이야기를 담아놓을 시간, 그 이야기와 '일체화될' 시간이 그에게는 필요하다. 그가 이야기를 생각해내고 새로 말할 때면, 다른 가수가 노래한 것과 같은 운율 표현을 읽고 쓸 수 있는 사람이 말하는 방식으로 '기억'하지는 않는다. 이 가수가 자신의 방식으로 말하려고 이야기를 짜낼 때면, 다른 가수가 어떻게 노래 불렀는가 하는 것은 진작 염두에서 사라져버린다(Lord 1960, pp. 20~29). 음유시인의 기억 속에 언제나 정지되어 있는 재료는 부유하는 일련의 테마와 정형구이고, 모든 이야기는 그런 테마들과 정형구들을 다양하게 조합해서 만들어진다.

로드의 연구에서 가장 인상적인 발견 하나는, 가수들은 두 가수가 같은 노래를 결코 같게 부르는 일이 없다는 것을 알아차렸음에도 불구하고 자신의 노래 방식에 한해서는 언제나 한 줄 한 줄 충실히 되풀이할 수 있으며 '앞으로 20년 동안이라도 완전히 똑같이 할 수 있다'고까지 말한다는 사실이다(Lord 1960, p. 27). 그런데 그들이 축어적으로 같은 것이라고 하는 이야기를 녹음해서 비교해보면, 같은 이야기를 노래한다는 것은 확인할 수 있지만 결코 각 노래가 같지 않다는 것을 알게 된다. '한마디 한

마디, 한 줄 한 줄'이라는 표현은, 로드의 해석에 의하면 단지 '비슷하다' 는 것을 강조하는 말투에 지나지 않는다(Lord 1960, p. 28). '줄'이란 분명히 텍스트에 입각한 개념이며, '마디'라는 개념조차도 이야기의 흐름에서 끊 어낸 비연속적인 단위로 여겨지는 것으로 보아 얼마간 텍스트에 입각한 듯이 보인다. 구디의 지적에 따르면, 온전히 구술로만 기능을 발휘하는 언어에는 이야기 전체, 노래의 리듬 단위, 발화, 테마 등을 나타내는 특정 한 용어는 있어도 다른 것에서 분리된 요소로서의 '단어', 즉 이야기의 '비트(bit)'를 나타내는 용어는 없는 경우도 있다(Goody 1977, p. 115). 예컨 대 '바로 직전의 문장은 26개 단어로 이루어진다'고 말했다고 하자. 정말 그럴까? 경우에 따라서는 28개인지도 모른다. 문장을 쓸 수 없는 사람에 게 '텍스트에 입각한(text-based)'은 한 단어인가 아니면 두 단어인가. 단어 하나하나를 분명히 비연속적인 요소로 보는 방식은 쓰기를 통해 키워지 고, 쓰기는 다른 경우와 마찬가지로 여기서도 분음(分音)적이며 분리를 촉구한다(초기의 많은 필사본은 단어와 단어 사이를 확실히 떼어놓지 않고 한꺼번 에 잇대어 쓰는 경향이 있었다).

재미있는 것은 문자문화가 상당히 유포된 현대 유고슬라비아에서 읽 고 쓸 수 없는 가수들이 쓰기에 대해서 특정한 태도를 표명한다는 사실 이다(Lord 1960, p. 28). 그들은 읽고 쓰는 능력을 찬미하며, 그들이 하는 일 을 읽고 쓸 수 있는 사람이라면 훨씬 더 잘해낼 수 있다고 믿는다. 즉 그 들이 하듯이 단 한번 듣는 것만으로 매우 긴 노래를 재현하는 일을 훨씬 잘 해치울 수 있다고 믿는다. 그러나 바로 그런 것이야말로 문자에 익숙 한 사람들이 해낼 수 없으며, 설령 할 수 있다 해도 쉽게는 할 수 없는 일 이다. 문자에 익숙한 사람들이 문자의 도움으로 할 수 있는 것을 구술 연 행 덕분으로 돌리는 것과 마찬가지로, 구술 연행자도 구술문화에 특유한 방식으로 할 수 있는 것을 문자활동 덕분으로 돌리는 것이다.

로드는 일찍이 『베어울프』도 구술문화에 특유한 정형구로 분석할 수 있음을 제시했다(Lord 1960). 또 다른 사람들은, 구술문화에 특유한 정형구적인 방식이 독일어·프랑스어·포르투갈어를 비롯한 유럽의 여러 중세 언어에서 문장 구성의 구술적 성격, 또는 구술문화의 잔존성을 설명할 수 있다는 것을 여러 가지로 제시했다(Foley 1980b 참고). 세계 여러 지역에서 행해진 현지조사로, 페리가 행한 작업과 로드가 유고슬라비아에서 한층 광범위하게 이룩한 작업이 더욱 확실하게 보증되었다. 예컨대 구디의 보고에 의하면, 북가나의 로다가인 사이에서 바골 신에 대한 기도는 마치 기독교의 주기도문과 마찬가지로 '누구나 아는 것'임에도 불구하고, 그 기도의 말은 결코 일정하지 않다(Goody 1977, pp. 118~19). 이 기도의 말은 '12행 정도'밖에 되지 않는데, 구디의 보고에 따르면 그 언어를 아는 사람이 기도의 첫머리를 중얼거리면 청자는 되풀이하는 부분을 잇대어서 노래하고 나아가 그것을 중얼거리는 사람이 저지른 어떠한 잘못도 놓치지 않고 고쳐준다. 하지만 그럼에도 불구하고 테이프 녹음이 들려주는 바 이 기도의 말은 비록 동일한 인물이 하더라도 그때그때 대단히 다르며, 그것을 정정해주는 사람들의 말도 그때그때 다르다.

이러한 구디의 조사나 그 밖의 조사 결과(Opland 1975: 1976)를 통하여 명확하게 밝혀진 것은, 구술문화 속에 사는 사람들도 시와 다른 구전 예술 유형들을 축어적으로 되풀이하려고 시도한다는 사실이다. 그들은 얼마만큼 성공했던가? 문자에 익숙한 사람들의 기준에서 보면 대개의 경우 성공했다고는 말할 수 없다. 오플랜드는 축어적으로 되풀이하려는 착실한 노력과 그 결과에 관해 남아프리카에서 조사하여 다음과 같이 보고하였다(Opland 1976, p. 114). "공동체의 모든 시인들이 시를 되풀이하려고 하며, 나의 한정된 조사에 따르면 어떤 때 발화된 시는 다른 때 발화된 시와 최소한 60퍼센트 정도 연관된다." 이렇듯 성공은 야심만으로는 성취되지 않는 법이다. 기억의 정확성이 60퍼센트 정도라면, 우리가 교실에서 텍스트를 암송하거나 배우가 각본을 연기할 경우에 비해서 상당히 낮은 점수라 하겠다.

구술시의 '기억형성(memorization)'은, 구송시인의 '선행 작법(prior composition)'에 대한 증거로서 피네건의 저술(Finnegan 1977, pp. 76~82)을 비롯하여 여러 차례 인용된다. 그러나 그러한 예들이 앞에서 살펴본 것 이상으로 축어적인 정확성을 띠는 것 같진 않다. 사실 피네건은 "낱말 그대로 정연하게 반복되는 데 이를 만큼 밀접한 유사"(Finnegan 1977, p. 76)나 "유고슬라비아의 예에서 예상되는 것보다도 훨씬 많은 언어적 반복과 시행 그대로의 반복"(같은 책, p. 78)을 강조할 뿐이다(이와 같은 비교의 타당성과, 피네건의 '구전시' 개념의 애매함에 관해서는 Foley 1979 참고).

그렇지만 최근의 연구를 통해 구술문화 속에 사는 사람들의 한층 정확하고 축어적인 기억형성 사례가 있다는 것이 분명해졌다. 그런 사례 하나를 셰르저가 보고했는데, 파나마 해안에 사는 쿠리아인의 의례적인 문구에 관한 것이다(Sherzer 1982). 1970년에 셰르저는, 소녀들의 사춘기 의례 전문가가 다른 사람에게 길고 주술적인 사춘기 의례 정형구를 전수하는 것을 녹음했다. 1979년에 그가 의례의 정형구를 문자로 필사한 자료를 가지고 재차 그곳을 방문했을 때 동일한 전문가가 필사된 것과 축어적으로 같게, 음 하나하나를 똑같이 맞추는 것을 발견했다. 하지만 그가 축어적으로 되풀이한 정형구가 동료들 사이에 얼마나 널리 퍼졌는지, 얼마만큼 변하지 않고 유지되는지 셰르저는 전혀 언급하지 않았다. 그럼에도 불구하고 그가 든 예는 확실히 축어적인 재현의 성공 사례를 분명하게 보여준 셈이다(셰르저가 피네건의 저서[Finnegan 1977]에서 취해 참고한 몇 가지 사례는, 앞에서 본 바와 같이 모두 고작해야 애매한 것에 지나지 않아 셰르저 자신의 사례와는 동등하게 간주할 수 없다. Sherzer 1982, n. 3 참고).

셰르저의 사례에 필적할 만한 예가 두 가지 정도 있다. 이것들은 구술 내용의 축어적인 재현이 의례적 상황이 아니라 특수한 언어적 제약 내지 음악적 제약을 통해 유지된다는 것을 보여준다. 첫 번째 예는 소말리인 의 고전시이다. 그것은 고대 그리스 서사시보다도 훨씬 복잡하고 엄격하 게 보이는 운율 형태를 지니므로 말씨를 쉽게 바꿀 수가 없다. 존슨(John William Johnson)에 따르면 소말리의 구송시인은 "그들이 문법을 배우는 방식과 아주 똑같지는 않지만 매우 흡사한 방식으로 운율법을 배운다" (Johnson 1979b, p. 118; 또한 Johnson 1979a 참고). 그들은 소말리어의 문법 규 칙이 어떤 것인지 말할 수 없으며, 마찬가지로 운율의 규칙이 어떤 것인 지도 말할 수 없다. 소말리 시인들은 보통 작시를 하면서 동시에 이야기 하는 것이 아니라, 마음속으로 시를 완전히 지어놓은 다음 여러 사람 앞 에서 스스로 암송하거나 타인에게 가르쳐서 암송시킨다. 이것도 역시 구 술문화에 특유한 축어적인 기억형성의 분명한 예이다. 다만 분명한 점 은, 여기서 암송되는 말이 특정 기간(몇 년에서 몇십 년 사이) 동안 얼마만큼 유지되는지를 좀더 조사해야 한다.

두 번째 예는 구술 이야기를 축어적인 방식으로 고정하는 제약으로서 음악이 어떻게 작용하는지 보여준다. 에릭 러틀리지(Eric Rutledge)는 일본 에서 집중적으로 행한 현장조사를 토대로, 아직은 현존하나 이미 과거의 유물이 되어버린 일본의 전통적인 구술 이야기 『헤이케모노가타리(The Tale of the Heike)』에 관해서 보고하였다(1981). 그 이야기는 음악에 맞춰 서 노래로 불리지만, 그중에 드물게 악기 반주가 없는 '백색 음성(white voice)'으로 된 부분이나 악기 연주만으로 이루어진 간주곡도 있다. 그 이 야기와 음악 반주는 도제들을 통해 기억된다. 도제들은 어렸을 때부터 구두로 가르쳐주는 스승과 함께 곡을 읊기 시작한다. 스승들(이미 많이 사 라졌다)은 도제를 훈련하는데, 몇 년에 걸친 엄격한 수업을 통해서 도제들이 노래를 축어적으로 암송할 수 있도록 힘쓴다. 그리고 그것은 용케도 성공한다. 하기야 스승이 스스로도 알아차리지 못하는 가운데 암송 방식을 바꿔버리는 수도 있다. 이야기 중에는 실수하기 쉬운 부분이 있다. 음악은 어떤 면에서 텍스트를 완벽하게 고정해주는 것이지만, 다른 면에서는 필사본을 베낄 때 일어나는 것과 마찬가지의 잘못을 일으키기도 한다. 이를테면 '유사 결말'에 의한 잘못이다. 즉 구술하는 공연자는, 같은 어구가 문장 끝에 몇 번이고 사용될 때 앞의 어구에서 뒤의 어구로 건너뛰어 그 사이 부분을 완전히 넘어가버리는 일이 생긴다. 어떻든 간에 여기서도 역시 일종의 세련된 축어적인 재현을, 완전하게 불변하는 재현이라고는 말할 수 없다 해도 주목할 만한 재현을 볼 수 있다.

이상의 몇 가지 예는, 구술시나 그 밖의 구술적인 언어표현이 산출하는 예이다. 이런 점에서 이들은 호메로스 시대의 그리스나 현대 유고슬라비아 또는 여러 전통적 구술문화에 특유한 정형구적인 실제와는 다르다. 그럼에도 불구하고, 그러한 축어적인 기억형성에 있어서도 구술적인 인식과정은 정형구에 대한 의존에서 조금도 벗어나지 않는다. 오히려 정형구에의 의존이 강화되어 있는 편이다. 소말리인 구전시의 경우, 안티누치(Francesco Antinucci)가 보여준 바와 같이 음운적·운율적으로만 아니라 통사적으로도 제약되어 있다. 즉 시행에는 몇 종류의 특정한 통사구조만 나타난다. 이를테면 안티누치가 제시한 바로는 몇백 가지도 가능한 통사구조 중 단 두 가지 형태밖에 나타나지 않는다(Antinucci 1979, p. 148). 이렇게 되면 문자 그대로 정형구적인 구성이라고 말해야 하겠다. 왜냐하면 정형구란 '제한(constraints)'에 지나지 않으며, 여기서 다루고 있는 것은 통사적인 정형구이기 때문이다(이러한 통사적인 정형구는 패리와 로드가 연구한 시의 체계 속에서도 발견된다). 러틀리지는 『헤이케모노가타리』의 정형구적인 성격에 주목하는데, 실제로 이 작품은 매우 정형구적으로 조립되어

스승들조차 의미를 모르는 많은 고어를 포함하고 있다(Rutledge 1981). 셰르저도 그가 발견해낸 축어적으로 암송되는 발화가, 일반적이고 광시곡(狂詩曲)적이며 비축어적인 형태의 구술 연행을 구성하는 정형구와 유사한 정형구로 만들어진다는 사실에 특별히 주의를 기울인 바 있다(Sherzer 1982). 셰르저는 정형구적 요소의 '고정된(fixed)' 사용방식과 '융통성 있는(flexible)' 사용방식 사이에 연속성이 있는 것으로 생각하자고 제안한다. 즉 정형구적 요소는 어떤 때는 축어적인 동일성을 만들어내는 데 사용되고, 또 어떤 때는 모종의 융통성이나 변화를 산출하는 데 도움을 준다는 것이다(정형구적 요소를 사용하는 당사자는 로드가 제시한 바와 같이 실제로 '융통성 있는' 또는 변하기 쉬운 방법을 사용하면서, 그 자신은 일반적으로 '고정된' 방식을 사용한다고 생각할 수도 있지만). 셰르저의 제안은 확실히 현명한 것이다.

구술문화의 특유한 기억형성에 관해서는 특히 의례적인 상황과 관련하여 한층 면밀하게 연구할 필요가 있다. 셰르저가 든 축어적인 기억의 예는 의례에서 끌어온 것이며, 러틀리지가 논문에서 언급하고 나에게 보낸 편지(1982년 1월 22일)에서 언명한 바에 의하면 『헤이케모노가타리』도 의례적인 상황에서 불린 것이다. 의례 언어는 '일상어에 없는 영속성을 갖는다'는 점에서 일상어에 비해 쓰기에 가깝다고, 체이프는 특히 세네카의 언어를 논하면서 제시하였다. 또 "구술로 행하는 동일한 의례는 몇 번이고 되풀이되는데, 축어적으로 확실하게 똑같이 행해지는 것은 아니지만 언제 행해지더라도 일정한 내용, 문체, 관용구적인 구조에는 변함이 없다"고 언급하였다(Chafe 1982). 일반적으로 구술문화에서는 암송의 압도적인 다수가 연속성이 지니는 융통성 쪽으로 기울어져 있다는 것은 거의 의심할 여지가 없다. 이 점은 의례적인 암송에 관해서도 마찬가지이다. 쓰기를 이미 알고 그것에 의지하지만 아직 소박한 구술성과도 생생하게 접촉하고 있는 문화, 즉 아직 구술문화의 영향이 강하게 남아 있는 문화에서도 의례상의 발화가 전형적으로 축어적이지 않은 경우가 종종 있다. '나를 기념하여 이렇게 행하라'고 예수는 최후의 만찬에서 말했다 (누가복음 22장 19절). 기독교도가 성체예배를 예배식의 중심 행위로 행하는 것은 이런 예수의 지시가 있기 때문이다. 그러나 기독교도가 이 지시에 충실하기 위해서 예수의 말씀대로 되풀이하는 긴요한 말(즉 '이것은 나의 몸이다 […] 이것은 나의 계약의 피다'라는 말)은 신약성서의 어느 대목과 비교하더라도 엄밀히 같지는 않다. 초기 기독교회는 이미 텍스트화된 의식에서조차 텍스트 이전의 구술적 형태로 기억했던 것이다. 즉 교회가 전심전력을 다해서 기억하도록 엄명했던 바로 그 점에 있어서조차 구술적 형태로 기억했던 것이다.

인도의 베다 찬가는 어떠한 텍스트에도 의지하지 않고 전적으로 구술을 통해 축어적으로 기억되었으리라고 종종 언급되어왔다. 그러나 내가 아는 한, 패리와 로드의 조사 결과와 구술문화 특유의 '기억형성'에 관한 조사 결과를 참고하여 그런 언급들이 검토된 적은 없다. 베다는 오랜 세월에 걸친 집성으로 아마도 기원전 1500년에서 기원전 900년 내지 500년 사이에 만들어진 것이다. 이와 같이 작성 연대의 폭을 넓게 잡아야 한다는 점에서 이 집성을 이루는 찬가, 기도, 의식용 정형구가 생겨난 애초의 상황과 오늘날의 상황을 접촉시키기가 얼마나 어려운가를 알 수 있다. 베다 가요가 축어적으로 기억되었다는 것을 입증하기 위해 지금까지 인용되는 대표적인 자료는, 패리의 어느 연구도 아직 완성되지 않았던 1906년 내지 1927년의 것이나(Kiparsky 1976, pp. 99~100), 로드의 연구 (Lord 1960)도 해블록의 연구(Havelock 1963)도 아직 발표되지 않았던 1954년의 것이다(Bright 1981). 프랑스의 탁월한 인도학자요 리그베다 번역자인 루이 르누(Louis Renou)도, 저서 『인도 베다의 운명(The Destiny of the Veda in India)』(1965)에서 페리의 연구가 단초가 되어 생겨난 이런 의문을 언급조차 하지 않았다.

베다의 역사에서 구두 전승이 중요했음은 의심의 여지가 없다(Renou 1965, pp. 25~26과 pp. 83~84). 브라만 교사나 도사와 그 제자들은 축어적인 기억형성을 위해서 대단한 노력을 기울였다. 심지어 단어를 여러 패턴으로 조합시켜서 서로의 위치관계를 확실히 입으로 말할 수 있게까지 했다(Basham 1963, p. 164). 그러나 텍스트가 만들어지기 전부터 후자의 방식이 사용되었는지 여부를 해명하기란 불가능할 듯하다. 하지만 구술문화에 특유한 기억에 관한 최근의 연구를 단서로 다음과 같은 의문이 제기된다. 즉 베다가 텍스트에 전혀 의지하지 않는 상황이 있었다면, 그처럼 순수하게 구술적인 상황에서 베다를 기억해내는 일이 실제로는 어떻게 작용하였던가 하는 점이다. 텍스트가 없이, 어느 특정한 찬가의(집성된 모든 찬가는 아니더라도) 한마디 한마디가 몇 세대에 걸쳐서 고정되는 일이 어떻게 이루어질 수 있었을까? 구술문화에 속하는 사람들은 '한마디 한마디를 같게' 말한다고 순진하게 말할지도 모르지만, 이미 본 바와 같이 그 말은 사실과 전혀 다를 수 있다. 문자에 익숙한 사람들은 이토록 긴 텍스트가 완전히 구술적인 사회에서 여러 세대에 걸쳐 축어적으로 보존되었다는 것을 종종 주장하나, 이는 단순한 주장이지 검증 없이 액면 그대로 받아들일 수 있는 것은 아니다. 도대체 무엇이 유지되었단 말인가? 시의 원작자가 최초로 암송한 내용인가? 비록 원작자라 하더라도 낱말 하나하나를 그대로 되풀이할 수 있었을까? 그리고 그렇게 되풀이할 수 있었다고 확신할 수 있는가? 그렇지 않으면 실력 있는 교사가 만들어낸 하나의 변이형(version)이 유지된 것일까? 이 마지막 질문은 개연성이 있어 보인다. 그러나 그 교사가 나름대로의 변이형을 만들었다는 것은 곧 전승과정에 변화가 있다는 것을 뜻하며, 그의 의도와는 관계없이 또 다른 실력 있는 교사가 다른 변화를 덧붙일 수도 있다는 것을 시사한다.

오늘날 우리의 베다에 관한 지식은 그 텍스트에 토대를 두는데, 사실상 베다의 텍스트에는 복잡한 역사와 수많은 이본이 있다. 이를 고려하면 그 텍스트들이 완전히 축어적인 구두 전승에서 생겨났다고는 생각하기 어렵다. 실제로 베다의 구조는 관용구나 테마를 핵으로 삼아 조립되었다는 특성이 번역본으로도 확실히 알 수 있을 만큼 뚜렷이 드러나서, 우리가 아는 다른 구술 연행과의 연관성을 드러낸다. 그리고 정형구적인 요소나 주제적인 요소와 같은 구술문화의 특유한 기억술에 관한 근년의 발견과 관련지어서 베다를 연구해야 한다는 점을 시사한다. 피바디는 이미 그런 연구를 고대 인도유럽 전승과 그리스 운율법의 관계에 직접 적용하여 추진하고 있다(Peabody 1975). 예컨대 베다에서 장황한 말투가 출현하는 빈도가 높다든지 또는 그러한 말투가 결여되었다든지 하는 것은, 베다가 얼마나 구두 전승에 입각하는가 하는 지표가 될 것이다(Peabody 1975, p. 173 참고).

축어적이든 그렇지 않든 간에, 구술문화의 특유한 기억형성은 어떠한 경우든 사회의 직접적인 압력에 따라 변용된다. 화자는 청중이 바라고 용인하는 것을 말한다. 인쇄된 책의 시장이 쇠퇴하면 윤전기의 움직임은 정지할지 모르지만 몇천 부나 되는 책이 남는다. 구술적인 계보의 경우에는 시장이 없어지면 계보 자체도 없어진다. 완전히 없어지고 만다. (95~97쪽에서) 이미 말한 바와 같이 승자의 계보는 남고(또한 승자에 편리하게 쓰이고), 패자의 계보는 사라지는(혹은 개창되는) 경향이 있다. 살아 있는 청중과의 상호작용이 소리의 고정에 적극적으로 개입하는 수도 있다. 즉 청중의 기대가 주제나 정형구를 고정시키는 데 한몫하는 것이다. 2~3년 전 내 조카 캐시가 내게 그러한 기대를 걸었다. 캐시는 아직 어려서 그만큼 순수하게 구술성에 입각한 정신적 틀을 간직하고 있었다(주위에서 문자문화가 침투하고는 있었지만). 나는 캐시에게 '아기 돼지 세 마리' 이야기를 하면서 "늑대가 훗 하고 불고, 풋 하고 불고, 훗 하고 불고, 풋 하고 불고, 훗 하고 불고, 풋 하고 불었다"고 이야기하였다. 캐시는 내가 사용한 정형구에 화를 냈다. 캐시는 이야기 줄거리를 끝까지 알고 있었으며, 내가 쓴 문구는 캐시의 기대에 어긋났던 것이다. 캐시가 부루퉁하면서 말한 문구는 이러했다. "늑대가 훗 하고 불고, 풋 하고 불고, 풋 하고 불고, 훗 하고 불고, 훗 하고 불고, 풋 하고 불었습니다." 이리하여 나는 전술한 것처럼 청중의 요구에 응해서 이야기의 말씨에 손을 대게 된 셈인데, 이는 구술하는 서술자라면 누구나 종종 겪는 일이다.

마지막으로 반드시 말해두어야 할 것은, 구술문화에 특유한 기억은 텍스트의 기억과는 매우 다른데, 전자의 경우 다분히 신체 동작을 수반하기 때문이다. 피바디는 다음과 같이 적었다. "지구상의 어떠한 장소, 어떠한 시대에서도 (…) 전통적으로 말의 조립은 손의 움직임과 결부된다. 오스트레일리아 등지에 사는 애버리지니들은 노래 부르면서 종종 줄로 모양을 만든다. 줄에 구슬을 꿰는 민족도 있다. 음유시인의 묘사에는 현악기나 북이 따라붙는다"(Peabody 1975, p. 197; Lord 1960; Havelock 1978a pp. 220~22; Biebuyck and Mateene 1971의 권두 삽화도 참고). 그 외에도 손동작과 관련한, 이를테면 종종 세련되고 양식화된 손짓(Scheub 1977)을 다른 예로 들 수 있다. 몸을 전후로 흔들거나 춤을 추거나 하는 여러 신체 움직임도 있다. 탈무드는 텍스트지만 이스라엘에서 구술문화를 상당히 유지해 온 전통파 유태인들은 그것을 여전히 낭송하는데, 내가 목격한 바 상반신을 전후로 흔들면서 낭송한다.

이미 말한 바와 같이, 구술로 발화된 말은 쓰인 말과는 달라서 단순히 말로만 이루어진 상황에서는 성립되기 어렵다. 소리로 발화되는 말은 언제나 전체적·실존적 상황의 한 양상이며 그렇기 때문에 언제나 몸 전체를 사용하게 된다. 신체의 움직임이란 단지 목소리 내는 것을 초월하며, 구술적 대화에 우발적으로나 억지로 붙인 것이 아니라 도리어 자연스럽고 불가결한 것이기도 하다. 구술적인 언어표현에서 몸을 전혀 움직이지 않는 것은, 특히 공적인 언어표현에서는 오히려 강력한 몸짓이 된다.

목소리에 의지하는 생활양식

지금까지 구술성에 관하여 설명해온 내용 중에서 상당 부분을, '목소리에 의지하는(verbomotor)' 문화라고 부를 수 있는 것에 합치시킬 수 있다. '목소리에 의지하는' 문화란 고도의 기술문화와 비교했을 때 우선 행동 과정과 문제에 대한 태도가 말의 효과적인 사용과 인간들의 상호작용에 훨씬 크게 의존하는 문화이며, 반면에 '객관적인' 사물 세계로부터의 시각적인 입력, 즉 목소리와 관계없는 입력에는 훨씬 덜 의존하는 문화이다. 주스는 이 '목소리에 의지하는'이라는 독자적인 용어로 주로 고대 히브리 아랍 문화와 그 주변 문화에 대해 논하였다(Jousse 1925). 그러한 문화들은 쓰기를 얼마간 알았으나 기본적으로 구술적인 문화이며, 생활양식에 있어서 사물 지향적이라기보다 말 지향적이었다. 여기서는 이 용어의 용법을 넓혀서, 사물에 중점을 두기보다는 인간이 상호작용하는 상황(구술적인 상황)에서 말에 중점을 두는 경향이 강하여 아직 구술문화의 영향을 많이 받는 문화를 포함하기로 한다. 물론 말과 사물이 결코 완전히 분리될 수 없다는 것은 말해두어야 한다. 말은 사물을 표시하며, 사물의 지각은 부분적으로 축적된 어휘들에 따라 조건지어지고, 지각은 그러한 어휘들 속에 깃들기 때문이다. 자연은 어떠한 '사실'도 말하지 않는다. 즉 '사실'은, 인간이 자신을 에워싼 현실이라는 간극 없는 직물을 지시하려고 만들어낸 진술 속에서만 얻을 수 있다.

우리가 여기에서 목소리에 의지하는 문화라고 부르는 것이, 기술시대 인간의 시각으로는 말하기를 지나치게 중시하고 수사법을 과대평가하며 실제로 과도하게 사용한다고 보일 것이다. 일차적 구술문화에서는 영업조차 단순하지 않다. 그것도 근본적으로는 수사법이다. 중동의 시장이나 상점에서 무엇을 사는 것은 단지 경제적인 교환거래만이 아니다. 백화점에서라면 상품 구매는 단순한 경제 행위가 될 것이고, 고도의 기술문화에서도 사물의 본질상 역시 그렇게 여겨질지 모른다. 그러나 구술문화에서 물건을 사고파는 것은 오히려 일련의 목소리를 내지르는(나아가 육체를 사용하는) 수단, 은근한 결투, 기지의 대결, 그리고 구술적 논쟁의 작전행동이다.

구술문화에서는 보통 무엇을 물어보는 것도 상호작용적인 것, 즉 논쟁적인 것으로 해석된다(Malinowski 1923, pp. 451, 470~81). 그래서 종종 제대로 대답하지 않고 물음을 회피해버리게 된다. 이에 대한 일화가 아일랜드 코크 지방을 방문했던 사람의 말로 전해진다. 아일랜드는 어느 지방이나 아직도 구술성의 영향이 짙게 남아 있는데, 코크 지방은 그중에서도 유난히 그런 경향이 강한 곳이다. 방문자는 코크 사람이 우체국의 벽에 기대 있는 것을 보고 가까이 가서 그 남자의 어깨 바로 옆 벽을 손으로 툭툭 치면서 물었다. "여기가 우체국입니까?" 상대는 바로 대답하지 않았다. 방문자의 얼굴을 말없이 주의 깊게 보고 나서 그는 이렇게 말했다. "댁이 원하는 것은 우표가 아니지요?" 그는 질문자가 무엇을 묻는 것이 아니라 자기에게서 뭔가를 원하는 것으로 파악했다. 그래서 질문자에게 질문을 되돌려 도대체 어떤 일이 벌어질지 보려고 한 것이다. 들리는 말로는 코크 태생의 사람들은 모든 질문에 이렇게 대응한다고 한다. 언제나 다른 것을 질문함으로써 질문에 대답하라, 말할 때 결코 경계심을 늦춰서는 안 된다고.

일차적 구술문화의 성격구조는, 문자에 익숙한 사람들에게 흔히 보이는 성격구조에 비하면 어떤 면에서 한층 더 공유적이고 외향적이며 덜 내성적이다. 구술적인 커뮤니케이션은 사람들을 집단으로 연결시킨다. 읽고 쓰는 것은 심리(psyche)를 자신에게 되던지는 고독한 활동이다. 교사가 학급 전체에게 말을 걸 때에는 학급을 하나의 통합된 단체로 느끼며, 학급 전체도 자신들을 그렇게 느낀다. 그러나 교과서를 꺼내서 그 일부를 읽도록 교사가 명하면, 학생 개개인은 자기만의 세계로 들어가며 학급의 통합은 사라지고 만다. 캐로더스는 이러한 점에서 구술문화와 문자문화를 대조해 다음과 같은 사례를 보고했다(Carothers 1959). 그에 따르면 구술문화 속에 사는 사람들은 보통 분열적 행동을 외면화하지만, 문자에 익숙한 사람들은 그것을 내면화한다고 한다. 문자에 익숙한 사람들은 분열 경향(외계와의 접촉 상실)을 자기 꿈의 세계에 심리적으로 잠기도록 하지만(분열적 양상의 체계화로 나타내지만), 구술문화 속에 사는 사람들은 그 경향을 보통 도가 지나친 외면적 착란을 통해서 나타낸다. 이러한 착란은 종종 폭력적인 행동을 유발하여 자신이나 타인에게 상처를 입히기까지 한다. 이런 일이 자주 일어나서, 그것을 가리키는 특별한 말이 생겨날 정도다. 고대 스칸디나비아의 군인이 '베르세르크(berserk)'가 된다든가, 동남아시아인이 '아모크(amok)'가 된다든가 하는 것처럼 말이다.

영웅적이고 '무거운' 인물과 괴팍한 인물의 인식적 역할

　일차적 구술문화와 이것이 상당히 잔존한 초기 문자문화에 보이는 영웅전승은 전술한 논쟁적인 생활양식과 관계가 있다. 그러나 구술문화에 특유한 인식 과정이 무엇을 필요로 하는지 생각해봄으로써 그 영웅전승은 가장 적절하게, 가장 근본적으로 설명된다. 구술문화에 특유한 기억이 효과적으로 기능을 발휘하는 것은 기억의 대상으로 '무거운(heavy)' 인물, 즉 기념비적이고도 잊기 어려우며 누구나 알 정도로 공공성을 띠는 인물이 등장할 때이다. 따라서 구술문화 특유의 인지 체계(noetic economy)를 통해 산출되는 것은 두드러진 인물, 영웅적인 인물이다. 이러한 인물은 낭만적 이유나 심사숙고를 거친 교훈적 이유에서 생겨난 것이 아니다. 훨씬 단순한 이유, 말하자면 언제까지라도 기억할 수 있는 형태로 경험을 조직해야 한다는 이유에서이다. 특징 없는 성격은 구술에만 의지하는 기억술로는 바로 잊히고 만다. 기억의 용이성을 확보하기 위해서 영웅적 인물은 판에 박은 모습이 되기 쉽다. 예컨대 현명한 네스토르, 분노에 불타는 아킬레스, 지모 풍부한 오디세우스, 만능의 므윈도(그에 관한 통상적인 형용구는 '태어나자마자 바로 걷기 시작한 조그만[Little-One-Just-Born-He-Walked, Kábútwa-kénda]'이다)를 들 수 있다. 문자문화 속에 구술적 배경이 존속하는 곳에서도 마찬가지로 그와 같은 기억술이나 인지 체계가 우세하다. 이를테면 어린이에게 들려주는 옛날이야기에서 빨간 두건을 쓴 더 없이 순진한 소녀, 한없이 악한 늑대, 잭이 올라가야 하는 믿어지지 않을 만큼 높은 콩나무 등이 그러하다. 이와 같이 인간이 아닌 것도 영웅적인 차원을 획득한다. 여기서는 괴상한 모습이 기억술에 특별한 도움을 준다. 즉 두 눈을 가진 괴물보다는 외눈을 가진 키클롭스가, 머리를 하나 가진 보통 개보다는 머리 세 개를 가진 케르베로스가 훨씬 기억하기 쉽다 (Yates 1966, pp. 9~11, 65~67 참고). 공식화된 숫자에 따라 그룹을 짓는 것도 기억에 도움이 된다. 예컨대 테베의 일곱 용사, 삼미신, 운명의 세 여신이라는 식으로 말이다. 그러나 때로는 단지 기억의 편의성만은 아닌 뭔가 다른 힘이 영웅적인 인물을 산출하고 공식화된 숫자로 그룹을 짓기도 한다는 것을 부정할 수는 없다. 정신분석 이론은 그러한 힘을 설명해낼 수 있을 것이다. 그러나 구술문화의 인지 체계에서 기억의 편의성은 절대 불가결 조건이다. 다른 어떤 힘이 거기에 작용한다 하더라도, 기억되는 언어 형태로 표현되지 않으면 그러한 영웅적 인물은 살아남을 수 없을 것이다.

쓰기가, 나아가 인쇄가 오래된 구술문화에 입각한 인지 구조를 차츰 변질시켜감에 따라 이야기가 '무거운' 인물상에 입각해서 만들어지는 일도 점점 적어진다. 인쇄가 정착되고서 3세기 정도 지나면, 이야기는 소설에 전형적으로 보이는 일상적인 인간 생활세계로 편안하게 옮겨갈 수 있게 된다. 이렇게 되면 영웅(hero)을 대신해 존 업다이크(John Updike)의 『달려라, 토끼(Rabbit Run)』 주인공처럼 적에게 맞서지는 않고 언제나 도망만 다니는 인물, 즉 반영웅(anti-hero)이 나타나기까지 한다. 영웅적이거나 경탄할 만한 것은 구술문화 세계에서 지식을 조직하는 특정한 기능을 맡아왔다. 쓰기로 정보와 기억이 통제되고 인쇄로 그러한 통제가 점점 강력해지면, 지식을 이야기 형태로 간추리는 데 낡은 의미의 영웅은 필요 없어진다. 이 상황은 이른바 흔히 말하는 '이상의 상실'과는 아무런 관계도 없다.

소리의 내면성

구술문화의 정신역학을 논하는 가운데 지금까지 주로 사람들이 주의를 기울여온 것은 소리(sound)의 특징 중 하나인 덧없음, 즉 소리와 시간의 관계이다. 소리는 그것이 사라지려고 할 때만 존재한다. 그러나 소리의 다른 특징도 구술성의 정신역학을 규정하고 그것에 영향을 준다. 그러한 특징 중에서 첫째로 꼽아야 할 것은 소리가 사물의 내부에 대해서 갖는 독특한 관계이다. 이 관계는 소리를 다른 감각과 비교할 때 분명해진다. 이 관계가 중요한 것은 인간 의식과 인간끼리의 의사소통 자체가 내부적인 것이기 때문이다. 이 문제를 여기에서는 간략히만 짚고 가겠다. 더 깊은 논의는 졸저 『언어의 현전(The Presence of the Word)』에서 충분히 다루었으므로 관심이 있는 독자는 참고하기 바란다(Ong 1967b, index).

어떤 사물의 물리적인 내부를 확인하는 데 소리만큼 직접적으로 효과가 있는 감각은 없다. 인간의 시각은 사물의 표면에서 난반사하는 빛을 더욱 잘 붙잡도록 만들어져 있다(난반사는 예컨대 인쇄된 페이지나 풍경으로부터의 반사이며, 거울로부터의 반사와 같은 경면반사에 대립한다). 불꽃과 같은 광원은 우리의 눈을 끌지만 광학적으로는 우리가 그것을 보는 것을 방해한다. 우리 눈은 불꽃의 어느 곳에도 '응시점(fix)'을 가질 수 없기 때문이다. 마찬가지로 설화석고와 같은 반투명 물질도 우리의 눈을 끈다. 그것은 광원은 아니지만 광원과 마찬가지로 우리의 눈이 '응시점'을 가질 수 없기 때문이다. 깊이는 눈으로 지각할 수 있다. 그러나 아무리 충분히 지각한다 하더라도 그것은 일련의 표면으로서 지각될 뿐이다. 예컨대 숲속의 나무줄기라든가 강당 안의 의자로서 말이다. 눈은 내부를 엄밀하게 내부로서 지각하지 않는다. 이를테면 눈은 방 안의 벽을 지각하지만, 그 벽은 여전히 표면이며 외부이다.

미각과 후각은 사물의 내부나 외부를 지시하는 데 그다지 도움이 되지 않는다. 촉각은 도움을 주지만, 내부를 지각하는 과정에서 내부를 부분적으로 파괴해버린다. 상자가 텅 비었는지 아니면 속에 무엇이 있는지 촉각으로 밝히려면 상자에 구멍을 뚫고 손이나 손가락을 집어넣어야 한다. 이는 상자가 그만큼 밖으로 열렸다는 것이며, 그만큼 내부를 잃었다는 것이 된다.

청각은 내부에 손을 대지 않고서도 내부를 감지할 수 있다. 상자를 두드리면 속이 텅 비었는지 꽉 찼는지 알 수 있으며, 벽을 두드리면 벽 저쪽이 비었는지 꽉 찼는지 알 수 있다. 또는 주화를 짤랑 울려보면 그것이 은

화인지 연경화인지 알 수 있다.

소리를 내는 것은 무엇이든지 간에 소리로 그 내부 구조를 감지할 수 있다. 콘크리트로 꽉 찬 바이올린은 보통의 바이올린 소리를 낼 수 없다. 색소폰 소리가 플루트 소리와 다른 것은 악기의 내부 구조가 다르기 때문이다. 그리고 그중에서도 인간의 목소리는 인간 몸의 내부에서 나온다. 인간의 몸이 목소리의 공명체를 이루는 것이다.

시각은 분리하고 청각은 합체시킨다. 보는 사람은 그가 보는 대상의 외부, 대상에서 떨어진 곳에 위치하는 반면, 소리는 듣는 사람의 내부로 쏠려 들어간다. 메를로퐁티가 말한 바와 같이 시각은 사물을 토막내어 감지한다(Merleau-Ponty 1961). 시각은 인간에게 한 번에 한 방향밖에는 감지할 수 없게 한다. 방 안이나 풍경을 둘러보려면 눈을 이리저리 움직여야 한다. 그러나 들을 때에는 동시에 그리고 순식간에 모든 방향으로 소리가 모여온다. 우리는 자기 청각 세계의 중심에 있다. 그 세계는 우리를 에워싸고 우리는 감각과 존재의 핵심에 위치한다. 소리의 이러한 중심화 효과를 하이파이 스테레오는 매우 세련된 방식으로 이용한다. 우리가 듣는 것, 즉 소리 속에 잠길 수는 있으나 마찬가지 방식으로 시각 속에 잠길 수는 없다.

이렇듯 시각은 토막내는 감각인 반면 청각은 통합하는 감각이다. 시각의 전형적인 이상은 명확성과 명료성, 즉 나누어 보는 일이다(데카르트가 주장한 명확성과 명료성은 인간 감각 중 시각을 강조한 것이다 - Ong 1967b, pp. 63, 221). 이에 반해서 청각의 이상은 하모니, 즉 하나로 통합하는 것이다.

내면성(interiority)과 하모니는 인간 의식의 특징이다. 인간 개개인의 의식은 완전히 내면화되어 있다. 즉 인간은 내면으로부터 의식을 감지할 수 있으며, 내면으로부터 의식을 직접 감지하는 것은 당사자 이외엔 불가능하다. '나'라고 말하는 사람은, 당사자 이외의 타인이 '나'라고 말할 때 지시하는 것과는 다른 것을 그 말로써 지시한다. 나에게 있어 '나'는 당신에게 있어 '당신'일 뿐이다. 그리고 이 '나'는 경험 일체를 '하나로 통합해서' 자신 안에 합치한다. 지식이란 궁극적으로 분리가 아니라 통합이며 하모니를 구하는 일이다. 하모니가 없으면 내면의 상태, 즉 심리는 병든다.

주의해야 할 것은, 내부나 외부라는 개념은 수학 개념이 아니며 수학적으로 구별할 수도 없다는 점이다. 그것들은 인간 존재에 기초를 두는 개념으로서 인간 자신의 신체 경험에 입각한다. 나의 신체는 나의 내부에 있다(이를테면 나는 '내 몸을 차지 말라'고 말하지 않고 '나를 차지 말라'고 말한다). 동시에 나의 신체는 외부에도 있다(이를테면 나는 내 자신을 어떤 의미에서 신체 내부에 있는 것처럼 느낀다). 신체는 나 자신과 다른 모든 것의 경계이다. '내부'나 '외부'라는 말의 의미는 단지 신체 경험에 비춰서만 파악할 수 있다. '내부' 나 '외부'가 무엇인지 아무리 정의하려 해도 불가피하게 동어반복에 빠지게 된다. '내부'는 '안'을 통해 정의되고 '안'은 '사이'를 통해, 또 '사이'는 '안쪽(inside)'을 통해 정의되는 식으로 계속되어 결국은 동어반복적인 순환에 빠지기 때문이다. '외부'에 관해서도 이와 마찬가지다. 사물의 내부와 외부에 관해서 말할 때, 비록 그것이 물리적 사물의 경우라 해도 우리는 자기 자신의 감각에 따라 언급하는 것이다. 나는 여기, 즉 내부에 있고 다른 모든 것은 외부에 있다는 감각이다. 내부와 외부라는 말이 지시하는 것은 신체성에 관한 우리 자신의 경험이며(Ong 1967b, pp. 117~22, 176~79, 228, 231), 이 경험에 따라 다른 여러 사물들이 분석된다.

일차적 구술문화에서 말은 소리 속에만 존재한다. 시각적으로 지각되는 어떠한 텍스트에도 말은 관계하지 않으며, 그런 텍스트가 있을 수 있다는 것조차 사람들은 인식하지 못한다. 이와 같은 문화에서는 소리의 현상학이 인간의 존재감각 깊숙이 파고들어간다. 즉 존재는 발화된 말에 의해서 처리된다. 말이 경험되는 방식이 심리적인 생활에서 언제나 큰 의미를 가지기 때문이다. 소리의 중심화 효과(소리의 장이 내 앞이 아니라 나를 중심으로 주위에 퍼져 있다는 것)는 인간의 코스모스 감각에 영향을 끼친다. 구술문화에서 코스모스는 인간을 중심에 두고 진행되는 사건이다. 인간은 '세계의 배꼽'이다(Elide 1958, pp. 231~35, 그 밖의 여러 곳). 사람들이 코스모스 내지 우주, 또는 '세계'에 관해서 생각할 때 자기 눈앞에 펼쳐진 것을 최우선으로 생각하게 된 것은 인쇄와, 인쇄를 통해 지도를 보는 경험이 일반적으로 보급되고 나서의 일이다. 그런 경험이 보급되고 나서 코스모스나 세계는 마치 인쇄된 근대의 세계지도처럼 '탐험'되기를 기다리는 광대한 표면 하나, 또는 표면 몇 개의 집합(시각에 나타나는 것은 표면이기 때문에)으로 생각되기에 이르렀다. 그전의 구술 세계는 수렵가, 나그네, 항해자, 모험가, 순례자는 많이 알았으나 '탐험가'라는 존재는 거의 알지 못했다.

이 장에서 논해온 구술문화에 입각한 사고와 표현의 특징 대부분이, 인간에 지각되는 소리의 통합적이고 중심적이고 내면화되는 조직체계와 분간하기 어렵게 결부된다는 점은 분명할 것이다. 소리 지배적인(sound-dominated) 언어 체계(verbal economy)는 분석적이거나 분리적인 경향(이는 기록되고 시각화한 언어와 부합한다. 시각은 토막내는 감각이기 때문이다)보다는 첨가적인(조화를 이루는) 경향과 공명한다. 또한 그것은 추상적인 사고보다는 보수적인 전체주의(손상되지 않고 그대로 유지되어야 하는 항상성을 지닌 현재, 손상되지 않고 그대로 유지되어야 하는 정형구적인 표현) 그리고 상황의존적 사고(인간 행동을 중심에 놓는 점에서 역시 전체론적)와 공명한다. 나아가 인간이나 인간적 존재의 행동, 즉 내면화된 인격의 행동을 핵심 삼아 지식을 조직하는 것과 공명하며, 비인간적인 사물을 핵심 삼아 지식을 조직하는 것과는 공명하지 못한다.

일차적 구술문화 세계를 설명하려고 여기서 사용한 여러 지표는, 쓰기와 인쇄를 통해 구술적인 목소리의 세계가 시각적인 페이지의 세계로 바뀌면서 인간 의식에 일어난 변화를 뒤에서 설명할 때 다시 활용할 것이다.

구술성, 공동체, 성스러운 것

목소리로 된 말(spoken word)은 인간의 내부에서 생겨나 의식을 가진 내면을, 즉 인격을 소리라는 물리적인 상태로 인간 사이에서 표명한다. 그러므로 목소리로 된 말은 사람들을 굳게 결속하는 집단을 형성한다. 어떤 화자(speaker)가 청중에게 말할 때 청중 사이에 그리고 화자와 청중 사이에는 일체가 형성된다. 그런데 화자가 청중에게 자료를 건네주고 읽도록 하여 청중 개개인이 홀로 읽기의 세계에 들어가면, 청중의 일체성은 무너지고 다시 구술로 이야기가 시작될 때까지 회복되지 않는다. 쓰기와 인쇄는 대상을 분리한다. 독자를 나타내는 말에는 '청중'에 대응하는 집합명사나 집합적인 개념이 없다. '이 잡지에는 200만 독자집단(readership)이 있다'고 말할 때, 집합적인 '독자집단'이라는 말은 지나치게 추상화된 개념이다. 독자를 하나로 결부된 집단으로 생각하기 위해서는 마치 그들이 청자이거나 한 것처럼 독자를 '청중'이라고 부르는 데까지 되돌아가야 하기 때문이다. 목소리로 된 말이 넓은 범위에서의 일체성을 형성하는 수도 있다. 그러므로 오늘날 캐나다나 벨기에에서, 또한 많은 발전도상국에서 나타나듯이 둘 이상의 언어를 가진 나라에서는 대체로 국민적인 일체성을 확립하고 유지하는 것이 큰 문제가 된다.

구술된 말(oral word)이 지닌 이처럼 내면화된 힘은, 인간 존재 궁극의 관심인 성스러운 것과 특수한 방식으로 결부된다. 대부분의 종교에서 목소리로 된 말은 의식이나 예배를 실행하는 데 필수적인 기능을 발휘한다. 분명히 세계적인 대종교에서는 성스러운 텍스트가 개발되고, 종교적 성스러움이 그 텍스트의 쓰인 말에 결부되도록 되어 있다. 그러나 텍스트가 지탱하는 종교 전통에서도 여전히 다양한 방식으로 구술된 말과 관련된 것이 줄곧 우위를 확보한다. 이를테면 기독교 성서는 예배에서 소리 높여 읽힌다. 신은 인간에게 '말을 거는' 존재로 여겨지지 결코 인간에게 뭔가를 써 보내는 존재로 여겨지지는 않기 때문이다. 이러한 성서 텍스트가 지니는 구술문화에 입각한 정신적 틀은 서간문으로 된 부분에서도 압도적으로 나타난다(Ong 1967b, pp. 176~91). 히브리어에서 말을 의미하는 'dabar'는, 사건도 의미한다는 점에서 목소리로 된 말을 직접적으로 지시한다. 목소리로 된 말은 언제나 시간 속에서 움직이기 때문이다. 이러한 성격은 사물과 같이 정지해 있는 쓰인 말이나 인쇄된 말에는 전연 없는 것이다. 삼위일체 신학에서 제2의 위격은 말씀인데, 인간 세계에서 이 말씀과 유사한 것은 쓰인 말이 아니라 목소리로 된 인간의 말이다. 아버지인 신은 아들에게 '말'했지 쓰지는 않았다. 신의 말씀인 예수는 읽고 쓸 수 있음에도 불구하고(누가복음 4장 16절) 아무것도 기록으로 남기지 않았다. "신앙은 듣는 것으로부터 온다"고 로마서 10장 17절은 말한다. "문자는 사람을 죽이고 영[목소리로 된 말이 타고 넘는 호흡]은 사람을 살린다."(고린도서 3장 6절).

말은 기호가 아니다

"쓰이기 전에는 어떠한 언어 기호도 없다"고 자크 데리다는 지적한 바 있다(Derrida 1976, p. 14). 그러나 쓰인 텍스트와 구술된 말의 관련성이 언급될지라도, 쓰인 뒤에도 언어적인 '기호(sign)'는 존재하지 않는다. 텍스트로서 시각적으로 제시된 말은 그 전까지 알려지지 않았던 말의 잠재력을 해방시키지만, 그것은 현실의 말이 아니라 '이차적 양식화 체계'(Lotman 1977 참고)에 지나지 않는다. 사고는 소리로서의 말에 깃드는 것이지 텍스트에 깃드는 것은 아니다. 모든 텍스트가 의미를 갖는 것은 시각적 상징과 음성의 세계 간의 관련성 때문이다. 독자가 지금 이 페이지에서 보는 것은 현실의 말이 아니라 코드화된 상징이다. 다만 적절한 지식을 가진 인간이라면 그러한 상징을 통해서 실제로 발음하든 머릿속에서 해보든 간에 실제의 말을 의식 속에서 불러일으키도록 안내될 뿐이다. 실제로 발음하는 소리든 머릿속에서 상상하는 소리든 간에 음성화된 말의 구실로서 의식을 가진 인간이 사용하지 않는 한, 쓰인 것은 표면적인 표시일 뿐이다.

필사문자와 활자문자에 익숙한 사람들은, 본질적으로 음성인 말을 '기호'로 간주하는 것을 당연하게 생각한다. '기호'는 시각적으로 지각되는 것을 첫 번째로 지시하기 때문이다. '기호(sign)'라는 말의 어원인 *signum*은 로마 군대가 각 부대를 한눈으로 분간하려고 높이 치켜 올린 군기를 말하며, 근원적으로는 '사람이 그에 따르는 것'을 의미했다(원시 인도유럽어의 어근은 *sekw-* 즉 '따르다'이다). 로마인은 알파벳을 알았지만, *signum*은 문자로 된 단어가 아니라 이를테면 독수리와 같은 회화적인 디자인 내지는 도상이었다.

문자로 된 이름을 표찰이나 표지로 느끼는 감각이 확립되기까지는 긴 시간이 필요했다. 뒤에 보게 될 바와 같이, 쓰기나 인쇄가 발명되고 나서도 일차적 구술문화는 여러 세기 동안 잔존했기 때문이다. 유럽 르네상스 시대에 충분히 읽고 쓸 수 있었던 연금술사들조차도 약병이나 상자의 표찰에 문자를 기록하지 않고 도상 기호, 예컨대 황도 12궁 성좌와 같은 것을 그려 넣는 경향이 있었다. 그리고 가게 주인들도 문자로 된 단어가 아니라 도상적인 상징을 사용해서 가게에서 무엇을 취급하는지 표시했다. 예컨대 선술집은 숲, 이발소는 막대기, 전당포는 공 세 개와 같은 식으로 표시했다(도상적인 표찰에 관해서는 Yates 1966 참고). 이러한 표지나 표찰은 결코 그것이 지시하는 것의 이름은 아니다. 즉 '숲'이라는 말이 '선술집'이라는 말은 아니며, '막대기'라는 말도 '이발소'라는 말은 아니다. 이름은 아직도 시간 속에서 움직이는 말이었다. 그에 반해, 정지하여 발화되지 않는 상징은 뭔가 말과는 다른 것이었다. 그러한 상징은 '기호'지만 말은 그렇지 않았던 것이다.

말을 기호라고 생각하는 데 아무런 의심도 느끼지 않는 우리의 태도는 모든 감각, 나아가 모든 인간적인 경험을 시각과 유사한 것으로 생각해버리는 경향에 바탕을 둔다. 그러한 경향은 아마 구술문화에도 있었겠지만 필사문화 이후로 확연히 두드러지게 되었으며 활자문화와 전자문화에 이르러서 점점 더 현저해졌다. 소리는 시간 속의 사건이며 '시간은 걸어 나아간다'. 시간에는 어떠한 정지도 분할도 없다. 시간은 달력이나 시계 문자판 위에서 공간처럼 다루어질 수 있는 것처럼 보인다. 즉 서로 인접한, 분리된 단위로 분할되는 것처럼 보인다. 그러나 이 또한 거짓이다. 현실의 시간은 결코 분할되거나 중단되지 않고 이어진다. 자정에 찰칵 소리가 남으로써 어제가 오늘이 되는 것은 아니다. 자정에 딱 들어맞는 정확한 지점 같은 것은 알 수 없다. 그리고 정확한 지점을 알 수 없다면 어떻게 그때가 자정이라고 말할 수 있는가? 달력에는 어제 다음에 오늘이 오기로 되어 있지만 우리는 그런 경험을 한 번도 하지 못했다. 공간으로 환원시키면 시간은 한층 컨트롤하기 쉽게 보인다. 그러나 그렇게 보이는 것에 지나지 않는다. 현실적으로 분할할 수 없는 시간은 우리를 현실적인 죽음으로 운반해가기 때문이다(이렇게 말한다고 해서 공간 환원주의가 헤아릴 수 없이 유용하며 기술적으로 필요하다는 사실을 부정하는 것은 아니다.

다만 공간 환원주의가 이룩한 것이 지적으로는 한계가 있으며 때로는 기만적일 수도 있다고 말하려 할 따름이다). 마찬가지로 우리는 소리를 오실로그래프의 진동 패턴이나 어떤 '파장'의 파형으로 환원하지만, 그러한 패턴이나 파형과 같은 것은 소리의 경험에 대해 전혀 모르는 귀머거리도 다룰 수 있다. 그런데도 우리는 소리를 기록물(script)로, 그것도 모든 기록물 중에서 가장 극단적이라고 할 수 있는 알파벳으로 환원한다.

구술문화 속에서 사는 인간이 말을 '기호'로, 즉 정지된 시각 현상으로 생각하는 일은 있을성싶지 않다. 호메로스는 말(words)을 '날개 달린 말'이라는 표준적인 형용구를 사용해서 표현했다. 이 표현은 말의 덧없음, 힘, 자유를 암시한다. 즉 말은 끊임없이 움직이는 가운데 움직임의 힘찬 형태인 비상을 통해 일상적이고 둔중하며 묵직한 '객관적' 세계에서 자유로워져 하늘로 날아오르는 것이다.

쓰기는 목소리로 된 말에 덧붙여진 것에 지나지 않는다는 장자크 루소의 생각에 데리다가 제기한 반론은 물론 옳다(Derrida 1976, p. 7). 그러나 구술성을 심도 있게 탐구하지 않고 쓰기의 논리를 구축하려 시도한 것은 이해의 부족으로 보인다. 쓰기는 구술성에서 출발했으므로 불가피하게 그 안에 영원히 근거를 두기 때문이다. 하지만 그러한 시도는 분명 눈부시고 매력적인 효과와 동시에 때로는 도취적인, 즉 왜곡된 감각적 효과를 낳는다. 언어를 이해하는 데 있어 필사문화와 활자문화가 초래한 편견에서 벗어나는 것은 아마도 우리 누구도 상상할 수 없을 만큼 어려울 것이며, 문학의 '해체론(deconstruction)'보다 훨씬 어려워 보인다. 문학의 '해체론'은 아직 문학계 운동에 머물러 있기 때문이다. 이 문제에 관해서는 다음 장에서 기술(技術)의 내면화를 논할 때 한층 자세히 말하겠다.

4장
쓰기는 의식을
재구조한다

자율적 담론의 새로운 세계

원시적 또는 일차적 구술성에 대한 이해가 깊어질수록 쓰기가 만들어 낸 새로운 세계를 한층 더 잘 이해하게 된다. 그런 세계가 실제로 어떤가, 문자에 익숙한 인간이란 과연 어떤가를 더욱 잘 이해하게 된다. 문자에 익숙한 인간이란 선천적 능력보다는 쓰는 기술로써 직·간접적으로 구조 화된 힘을 통해 사고 과정을 형성한 인간을 말한다. 문자에 익숙한 정신 은, 쓰기가 없었다면 실제로 무엇을 쓸 때뿐만 아니라 말하기 위해 생각 을 간추릴 때도 지금처럼 생각하지는 않았을 것이고, 생각할 수도 없었 을 것이다. 쓰기는 어떤 발명보다도 더 강력하게 인간의 의식을 변형시 켜왔다.

쓰기는 소위 '맥락으로부터 자유로운(context-free)' 언어(Hirsch 1977, pp. 21~23, 26)라든가 '자율적' 담론(Olson 1980a)이라 일컬어지는 것들을 확 립한다. 그런데 이런 담론들은 구술적 말하기(oral speech)와 달라서 직접 묻거나 논쟁 대상으로 삼을 수도 없다. 기술 담론(written discourse)은 그것

138

을 쓴 사람으로부터 분리돼 있기 때문이다.

구술문화에도 일종의 자율적 말하기가 있다. 예를 들면 의례적으로 고정된 정형구(Olson 1980a, pp. 187~94; Chafe 1982)나 예언적인 말과 같은 것이다. 그런데 그런 말에서 발화자는 단지 경로에 불과할 뿐 말의 근원으로 간주되지는 않는다. 델포이의 무녀는 신탁을 말한 것에 대해서 책임지지 않았다. 그것은 신의 목소리로 간주되었기 때문이다. 쓰인 것, 나아가 인쇄된 것에는 다소 예언적인 성격이 있다. 무녀나 예언자와 마찬가지로 책은 어떤 발화를 통해서 그 책을 정말로 '말한' 사람 또는 쓴 사람과 이어진다. 만날 수 있다면 작자에게 물어볼 수도 있겠으나, 어떠한 책에서도 결코 작자를 만날 수는 없다. 텍스트에 직접 반박할 방법은 없다. 완벽한 반박이 나온 뒤에도, 텍스트는 여전히 이전과 전적으로 같은 것을 계속 말한다. 이것이 '책에 이렇게 쓰여 있다'고 말하면 '그것은 진실이다'와 동등한 의미로 받아들여지는 이유 중 하나다. 그것은 또한 책을 불태워온 이유이기도 하다. 어떤 텍스트의 내용이 거짓임을 세상의 모든 사람이 알고 있다 해도, 이 세상에 존재하는 한 그 텍스트는 계속 거짓된 내용을 말하는 셈이다. 고집스러운 것이 텍스트의 본성이다.

플라톤, 쓰기, 컴퓨터

오늘날 컴퓨터에 관해 흔히 하는 것과 본질적으로 같은 비판을 플라톤이 『파이드로스(Phaedrus)』(274~77)와 『일곱 번째 서한(Seventh Letter)』에서 쓰기에 관해 했다는 것을 알면 대부분의 사람들이 놀라고, 많은 사람들은 당혹해한다. 『파이드로스』에서 소크라테스는 첫째로 실제 정신 속에 있는 것을 정신 밖에 설정하려 한다는 점에서 쓰기는 비인간적이라고, 쓰기는 하나의 사물이며 만들어낸 제품이라고 말한다. 당연히 컴퓨터에도 해당되는 이야기다. 소크라테스는 둘째로 쓰기가 기억을 파괴한다고 언급한다. 쓰기를 사용하는 인간은 내적인 수단의 결핍으로 그 대신 외적인 수단에 의지하기 때문에 망각하기 쉽다. 쓰기는 정신을 약하게 한다. 오늘날도 구구단 암기라는 내적인 수단 대신에 전자계산기가 외적인 수단을 제공해버리는 것을 부모나 그 밖의 사람들은 우려한다. 전자계산기는 정신을 약하게 한다. 즉 정신으로부터 정신의 강함을 유지하는 일을 제거하는 것이다. 셋째로, 쓰인 텍스트는 기본적으로는 아무것도 대답하지 않는다. 누군가에게 그가 말한 바를 설명해달라고 부탁하면 설명을 듣게 된다. 그러나 텍스트에는 아무리 부탁하더라도 애초에 의문을 불러일으켰던 것과 똑같은 말이, 그것도 종종 어리석은 말이 되풀이될 따름이다. 현대의 컴퓨터에 대해서도 마찬가지 비판이 있다. 즉 컴퓨터에는 '쓰레기가 입력되면 쓰레기밖에 출력되지 않는다'는 식으로 말이다. 넷째로 구술문화의 논쟁적인 속성을 아직 버리지 않았던 소크라테스는, 자연스레 구술되는 말은 스스로를 변호할 수 있으나 쓰인 말은 그럴 수 없다는 점도 쓰기에 대한 반론이 된다고 생각하였다. 즉 실제의 말과 사고는 본질적으로 언제나 실제 인간끼리 주고받는 맥락 안에 존재하는데, 쓰기는 그러한 맥락을 떠나 비현실적·비자연적 세계에서 수동적으로 이루어진다. 컴퓨터에 관해서도 마찬가지로 말할 수 있다.

이와 같은 비난은 인쇄에 대해서는 더욱 심하다. 쓰기에 관한 플라톤의 의구심에 당혹해하는 사람들은, 인쇄가 처음으로 세상에 나타났을 때도 마찬가지의 의구심이 일어났던 것을 알고는 한층 더 당혹해할 것이다. 실제로 라틴어 고전의 인쇄를 촉진했던 히에로니모 스쿠아르시아피코(Hieronimo Squarciafico)는 1477년에 이미 "책이 너무 많아져서 사람들이 학문에서 멀어지고 있다"(Lowry 1979, pp. 29~31에서 인용)고 주장한 바 있다. 그 이유로 책은 기억을 파괴하고 정신을 일에서 지나치게 해방함으로써 약화시키며(전자계산기에 대한 불만과도 같다), 요약된 문고판을 선호하게 되어 영리한 사람의 수준이 저하되기 때문이라고 했다. 물론 또 다른 사람들은 인쇄가 평등을 가져다주는 환영할 만한 존재라고 생각하였다. 인쇄 덕에 모든 사람이 한결같이 영리해질 것이라고 생각했기 때문이다(Lowry 1979, pp. 31~32).

플라톤의 맹점은 자신의 반론을 효과적으로 알리려고 책으로 썼다는 점이었다. 동시에 인쇄에 반대하는 입장 역시, 그 제창자들이 반론의 효과를 높이려고 그것을 인쇄했다는 데서 맹점을 지니고 있다. 컴퓨터에 반대하는 입장도, 그 제창자들이 주장을 효과적으로 피력하려고 컴퓨터 단말기로 작성하여 인쇄한 논문이나 책으로 자기 입장을 말한다는 점에서 마찬가지다. 쓰기도, 인쇄도, 컴퓨터도 모두 말을 기술화(technologizing)하는 방식이다. 일단 말이 기술화되면, 그 기술이 이룩한 바를 효과적으로 비판하기 위해서 입수 가능한 최첨단 기술의 도움을 빌 수밖에 없다. 새로운 기술은 그 기술에의 비판을 전하기 위해 사용될 뿐만 아니라, 사실상 그 기술의 존재가 비판을 가능케 한다. 이미 본 바와 같이(Havelock 1963) 쓰기에 대한 비판도 포함하여 플라톤 철학에 있어서 분석적인 사고는, 쓰기가 심적 과정에 미치기 시작한 영향 때문에 비로소 가능했던 것이다.

실제로 해블록이 훌륭히 지적한 바와 같이(1963) 플라톤 인식론 전체는, 플라톤 자신은 의식하지 않았다 하더라도 실제로는 구술문화의 생활 세계, 즉 역동적이고 따뜻하며 인간 상호작용 중심의 구술적인 옛 생활 세계에 대한 계획적인 거부였다(그러한 세계를 대표하는 사람인 시인은 '국가'에서 추방되었다). 이데아(idea) 즉 형상(form)이라는 말은 시각에 기초를 둔 용어로 라틴어의 '보다(video)'와 같은 어원을 가지며, 영어의 vision, visible, videotape 등은 여기에서 파생되었다. 플라톤의 형상은 시각적인 형태와의 유추를 통해 생성된 것이었다. 플라톤의 이데아는 목소리도 움직임도 없고 어떠한 온기도 없이 고립되어 있으며, 인간 생활세계와는 전혀 무관하고 그러한 세계 너머에 존재한다. 플라톤이 문자에 익숙한 인간으로서 집요하게 구술문화에 반대하거나 과잉반응을 보인 것은, 그의 마음속에서 작동하는 무의식의 힘 때문이었다는 것을 플라톤 자신은 물론 전혀 눈치채지 못했다.

이렇게 생각하면, 본래의 목소리로 된 말과 그것을 기술화하여 변형시킨 모든 말 사이에는 몇 가지 역설이 따라붙는다는 것을 인식하게 된다. 이 사안이 매우 복잡해지는 것은 분명히 다음과 같은 이유 때문이다. 즉 지성은 끊임없이 반성하는 존재이기에, 그러한 반성 작용을 이행하기 위해서 사용하는 외적인 도구조차도 내면화한다. 다시 말해 반성 과정에 짜 넣어버린다.

쓰기에 내재하는 놀라운 역설 하나는 그것이 죽음과 밀접하게 연결된다는 점이다. 쓰인 것은 비인간적이며 사물과 비슷해서 기억을 파괴한다는 플라톤의 비난에도 이 연결 관계는 은근히 제시되어 있다. 인쇄된 사전 몇 가지를 펼쳐서 쓰기(그리고/또는 인쇄)에 관한 무수한 언급을 추적해 보면 이 연결 관계의 예가 풍부히 발견된다. 그러한 예들은 고린도후서 3장 6절 "문자는 사람을 죽이고 영혼은 사람을 살린다"나, 호라티우스가 자작한 『송시』 세 편을 자신의 죽음을 예고하는 '기념비'라고 불렀다는 것(Odes iii. 30.1), 옥스퍼드 보들리 도서관에 있는 "모든 책은 그대의 묘비명이다"라는 토머스 보들리 경에 대한 헨리 본의 단언에 이르기까지 차고 넘친다. 로버트 브라우닝은 『피파가 떠나다(Pippa Passes)』에서, (아직도 널리 행해지는) 인쇄된 책 페이지 사이에 꽃을 끼워 말려 '죽이는' 관습에 눈을 돌려서 "페이지와 페이지 사이에서/ 색 바랜 누런 꽃"이라고 노래하였다. 한때는 살아 있었으나 이미 죽어버린 꽃들은 언어적 텍스트의 심리적 등가물이다. 역설적인 것은 이처럼 죽은 텍스트, 즉 살아 있는 인간적인 생활세계에서 제거되어 경직되고 시각적인 응고물이 돼버린 텍스트가 내구성을 확보한 결과 잠재적으로는 살아 있는 여러 독자를 통해 살아 있는 무수한 맥락에서 소생할 힘을 확보한다는 점이다(Ong 1977, pp. 230~71).

쓰기는 기술이다

오늘날 많은 사람들이 컴퓨터를 그렇게 생각하듯이, 플라톤은 쓰기를 외적이고 동떨어진 기술(technology)이라 생각하였다. 오늘날 우리는 쓰기를 대단히 깊이 내면화하여 자신의 일부로 만들어버렸지만, 플라톤 시대의 사람들은 아직 그것을 자신의 일부로는 생각하지 않았다(Havelock 1963). 우리는 일반적으로 인쇄나 컴퓨터를 기술로 여기지만, 이와 마찬가지로 쓰기를 하나의 기술로 여기는 일은 드물다. 그러나 쓰기(특히 알파벳 쓰기)는 철필이나 붓이나 펜, 종이나 가죽이나 나무껍질과 같은 정교하게 다듬어진 표면, 잉크나 페인트 등 여러 장치와 도구의 사용을 필요로 하는 하나의 기술이다. 클랜치는 저서 가운데 「쓰기의 기술(The technology of writing)」이라는 장에서, 서양 중세의 상황에 비추어 여러 각도로 이 문제를 논한다(Clanchy 1977, pp. 88~115). 쓰기는 세 가지 기술 중 어떤 면에서는 가장 획기적인 변화를 가져왔다. 인쇄술과 컴퓨터는 쓰기에서 시작된 것을 계속해나가는 데 지나지 않는다. 이들은 모두 끊임없이 움직이는 소리를 정지된 공간으로 환원하고, 소리로 된 말만이 존재할 수 있는 살아 있는 현재로부터 그 말을 분리시키는 것이기 때문이다.

자연스러운 구술적 말하기와 대조적으로, 쓰기는 완전히 인공적이다. '자연스럽게' 쓰는 것은 누구도 할 수 없다. 구술적 말하기(oral speech)는,

생리적·정신적 장애가 없는 한 어떠한 문화 속의 어떠한 인간도 말하기는 배운다는 의미에서 충분히 자연스럽다. 말하기를 통해서 의식적인 생활이 충족되지만, 그러한 충족은 무의식의 깊이를 통해서 나타난다. 물론 사회의 의식적·무의식적인 협력도 뒷받침된다. 우리는 문법규칙이 무엇인지 말할 수 없지만 그 사용방식은 물론 심지어 새로운 규칙을 세우는 방법까지 알고 있다. 그런 의미에서 문법규칙은 무의식 속에 깃들어 있는 셈이다.

쓰기(writing)나 기록물(script)은 반드시 무의식에서 나타나진 않는다는 점에서 말하기와 구분된다. 음성 언어를 쓰기로 환치하는 과정은 의식적으로 적용하는 정연한 규칙에 지배된다. 말하자면 어떤 상형문자는 특정한 말을 나타낸다거나 a는 어떤 음소, b는 다른 음소를 나타낸다는 규칙이다(다만 이렇게 말한다고 해서, 일단 의식적으로 명시적인 규칙을 몸에 익히기만 하면 쓰기로 형성된 쓰는 사람과 읽는 사람의 관계가 쓰기에 내포된 무의식적인 절차에 깊은 영향을 미친다는 사실까지 부정하는 것은 아니다. 이 점에 관해서는 뒤에서 상세히 말하겠다).

쓰기가 인공적이라 함은 비난이 아니라 오히려 찬사이다. 쓰기는 다른 인공적인 창조물과 마찬가지로, 아니 어떠한 창조물 이상으로 두말할 것 없이 가치 있으며 실제로 인간의 내적인 잠재력을 충분히 실현하기 위해 없어서는 안 되는 것이다. 기술이란 단지 외적인 도움이 될 뿐만 아니라 의식을 내적으로 변화시키는 것이며, 기술이 말에 관련될 때 가장 그러하다. 그러한 변화는 향상이 될 수 있다. 쓰기는 의식을 높인다. 자연스런 환경으로부터의 분리는 우리에게 득이 될 수 있고, 실제로 많은 점에서 충실한 인간 생활에 불가결하기조차 하다. 충분히 살고 이해하려면 가까이 하는 것뿐만 아니라 떨어져 거리를 두는 것도 필요하다. 이것이야말로 쓰기가 다른 어떠한 것 이상으로 의식에 제공해주는 것이다.

기술은 인공적이다. 그러나, 또 다른 역설이지만 이 인공성은 인간에게는 자연스러운 것이기도 하다. 기술도 적절한 방식으로 내면화되면 인간 생활의 가치를 낮추기보다 오히려 높여준다. 예컨대 근대의 오케스트라는 고도 기술의 성과다. 바이올린은 악기, 말하자면 도구이다. 오르간은 펌프, 풀무, 발전기 등 동력장치를 전적으로 연주자의 외부에 갖춘 거대한 기계이다. 베토벤의 5번 교향곡 악보는 고도로 숙련된 기술자에게 대단히 꼼꼼하게 지시하는 내용으로 이루어졌으며, 그들이 도구를 어떻게 사용해야 하는지 정확히 지정해준다. 레가토(Legato)는 다음 키를 칠 때까지 키에서 손가락을 떼지 말라는 지시며, 스타카토(Staccato)는 키를 치고 바로 손가락을 떼라는 지시다. 음악학자라면 잘 알겠지만, 서보닉(Morton Subotnik)의 「들소(The Wild Bull)」와 같은 전자음악의 경우 소리가 기계장치에서 나온다고 해서 비판하는 것은 부적절하다. 오르간 소리도 기계에서 나오지 않는가? 바이올린 소리나, 심지어 휘파람 소리는 어떠한가? 실제로 바이올린 주자나 오르간 주자는 기계장치가 없었다면 표현될 수 없을 통렬하게 인간적인 무엇인가를 그 장치를 이용하여 표현할 수 있다. 물론 그러한 표현을 하려면 바이올린 주자나 오르간 주자는 기술을 내면화하고 그 도구 또는 기계를 제2의 본성, 즉 자기 마음의 일부로 삼아야 한다. 이 때문에 여러 해에 걸친 '연습'이, 즉 도구가 할 수 있는 것을 도구로 하여금 수행하게 만드는 방법을 배우는 것이 필요하다. 이와 같이 도구를 자신의 일부로 삼아 기술적인 기교를 학습한다고 해서 인간이 비인간적으로 되지는 않는다. 기술을 사용함에 따라 인간의 마음은 풍부해지고, 인간의 정신은 확장되며, 내적인 삶의 밀도가 짙어질 수 있다. 쓰기는 악기 연주보다 훨씬 깊이 내면화된 기술이다. 그러나 쓰기가 무엇인가를 이해하려면, 다시 말해 쓰기를 과거 구술문화와의 관계상에서 이해하려면 우선 쓰기가 기술이라는 사실을 직면해야만 한다.

'쓰기' 또는 '기록물'이란 무엇인가

엄밀한 의미에서의 쓰기, 즉 근대인의 지적 활동을 형성하고 작동시킨 기술로서의 쓰기는 인류 역사에서 보면 아주 최근에 나타났다. 호모 사피엔스가 지상에 나타난 것은 지금부터 약 5만 년 전의 일이다(Leakey and Lewin 1979, pp. 141과 168). 우리가 아는 최초의 기록물(script), 즉 진정한 의미에서의 쓰기는 메소포타미아의 수메르인 사이에서 겨우 기원전 3천 5백 년경에 나타났다(Diringer 1953; Gelb 1963).

인류는 그때까지 몇천 년 동안 그림을 그려왔다. 그리고 여러 사회에서 기록장치 또는 비망록(aides-mémoire)이 사용되었다. 예컨대 새긴 막대기, 늘어놓은 돌, 잉카의 키푸(quipu, 막대기에 늘어뜨린 끈 몇 개에 다른 끈으로 매듭을 만든 것), 아메리카 평원 원주민의 '겨울을 헤아리는 달력' 등이다. 그러나 기록물은 단순한 비망록 이상의 것이다. 비록 상형문자로 쓰였더라도 기록물은 그림 이상의 것이다. 그림은 사물을 표시한다. 인간이나 집이나 나무를 그린 그림은 그 자체로는 아무 내용도 알리지 않는다(정확한 코드나 약속이 있을 경우에는 다를 것이다. 그러나 코드는 다른 코드의 도움을 빌어야만 그림으로 구현될 수 있다. 다시 말해 코드는 궁극적으로 그림을 넘어서는 무엇을 통해서, 즉 말이나 인간이 이해할 수 있는 인간 상호소통의 총체적 맥락을 통해서 설명되어야 한다). 여기서 이해된 것처럼 진정한 의미로 쓰였다는 점에서 기록물은 단순한 그림, 단순한 사물의 표시로 이루어진 것이 아니라 '발화(utterance)'의 표시이자 누군가가 말한, 또는 말한 것으로 상정되는 것의 표시이다.

물론 '쓰기'를 기호론적인 표시, 즉 어떤 개체가 만들어 어떤 의미를 부여하고 시각 또는 다른 감각으로 포착 가능한 표시로 간주할 수도 있다. 이 경우 본인만 해독할 수 있도록 단순히 바위에 그어둔 표시라던가 막대기에 낸 새김도 '쓰기'가 될 것이다. 이렇게 정의한다면 쓰기의 기원은 아마도 말하기의 기원과 같은 무렵까지 거슬러 올라가게 될 것이다. 그러나 '쓰기'를 의미가 부여된 시각적 또는 감각적 표시라고 보는 관점은 쓰기를 순수하게 생물학적 행위에 융합시키는 것이다. 과연 발자국이나 배설물 자국(많은 동물들이 이를 소통 수단으로 사용한다 - Wilson 1975, pp. 228~29)이 '쓰기'가 될 수 있는가? '쓰기'라는 말을 이렇게 넓은 의미로 사용해서 모든 기호론적인 표시를 포함시킨다면 이 말의 의미는 대단치 않게 되어버린다. 새로운 지식의 세계로서 결정적이고도 독창적인 비약이 인간 의식의 내부에서 이루어진 것은 단지 기호론적인 표시가 고안된 때가 아니라, 시각적 표시의 코드체계가 발명되고 그것에 따르는 사람이 정확한 말을 결정하여 텍스트를 마련하며 읽는 사람이 텍스트에서 그 말을 인식하게 되었을 때다. 이것이야말로 정확하게 한정된 의미에서 우리가 오늘날 보통 '쓰기(writing)'라고 부르는 것이다.

이처럼 온전한 의미에서의 쓰기나 기록물을 통해서 코드화된 시각적 표시는 말을 온전히 포착할 수 있고, 그 결과 지금까지 음성 내에서 발전해온 정밀하고 복잡한 구조나 지시체계의 특수한 복잡성이 그대로 시각적으로 기록될 수 있으며, 나아가 그러한 시각적인 기록을 통해 훨씬 정교한 구조나 지시체계가 산출될 수 있다. 그러한 정교함은 구술 발화가 지니는 잠재력으로서는 도저히 이룩할 수 없을 정도에 이른다. 이렇듯 평범한 의미에서의 쓰기는 인간의 모든 기술적 발명 중에도 가장 영향력이 컸으며, 지금도 그러하다. 쓰기는 말하기에 단순히 첨가된 것이 아니다. 쓰기는 말하기를 구술-청각의 세계에서 새로운 감각 즉 시각의 세계로 이동시킴으로써 말하기와 사고를 함께 변화시키기 때문이다. 막대기에 새기는 것이나 그 밖의 비망록은 쓰기에 앞서 있었던 것이지만, 온전한 의미의 쓰기처럼 인간의 생활구조를 변화시키지는 않았다.

온전한 의미의 쓰기체계는 단순한 비망록을 대충 사용하는 단계로부터 점차 발전할 수 있으며, 보통 그렇게 발전해왔다. 그 사이에 중간적인 단계도 존재한다. 어떤 코드체계에서 쓰는 사람은 읽는 사람이 읽어내는 것을 근사치로만 예측할 수 있다. 리베리아의 바이(Vai)인이 발전시킨 체계(Scribner and Cole 1978)나 고대 이집트 상형문자가 그런 예다. 가장 완벽에 가까운 체계는 알파벳이다. 다만 알파벳이라 하더라도 어떤 경우에든 예외 없이 완벽하진 못하다. 만약 어느 자료에 'read'라는 표시가 붙었다면 그 자료를 이미 보았다고 표시한 과거분사('red'로 발음된다)일지도 모르고, 앞으로 보아야 한다고 표시한 명령형('reed'로 발음된다)일지도 모른다. 알파벳을 사용하더라도 텍스트 외부의 콘텍스트가 필요할 때도 있으나 이는 예외적인 경우다. 예외적인 경우가 얼마나 나오는지는 알파벳이 언어에 맞추어 얼마만큼 잘 만들어졌느냐에 달려 있다.

기록물은 많으나 알파벳은 오직 하나

전 세계에 걸쳐 많은 기록물이 서로 독립적으로 발전해왔다(Diringer 1953; Diringer 1960; Gelb 1963). 예컨대 메소포타미아 설형문자는 기원전 3500년(Diringer 1962에서 근사치로 계산한 연도), 이집트 상형문자는 기원전 3000년(아마 설형문자로부터 영향을 받았을 것이다), 미노아 또는 미케네의 '선문자 B'는 기원전 1200년, 인더스 계곡의 기록물은 기원전 3000~2400년, 중국의 기록물은 기원전 1500년, 마야의 것은 50년, 아스텍의 것은 1400년이다.

기록물의 기원은 복잡하다. 모두는 아니지만 대부분의 기록물은 직간접적으로 어떤 종류의 상형문자까지 거슬러 올라가는데, 훨씬 원시적인 단계로는 토큰(token)까지 거슬러 올라가는 경우도 있다. 수메르인의 설형문자는 지금까지 알려진 최고(最古)의 기록물(기원전 3500년경)인데 적어도 부분적으로는 경제교역 기록을 위해서 만들어진 것으로 여겨져왔다. 즉 경제교역을 기록하는 데 점토로 만든 토큰이 사용되었고, 그 토큰은 완전히 밀봉된 작고 속이 빈 주머니형 용기 불라(bulla)에 들어 있었으며, 불라 겉에는 속의 토큰을 나타내는 새김이 있었다(Schmandt-Besserat 1978). 따라서 불라 겉에 새긴 기호는 그것이 지시하는 토큰이 들어 있음을 나타내었다. 이를테면 일곱 개의 새김은 그 속에 점토로 된 작은 토큰이 일곱 개 들어 있다는 표시였다. 또한 이런 새김들은 그 자체가 무엇인가를 뜻하도록 만들어져서, 이를테면 암소라던가 암양이라든가 아직 해독되지 않은 무엇인가 다른 물건을 표시하였다. 마치 어떤 낱말이 지시하는 구체적인 대상을 연계시켜 언제나 특정한 뜻을 나타내는 것과 같다. 이와 같이 쓰기가 행해지기 이전에 경제활동의 장에서 토큰이 사용되었다는 사실은 이를 쓰기와 결부시키는 유력한 단서가 될 것이다. 설형문자라는 최고(最古)의 기록물은 불라와 같은 지역에서 출토되었으며, 그 정확한 기원이 무엇이든지 간에 대부분이 도시사회에서 그날그날의 경제활동 및 행정활동을 기록하는 데 쓰였기 때문이다. 도시화는 기록물을 만드는 방식을 발전시키는 데 자극이 되었다. 음성 언어가 옛날이야기나 서정시를 말하기 위해서 사용되어온 것처럼 쓰기가 상상력이 만들어낸 작품을, 즉 더욱 한정된 의미에서 '문학(literature)'을 산출하는 데 쓰이게 된 것은 기록물의 역사에서는 매우 최근의 일이다.

그림은 단순한 비망록으로도 쓰이지만, 어떤 코드를 수반해서 다양한 문법적인 상호관계 속에서 특정한 단어를 상당히 정확하게 표시할 수도 있다. 중국문자 쓰기는 오늘날까지도 기본적으로는 그림이다. 그러나 그 그림은 복잡한 방식으로 양식화되고 코드화되어 있기 때문에, 한자 쓰기는 확실히 지금까지 세계에 있어온 가장 복잡한 쓰기 체계(writing system)인 셈이다. 미국 초기 원주민의 상형문자라든가 그 밖에 많은 지역에서 발견되는 상형문자에 의한 의사소통(Mackay 1978, p. 32)은 진정한 기록물로 발전하지 않았다. 코드가 너무나 불안정했기 때문이다. 몇 가지를 상형문자로 표시하는 것은 한정된 대상만을 다루었던 집단에게 일종의 우의적인 메모로서 유용했다. 그 한정된 대상으로 해서 특정한 그림들이 서로 관계 맺는 방법을 미리 정할 수 있었다. 그러나 이 경우에도 의도한 의미가 완전히 명료해지지 않는 경우가 흔했다.

(나무 그림이 나무를 의미하는 말을 표시하는 식의) 상형문자를 벗어나서, 기록물은 다른 종류의 기호를 발전시킨다. 그러한 기호의 하나가 표의문자이다. 표의문자에서 의미는 그림으로 직접 표시되는 개념이 아니라 코드로 설정되는 개념이다. 예를 들면 중국의 상형문자에서 나무 두 그루의 양식화된 그림은 '나무 두 그루'라는 말이 아니라 '숲'이라는 말을 표시한다. 그리고 여자와 아들이 나란히 있는 양식화된 그림은 '좋다'라는 뜻을 표시한다. 발화된 말로 '여자'는 [ny] '아들'은 [dzə] '좋다'는 [hau]이다. 이 예에서와 같이 상형문자의 어원은 소리의 어원과 아무런 관계를 갖지 않는다. 중국문자를 쓸 수 있는 사람과 이 문자를 쓸 수 없는 중국어 화자는 자신의 언어에 전혀 다른 방식으로 관련되어 있는 것이다. 1, 2, 3과 같은 숫자는 어떤 의미에서 상호 언어 사이에 통하는 표의문자(상형문자는 아니지만)라 말할 수 있다. 즉 1, 2, 3은 그것들을 전혀 다른 말로 부르는 언어에서도 같은 개념을 표시하지만, 같은 음을 표시하지는 않는다. 특정한 언어의 어휘에서 1, 2, 3이라는 기호는 어떤 의미에서 말보다도 개념에 직접 결부된다. 1('하나')과 2('둘')는 '제1의'와 '제2의'라는 개념과는 관계되나 '첫째'와 '둘째'라는 말과는 관계가 없기 때문이다.

다른 종류의 상형문자로, 말과 구절을 그림으로 나타내는 수수께끼 그림(rebus)이 있다[이를테면 영어에서 발바닥(sole) 그림은 생선(sole)이나 유일하다는 의미의 sole이나 육체와 대칭을 이루는 영혼(soul)으로 표시될 수 있다. 그리고 제분소

(mill)와 산책(walk)과 열쇠(key) 그림을 순서대로 늘어놓으면 밀워키(millwaukee)라는 단어를 표시할 수 있다). 이 점에서 볼 수 있듯이 기호가 기본적으로 소리를 표시한다는 점에서 수수께끼 그림은 표의문자(즉 소리 기호)이다. 하지만 간접적으로 그러할 뿐이다. 소리의 지시는 알파벳 문자처럼 코드화된 추상 기호로 이루어지는 것이 아니라, 그 소리가 의미하는 몇 가지 사물 중 하나의 그림을 빌어서 이루어지기 때문이다.

모든 상형문자 체계는 비록 표의문자나 수수께끼 그림을 사용했다 할지라도 무수히 많은 기호를 필요로 한다. 중국문자는 가장 광범하고 복잡하고 풍부한 체계를 가졌다. 이를테면 1716년 작 『강희자전』에는 글자가 40,545개 실렸다. 중국인이나 심지어 중국의 학자 중에도 그 글자를 모두 아는 사람은 없으며, 일찍이 알았던 사람도 없었다. 쓸 수 있는 중국인이라 해도, 듣고 이해할 수 있는 중국어를 모두 쓸 수 있는 사람은 거의 없다. 중국문자에 상당히 통달하기 위해서는 보통 20년 정도 걸린다. 이와 같은 기록물은 기본적으로 시간을 소모하며 엘리트적이다. 중국의 모든 사람들이 현재 중국 전역에서 가르치는 관어(북방 중국어)를 익히게 되면, 의심할 나위 없이 한자는 바로 로마자로 환치될 것이다. 확실히 문학 분야에서의 손실은 방대할 것이다. 그러나 4만 자 이상의 문자를 사용해야 하는 중국어 타자기에서 생기는 손실만큼 방대하지는 않을 것이다.

기본적으로 상형문자를 사용하여 얻을 수 있는 유리함은, 다른 중국 '방언'(원칙적으로 같은 구조에 입각해 있지만 서로 이해할 수 없으므로 실제로는 다른 중국어라 해도 좋다)을 말하는 사람들이 서로의 말을 이해할 수 없더라도 서로가 쓴 것은 이해할 수 있다는 점이다. 그들은 같은 문자(그림)를 다른 음으로 읽는다. 이를테면 프랑스인, 루바인, 베트남인, 영국인이 1, 2, 3이라는 아라비아 숫자를 써서 각자가 의미하는 것을 이해할 수 있지만 만약 각자의 말로 그것을 발음하면 숫자를 인지할 수 없는 것과 비슷하다(그러나 중국문자는 정교하게 다듬어져 있어서, 기본적으로 1, 2, 3과는 다른 그림이다).

음절문자로 쓰인 언어도 있다. 음절문자에서 각 기호는 자음과 그것에 수반하는 모음을 표시한다. 일본어의 가타가나 음절문자는 이를테면 *ka, ke, ki, ko, ku* 하나하나에 각각 다른 다섯 기호가 있으며 *ma, me, mi, mo, mu*에도 또 다른 다섯 기호가 있는 식이다. 일본어는 음절적인 기록물을 이용할 수 있도록 만들어졌다. 즉 일본어는 언제나 자음과 그것에 수반하는 모음으로 이루어진 부분들로 조립되며(n만이 그 자체로 주 음절의 기능을 발휘한다) 자음군집('pitchfork'나 'equipment'에서처럼)은 전혀 없다. 영어와 같이 다른 종류의 음절을 여럿 가졌고 자음군집이 종종 일어나는 언어는 음절을 효과적으로 다룰 수 없을 것이다. 일본어보다 덜 발달된 음절문자도 있다. 이를테면 나이지리아 바이인의 음절문자에서 시각적 기호와 소리 단위는 완벽하게 1:1로 대응되지 않는다. 그렇기 때문에 쓰기는 그것을 기록한 발화에 대해서 일종의 지도를 제공할 따름이다. 나아가 쓰인 것을 읽는 일은 숙련된 서기에게도 고역스러울 만큼 힘들다 (Scribner and Cole 1978, p. 456).

사실 많은 쓰기체계는 둘 이상의 원리가 섞여 있는 혼합체계이다. 일본어 체계 역시 혼합적이다(음절문자 외에 한자도 쓰인다. 한자는 중국어와 다른 독자적인 방식으로 발음된다). 한국어 체계도 혼합적이다(아마도 모든 알파벳 중에서 가장 효율적인, 진정한 알파벳인 한글 외에도 독자적 방식으로 발음되는 한자가 쓰인다). 고대 이집트 상형문자 체계도 혼합적이었다(기호 중 어느 것은 상형문자, 어느 것은 표의문자, 어느 것은 수수께끼 그림이었다). 한자 자체도 혼합적이다(상형문자, 표의문자, 수수께끼 그림의 혼합인데, 이들이 여러 가지로 조합되어 종종 더할 나위 없이 복잡하고 문화적으로 풍부하며 시적인 아름다움을 보여준다). 상형문자로 시작해서 표의문자나 수수께끼 그림으로 이행한다는 기록물의 개념 때문에, 아마도 알파벳 이외에 거의 대부분의 쓰기 체계는 많든 적든 간에 혼합체계이다. 심지어 알파벳조차 one을 1로 쓸 때 혼합적으로 된다.

알파벳에 관해서 가장 주목할 만한 사실은, 의심할 나위 없이 알파벳이 한 번밖에 발명되지 않았다는 점이다. 알파벳은 셈족 또는 셈의 여러 종족들이 기원전 1500년경에 만들어냈다. 그것은 최고(最古)의 기록물 형태인 설형문자가 나타난 것과 같은 지역에서, 다만 설형문자보다 2천 년 뒤에 나타났다(Diringer 1962, pp. 121~22, 여기에서는 원 알파벳에 두 가지 변이형, 즉 북방 셈계와 남방 셈계가 있음을 논하고 있다). 세계의 여러 알파벳, 즉 히브리, 우가리트, 그리스, 로마, 키릴, 아라비아, 타밀, 말레이, 한글 등은 어떤 식으로든 셈계 알파벳에서 유래되었다. 다만 우가리트와 한글은 문자의 외형을 보면 반드시 셈계 알파벳과 관계 있는 것 같진 않다.

히브리어나 아라비아어를 비롯한 여러 셈어에는 오늘날에 이르기까지 모음을 나타내는 문자가 없다. 히브리어 신문이나 책은 오늘날에도 자음과 [i]와 [u]의 자음형, 즉 소위 반모음이라고 하는 [j]와 [w]밖에는 인쇄하지 않는다. 만약 히브리 어법을 영어로 답습한다면 'consonants'를 'cnsnts'라고 쓰거나 인쇄하게 된다. 히브리어 자모의 첫 글자인 알레프(aleph)는 고대 그리스인들에게는 모음 알파(α)를 가리키는 데 쓰였고 그 알파가 우리가 사용하는 로마자의 a가 되었는데, 이것이 히브리어나 그 밖의 셈계 알파벳에서는 모음이 아니라 자음이 되었으며, 특정한 후두폐쇄음(영어로 '아니오'를 뜻하는 'huh-uh'의 두 모음 사이에 끼어 있는 소리)을 나타낸다. 히브리어 알파벳의 역사상 나중에 모음점이, 즉 문자 위아래에 적절한 모음을 표시하는 작은 점이나 작대기가 많은 텍스트에 덧붙여졌는데, 대개 히브리어를 잘 모르는 사람들의 편의를 위해서였다. 오늘날 이스라엘에서 이러한 모음점은 읽기와 쓰기를 배우는 어린이들(대체로 초등학교 3학년 정도까지)을 위해 단어에 붙여진다. 언어가 다르면 그 조직도 다양해서, 셈어들 중 여럿은 자음만으로 쓰이더라도 쉽게 읽도록 조직되어 있다.

이와 같이 자음과 반자음(w와 'you'에서의 y)만으로 쓰는 방식을 가리켜 '히브리어 알파벳 음절문자', 또는 무성음화 내지 모음을 생략한 '간이' 음절문자라고 한 언어학자도 있다(Gelb 1963; Havelock 1963, p. 129). 그러나 히브리 문자 베트(b)를 한 음절로 보는 것은 생각해보아야 할 문제다. 실제로 베트는 단지 [b]음소를 나타낼 따름인데, 읽는 사람은 단어와 맥락의 요구에 따라서 어떠한 모음이라도 그에 덧붙여야 한다. 게다가 모음점이 사용될 때는 마치 알파벳에서 모음이 자음에 덧붙듯이 문자 위나 아래에 덧붙여진다. 다른 점에서는 좀처럼 의견 일치를 보지 못하는 현대 유대인과 아랍인이지만, 양자가 하나의 알파벳 문자를 쓰고 있다는 점에서는 일치한다. 구술성에서 쓰기로의 발전을 이해하는 데 있어서, 셈어 문자의 자음에 적당한 모음을 쉽게 보충해서 읽는 사람이 셈계 문자 체계를 자음(그리고 반모음) 알파벳으로 생각하는 것은 조금도 문제가 없어 보인다.

그렇지만 이렇게 셈계 알파벳에 관해서 언급된 모든 내용을 보면, 그리스인이 모음을 가진 최초의 알파벳을 발전시켰을 때 심리적으로 중대한 업적을 이룩한 것으로 보인다. 해블록은(1976) 고대 그리스문화가 말을 음성에서 시각적 대상으로 전면 변용시키는 결정적인 일을 해냄으로써 그 밖의 여러 고대 문화들에 대해 지적인 우위를 확보하였다고 믿는다. 셈어로 쓰인 것을 읽는 사람은 텍스트로서의 데이터와 더불어 비텍스트적 데이터에도 의지해야 했다. 자음 사이에 어떠한 모음을 두어야 할지 알기 위해서는 읽는 그 언어를 말할 수도 있어야 했기 때문이다. 셈어로 쓰인 것은 비텍스트적인 인간 생활세계에 아직도 상당 정도 함몰되어 있었다. 그러나 모음을 표기하는 그리스어 알파벳은 그 세계에서 한층 멀어졌다(플라톤의 이데아가 그 세계에서 멀어진 것처럼 말이다). 그리스어 알파벳은 음성을 한층 추상적으로 분석하고 순수하게 공간적인 구성요소로 분해했다. 이 알파벳은 모르는 언어의 단어를 읽고 쓰는 데 사용할 수도 있었다(언어 사이의 음운론적인 차이에서 오는 부정확함은 허용될 수밖에 없지만). 아직 한정된 어휘력을 지닌 어린이들도 그리스어 알파벳을 배울 수 있었다(이스라엘의 경우 초등학교 3학년 정도까지는 자음만으로 된 일반적 히브리어 문자체계에 '모음점'이 덧붙여질 필요가 있다고 앞에서 언급했다). 그리스어 알파벳은 누구라도 간단히 배울 수가 있다는 의미에서 민주적이었다. 외국어까지도 처리하는 방식을 갖추고 있었다는 점에서 국제적이기도 했다. 그리스인이 변하기 쉬운 음성의 세계를 추상적으로 분석하여 시각적인 등가물로 환치할 수 있는 작업을 이룩했다는 데(물론 완전히는 아니지만 사실상 충분히)에서, 그들이 이후 그 이상으로 분석적인 탐구를 진전시킬 수 있다는 것이 이미 예고되었고 동시에 그럴 수 있는 수단도 제공되었다.

언어체계상 그리스어는 셈어와 같은 체계에 입각하지는 않았다. 모음을 생략하고 쓰기가 가능하였던 셈어와 같은 체계에 기초하지 않았다는 사실이 아마 그리스어에게는 치명적이었을 테지만, 그 사실이 곧 그리스어의 결정적인 지적 이점도 되었다. 커크호브가 시사한 바, 완전한 표음 알파벳은 그 밖의 어떠한 쓰기 체계보다도 뇌 좌반구의 활동을 활발하게 함으로써 신경생리학적 견지에서 볼 때 추상적·분석적 사고를 기른다고 한다(Kerckhove 1981).

알파벳이 어째서 이와 같이 늦게 발명되고 또 한 번만 발명되었는가는 소리의 본성을 생각해보면 알 수 있다. 알파벳은 다른 어떠한 기록물보다도 음성을 음성으로서 직접 상정하여 공간적인 등가물로 환원하기 때문이다. 그리고 또 음절문자보다도 작은 단위, 한층 분석적이고 조작가능한 단위로까지 환원하기 때문이다. 이를테면 '바(ba)'라는 음을 나타내는데 있어서도 하나의 기호가 아니라 b와 a라는 두 기호를 사용하는 식으로 말이다.

앞장에서 설명한 바와 같이 소리는 그것이 사라지려고 할 때만 존재한다. 한 단어의 소리 전체를 한꺼번에 현존시킬 수는 없다. 즉 '있다'라는 말을 할 때 '다'라고 발음할 순간이면 이미 '있'이라는 음은 사라진다. 알파벳은 사정이 다르다. 단어는 사건이 아니라 사물이며 그 전체가 한꺼번에 현존한다. 단어는 각 부분으로 완전히 분해할 수 있고, 그 부분들을 왼쪽에서 오른쪽으로 써가면서 오른쪽에서 왼쪽으로 발음하는 일조차 가능하다. 예를 들면 'p-a-r-t'라고 쓰고서 'trap'이라고 발음할 수도 있다. 'part'라는 말을 테이프에 녹음해서 거꾸로 돌리더라도 'trap'은 되지 않으며, 'part'도 'trap'도 아닌 전혀 다른 소리가 된다. 그림, 예컨대 새 그림은 음성을 공간으로 환원할 수 없다. 그림은 사물을 표시하지만 말을 표시하는 것은 아니기 때문이다. 그림은 그것을 해석하는 데 사용된 언어에 따라 다른 몇몇 단어들의 등가물이다. 이를테면 새(bird)는 *oiseau, uccello, pájaro, Vogel, sae, tori* 등의 등가물이다.

모든 기록물은 말을 어떤 의미에서는 사물, 정지한 것, 시각으로 붙잡을 수 있는 움직이지 않는 표지로써 나타낸다. 상형문자에서 때로 생겨나는 수수께끼 그림이나 표음문자는 어떤 단어의 소리를 다른 단어의 그림으로 표시한다(전술한 예로 말한다면 '발바닥(sole)' 그림이 육체와 대조를 이루는 영혼(soul)을 표시한다). 그러나 수수께끼 그림(표음문자)이 몇 가지 사물을 표시할 수 있더라도, 역시 그것은 표시하는 사물 중 하나의 그림이다. 알파벳은 아마도 그 기원을 상형문자에 두고 있지만 사물로서 다른 사물과의 연결을 모두 상실해왔다. 알파벳은 그 자체가 사물로서 음성을 표현하며, 변해가는 음성의 세계를 정지된 반(半)영구적인 공간의 세계로 변형시킨다.

고대 셈족이 발명하고 고대 그리스인이 완성한 표음 알파벳(phonetic alphabet)은 음성을 시각적 형태로 환원한다는 점에서 모든 쓰기체계 중에 월등히 뛰어난 융통성을 가지고 있다. 아마도 표음 알파벳은 주요 쓰기체계 중에 가장 덜 아름다울 것이다. 아름답게 도안할 수는 있겠지만 그래도 한자만큼 정교할 수는 없다. 알파벳은 민주적인 기록물로 누구나 간단히 배울 수 있다. 한자는 그 밖의 많은 쓰기체계와 마찬가지로 엘리트적이다. 즉 완전히 터득하기 위해서는 오랫동안의 여유를 필요로 한다. 알파벳의 민주적인 성격은 한국의 사례에서 드러난다. 한국의 책이나 신문에는 알파벳, 즉 한글 자모로 철자화된 단어와 한자 수백 자가 혼합되어 쓰인다. 그러나 모든 공공 표기는 알파벳으로만 쓰이고, 알파벳은 초등학교 저학년 때 완전히 습득되므로 거의 모든 사람이 그러한 표기를 읽을 수 있다. 다만 한국 문헌 대부분을 읽기 위해서는 알파벳 이외에 한자가 최소 1800자 필요하며, 중학교를 졸업할 쯤에야 그것들을 전부 익힐 수 있다.

알파벳의 역사에서 아마도 가장 주목해야 할 유례없는 성과는, 한국에서 1443년 조선의 왕 세종이 한국인을 위한 알파벳을 고안하라는 칙령을 내렸을 때 이룩되었다. 그때까지 한국어는 한자만으로 쓰였다. 한국어는 중국어와는 전혀 유연관계가 없음에도 불구하고 어휘에 한자를 애써 적용(그리고 상호조합)시켰던 것이다(한국어는 중국어로부터 차용을 많이 하였으나 상당히 한국화되었기 때문에 대부분의 내용은 중국인이 이해할 수 없다). 대대로 많은 조선인들은, 즉 쓸 수 있는 모든 조선인들은 인생의 상당한 시간을 복잡한 중국-조선식 철자법을 익히는 데 소비해왔다. 그들은 새로운 쓰기체계를 그다지 환영하지 않았다. 새로운 쓰기체계로 해서 그들이 애써 습득한 기능이 시대에 뒤지게 되는 것을 원하지 않았기 때문이다. 그러나 조선 왕조의 권력은 강대했으며, 세종은 많은 저항을 예상하면서도 칙령을 내렸다. 이 점에서 그가 비교적 강인한 자아를 가지고 있었음을 짐작할 수 있다. 어떤 언어에 알파벳을 적용하는 데는 일반적으로 몇 년이나 몇 세대가 걸린다. 세종이 모아들인 학자들은 선행 준비기간을 거치기는 했지만 한국식 알파벳을 3년 만에 완성했다. 그 성과는 매우 훌륭하여 조선어 음운체계에 거의 완벽하게 적합하였고, 한자로 쓰인 텍스트의 외양과 유사하게 알파벳 기록물을 쓸 수 있도록 아름답게 도안되었다. 그러나 이 주목할 만한 성과도 수용 측면에서는 예상대로였다. 그 알파벳은 실제로는 학문 이외의 비속한 목적에만 사용되었다. '진지한 (serious)' 작가들은 고통스런 훈련 끝에 터득한 한자 쓰기체계를 계속 사용했다. 진지한 문학은 엘리트적이었으며 엘리트적으로 보이기를 원했다. 20세기에 이르러 한국이 한층 민주화됨에 따라 비로소 알파벳은 현재의 우위(아직 전적이지는 않지만)를 획득했던 것이다.

문자성의 시작

알파벳이든 무엇이든 충분히 형식화한 기록물이 외부로부터 어떤 사회에 처음 들어올 때, 그 기록물은 반드시 한정된 계층에만 들어와서 다양한 영향을 끼치고 함축성을 지닌다. 초기에 쓰기는 종종 비밀스런 마술적 힘을 갖는 도구로 생각된다(Goody 1968b, p. 236). 쓰기에 대한 이와 같은 태도는 어원에서 그 흔적을 찾아볼 수 있다. 책에 따른 학식을 의미하는 'grammarye'(오늘날의 grammar)는 감추어진 마술적 지혜를 의미하고, 특정한 스코틀랜드 방언 형태를 거쳐서 현대영어에서 'glamor'(주문을 던지는 힘)로 나타난다. '매력적인 아가씨(glamor girl)'는 실제로 마술적 매력을 가진 여성이다. 중세 북유럽의 푸사르크(futhark) 또는 룬(runic) 문자는 일반적으로 마술과 결부되어 있었다. 문자가 쓰인 조각은 마술 부적처럼 사용됐다(Goody 1968b, pp. 201~3). 그러나 문자가 중요시되는 또 다른 까닭은 단순히 문자를 통해 말에 놀라운 영속성이 부여된다는 데 있다. 나이지리아 소설가 치누아 아체베(Chinua Achebe)는 이보(Ibo)인 부락에 사는 글자를 읽을 수 있는 사나이가 신문, 상자, 영수증 등 쓰인 것이면 무턱대고 모아들여 집 안에 쌓아 놓는 모습을 묘사하였다(1961, pp. 120~21). 그것들은 너무나도 그의 눈을 끌었기 때문에 버릴 수 없었던 것이다.

문자성(literacy)이 한정된 일부 사회에서는 쓰기가 부주의한 독자에게 위험한 것으로 간주되며, 그래서 독자와 텍스트를 중개하는 도사와 같은 인물이 필요하다고 생각된다(Goody and Watt 1968, p. 13). 문자성이 성직자와 같은 특수한 집단에 제한되는 경우도 있다(Tambiah 1968, pp. 113~14). 그리고 텍스트 자체로 종교적 가치가 있다고 간주되는 수도 있다. 이를테면 읽고 쓸 수 없는 사람들은 경전을 이마에 비빔으로써, 또는 자신이 읽을 수 없는 텍스트가 쓰여 있는 회전 예배기(prayer-wheels, 경문이 적히거나 담긴 원통형 기구로 티베트 라마교도들이 독경을 할 때 쓰이는데, 보통 한 바퀴 돌리면 경문을 한 번 읽은 것으로 간주한다 – 옮긴이)를 빙빙 돌림으로써 시혜를 입는다(Goody 1968a, pp. 15~16). 일찍이 티베트 승려는 강가에 앉아서 '목판인쇄 판목으로 수면에 주문이나 격문이 담긴 페이지를 찍어냈다'고 한다(Goody 1968a, p. 16, R. B. Eckvall에서 인용). 남태평양의 일부 섬들에 아직도 널리 퍼져 있는 '화물숭배(cargo cults, 서남태평양 제도의 원주민 사이에서 행해지는 종교운동으로, 일정한 때가 오면 조상의 영혼이 배를 타고 이승으로 돌아오는데 배 가득히 근대문화의 소산을 싣고 와서 모든 신자에게 나누어줌으로써 노동할 필요가 없어지고 백인으로부터 해방될 것이라는 믿음이다 – 옮긴이)'는 유명하다. 전혀 읽고 쓸 수 없는 그들에게 주문표, 하물증, 영수증과 같은 거래서류는 배와 짐이 바다를 건너서 찾아오도록 하는 마술적인 도구이다. 그들은 자신이 소유하고 쓸 물건들을 배가 싣고 오기를 희망한 끝에 쓰인 텍스트를 조작하는 여러 의식을 힘들여 마련한다(Meggitt 1968, pp. 300~9). 해블록은 고대 그리스 문화에서 다른 여러 문화에도 해당되는 제한적인 문자문화의 일반적인 형태를 찾아냈는데, 쓰기가 도입된 직후에는 '장인 문자성(craft literacy)'이 발전한다는 것이다(Havelock 1963; Havelock and Herschell 1978 참조). 이와 같은 단계에서 쓰기는 특정한 장인들이 종사하는 직업으로, 사람들은 편지를 쓰거나 기록을 할 때 그들을 고용한다. 마치 집을 세울 때 석공을 고용하고 배를 만들 때 목수를 고용하는 것과 같다. 말리(Mali)와 같은 서아프리카 왕국에서는 중세부터 20세기에 걸쳐 이런 상태가 계속되었다(Wilks 1968; Goody 1968b). 이와 같은 '장인 문자성' 단계에서는 개인이 읽기와 쓰기를 알 필요가 전혀 없다. 그 사회에서 다른 장인의 일을 알 필요가 없는 것과 같다. 고대 그리스에서는 알파벳이 도입되고 3세기 이상이 지나 플라톤 시대가 되고서야 비로소 이 단계가 극복되었다. 그때가 되어서야 겨우 쓰기가 그리스인들 사이에 퍼지고 사고 과정에 영향을 끼칠 정도까지 내면화되었던 것이다(Havelock 1963).

필경문화(scribal culture)가 지속된 이유로 초기 필기도구의 물리적인 성질을 들 수 있다(Clanchy 1979, pp. 88~115, 「쓰기의 기술」 장 참조). 기계로 만든 매끄러운 종이와 비교적 오래가는 볼펜 대신에, 초기의 필경사는 훨씬 다루기 힘든 필기도구를 사용하였다. 필기하는 면으로는 젖은 점토판이나 동물 가죽(양피지, 송아지피지)이 있었다. 피지의 경우 기름과 털을 제거한 뒤 여러 번 가벼운 돌로 문지르고 백묵으로 희게 칠해야 했으며, 전에 썼던 텍스트를 문질러 뭉개고 재가공한 것(재생피지)을 사용하는 경우도 종종 있었다. 그 밖에도 나무껍질, 파피루스(다른 필기 면보다는 고급이지만 고도 기술문화의 기준에서 보면 아직 거친), 말린 나뭇잎이나 식물, 초를 칠한 목판 등이 있었다. 초를 칠한 목판은 종종 경첩을 붙여서 접는 자판(diptych)으로 되어 있어 허리띠에 붙여서 가지고 다녔다(이러한 초판은 메모용이어서 재사용을 위해 초를 몇 번이고 벗겨냈다). 나아가 막대기와 여러 종류의 나무나 돌의 표면도 필기용으로 사용되었다(Clanchy 1979, p. 95). 종이를 파는 길거리 문방구점 같은 것은 없었으며, 애초에 종이라는 게 전혀 없었다. 글자를 쓰는 필기도구로는 여러 가지 철필, 거위 깃털(지금도 '펜나이프'라 일컬어지는 것으로 되풀이해서 끝을 짜개고 뾰족하게 해야 하는), 붓(특히 동아시아에서) 등이 있으며, 그 밖에도 표면에 새기거나 잉크나 페인트를 칠하기 위한 여러 도구가 있었다. 액체 잉크는 여러 가지 방식으로 섞은 다음 속이 빈 뿔(잉크뿔inkhorns) 등 잘 손상되지 않는 그릇에 넣어서 언제라도 사용할 수 있도록 했다. 그리고 동아시아에서는 대체로 붓을 (수채화를 그릴 때처럼) 물에 적셔서 마른 잉크 덩어리를 문질러 사용했다.

이와 같은 필기도구를 잘 사용하기 위해서는 특수한 숙련 기능이 필요하였지만, 모든 '쓰는 사람'이 긴 문장을 작성할 정도의 숙련 기능을 지니지는 않았다. 종이는 쓰기를 물리적으로 용이하게 했다. 종이는 중국의 경우 아마 기원전 2세기까지는 만들어졌으며, 8세기까지 아랍인이 중동에 전파시켰다. 그러나 유럽에서 처음으로 종이가 만들어진 것은 12세기에 이르러서였다.

구술필기(dictation)라는 방식은 목소리를 내어 생각을 전개하는 구술문화에 입각한 뿌리 깊은 심적 습관 때문에 지탱되었지만, 쓰기 기술의 수준도 그것이 지속된 원인이었다. 중세 때 영국인 오드릭 비탈리스는 물리적인 행위로서의 쓰기를 '전신 노동'이라고 말했다(Clanchy 1979, p. 90). 유럽의 중세 전반에 걸쳐 저작가들(authors)은 종종 필경사들(scribes)을 고용했다. 물론 쓰면서 문장을 짓는 것, 즉 펜을 쥐고 생각을 짜내는 것은 특히 짧은 문장을 쓰는 데 있어 고대부터 어느 정도 행해져왔다. 그러나 문학작품과 같은 긴 문장을 쓰는 데 그러한 방식이 널리 취해진 것은 다른 시대, 다른 문화에서였다. 11세기 영국에서 그러한 방식은 드물다가 11세기 후반에 이르러서 조금 나타났으나 그것조차도 구술문화가 크게 잔존한 심리적 틀 속에서 행해졌으므로, 그 양상이 어떠했는지 상상하는 것조차 우리로서는 힘들다. 문장을 쓰면서 다듬노라면 자기 자신을 향해서 구술하는 것 같다고 11세기 세인트올반스의 에드머는 말하였다(Clanchy 1979, p. 218). 토머스 아퀴나스도 손수 원고를 쓴『신학대전(Summa theologiae)』을 반(半)구술 형식으로 구성하였다. 각 부분 또는 '문제(question)'는 그가 취하려는 입장에 대한 여러 반론을 자세히 이야기함으로써 시작되고, 이어 그가 자신의 입장을 표방하며, 마지막으로 순서에 따라 반론에 대답하는 그런 방식으로 구성되었다. 이와 유사하게 과거의 시인은 자신이 청중을 향하여 말한다는 상상을 통해 시를 쓰고자 했다. 오늘날 소설가 중에 단어의 음향 효과에 세세한 신경을 쓰는 사람은 있어도, 자신이 목소리를 내어 말하고 있다고 상상하면서 소설을 쓰는 사람은 거의 없다. 문자성이 고도화되면서 진정한 의미에서 '쓰이는' 문장 작법이 촉진되었다. 작가는 이런 작법을 거쳐 엄밀한 의미에서 텍스트를 작성하며, 종이 위에 자신의 말을 배열한다. 이때 사고는 구술에 뒷받침되는 사고와는 다른 형세를 취하게 된다. 문자성이 사고 과정에 끼친 영향에 관해서는 다음의 여러 절에서 더 말할(즉, 쓸) 예정이다.

기억으로부터 쓰인 기록까지

어떤 문화에서 쓰기가 사용되고 나서도 한참 동안은 쓰기에 높은 가치가 부여되지 않는 경우가 있다. 쓰인 기록에는 발화된 말 이상으로 오랜 과거의 일들을 확실하게 해주는 힘이 있으며, 특히 법정에서는 더욱 그렇다고 문자에 익숙한 현대인은 흔히 생각한다. 그러나 문자를 알았어도 아직 충분히 내면화하지 않았던 과거의 여러 문화에서는 종종 정반대로 생각해왔다. 쓰인 기록에 대한 신용 정도는 확실히 문화에 따라 가지각색이다. 그러나 11~12세기 영국에서 행정사무에 문자성이 어떻게 사용되었는지 면밀하게 조사한 클랜치의 연구를 보면, 행정적인 상황에서조차 비록 쓰기가 있었음에도 구술성이 뿌리 깊게 남아 있었음을 보여주는 실례가 발견된다(Clanchy 1979).

클랜치에 따르면, 그가 연구 대상으로 삼은 시대에 "문서(document)는 그 자체로선 신뢰받지 못했다"(Clanchy 1979, p. 230). 쓰기에 수반되는 비용과 수고를 충분히 확보하기 위해서는, 그전부터 해온 구술 방식보다도 쓰기가 좋다고 사람들을 설득해야만 했다. 문서가 사용되기 전에, 예를 들어 봉토 상속인을 확정하는 데 일반적으로 사용된 방식은 다수의 구두 증언이었다. 1127년 샌드위치 항의 입항세가 캔터베리에 있는 세인트어거스틴 수도원의 것인가 기독교회(Christ Church)의 것인가 하는 분쟁을 해결하기 위하여, 도버 주민 12명과 샌드위치 주민 12명으로 구성된 배심원이 선발되었다. 그들은 '좋은 증언을 할 수 있는, 나이 들고 지혜 있는 장로들'이었다. 그들 모두가 '조상 대대로 그러했으며 나 역시 젊었을 때부터 그렇게 보고 들어왔다'고 증언한 대로, 그 세금은 기독교회에 귀속되었다(Clanchy 1979, pp. 232~33). 그들은 이전에 조상들이 기억했던 사항을 공적으로 기억해냈던 것이다.

처음에는 증언이 텍스트보다 훨씬 신용을 받았다. 증언에 대해서는 고쳐 물을 수 있고 반론을 제기할 수도 있는데 텍스트에 대해서는 그렇게 할 수 없기 때문이다(이미 본 바와 같이 이것이 바로 플라톤이 쓰기를 반대한 이유 중 하나였다). 문서를 증명하는 공증 수속은 쓰인 텍스트 안에 증명의 메커니즘을 세우는 것인데, 이 방식은 문자문화에서도 늦게 발달하였으며 영국에서는 이탈리아보다 더 늦게 발달했다(Clanchy 1979, pp. 235~36). 쓰인 문서 자체가 진짜인지 여부는, 종종 쓰기 자체가 아니라 상징적 대상(예컨대 양피지 끈으로 문서에 매단 작은 칼)이 증명하였다(Clanchy 1979, p. 24). 실제로 상징적 대상만이 소유권을 이양하는 증거가 될 수 있었던 것이다. 1130년경 토마 드 뮈상은 소유지를 더럼의 수도원에 양도했는데, 자신의 칼을 제단에 바침으로서 그렇게 했다(Clanchy 1979, p. 25). 둠즈데이 북(Domesday Book, 1085~86)을 시초로 해서 쓰인 문서가 점점 늘어나긴 했어도, 워런 백작의 다음 일화는 이전의 구술문화에 뿌리박은 정신상태가 얼마나 깊이 남아 있었던가를 보여준다. 에드워드 1세(즉위 1272~1306) 하에서의 권한 개시(quo warranto) 소송에서 워런 백작은 재판관 앞에 증서가 아니라 '오래된 녹슨 칼'을 꺼내놓고, 그의 조상은 정복자 윌리엄과 더불어 영국에 와서 이 검으로 영국을 손에 넣었으므로 그 역시 자신의 땅을 이 검으로 지키겠다며 항의했다고 한다. 모순점이 있고 다소 의심스러운 이 일화가 오랫동안 구전되어온 것은, 상징적인 증여물이 갖는 증거로서의 가치에 의심을 품지 않았던 과거의 정신상태를 증명한다고 클랜치는 지적하였다(Clanchy 1979, pp. 21~22).

일찍이 영국에서는 토지 양도증서에 날짜를 적지 않았다(Clanchy 1979, pp. 231, 236~41). 여기에는 아마 여러 이유가 있을 것이다. 클랜치에 따르면, 가장 중대한 이유는 "날짜를 적으려면 필경사 스스로 시간에 대한 입장을 정해야 했기" 때문이다(Clanchy 1979, p. 238). 즉 그는 하나의 기준점을 선택할 필요가 있었다. 그러면 어떠한 기준점을 선택해야 하는가? 세계 창조의 날을 기준점으로 해서 문서를 설정할 것인가? 아니면 그리스도가 못 박힌 날인가? 또는 그리스도가 탄생한 날인가? 로마 교황은 이 마지막 방식으로, 즉 그리스도 탄생을 기준으로 삼아 문서에 날짜를 부여했다. 그렇지만 교황의 방식과 똑같이 세속 문서에 날짜를 매기는 것은 건방진 일이 아니겠는가? 오늘의 고도 기술문화에서는 누구나 몇백만 개의 인쇄된 달력이나 벽시계나 손목시계가 부여하는 추상적 시간의 틀 속에서 하루하루를 보낸다. 그러나 12세기 영국에는 벽시계도 손목시계도, 벽걸이 달력도 탁상달력도 없었던 것이다.

인쇄물을 통해 쓰기가 사람들의 마음 깊이 내면화되기 전까지, 사람들은 생활의 매 순간이 추상적으로 계산된 시간 속에 위치한다고 느끼지는 않았다. 중세, 더 가까이는 르네상스 시대에 이르러서도, 서구인 대부분은 그리스도 탄생의 시점에서 헤아리든 다른 시점에서 헤아리든 간에 지금이 달력상 몇 년에 해당되는지 일상생활에서 거의 의식하지 않았던 것 같다. 어째서 의식할 필요가 있었겠는가? 어느 시점에서 헤아려야 할지 뚜렷하지 않았다는 점은, 그러한 문제가 사소한 것이었음을 의미한다. 신문을 비롯하여 날짜가 붙은 텍스트가 없고 그러한 것이 사람들의 의식에 영향을 끼치는 일도 전혀 없는 문화에서, 대부분의 사람들에게 지금이 달력상 몇 년에 해당하는지 안다는 것이 무슨 의미가 있었을까? 추상화된 달력상의 햇수는 현실생활에서 아무런 의미도 없다. 자신이 달력상으로 몇 년에 태어났는지 대부분의 사람들은 알지 못했으며 알려고도 하지 않았다.

더구나 증서는 의심할 여지없이 칼이나 검과 같은 상징적인 증여물과 다소나마 같은 방식으로 여겨졌다. 증서가 진짜냐 가짜냐 하는 것은 외견으로 판단되었다. 실제로 증서 위조는 다반사였으며, 재판소에서 생각하는 증서(비록 잘못되었다 하더라도)에 비슷하게 맞춰서 끊임없이 위조되었다(Clanchy 1979, p. 249. P. H. Sawyer에서 인용). 클랜치의 지적에 따르면, 증서 '위조자'는 '적법행위 주변에 가끔 나타나는 일탈자'가 아니라 '12세기의 문학적·지적 문화 중심에 있었던 전문가'였다. 참회왕(the Confessor)

에드워드가 내린 현존 증서 164건 중 44건은 확실히 위조이며, 64건만이 확실히 진짜이고, 나머지는 어느 쪽인지 확실하지 않다.

클랜치의 보고에 따르면, 구술문화에서는 근본적으로 경제적·법적 수속에 잘못이 생기더라도 그것이 확인되는 일은 매우 드물었다. 오래전의 과거는 대부분 의식이 미치지 못하는 곳에 있었기 때문이다. "기억되는 진실이란 (…) 융통성이 있어서 그때그때 맞추어 변했다"(Clanchy 1979, p. 233). 현대 나이지리아와 가나의 예에서 이미 본 바와 같이(Goody and Watt 1968, pp. 31~34), 구술성에 입각한 사고 조직체계에서는 현재와 아무런 관련이 없는 과거의 일들은 망각해버리는 것이 보통이었다. 관습법은 이미 사용하지 않게 된 내용을 없애고 자동적으로 언제나 현재에 맞추어 변해감으로써 탄력을 유지해왔다. 역설적이지만, 바로 이 때문에 관습법은 당연한 것처럼 보이고 대단히 오래된 것처럼 보이게 된다(Clanchy 1979, p. 233 참조). 고도의 문자문화를 통해 세계를 바라보는 사람들은, 구술문화가 기능하는 곳에서는 사람들이 과거를 항목화된(itemized) 영역으로 느끼지 않는다는 사실을 생각할 필요가 있다. 검증하고 논의할 수 있는 '사실'이나 정보 단위가 무수하게 흩뿌려져 있는 항목화된 영역 말이다. 과거는 조상들의 영역이요, 현재 생활의 의식을 갱신하기 위해서 되돌아보고 교훈을 꺼내는 원천인 것이다. 더구나 현재 생활 자체도 항목화된 영역은 아니다. 구술성 속에는 목록도 도표도 도판도 없다.

구디(Goody 1977, pp. 52~111)는 도표나 목록이 가지는 인식론적 의미를 세세하게 검토한 바 있다. 달력은 도표나 목록의 한 예다. 이런 장치는 쓰기를 통해 가능해진다. 그리고 실제로 대개의 경우 쓰기는 어떤 의미에서 목록과 같은 것을 만들려는 목적으로 발명되었다. 예컨대 우리에게 알려진 최고(最古) 기록물, 기원전 3500년경에 시작된 수메르 설형문자 기록물은 거의 대부분 계산 기록이다. 일반적으로 일차적 구술문화에서 이러한 목록에 해당되는 것은 이야기(narrative) 속에 있다. 『일리아드』(ⅱ. 461~879행)에 있는 배와 선장 일람표가 그러한데, 그러한 일람표도 객관적으로 나열된 것이 아니라 전쟁에 관한 이야기의 전개에 짜여 있다. 구약성서의 모세 오경(Torah)은 쓰인 텍스트로 기록되었지만 기본적으로 구술성에 입각한 사고형태를 취하며, 그중 지리에 해당하는 것(한 장소와 다른 장소의 관계 설정)은 정형구적인 행위 이야기에 들어 있다. 이를테면 "시나이 광야를 떠나 키브롯하다아에 진을 쳤다. 키브롯하다아를 떠나 하세롯에 진을 쳤다. 하세롯을 떠나 리드마에 진을 쳤다"는 식으로 몇 줄이고 계속된다(민수기 33장 16절 이하). 구술적으로 형성된 이러한 전통에서 생겨난 계보조차도 사실상 흔히 이야기처럼 되어버린다. 거기에는 이름이 나열되는 대신에 일련의 '아들 낳는 행위(begats)', 즉 누군가의 행위에 대한 일련의 진술이 나열된다. 이를테면 "이랏은 므후야엘을 낳고, 므후야엘은 므두사엘을 낳고, 므두사엘은 라멕을 낳았다"는 식이다(창세기 4장 18절). 이와 같은 말의 누적은 부분적으로는 구술문화의 정형구적 경향 때문이며, 또한 말의 균형을 이용하는 구술문화에 특유한 기억술('주어-용어-목적어'의 되풀이가 계속되면 어떤 가락이 생기고 그것이 기억을 돕지만 단순히 이름을 나열한다고 그러한 가락이 생기지는 않을 것이다) 때문이기도 하고, 구술문화의 특유한 장황성(각자는 낳은 사람이자 태어난 사람으로서 두 번씩 언급된다) 때문이기도 하며, 나아가서 단순 병렬보다도 이야기를 사건화하는 구술문화 특유의 경향(인물은 정렬한 경찰관처럼 부동 상태로 있는 것이 아니라 어떤 행동을 한다. 즉 아들을 만들고 있다) 때문이기도 하다.

이러한 성서 구절들은 물론 쓰인 기록에 해당하지만, 구술적으로 형성된 감성과 전통에서 생긴 것이다. 그래서 그 구절들은 사물처럼 느껴지지 않고 순차적으로 일어나는 사건을 재구성해놓은 것으로 느껴진다. 구술적으로 제시되는 연속적인 사건들은 언제나 순차적으로 출현하므로

'검증'할 수 없다. 그것은 시각적으로 제시되기보다 오히려 귀에 들리는 발화이기 때문이다. 일차적 구술문화 또는 아직 구술성의 영향이 크게 남은 문화에서는 계보조차도 데이터 '목록'이 아니라 오히려 '노래로 불린 갖가지 기억'인 것이다. 텍스트는 사물처럼 시각 공간에 부동 상태로 고정돼 있어서, 구디가 '뒤돌아보는 통람(backward scanning)'이라 부르는 것에 종속된다(Goody 1977, pp. 49~50). 구전신화에 보이는 여러 항목(씨족, 지역, 바람의 종류 등)들을 인류학자가 간추려서 기록하거나 인쇄된 지면에 제시할 경우 신화에 내재하는 정신 세계를 사실상 왜곡하게 된다는 것을 구디는 상세하게 보여준다. 신화가 제공하는 본질적 만족은 도표와 같은 정합적인 방식으로 정리할 수 없다.

물론 구디가 문제 삼는 목록도, 그것이 불가피하게 신화를 왜곡시킨다는 것을 반성적으로 인지하는 조건하에서는 물론 유용할 수 있다. 언어적 자료를 공간에 시각적으로 제시하는 데는 그 자체의 특유한 체계(economy)가 있으며, 그 움직임과 구조에 관한 자체적 법칙이 있다. 세계의 갖가지 기록물로 이루어진 텍스트들은 각각 다양한 방향으로 읽힌다. 오른쪽에서 왼쪽으로, 왼쪽에서 오른쪽으로, 위에서 아래로, 그리고 지그재그와 같이 이러한 방식들을 한 텍스트에 전부 갖춘 경우까지 있다. 그러나 지금까지 알려진 한, 아래에서 위로 읽는 방식은 어느 곳에도 없다. 텍스트는 인간 신체를 발화의 본으로 삼는다. 텍스트에는 우선 지식 축적에 있어 '머리를 상정하는 것(heading)'이 필요하다고 간주된다. '장(chapter)'은 라틴어의 *caput*에서 유래하는데, (인간 신체의) 머리를 의미한다. 페이지에는 '머리'뿐만 아니라 '발'도 있는데 각주(footnotes)가 그것이다. 텍스트에서 수직 방향과 수평 방향의 의미는 진지하게 연구해볼 가치가 있다. 커크호브가 시사하는 바에 따르면(Kerckhove 1981, pp. 10~11) 초기 그리스의 쓰기 방식은 본래 오른쪽에서 왼쪽으로 가는 것이었으나,

이후 지그재그형 움직임(소가 밭을 갈 때와 같이, 어느 행이 왼쪽에서 오른쪽으로 가면 행 끝에서 방향을 바꾸어 다음 행에서는 오른쪽에서 왼쪽으로 간다. 문자의 나열도 방향이 바뀜과 더불어 역방향이 된다)이 되고 그런 다음 스토이케돈(*stoichedon*, 수직으로 쓰는 종서)을 거쳐 결국에는 수평선상의 왼쪽에서 오른쪽으로 움직이는 것으로 고정되었는데, 이러한 변화를 거치면서 뇌 좌반구가 점차 우월해졌다고 한다. 이 모든 것은 구술적인 감성에 따른 조직체계와는 전혀 다르다. 구술적인 감성에는 '머리를 상정하는 것'이라든지 말의 선조성(linearity)은 어떠한 방식으로도 작용하지 않는다. 알파벳은 더없이 효율적으로 음성을 공간으로 환원하며, 새롭게 공간을 정의하는 연속성(new space-defined sequences)를 세우는 데 직접적으로 봉사하도록 강요받는다. 여러 항목에 a, b, c와 같은 표시를 붙여 연속성을 제시한다거나, 문자문화 초기 단계에 시조차도 연속 행에서 첫 단어의 첫 문자를 알파벳 순서에 따르도록 구성하였던 것이 그런 예다. 문자의 단순한 연속으로서의 알파벳은 구술문화에 특유한 기억술과 문자에 의한 기억술을 연결하는 주요한 교량이다. 즉 일반적으로 알파벳 문자의 연속성은 구술문화에 특유한 방식으로 기억되고, 그 뒤에 색인과 같이 자료를 시각적으로 복구하는 데 널리 사용되었다.

도표는 사고의 여러 요소를 단지 선 하나로 늘어놓은 게 아니라 옆으로 늘어놓거나 여러 가지 십자형으로 교차시킨 것이어서, 목록보다도 더 한층 구술적인 인식과정에서 떨어진 사고의 틀을 나타낸다. 그래서 구술적인 인식과정을 도표로 구현하는 것은 생각하기 어렵다. 목록은, 그리고 도표는 우리의 고도 기술문화에서 무척 흔하고 광범위하게 사용되고 있지만, 이것은 쓰기보다도 인쇄가 깊이 내면화된 결과이다(Ong 1958b, pp. 307~18, 그 밖의 여러 곳). 이러한 내면화에 따라 말을 고정된 도형으로 나타내는 방식을 사용하고 중립적인 공간을 이용해 정보를 나타낼 수 있게 되었는데, 이는 문자문화에서는 도저히 있을 수 없는 일이다.

텍스트성의 역학

텍스트 안에 말이 놓이는 조건은 음성 담론(spoken discourse) 속에 말이 놓이는 조건과 전혀 다르다. 말은 소리를 지시하므로, 그것을 겉으로 표출하든 속으로 상상하든 간에 소리와 결부될 수 없다면 아무런 의미도 가지지 않는다. 더욱 정확하게 말하면, 그 말이 코드화하는 음소와 결부되지 않으면 아무런 의미도 갖지 않는다. 그러나 쓰인 말은, 목소리로 된 말이 지니는 한층 완전한 맥락에서는 멀리 떨어져 있다. 본래의 구술적 환경에서 말은 생생한 인간 생활이 영유되는 현재의 일부분이다. 음성 발화는 실제로 살아 있는 인간이 실제로 살아 있는 타인이나 타인들에게, 단순히 그 말의 내용보다 항상 훨씬 더 많은 맥락을 지닌 실제 상황에서 특정한 때에 발화한다. 음성 발화는 언제나 특정한 전체 상황에 따라 조절되며, 그러한 상황은 말로 표현되는 것 이상의 내용을 포함하고 있다. 발화되는 말은 결코 독립적으로, 단순히 말로만 이루어진 콘텍스트에서 나오지 않는다.

그러나 텍스트 안에서 말은 고립돼 있다. 텍스트를 작성하거나 무엇인가를 '쓸' 때, 기술 발화(written utterance)를 생산하는 인간 역시 고립되어 있다. 쓰기는 유아론(唯我論)적인 작업이다. 나는 지금 몇백 몇천의 사람들이 읽어주기를 바라며 이 책을 쓰고 있다. 그러기 위해서 나는 모든 사람들로부터 떨어져 있어야 한다. 이 책을 쓰는 동안 나는 몇 날 며칠이고 '외출중'이라고 말해왔다. 아마도 이 책을 읽어줄 성싶은 사람을 포함해서 누구도 나의 고독을 방해하지 못하도록 말이다.

텍스트 속의 말에는 온전한 음성적 성질이 결여된다. 구술적 말하기에는 반드시 이러저러한 억양이나 목소리의 어조가 있다. 목소리의 어조는 생생하여, 들뜨거나 차분히 가라앉거나 격분하거나 체념이 스며 있거나 한다. 아무런 억양도 없이 목소리로 말할 수는 없다. 텍스트에서도 구두법으로 목소리의 어조를 최소한이나마 지시할 수 있다. 이를테면 물음표나 쉼표는 일반적으로 목소리의 어조를 조금 올리도록 요구한다. 숙달된 비평가들이 사용하고 개량해온 문자 사용의 전통에서 억양에 대한 텍스트 외적인 실마리를 찾을 수 있다. 그러나 이것도 완전하지는 않다. 배우들은 눈앞에 있는 텍스트의 말을 무대에서 어떻게 발성할 것인지 결정하는 데 몇 시간을 소모한다. 주어진 구절을 어느 배우는 큰 소리로, 또 다른 배우는 속삭이는 소리로 표현할 것이다.

텍스트 외부의 맥락은 독자뿐만 아니라 작자에게도 상실되어 있다. 확인할 수 있는 맥락이 결여되었기 때문에, 쓰기는 실제로 청중을 향해서 말을 거는 것보다 보통 훨씬 고통스럽다. "작자가 설정한 청중은 언제나 허구다"(Ong 1977, pp. 53~81). 작자는 부재하는, 때로는 전혀 알지도 못하는 독자가 맡을 역할을 꾸며내야 한다. 친구에게 편지를 쓸 때조차 나는 친구가 느낄 법한 기분을 짐작하여 그를 위한 가상의 분위기를 설정해야 한다. 독자 역시 가상의 작자를 마련해야 한다. 친구가 편지를 읽을 때 막상 내 쪽은 편지를 쓸 때와 전혀 다른 정신 상태에 있을지도 모른다. 어쩌면 내가 죽은 이후일 수도 있다. 텍스트가 보내는 메시지는 작자가 살아 있거나 죽었거나 매한가지다. 현존하는 책의 대부분은 이미 죽은 사람이 쓴 것이다. 그러나 음성 발화는 살아 있는 인간으로부터만 생겨난다.

나 자신을 향해 쓰인 사적인 일기에서조차 나는 가상의 수신자에게 말할 수밖에 없다. 실제로 일기에서는 어떤 의미에서 발화자와 수신자를 최대한 허구화할 필요가 있다. 쓰기는 언제나 일종의 모방적 대화(imitation talking)다. 따라서 일기에서 나는 자신에게 말을 거는 시늉을 하는 셈이다. 그러나 현실에서 이런 식으로 내 자신에게 말을 거는 일은 절대 없다. 게다가 만약 쓰기가 없었다면, 또는 인쇄라는 것이 없었다면 그런 식으로 자신에게 말을 걸 수도 없었으리라. 사적인 일기 형태의 문학은 매우 최근에 나타난 것이며 사실상 17세기까지는 알려지지 않은 형식이었다(Boerner 1969). 사적인 일기에 함축된, 즉 말로 표현된 일종의 유아론적인 몽상은 인쇄문화를 통해 형성된 의식의 산물이다. 도대체 우리는 어떤 자신을 향해서 쓰는가? 지금의 자신인가, 10년 후의 자신인가, 스스로 되고 싶다고 원하는 자신인가, 내가 생각해서 그려낸 자신인가, 아니면 타인에게 그렇게 보이고 싶다고 생각하는 자신인가? 이러한 의문은 일기 쓰는 사람을 불안에 빠뜨릴 수 있으며 실제로 그렇게 한다. 그리고 종종 일기를 계속 쓸 수 없게 만들기도 한다. 일기를 쓰던 사람이 더 이상 자신이 만든 허구적 존재와 더불어 살 수 없게 되는 것이다.

장르의 변천이나 등장인물의 성격이나 플롯을 만드는 방식이 문학사의 정면에 있다면, 독자가 허구화되는 방식은 문학사의 이면에 존재한다. 초기의 쓰기에는 독자가 상상해서 자신의 위치를 찾아낼 수 있도록 뚜렷한 배려가 있었다. 초기의 쓰기는, 이를테면 플라톤의 소크라테스 대화록처럼 철학적인 제재를 대화 형식으로 표현하였다. 독자는 그러한 대화 장소에서 자신이 함께 듣고 있는 모습을 상상할 수 있었다. 혹은 일화들이 실제 청중에게 며칠이고 계속 발화되는 것으로 상상되었다. 후대로 내려와 중세가 되자 쓰기는 철학적·신학적 텍스트를 반론과 답변 형식으로 나타냈다. 그래서 독자는 구술로 하는 토론을 상상할 수 있었다. 보카치오와 초서는 남녀 모임에서 이야기를 주고받는 모습을 독자에게 그려 보였다. 즉 '이야기 속 이야기(frame story)'를 허구로 마련했다. 거기서 독자는 자신을 듣는 쪽의 일원으로 생각할 수 있었다. 그런데 『오만과 편견』, 『적과 흑』, 『아담 비드』 같은 책에서는 도대체 누가 누구를 향해서 이야기하고 있는지 알 수 없다. 19세기 소설가는 의식적으로 '독자여(dear reader)'라는 부름을 몇 번이고 되풀이함으로써 자신이 이야기를 말하지 않고 쓰고 있다는 것을 상기시켰다. 그러한 이야기 속에서는 작자도 독자도 자신을 어디에 자리매김해야 할지 몰라서 곤혹스러워한다. 쓰기의 정신역학이 점차로 이야기 속에서 모습을 나타냈던 것이다.

그러면『피네건의 경야(Finnegans Wake)』에서 독자는 자신을 어떻게 상정할까? 대답은 단지 독자라는 것이다. 그러나 특수한 허구의 독자이다. 영어권 독자의 대부분은 조이스가 요구하는 특수한 종류의 독자가 될 수 없으며 되려고 하지도 않을 것이다. 조이스 식으로 자신을 허구화하는 방식을 배우려고 대학 강의를 받는 사람도 있다. 조이스의 텍스트는 소리 내서 읽으면 재미있다는 점에서 대단히 구술적이다. 그러나 이 작품을 구술하는 목소리와 그것을 듣는 청자는 상상 가능한 실제 생활환경이 아니라『피네건의 경야』라는 상상의 환경에 놓일 뿐이다. 그리고 그러한 장면이 상상될 수 있는 이유는 오로지 이미 행해진 쓰기와 인쇄 때문이다.『피네건의 경야』는 쓰기로 지어졌지만 인쇄를 상정하고 만들어진 작품이다. 그 엉뚱한 철자와 용법 때문에 손으로 정확히 베끼기가 거의 불가능하기 때문이다. 이 책에 아리스토텔레스적인 의미의 미메시스는 없다. 있다 하더라도 아이러니로서의 미메시스뿐일 것이다. 실제로 쓰기는 아이러니의 온상이며, 쓰기 전통이 이어짐에 따라서 그 아이러니는 점점 무게를 더해왔다(Ong 1971, pp. 272~302).

거리, 정확성, 기록방언, 대량의 어휘

언어표현에서 쓰기는 일정한 거리를 만들어내게 마련인데, 이 거리를 통해서 언어표현에 새로운 종류의 정확성이 생긴다. 그런데 이러한 정확성은 많은 구술 발화(oral utterance)가 지닌 풍족하지만 혼돈스러운 경험적 맥락으로부터 언어표현이 멀어지기 때문에 생긴다. 구술 연행에서 인상적인 것은 과장된 말씨와 집단적 지혜이다. 연행 내용이 격식 있는 긴 이야기든 속담처럼 짧고 경구적인 것이든, 그 점에서는 변함이 없다. 그러나 지혜는 총체적이며 비교적 안정된 사회적 맥락 전체와 관계를 맺어야 한다. 구술문화적으로 관리되는 말과 사고의 특징은 분석적인 정확성에 있는 것이 아니다.

물론 모든 언어와 사고는 어느 정도 분석적이다. 즉 언어와 사고는 한 덩어리로 연속되는 경험을, 윌리엄 제임스의 표현에 따르면 "꽃이 만발하고 벌이 나는 큰 혼란"을 다소간에 독립된 부분과 의미 있는 조각들로 분해한다. 그러나 쓰인 말은 분석을 한층 날카롭게 한다. 쓰인 말에 들어 있는 개개의 단어에는 한층 많은 것이 요구되기 때문이다. 즉 쓰인 말에는 몸짓도 얼굴 표정도 목소리의 어조도 없고 실제 청자도 없는 탓에, 쓰는 사람은 자신의 말이 가능한 상황에서 가능한 독자에게 줄 수 있는 모든 가능한 의미를 용의주도하게 예견해야만 한다. 그리고 어떠한 경험적 맥락의 도움도 빌지 않고 그 자체로 모든 것이 명료해지도록 말을 작용시켜야 한다. 쓰기는 이러한 세세한 배려를 필요로 하는 탓에, 흔히 그렇듯이 고통에 찬 작업이 돼버린다.

쓰기에서는 반성적인 선택 작업(이 작업으로써 사고와 언어에 새로운 변별력이 부여된다)을 통해 모순점을 제거하고 말을 고르는 것이 가능해지는데, 이는 쓰기에서 구디가 말하는 '뒤돌아보는 통람'(Goody 1977, pp. 49~50)이 가능하기 때문이다(Goody 1977, p. 128). 구술문화에서는 말의 유창한 흐름과 그것에 대응하는 사고의 흐름 때문에, 즉 고대에서 르네상스에 이르는 유럽의 수사학자들이 'copia'라고 일컬어왔던 것 때문에 비록 말에 모순이 있을지라도 용케 얼버무리는(glossing) 경향이 있었다

('gloss'의 어원은 *glossa* 즉 혀이기 때문에, 'glossing'은 '혀로 덮는'이란 뜻이 있다). 쓰기로 '발화'된 말은, 즉 외부에 표출되고 지면에 쓰인 말은 삭제되거나 지우거나 변경될 수 있다. 구술 연행에서는 이렇게 할 수 없다. 구술 발화된 말은 지울 수가 없다. 정정을 한다면 좋지 않은 말투나 잘못된 말을 삭제하는 것이 아니라, 단지 부정해버리거나 잡동사니 모으기(patchwork)식으로 본래의 말을 보충하는 데 지나지 않기 때문이다. 브리콜라주(*bricolage*) 또는 잡동사니 모으기는 레비스트로스가 '원시적' 또는 '야생적' 사고방식의 특징이라고 생각한 것인데(Lévi-Strauss 1966, 1970), 여기서 보듯이 구술적인 인지 체계에 입각한 것이라고 볼 수도 있다. 구술 연행에서 정정은 보통 역효과를 낳아 화자의 신용을 떨어뜨리는 경우가 많다. 그러므로 정정은 최소한으로 하거나 하지 않는 편이 좋다. 그러나 쓰기에 있어서 정정은 대단히 효과적일 수 있다. 애초에 정정이 이루어졌다는 것조차 독자는 알 수 없기 때문이다.

일단 쓰기를 통해 정확성과 분석적인 엄밀함을 요구하는 감각이 생겨나고 내면화되면, 그러한 감각은 물론 말하기에 있어서도 피드백을 할 수 있고 실제로 그렇게 된다. 플라톤의 이론은 대화 형식으로 되어 있지만, 그 치밀한 정확성은 쓰기가 인식과정에 끼친 영향에 힘입은 것이다. 거기에서 대화는 실제로는 쓰인 텍스트이기 때문이다. 필사로 쓰였으면서도 대화 형식을 취한 텍스트가 됨으로써, 그 대화는 소크라테스와 플라톤이 더욱 '총체화되고' 비분석적이고 이야기 형태를 띤 구술 형식으로 이어받았던 문제들을 분석적으로 명료하게 만드는 방향을 향해 변증법적으로 나아갔다.

해블록은 『그리스의 정의 개념: 호메로스 시대 정의의 그림자로부터 플라톤 시대 정의의 실체까지』에서 플라톤의 작업이 정점에 이르게 한 운동을 다루었다(Havelock 1978a). 정의라는 추상 개념에 분석적인 목표를 상정한 플라톤의 방식은 순수한 구술문화에서는 발견되지 않는다. 마찬가지로 집요하게 논점을 초점화하고 논적의 약점을 찌르는 키케로의 연설도 문자에 익숙한 정신의 방식이다. 키케로는 연설을 하기 전에 미리 써 놓지 않고 연설한 이후에 오늘날 현존하는 바와 같은 텍스트로 써두었다고 알려져 있지만 말이다(Ong 1967, pp. 56~57). 중세 대학에서, 그리고 이후로 금세기에 이르기까지 스콜라 전통에서 행해진 치밀하고 분석적인 토론(Ong 1981, pp. 137~38) 역시 텍스트 쓰기와 읽기, 주해를 통해 날카롭게 다듬어진 정신 작업이었다.

쓰기는 지식의 객체(the known)로부터 지식의 주체(the knower)를 분리해냄으로써(Havelock 1963) 점점 더 분절적인 내면 활동을 가능하게 했다. 즉 자신과 전적으로 구분되는 외부의 객체적 세계에 대해서뿐만 아니라, 객체적 세계에 대응하는 자기 내면의 세계에 대해서도 마음이 열리게 했다. 위대한 내면적 종교 전통, 이를테면 불교·유대교·기독교·이슬람교와 같은 종교 전통은 쓰기 때문에 존재하게 되었다. 이 종교들은 모두 성스러운 텍스트를 지녔다. 고대 그리스인과 로마인은 쓰기를 알았으며 특히 그리스인은 그것을 이용하여 철학적·과학적 지식을 연마해냈다. 그러나 그리스인도 로마인도 베다나 성서나 코란에 필적하는 성스러운 텍스트를 산출해내지 않았다. 그들의 종교는 쓰기로 열린 그들의 마음 깊숙한 곳에 세워지지 못했다. 그들의 종교는 오비디우스(Ovid, 기원전 43~기원후 17, 로마의 시인 – 옮긴이)와 같은 점잖은 고전 작가를 위한 문학적인 원천이나 외면적인 의식의 구조물이 되었을 뿐이며, 절박하고 개인적인 의미를 결여하였다.

쓰기는 언어 속에서 코드를 만들어낸다..그러나 그 코드는 같은 언어에 대한 구술적 코드와는 다르다. 바질 번스타인은 영국 하층계급이 사용하는 영어의 '한정된(retricted) 언어코드' 또는 '공통 언어'와, 중층 및 상층 계급이 사용하는 영어의 '세련된(elaborated) 언어코드' 또는 '개인 언어'를 구별하였다(Basil Bernstein 1974, pp. 134~35, 176, 181, 197~98). 번스타인보다 먼저 월트 울프램은 미국 흑인 영어와 미국 표준 영어를 같은 방식으로 구분하였다(Walt Wolfram 1972). 화자와 청자가 다 같이 익숙한 맥락에서, 한정된 코드는 적어도 세련된 코드만큼이나 세밀하고 정확한 표현을 할 수 있다. 그러나 일단 익숙지 않은 대상을 세밀하고 정확하게 표현하려면 한정된 코드로는 잘 되지 않는다. 이런 경우 세련된 코드가 아무래도 필요하게 된다. 한정된 코드는 기원과 용법에 있어 구술성에 강하게 관련되어 있어서, 일반적으로 구술문화에 입각한 사고와 표현이 그러하듯이 맥락에 바탕을 두며 인간 생활에 밀접하게 결부되어 쓰인다. 번스타인은 한정된 코드를 사용하는 집단을 중등교육도 받지 않은 견습 급사들에게서 발견했다. 그들은 정형구적으로 표현했으며, 사고를 이어나가는 데 있어서도 주의 깊게 종속문을 사용하지 않고 '철사에 꿰인 구슬들처럼' 말하였다(Bernstein 1974, p. 134). 이러한 방식이 구술문화에 있어서의 정형구적이고 첨가적인 방식임은 바로 알 수 있다. 세련된 코드는 쓰기의 도움이 없으면 형성되지 않으며, 나아가 충분히 세련되려면 인쇄의 도움이 있어야 한다. 번스타인은 세련된 코드를 사용하는 집단을 영국에서 가장 밀도 높게 읽고 쓰는 교육을 행하는 주요 사립학교 여섯 곳 출신들에게서 발견했다(Bernstein 1974, p. 83). 번스타인의 '한정된 언어 코드'와 '세련된 언어코드'는 각각 '구술에 입각한(oral-based) 코드'와 '텍스트에 입각한(text-based) 코드'로 바꾸어 말할 수 있을 듯하다. 올슨은 구술성이 주된 의미를 얼마나 맥락에 의지하는지, 또 쓰기가 얼마나 언어 그 자체에 의미를 압축시키는지 보여주었다(Olson 1977).

쓰기와 인쇄는 어떤 특수한 방언을 발전시킨다. 앞에서 본 바와 같이 (p. 37) 대부분의 언어는 쓰기와 전혀 관계가 없다. 그러나 어떤 종류의 언어, 정확히 말하면 어떤 종류의 방언은 쓰기에 대단한 정열을 쏟아왔다. 여러 가지 방언이 발견되는 영국이나 독일이나 이탈리아에서처럼, 종종 정치적·종교적 이유 또는 그 밖의 이유로 한 지역 방언이 쓰기와 결부됨으로써 다른 방언보다 뛰어나게 발전하고 마침내 국민언어(national language)가 된다. 이러한 예가 영국의 런던 상층계급 언어에서, 독일의 고지언어(독일 남부 고지대의 언어)에서, 이탈리아의 토스카나에서 일어났다. 이것들은 본래 사실상 지역방언 또는 계급방언이었다. 그러나 쓰기를 통해 정리된 국민언어로서의 지위를 얻었고, 광범위하게 쓰이지 않는 다른 여러 방언들과 다른 언어가 되었던 것이다. 구스만이 지적하듯이, 문자로 쓰인 국민적인 언어는 본래 방언으로서 차지했던 기반에서 떨어져나갈 수밖에 없다. 방언적인 형식이 버려지고, 방언과는 전혀 다른 원천에서 다양한 어휘의 층이 만들어지고, 나아가 특수한 종류의 통사법까지 만들어진다(Guxman 1970, pp. 773~76). 이와 같이 성립된 문자로 쓰인 이런 종류의 언어를 하우겐은 적절하게도 '기록방언(grapholect)'이라 불렀다(Haugen 1966, pp. 50~71).

근대 기록방언, 이를테면 '영어'(여기서는 이 기록방언을 가리키는 데 일반적으로 쓰는 단순한 호칭을 사용하자)는 여러 세기에 걸쳐 만들어졌다. 영어를 최초로 가장 철저하게 기록방언으로 구축한 이들은 헨리 5세의 대법관부(Richardson 1980)에 종사한 규범적 이론가, 문법학자, 어휘학자와 같은 사람들이었다. '영어'는 쓰인 것이나 인쇄물에, 그리고 오늘날에는 컴퓨터에 대량으로 기록되어왔다. 그 결과 이 기록방언에 능숙한 사람들은 지금 살고 있는 수많은 사람들과 용이하게 접할 수 있을 뿐만 아니라 과거 몇백 년 동안 살았던 사람들의 생각에도 쉽게 접할 수 있다. 다른 영어 방언은 물론 몇천 가지나 되는 외국어가 이 기록방언으로 번역되어 있기 때문이다. 이런 의미에서 기록방언은 다른 모든 방언을 포함한다. 방언들은 스스로를 설명할 수 없지만 기록방언은 그 방언들을 설명하기 때문이다. 기록방언에는 그것을 사용함으로써 의식을 공유해온 수많은 사람들의 정신이 새겨져 있다. 이 기록방언에는 방대한 어휘가 포함되어 있다. 구술 언어로서는 도저히 도달할 수 없을 정도의 양이다. 『웹스터 국제사전 제3판(Webster's Third New International Dictionary)』(1971) 서문에는, 이 책에는 45만 단어가 수록되었으나 '그 몇 배'에 이르는 단어가 수록될 수 있었을 것이라고 적혀 있다. '그 몇 배'를 적어도 세 배 정도로 잡는다면, 영어 인쇄에 사용된 단어로서 사전 편찬자가 입수한 것은 약 150만 개가 되는 셈이다. 전적으로 구술적인 언어와 방언의 경우 그 일부분으로도 소통할 수 있을 것이다.

기록방언의 어휘는 쓰기를 통해 풍부해지기 시작했지만, 그 풍부함은 무엇보다도 인쇄 덕택이었다. 근대 기록방언의 자원을 널리 이용할 수 있게 된 것이 사전 덕택이기 때문이다. 쓰기의 역사상 아주 초기부터 다양한 종류의 한정적인 단어 목록이 만들어졌다(Goody 1977, pp. 74~111). 그러나 인쇄가 충분히 확립되기 전까지, 어느 언어의 어휘에 대해서도 전체적이고 포괄적인 설명을 시도한 사전은 만들어지지 않았다. 『웹스터 국제사전』 또는 『웹스터 학생사전(Webster's New Collegiate Dictionary)』과 같은 사전을 비교적 정확하게 손으로 베낀 사본을 몇십 권이라도 만들려면 얼마나 큰일이 될지 생각해보면 그 이유를 알 수 있을 것이다. 이러한 사전은 구술문화 세계로부터 한없이 떨어져 있다. 쓰기와 인쇄가 의식 상태를 바꾼다는 것을 이만큼 똑똑히 보여주는 사례는 없다.

기록방언이 존재하는 곳에서는 통속적으로 '올바른' 문법과 관용이란 기록방언의 문법과 관용을 말하는 것이며, 다른 여러 방언의 문법과 관용은 '올바른' 것이 아니라고 여겨진다. 질서라는 개념 자체가 감각적인 기반을 상당 부분 시각에 두므로(Ong 1967b, pp. 108, 136~37), 기록방언이 쓰이고 인쇄된다는 사실은 언어의 질서를 유지하는 특별한 규범적 힘을 기록방언에 부여하는 하나의 원인이 된다. 그러나 어떤 언어에서 기록방언 이외의 여러 방언들이 기록방언의 문법과 일치하지 않는다고 비문법적인 것은 아니다. 그것들은 단지 다른 문법을 사용할 뿐이며, 언어는 구조이기에 문법 없이는 언어 사용이 불가능하기 때문이다. 이 점에서 오늘날 언어학자는 일반적으로 모든 방언은 평등하다고, 즉 어느 방언도 다른 방언과 비교해서 그 자체로 한층 '올바른' 문법을 갖지 않는다는 점에서 평등하다고 말한다. 그러나 허시는 예컨대 영어, 독일어, 이탈리아어에 있어 진정한 의미에서 기록방언과 비교가 가능할 만큼 풍부한 방언은 하나도 없다고 주장한다(Hirsch 1977, pp. 43~50). 다른 방언에 무슨 '잘못된' 것이 있지는 않으니까 다른 방언의 화자가 기록방언을 배우든 배우지 않든 상관없다는 주장은 설득력 없어 보인다. 기록방언은 전적으로 다른 차원의 크기를 지니기 때문이다.

쓰기와 구술성의 상호작용(1): 수사법과 그것이 쓰이는 장소

서구에서는 두 가지 주요한 흐름이 쓰기와 구술성의 상호작용으로부터 생겨나 다시 그 상호작용에 영향을 끼친다. 그 두 가지란 학문적인 수사법과 학술 라틴어(Learned Latin)다.

『옥스퍼드 영문학사』 3권에서 루이스는 "수사법은 우리와 조상의 말을 떼어놓은 최대의 장애물"이라고 말한 바 있다(Lewis, C. S. 1954, p. 60). 루이스는 이 주제를 논하기를 거부함으로써 이 주제의 거창함을 존중하였다. 그러나 이 주제는 적어도 낭만주의 시대 문화까지는 압도적인 중요성을 띠었다(Ong 1971, pp. 1~22, 255~83). 이 시대까지의 서구문화 전반에 큰 영향을 끼쳤던 수사법 연구는 고대 그리스 교육과 문화의 핵심으로서 시작되었다. 고대 그리스에서 소크라테스·플라톤·아리스토텔레스로 대표되는 '철학' 연구는, 후대에 이 방면의 연구가 많이 생겨났음에도 불구하고 그리스 문화 전체에서는 비교적 작은 요소에 지나지 않았고, 그것을 실천하는 사람의 수나 직접 사회에 끼친 영향을 보아도 수사법과는 비교가 되지 않았다(Marrou 1956, pp. 194~205). 소크라테스의 불행한 운명이 암시하듯이 말이다.

수사법은 본래 대중 앞에서 말하는 기술, 즉 구술적인 연설 기술로서 설득(변론적이고 협의적인 수사법)과 설명(과시의 수사법)을 위한 것이었다. 그리스어 rhetor는 라틴어의 orator와 같은 어근을 가지며 마찬가지로 대중 앞에서 말하는 사람(public speaker)을 의미한다. 해블록이 제시한 관점에서 보면(Havelock 1963), 심오한 의미에서 수사법 전통은 구술적인 옛 세계를 나타내며, 철학의 전통은 쓰기를 통해 만들어진 새로운 사고 구조를 나타낸다는 것이 분명해진다. 플라톤과 마찬가지로 루이스도 사실상 구술적인 옛 세계에 모르는 사이 등을 돌리고 있었던 것이다. 낭만주의 시대에 수사법의 역점은 구술 연행에서 쓰기로 전면적이진 않더라도 결정적인 방향전환을 이루었다. 낭만주의 시대에 이르는 몇 세기 동안 수사법을 형식적으로 연구하고 실천하는 데 사람들이 얼마만큼 명시적으로 또는 잠재적으로 관련되었는지는, 어떤 문화에 일차적 구술성이 얼마나 잔존했던가를 보여주는 지표가 된다(Ong 1971, pp. 23~103).

호메로스 시대, 그리고 그 이전 시대의 그리스인들은 일반적으로 구술 문화 속에 살았던 사람들과 마찬가지로 대중 앞에서 뛰어난 솜씨로 이야기했다. 그러한 솜씨가 '기술(art)' 즉 순서에 따라서 조직된 여러 학문적 원리의 총체로 환원되고, 그 원리들을 가지고 언어로 설득한다는 것의 본질을 설명하고 뒷받침하게 된 것은 그로부터 훨씬 이후의 일이다. 이러한 '기술'은 아리스토텔레스의 『수사학』에 제시되었다. 이미 본 바와 같이 구술문화에는 이처럼 학문적으로 조직된 '기술'이라는 것이 있을 수 없다. 구술문화 속에 사는 사람이 어떤 논문을 이해하려면 당연히 암송해야만 했을 터인데, 아리스토텔레스의 『수사학』과 같은 논문을 그 누구도 즉흥적으로 암송할 수 없었을 것이며 앞으로도 할 수 없을 것이다. 긴 구술 작품은 훨씬 응집적(agglomerative)이며 비분석적인 형태에 따른다. 수사법의 '기술'은, 비록 구술적 말하기에 관련되었다 해도 그 밖의 여러 '기술'과 마찬가지로 쓰기의 산물이었다.

고도의 기술문화에 속하는 사람들은, 고전주의로부터 르네상스를 거쳐서 계몽시대에 이르기까지 수사법을 다룬 방대한 문헌들이 있다는 것 (e.g. Kennedy 1980; Murphy 1974; Howell 1956, 1971), 이 주제에 어느 시대에든 보편적으로 강박적인 관심이 쏟아졌다는 것, 이 주제를 연구하는 데 많은 시간이 투입되었다는 것, 그리스어나 라틴어로 말할 때 생겨나는 몇백 가지의 문채(figures)를 분류하려고 방대한 양의 복잡한 용어들 (*antinomasia* 또는 *pronominatio, paradiastole* 또는 *distinctio, anti-categoria* 또는 *accussatio concertativa* 등)이 고안되었다는 사실(Lanham 1968; Sonnino 1968)을 알면 십중팔구 엄청난 시간 낭비였다는 반응을 보일 것이다. 그러나 수사법의 최초 발견자이자 발명가였던 기원전 5세기경 그리스의 소피스트들에게 수사법은 신비한 것이었다. 수사법은 그들이 가장 중요하다고 여긴 것에 대해서, 즉 효과적이고도 종종 과장된 구술 연행에 대해서 이론적인 근거를 제공했던 것이다. 그런 연행은 옛날부터 인간 생활에서도 특별히 인간적인 것이었으나, 쓰기 이전에는 결코 그토록 숙고하여 준비되거나 설명되지 않았다.

사고와 표현을 본래 논쟁적이고 정형구적으로 포착하는 과거의 구술적인 감각을 수사법은 상당 부분 보존했다. 이 점은 '장소'에 관한 수사법의 가르침에 명료하게 제시되었다(Ong 1967b, pp. 56~87; 1971, pp. 147~87;

Howell 1956의 색인). 수사법은 이전의 논쟁적인 유산에 입각해서, 모든 담론이 정도는 다르지만 항상 반론에 대하여 논점을 증명하거나 반증하는 것을 목적으로 한다고 상정하였다. 주제를 전개하는 것은 '발상' 과정으로, 즉 사람들이 언제나 이용하는 논거들의 창고에서 당면한 문제에 사용할 수 있는 논거를 찾아내는 과정으로 여겨졌다. 이렇게 찾은 논거는 '장소(places, 그리스어의 *topoi*, 라틴어의 *loci*)'에 깃든 또는 '자리하는(seated, 퀸틸리아누스의 용어)' 것으로 간주되었다. 나아가서 그러한 논거가 모든 그리고 어떤 주제에 대해서든 공통 논거를 제공한다고 여겨질 때 그 논거는 종종 공통 장소(*loci communes*), 즉 상용구(commonplaces)라 일컬어졌다.

적어도 퀸틸리누스 시대부터 '공통 장소'는 두 가지 다른 의미로 이해되었다. 첫째로 그것은 논거의 '자리(seats)'를 지시할 수 있다. 논거의 '자리'란 오늘날의 말로 한다면 정의·원인·결과·반론·유론 등(그 분류는 작자에 따라서 길이가 다양하다)과 같은 추상적 '표제(headings)'라 할 수 있다. 어떠한 주제, 이를테면 충성, 악, 용의자의 범죄 여부, 우정, 전쟁 등에 관해서 '증명(proof)'을 전개(오늘날 우리들은 단순히 사고를 전개한다고 말할지도 모르지만)하고자 한다면, 그 주제를 정의하고 원인과 결과와 반론 등을 찾아봄으로써 말할 수 있는 무엇인가를 찾게 될 것이다. 이러한 표제를 '분석적 상용구'라고 양식화할 수 있다. 둘째로 상용구는 여러 논제, 예컨대 충성·타락·우정 등의 논제에 관한 말씨(즉 정형구)의 집합을 가리킬 수 있다. 그러한 말씨는 각자 말하거나 쓸 때 짜 넣을 수 있다. 이러한 의미에서 '공통 장소'는 '퇴적된 상용구'라고도 부를 수 있다. 상용구가 분석적이든 퇴적적이든 거기에는 과거의 구술적인 감각이, 본질적으로 정형구적인 재료나 과거로부터 이어받은 고정된 재료로 만들어진 사고와 표현의 감각이 아직도 살아 있는 것이 분명하다. 이것만으로 이 복잡한 교의(敎義)가 모두 해명되는 것은 아니며, 교의 전체는 방대한 수사법 기술 전반에 짜 넣어져 있다.

수사법은 말할 것도 없이 본질적으로 대립적이다(Durand 1960, pp. 451, 453~59). 연설가는 적어도 적대자가 눈앞에 있다는 것을 상정하고 말하기 때문이다. 연설에는 깊은 논쟁적인 뿌리가 있다(Ong 1967b, pp. 192~222; 1981, pp. 119~48). 수사법은 서구 특유의 전통으로 크게 발전했는데, 그러한 발전의 원인이나 결과는 그리스인과 그 문화적 후계자들의 어떤 경향과 관련되었다. 그 경향이란 정신에 있어서든 정신 외부에 있어서든 대립을 극한까지 밀고나가는 것이다. 이는 대립을 최소화할 수단을 강구하는 인도인이나 중국인과는 대조를 이룬다(Lloyd 1966; Oliver 1971).

고대 그리스 이래 수사법은 학문적 배경에서 차지하는 우월성 때문에, 연설이 곧 모든 언어표현의 패러다임이라는 인상(실제로는 종종 막연한 인상이지만)을 문자문화 세계 도처에 심어주었다. 또 그러한 우월성 때문에, 담론의 논쟁적인 특질이 오늘날의 기준에서 보면 지나치게 두드러지도록 하였다. 시조차도 종종 과시적인 연설과 마찬가지로 간주되었고, 근본적으로 칭찬이나 비난과 관련 있는 것으로 생각되었다(오늘날에도 여전히 많은 구술적인 시가, 그리고 쓰인 시조차도 그러하다).

19세기에 이르기까지 서구에서 문체의 대부분은 어떠한 방식으로든 학문적인 수사법을 통해 형성되었다. 그러나 현저한 예외가 하나 있는데 바로 여성 작가의 문체이다. 17세기 이래 많은 여성이 단행본 저자로 등장했으나 그 가운데 학문적인 수사법 훈련을 받은 사람은 거의 없었다. 중세 이래로 여성 교육은 종종 상당히 중요시되었고, 그 결과로 유능한 가사 경영자를 낳았다. 가사라 해도 때로는 50명에서 80명의 식구를 뒷바라지하는 상당히 큰 작업이었다(Markham 1675). 그러나 이러한 여성 교육이 수사법을 비롯한 모든 학과를 라틴어로 가르치던 학문 시설에서 행해지지는 않았다. 17세기에 들어서 소수이지만 여성도 학교를 다니기 시작했으나, 그녀들이 입학한 곳은 주요 교육기관인 라틴어 학교가 아니라 새로 생긴 일상어 학교(vernacular schools)였다. 일상어 학교는 장사나 가사에 유용한 실용적인 것을 가르친 데 반하여, 라틴어 교육을 기본으로 하는 종래의 학교는 성직자·법률가·의사·외교관을 비롯한 관리를 지망하는 남성들을 대상으로 하였다. 그러나 확실히 여성 작가들도 그들이 읽은 저작에서 영향을 받았음에 틀림없다. 그 저작들은 라틴어에 입각한 학문적이고도 수사적인 전통에 젖어 있었을 것이다. 그러나 여성들 자신은 보통 다른 목소리로, 즉 훨씬 덜 연설적인 목소리로 스스로를 표현했으며, 이것이 소설의 발생에 큰 영향을 주었다.

쓰기와 구술문화의 상호작용(2): 학술 언어

쓰기와 구술문화의 상호작용에 영향을 끼친 서구의 주요한 두 번째 흐름은 학술 라틴어(Learned Latin)다. 학술 라틴어는 쓰기의 직접적인 소산이었다. 유럽 각지에서 일상어로 쓰이던 라틴어는 550년경부터 700년경에 이탈리아어, 스페인어, 카탈루냐어, 프랑스어 등 로망스어의 여러 초기 형태로 분화되었다. 700년경이 되자 이처럼 라틴어에서 분화된 언어를 사용하는 화자들은 옛 라틴어 텍스트를 이해할 수 없게 되었다. 아마 그들의 증조부 중에는 아직 그것을 이해하는 사람이 있었을 테지만, 그들 자신이 말하는 언어는 기원에서 너무나 멀어져버렸던 것이다. 그러나 학교나 교회나 국가 등 공적인 담론 장소에서는 대부분 라틴어가 계속 사용되었다. 실제로 라틴어 외에 공적인 담론을 대신할 만한 언어가 없었기 때문이다. 유럽은 몇백 가지나 되는 언어와 방언의 늪이었으며 그 대부분은 오늘날에 이르기까지 한 번도 문자로 쓰인 일이 없다. 무수히 다양한 게르만 방언이나 슬라브 방언을 말하는 부족들, 나아가 마자르어나 핀어나 터키어 등 더욱 낯설고 인도유럽 계열이 아닌 언어를 말하는 부족들조차 유럽에 들어와 있었다. 학교나 대학에서 가르치던 문학적·과학적·철학적·의학적·신학적 저작을 이처럼 무수히 많은, 전적으로 구술적인 일상어로 번역하기란 불가능했다. 겨우 50마일만 떨어져도 주민들이 서로 이해할 수 없을 정도로 일상어들이 달라져버리는 일도 종종 있었다. 하나의 방언이 경제적 이유나 그 밖의 이유로 다른 지역에서도 사용자를 얻을 만큼 지배적인 언어(잉글랜드에서 동중부 방언이, 독일에서 고지 독일어가 그렇게 되었듯이)가 되기 이전에, 실질적으로 취할 수 있는 유일한 방식은 학교에 다니는 한정된 수의 소년들에게 라틴어를 가르치는 것이었다. 이전에 모어(mother tongue)였던 라틴어는 이리하여 학교언어(school language)에 지나지 않게 되어버렸다. 교실에서뿐만 아니라 원칙적으로는 교내 전역에서(현실적으로는 언제나 꼭 그렇진 않았다 해도) 사용되는 언어로 말이다. 학교의 규칙이 정해짐에 따라서 라틴어는 학술 라틴어, 즉 쓰기를 통해 완전히 통제된 언어가 되었다. 그에 반해서 새로운 일상어인 로망스어는 모든 언어가 발전하는 방식으로, 즉 구술적인 말로서 라틴어로부터 발전해갔다. 라틴어는 소리와 시각의 분열에 직면했던 것이다.

학계(academia)에 근거를 둠으로써, 수사법과 학술 라틴어는 고전의 출처라는 것 이외에 또 하나의 공통된 특징을 갖게 되었다. 학계는 남성의 장소여서, 예외적으로 여성이 들어가는 경우는 있다 해도 무시해도 될 정도로 매우 드물었다. 따라서 학술 라틴어는 1000년 이상 성(性)과 결부된 언어, 남성만이 쓰고 말하는 언어였다. 바꾸어 말하면 학술 라틴어는 가정 밖에서 실제로 남자의 통과의례적 환경(육체적인 벌이나 그 밖의 의도적으로 부과된 고난을 거쳐 성취되는)으로 설정된 부족적 환경에서 배우는 언어였던 것이다(Ong 1971, pp. 113~41; 1981, pp. 119~48). 유아기에 배우는 모어는 언제나 각자의 무의식과 직접 연결되지만, 학술 라틴어는 그렇지 않았다.

그렇지만 학술 라틴어는 일종의 역설적인 방식으로 구술성과 문자성에 관련되었다. 한편 그것은 바로 앞에서 말한 것같이 쓰기로 통제된 언어였다. 그 뒤 1400년 동안 학술 라틴어를 말한 몇백만이 넘는 사람들은 모두 그것을 쓸 수도 있었다. 학술 라틴어를 구술적으로만 사용하는 사람은 없었던 것이다. 그러나 쓰기로 통제되었다고 해서 학술 라틴어와 구술성의 맹약이 단절되지는 않았다. 텍스트로서 존속했던 것이 이미 라틴어를 고전에 뿌리박게 한 셈이지만, 역설적이게도 이 때문에 라틴어가 구술성에 뿌리내리기도 했다. 고전주의 교육의 이상은 유능한 저작자가 아니라 *rhetor*, orator, 즉 대중 앞에서 말하는 사람을 만들어내는 것이었기 때문이다. 학술 라틴어의 문법은 이와 같이 그전의 구술적 세계에서 유래하였다. 그리고 실제로 사용되는 모든 언어와 마찬가지로 학술 라틴어에 있어서도 여러 세기에 걸쳐 여러 단어가 새롭게 만들어졌지만, 기본적인 어휘는 구술적 세계에서 유래하였다.

학술 라틴어는 유아어가 딱히 없고, 언어가 정신적으로 가장 깊게 뿌리를 내리는 유년기 생활에서 분리돼 있어서, 어느 사용자에게도 최초의 언어는 될 수 없다. 또한 학술 라틴어는 유럽 안에서도 종종 서로 이해할 수 없는 방식으로 발음되었지만 쓰는 방식은 언제나 같았다. 학술 라틴어는 쓰기가 담론을 고립시키는 힘을 가졌음을 보여주며, 그러한 고립의 결과로 다른 언어에 비견할 데 없는 생산성을 보여주는 두드러진 실례이다. 이미 본 바와 같이 쓰기는 지식의 주체와 지식의 객체를 분류하여 객관성을 세우는 하나의 요인이 된다. 그리고 이전에 시사한 바와 같이(Ong 1977, pp. 24~29), 학술 라틴어는 사람에게 정서적 영향을 강하게 끼치는 모어의 심층으로부터 떨어져나간 매체 속에서 지식을 채움으로써 더욱 큰 객관성을 확보할 수 있었고, 그 결과 인간 생활세계로부터의 간섭을 배제할 수 있었으며, 중세 스콜라 철학이나 그 뒤를 잇는 수학적인 근대 과학의 정치하고 추상적인 세계를 가능하게 했다. 학술 라틴어가 없었다면 근대 과학의 진전은 비록 일어났다 해도 훨씬 볼품없었을 것이다. 뉴턴 시대에도 철학자와 과학자가 라틴어로 쓰고 추상적 사고를 펼쳤던 것을 보면, 근대 과학은 라틴어의 정신 위에서 성장했다고 하겠다. 뉴턴은 추상적 사고와 기록 모두를 흔히 라틴어로 하였다.

학술 라틴어같이 쓰기로 통제되는 언어와 여러 일상어(모어) 사이의 상호작용이 완전히 해명되었다고는 할 수 없다. 학술 라틴어와 같은 언어를 일상어로 단순히 '번역'하는 것은 불가능하다. 그러한 '번역'은 번역이라기보다 오히려 변형이라고 말해야 할 것이다. 즉 그러한 방식에서의 상호작용은 온갖 독특한 결과를 낳았던 것이다. 예컨대 보이믈은, 라틴어에서 일부러 은유적으로 표현되었던 것이 모어로 표현될 때 훨씬 덜 은유적인 표현으로 바꾸어지는 경우에 과연 어떠한 상호작용이 일어났는지 주목하였다(Bäuml 1980, p. 264).

마침 이 시기에, 학술 라틴어 외에도 쓰기로 통제되고 성에 결부된 남성언어가 유럽과 아시아에서 발달하고 있었다. 그런 곳에서는 상당한 수의 읽고 쓰는 인구가 공통의 지적 유산을 나누어 갖게 되었다. 학술 라틴어와 거의 같은 시기에 겹치는 이 언어들은 랍비의 히브리어, 고전 아랍어, 산스크리트어, 고전 중국어다. 여섯 번째로 비잔틴 그리스어를 들 수도 있으나 이것은 결정적으로는 학술 언어가 되지 못했다. 일상어인 그리스어가 끊임없이 그것과 밀접하게 접촉했기 때문이다(Ong 1977, pp. 28~34). 이런 언어들은 이미 모어로는 쓰이지 않았다(즉 말 그대로 어머니가 어린이를 키우면서 사용하지는 않았다). 이것들은 누구에게나 최초의 언어는 아니었으며, 쓰기를 통해 전적으로 통제되고 남성만 사용하거나(예외는 무시할 수 있을 정도로 소수였다. 그러나 고전 중국어의 경우 다른 언어보다 한층 많은 예외가 있었던 것 같다) 나아가서 그 언어를 쓸 수 있는 사람만, 심지어 말하기 전에 먼저 쓰기를 배운 사람만 사용하였다. 이런 언어가 이제는 없어서, 이전에 그것들이 가지고 있던 힘을 헤아리기조차 어려워졌다. 오늘날 학술 담론에 쓰이는 언어는 모두 모어이기도 하다(또는 아랍어가 그러하듯이 점점 스스로 모어에 동화되는 중이다). 쓰기를 통해 통제된 언어의 이러한 쇠퇴 현상은, 언어의 세계에서 쓰기가 이전의 독점적인 힘을 잃어가고 있다는(그 중요성까지는 잃지 않았다 하더라도) 점을 분명히 보여준다.

구술성의 완고함

수사법과 학술 라틴어에서 구술성과 문자성의 역설적인 관계가 보여주듯이, 구술성에서 문자성으로의 이행은 서서히 이루어졌다(Ong 1967b, pp. 53~87; 1971, pp. 23~48). 중세에 이르러서는 고대 그리스와 로마 시대보다 훨씬 많은 텍스트가 사용됐고, 대학 교사는 텍스트에 입각해서 강의했다. 그러나 지식이나 지적인 능력은 결코 쓰기를 통해 시험되지 않았고 언제나 구술 토론을 통해 시험되었다. 이 습관은 점점 쇠퇴되어갔지만 19세기까지 계속되었고, 오늘날도 박사 논문 심사에서 명맥을 유지하고 있다. 다만 오늘날에는 그러한 관습을 행하는 장소가 점점 줄어들고 있다. 르네상스 인문주의는 근대의 텍스트 중심 연구 방식을 만들어내고 활판인쇄 발전에 원동력이 되었지만, 한편으로 고대에 귀를 기울이게 함으로써 구술성에 새로운 생명을 주었다. 튜더 시대(그리고 그보다 훨씬 뒤에도)의 영어 문체에는 구술성의 영향이, 즉 형용구·균형·대조법·정형구적인 구조와 상투적인 제재 사용 등이 짙게 남아 있었다(Ong 1971, pp. 23~47). 이 점은 서유럽 문학의 문체 전반에 관해서도 마찬가지로 말할 수 있다.

쓰인 텍스트에 조금이라도 가치가 있다면 소리 내어 읽어야 하며 그렇게 읽어야 마땅하다는 견해는, 서구 고대에는 당연한 것으로 간주되었다. 이처럼 텍스트를 소리 내서 읽는 습관은, 그 방식은 다양하게 변했어도 대단히 일반적이어서 19세기가 되도록 계속되었으며(Balogh 1926) 고대에서 최근에 이르기까지 문체에 지대한 영향을 끼쳐왔다(Balogh 1926; Crosby 1936; Nelson 1976~77; Ahern 1982). 19세기에는 여전히 과거의 구술성에 대한 동경이 있었으며, 인쇄된 텍스트를 본래의 모습으로 되돌려보려는 '웅변(elocution)' 경연대회가 고안되기도 했다. 즉 텍스트를 축어적으로 기억해서 암송하는 데 세심한 예술적 수완을 사용하고, 마치 즉흥적으로 작품을 말하는 것처럼 보이려는 시도였다(Howell 1971, pp. 144~256). 디킨스도 연단에 서서 자신의 소설을 발췌하여 읽은 바 있다. 유명한 『맥거피 독본(McGuffey's readers)』은 1836년부터 1920년까지 미국에서 약 1억 2천만 부 발행되었는데, 그 편찬 목적은 오늘 우리가 이상적으로 생각하는 이해하기 위한 독해법이 아니라 낭랑하게 소리를 내는 낭독법을 개선하는 데 있었다. 『맥거피 독본』은 위대한 영웅(구술성에 특유한 '무거운' 인물)에 관련된 '건전한 의식'을 담은 문학으로부터 따온 문구를 주로 다루었다. 그러한 문구들은 소리 내어 발음하는 법과 호흡법을 연습할 재료를 무수히 제공했다(Lynn 1973, pp. 16과 20).

수사법 자체도 어쩔 수 없이 구술적 세계에서 쓰기의 세계로 차츰 자리를 옮길 수밖에 없었다. 고전 시대 이래로 수사법을 통해 학습된 언어 훈련은 연설뿐만 아니라 쓰기에도 적용되어왔다. 16세기에 이미 대개의 수사법 교과서는 수사법의 전통적 다섯 분과(발상, 배열, 문체, 암기, 발표) 중에서 4분과인 '암기'를 제외하였다. 이 분과가 쓰기에 적용될 수 없었

기 때문이다. 그리고 마지막 분과인 '발표'도 최소한으로 줄어들었다
(Howell 1956, pp. 146~72, 270, 그 밖의 여러 곳). 대체로 이러한 교과서들은
이 같은 변화에 대하여 부실하게 해명하거나, 아예 해명을 하지 않기도
했다. 오늘날 학교의 커리큘럼에도 수사법이 등장하기는 하지만, 일반적
으로 단지 효과적인 쓰기 공부에 지나지 않는다. 그러나 누군가가 수사
법을 이 같은 새로운 방향으로 이끌어가려고 의식적으로 계획한 것은 아
니다. 그 '기술'은 단지 구술적인 말의 체계에서 멀어지고 쓰기의 체계에
가까워지는 의식의 흐름을 따랐을 뿐이다. 무슨 일이 일어나고 있다고
사람들이 알아차렸을 때면 이미 그 흐름은 완료되어버린 상태이다. 그리
고 일단 그 흐름이 완료되자, 수사법은 모든 것에 침투하는 주제(과거의
수사법은 그러했다)는 아니었다. 교육도 역시 과거에는 기본적으로 수사법
에 속하는 것이라고 말할 수 있었을지 모르나 이제는 이미 그렇게 말할
수 없게 되었다. 세 가지 R(즉 읽기reaing, 쓰기'riting, 산수'rithmetic)은 본질적
으로 수사법에 대립하는 책 중심의 교육이며, 장사와 가사에 유익한 교
육이다. 이 세 가지 R이 전통적인 교육, 즉 구술성에 입각한 영웅적이며
논쟁적인 교육을 대신했다. 그래서 과거에 청년들이 일반적으로 교직이
나 성직이나 공직을 준비하기 위하여 거쳤던 전통적인 교육은 상실되었
다. 그러한 과정을 거쳐 수사법과 라틴어가 퇴조하고 그와 더불어 여성
들이 차츰 학계에 진출한다. 그리고 학계도 차츰 상업적인 분야를 지향
하였다(Ong 1967b, pp. 241~55).

5장

인쇄, 공간,
닫힌 텍스트

청각 우위에서 시각 우위로

이 책에서는 구술문화와 쓰기가 이끌어낸 사고나 표현의 변화에 대하여 주로 논하지만, 인쇄에 관해서도 다소 논하지 않을 수 없다. 쓰기가 사고나 표현에 끼친 영향을 인쇄가 강화시키고 동시에 변질시켰기 때문이다. 구술적 말하기에서 쓰인 말하기로의 이행은 본질적으로 청각에서 시각공간으로의 이행이다. 따라서 시각공간의 사용에 영향을 끼친 요소로 인쇄가 유일한 것은 아니라 해도, 여기서는 인쇄를 중요한 요소로 문제삼아 논하겠다. 인쇄에 초점을 맞춤으로써 분명해지는 것은 인쇄와 쓰기의 관계뿐만 아니라 쓰기나 초기 인쇄문화에 잔존했던 구술문화와 인쇄의 관계이다. 더구나 인쇄의 영향이 모두 시각공간의 사용에 대한 영향으로 환원되는 것은 아니지만, 그 외의 많은 영향들 또한 시각공간의 사용에 다양한 방식으로 관계가 있다.

이러한 영역의 작업에서 인쇄의 영향을 모두 열거할 수는 없다. 엘리자베스 아이젠슈타인(Elizabeth Eisenstein)의 두 권짜리 저서 『변화 요인으로서의 인쇄기(The Printing Press as an Agent of Change)』(1979)를 훑어보기만 해도, 인쇄가 끼친 특별한 영향이 얼마나 다양하고 방대했는지 충분히 알 수 있다. 인쇄는 이탈리아 르네상스를 영속적인 유럽 르네상스로 바꾸어 놓았고, 개신교의 종교개혁을 실현시켰으며, 가톨릭의 종교 관행을 변화시켰다. 그리고 근대 자본주의 발전에 영향을 미쳐서 서유럽이 전 지구를 탐험하게 했고, 가정생활과 정치를 변하게 했으며, 일반화된 문자성을 진지한 목적으로 하였고, 근대과학 융성을 가능케 하였으며, 그 밖에도 온갖 방식으로 사람들의 사회적·지적 생활을 바꾸었다. 마셜 맥루언은 『구텐베르크 은하계(The Gutenberg Galaxy)』(1962)와 『미디어의 이해(Understanding Media)』(1964)에서 인쇄에 더욱 미세하게 영향을 받은 의식의 온갖 측면에 주의를 돌렸다. 조지 스타이너(George Steinner)는 『언어와 침묵(Language and Silence)』(1967)에서, 그리고 나도 다른 책(Ong 1958b; 1976b; 1971; 1977)에서 같은 시도를 했다. 인쇄가 의식에 끼친 이처럼 한층 미세한 영향들은 이 책에서 쉽게 눈에 띄는 사회적 영향들보다도 오히려 더 우리에게 중요하다.

몇천 년 동안 인류는 온갖 굴곡진 표면에 도안을 인쇄해왔다. 7·8세기에 중국·한국·일본에서 텍스트가 인쇄되었는데, 이는 처음에는 양각 목판으로 새겨졌다(Carter 1955). 그러나 세계 인쇄술의 역사상 결정적인 발전은 15세기 유럽에서 알파벳 활판인쇄가 발명된 일이었다. 알파벳 쓰기는 말을 음소단위의 공간적 등가물로 분해하는 것이었다(원칙적으로는 그랬지만, 실제로 문자가 완전히 음소를 지시하는 기능을 하진 못했다). 쓰기에 사용되는 문자는 그것이 텍스트가 되기 전까지는 존재하지 않는다. 그러나 알파벳 활판인쇄를 통해 사정이 달라진다. 말은 텍스트가 조립되기 이전에 이미 존재하던 단위(활자)로 만들어진다. 인쇄는 말이 사물이라는 것을 이전에 쓰기가 드러낸 것보다도 훨씬 강력하게 드러낸다.

알파벳이 그러했듯이 알파벳 활판인쇄도 임시적 발명품이었다. 중국인은 가동 활자(movable type)를 가지고 있었지만, 그들의 문자는 알파벳이 아니라 기본적으로 상형문자에 지나지 않았다. 15세기 중반 이전에 한국인과 위구르인은 알파벳과 가동 활자를 모두 가지고 있었으나 본리된 문자가 아니라 통째로 된 단어였다. 각 문자가 따로따로 떨어진 금속 조각 또는 활자로 만들어진 알파벳 활판인쇄는 역사상의 정신적인 전환점 중에서도 가장 중요한 것에 속한다. 그것은 말 자체를 제조과정에 깊이 짜 넣었고 말을 일종의 상품으로 만들었다. 환치 가능한 부품들로 이루어진 동일하고 복합적인 제품을 일련의 조립공정을 통해서 생산하는 제조기술, 즉 조립 라인의 최초 사례는 난로나 신발이나 무기가 아니고 인쇄본을 생산하는 라인이었다. 18세기 후반의 산업혁명은 인쇄기가 300년 동안이나 그 대상으로 해왔던 이 환치 가능한 부품 조립기술을 다른 제품 제조에도 적용시켰다. 많은 기호론적 구조주의자들의 상정에도 불구하고, 말을 사물로 바꾸고 그와 더불어 인식활동을 사물로 바꾸는 데 실효를 거둔 것은 쓰기가 아니라 인쇄였다(Ong 1958b, pp. 306~18).

그전의 인식 세계에서 중요한 결정권을 가졌던 것은 시각이 아니라 오히려 청각이었으며, 쓰기가 깊이 내면화된 이후에도 오랫동안 그러했다. 서양에서 구술문화는 언제나 필사문화의 주변에 있었다. 밀라노 주교였던 암브로시우스는 『누가복음 주석(Commentary on Luke)』(iv.5)에 "보는 것은 종종 사람을 속이지만 귀로 듣는 것은 틀림없다"고 필사문화 초기의 분위기를 기록했다. 서구 르네상스를 통틀어, 여러 언어적 산물 중에서 가장 많이 전수된 것은 연설이었다. 연설은 암묵적으로 쓰기와 말하기를 비롯한 모든 담론의 기본 패러다임이었다. 오늘날 우리에게는 기괴하게 보이지만, 쓰인 것은 듣는 것의 보조적 위치에 있었다. 쓰기는 대부분의 경우, 즉 중세 대학의 토론에서 또는 사람들 앞에서 문학작품 또는 다른 텍스트를 낭독할 수 있도록(Crosby 1936; Ahern 1981; Nelson 1976~77), 그리고 스스로 읽을 때조차 큰 소리로 낭독할 수 있도록 지식을 구술 세계로 재순환시키는 수단이었다. 영국에서 재무회계 감사는 적어도 12세기까지, 또는 더욱 늦게까지도 비록 서류로 쓰여 있어도 그것을 읽게 함으로써 청각적으로 행해졌다. 클랜치는 이 관습에 대해 언급하고, 그 흔적이 우리의 어휘에 아직도 남아 있다는 사실에 주의를 돌렸다(Clanchy 1979, pp. 215와 183). 오늘날 회계사의 실제 작업은 장부를 눈으로 보고 검사하는 것임에도 불구하고 지금도 우리는 회계장부를 '듣는다', 즉 '청취(auditing)'한다고 말한다. 과거의 구술문화에 남아 있던 사람들은 숫자조차 눈으로 보기보다 귀로 들을 때 한층 잘 이해할 수 있었던 것이다.

필사문화(manuscript cultures)에서는 텍스트에 보존된 내용을 정정할 때조차 대부분 구술-청각(oral-aural)이라는 방식을 지켰다. 필사본(manuscripts)은 이후의 활자본에 비해서는 읽기 쉽지 않았으며, 독자는 필사본에서 읽어낸 것을 아주 조금이라도 기억해두려 했다. 필사본 내용을 어딘가로 옮기는 것은 항상 용이한 일은 아니었다. 고도의 구술성을 지닌 필사문화에서 필사본 내용을 기억하는 것은 다음과 같은 사실 때문에라도 조장되었고 또 용이하게 되었다. 즉, 비록 쓰인 텍스트라 하더라도 그것을 말로 나타낼 때는 여전히 곧바로 상기하기 좋도록 만들어진 기억술 유형을 종종 따랐다는 사실이다. 그리고 독자는 혼자 읽을 때조차 보통 천천히 큰 목소리로 또는 방백으로 읽었는데, 이것 또한 내용을 기억에 남겨두는 데 유용했다.

결과적으로는 인쇄에 침식되었지만, 인쇄가 발전하고 나서도 상당 기간은 청각적인 처리가 시각적인 인쇄 텍스트를 계속 지배하였다. 청각의 우위는 초기 인쇄본의 표제지 같은 곳에 현저히 나타난다. 그러한 페이지는 단어라는 시각적 단위에 아랑곳하지 않는다는 점에서 종종 우리에게 상궤를 벗어난 것처럼 여겨지기도 한다. 16세기의 표제지는 보통 저자명과 같은 중요한 단어도 줄표로 띄어놓거나, 한 줄에서 단어의 앞부분은 큰 활자로 뒷부분은 작은 활자로 인쇄하기도 하였다. 이를테면 1534년에 토머스 버틀릿(Thomas Berthelet)이 런던에서 출판한 토머스 엘리엇(Thomas Elyot) 경의 책 『통치자(The Boke Named the Governour)』의 표제지가 그러하다(그림 1; Steinberg 1974, p. 154 참조). 대수롭지 않은 단어가 거대한 활자로 인쇄되기도 한다. 이를테면 그림 1에 제시된 표제지에서는 첫 단어 'THE'가 다른 단어보다 가장 눈에 뜨인다. 그 결과 시각 디자인으로서는 미적으로 만족스러울 수 있을지 몰라도, 오늘날 우리의 텍스트에 대한 감각은 여지없이 파괴된다. 그러나 이러한 방식이 본래의 것이며, 지금의 우리 방식은 거기에서 일탈한 것이다. 우리의 태도야말로 변화한 것이며 따라서 설명이 필요하다. 본래의, 그리고 어쩌면 더욱 '자연스러운' 과정이 어째서 우리에게는 틀린 것으로 여겨질까? 우리는 눈앞에 있는 인쇄된 단어를 시각적 단위(적어도 그것을 읽을 때 머릿속에서는 소리를 낸다 하더라도)로 느끼기 때문이다. 우리와 비교하면 16세기 사람들은 텍스트로부터 의미를 꺼내는 작업에서 단어의 시각적 측면에는 주의를 기울이지 않고 소리에 한층 주의를 집중했음이 틀림없다. 모든 텍스트는 시각과 소리를 내포한다. 그러나 우리는 읽기를 시각 활동으로 보고 그 활동이 우리에게 소리를 지시한다고 느끼는 반면, 인쇄 시대 초기의 사람들은 여전히 읽기를 단지 시각에 의해서 움직이는 청각적 과정으로 느꼈다. 당신이 독자로서 단어를 듣는다고 하면, 시각적인 텍스트가 독자적인 시각적 아름다움을 추구한다 하더라도 전혀 문제가 없을 것이다. 일반적으로 인쇄 이전의 필사본에서는 단어 사이를 띄우지 않거나 최소한으로만 띄웠다는 것을 상기하라.

그렇지만 결국 사고와 표현의 세계에서 오래 지속되던 청각의 우위는

〈그림 1〉

인쇄를 통해 시각의 우위로 바뀌게 되었다. 시각의 우위는 쓰기와 더불어 이미 시작되었으나, 쓰기만의 힘으로써는 충분히 개화될 수 없었다. 인쇄는 일찍이 쓰기가 했던 것 이상으로 가차 없이 단어를 공간에 위치시킨다. 쓰기는 소리의 세계에서 시각공간의 세계로 단어를 옮겨놓지만, 인쇄는 이러한 공간의 특정 위치에 단어를 못 박는다. 그 위치를 어떻게 정하는가 하는 문제가 인쇄의 전부다. 손으로 활자를 '짜는 일'(활자 세팅의 본래 형태)이란 미리 만들어진 글자인 활자를 손으로 적당한 위치에 놓는 일이다. 그렇게 짜인 활자는 인쇄가 끝나면 재사용하기 편리하도록 주의 깊게 원위치된다. 즉, 케이스(대문자 내지 '상단문자'는 상단, 소문자 내지 '하단문자'는 하단)의 적당한 공간에 재배치된다. 라이노타이프(linotype)로 활자를 짜는 것은, 활자의 한 행이 적절하게 위치된 자모로부터 주조될 수 있도록 기계를 사용하여 따로따로 있는 글자의 자모를 각 행에 위치시켜 놓는 것이다. 컴퓨터 단말기나 워드프로세서로 활자를 짜는 것은 미리 프로그램되어 있는 전자적인 패턴(문자)의 위치를 정하는 것이다. 옛날부터 지금까지 널리 행해지는 주조활자(hotmetal type) 인쇄는 판틀 속에 활자를 놓고 절대로 비틀어지지 않도록 죄어 붙인 다음 판틀을 인쇄기에 단단히 고정시키고, 앞판에 밀착시킨 종이의 인쇄면에 활자 조판을 강한 압력으로 눌러 붙여야 한다.

물론 독자 대부분은 자기 눈앞의 인쇄된 텍스트를 만들어내는 이러한 절차를 의식하지 않는다. 그럼에도 불구하고, 독자는 쓰기에서 느끼는 것과는 전혀 다른 '공간 속에 놓인 단어'라는 감각을 인쇄된 텍스트의 외관에서 느낀다. 인쇄된 텍스트는 기계에 의해서 만들어진 것처럼 보이며 실제로 그렇다. 필사에서 공간의 통제는 서예(calligraphy)의 경우처럼 장식적이고 더덕더덕해지기 쉽다. 활자 인쇄에서 공간의 통제는 보통 정연함과 필연성을 통해 한층 깊은 인상을 준다. 필사본에 흔히 있는 가이드라인이나 외곽선의 도움 없이도 행은 완전히 규칙적으로 놓이고 그 오른쪽 끝은 모두 가지런하며 모든 것은 시각적으로 등장한다. 이것이 곧 철두철미하게 싸늘하고 비인간적인 사실의 세계이다. 월터 크롱카이트(Walter Cronkite)의 "원래 이런 거죠(That's the way it is)"라는 텔레비전 뉴스 프로그램 맺음말은, 텔레비전의 이차적 구술문화를 근저에서 떠받치는 인쇄의 세계에서 유래하는 것이다(Ong 1971, pp. 284~303).

인쇄된 텍스트는 필사본 텍스트보다 대체로 훨씬 읽기 쉽다. 인쇄된 것이 훨씬 읽기 쉽다는 데에서 생겨난 결과는 대단하다. 텍스트가 한층 읽기 쉽다는 것은 궁극적으로 속독과 묵독을 가능케 한다. 그런 방식으로 읽을 수 있음으로써 텍스트에서 저자의 목소리와 독자 사이에 다른 관계가 생겨나고, 쓰기에 있어서도 다른 방식이 필요하게 된다. 한 작품이 인쇄로 생산되는 과정은 저자 이외에도 출판인, 저작권 대리인, 교정자, 편집자 등 많은 사람을 필요로 한다. 인쇄용으로 쓰인 글은 이러한 사람들에게 정밀하게 조사되는 것은 물론, 그 뒤에도 저자가 고심하여 고쳐 쓰는 경우가 종종 있다. 이러한 고쳐 쓰기의 분량은 매우 많은데, 필사문화에서도 이렇게 고쳐 쓰기 분량이 많은지는 거의 알려져 있지 않다. 오늘날의 편집자가 필사문화에서 산출된 장편 산문을 정밀 조사한다면, 그 대부분이 독창적인 작품으로는 통용될 수 없을 것이다. 그런 작품은 인쇄된 페이지에서 재빨리 읽히도록 짜여 있지 않기 때문이다. 필사문화는 생산자 지향적이다. 모든 개별 작품의 사본이 각 필사자의 시간을 막대하게 잡아먹기 때문이다. 중세 필사본은 약어(略語)로 가득하다. 그런 약어는 독자에게는 불편해도 필사자에게는 편리한 것이다. 인쇄문화는 소비자 지향적이다. 개별 작품의 사본 생산에 훨씬 적은 시간이 들기 때문이다. 한층 읽기 쉬운 텍스트 수천 부가 즉시 수정되는 과정에 아주 적은 시간밖에 소요되지 않는다. 인쇄가 사고와 문체에 끼친 영향에 관해서는 앞으로 충분히 고려해보아야 한다. 『시각언어(Visible Language)』지〔공식적인 호칭은 『활판 연구 저널(Journal of Typographic Research)』〕는 이러한 고찰에 기여하는 많은 논문을 게재한다.

공간과 의미

쓰기는 원래 구술적인, 발화되는 말을 시각공간에 재구성해왔다. 인쇄는 더욱 결정적으로 말을 공간에 뿌리박도록 했다. 이런 발전은 목록, 특히 알파벳 순서로 된 색인에서, 표찰에 (도상 기호 대신) 단어를 사용한 점에서, 정보 전달에 온갖 종류의 인쇄된 그림을 사용한 점에서, 인쇄된 단어와 기하학적으로 상호 영향을 줄 수 있도록 추상적 활자 공간을 사용한 점 등에서 찾아볼 수 있다. 마지막 사례는, 라무스주의(Ramism)에서부터 구체시(concrete poetry)와 데리다의 텍스트(단순히 쓰인 것이 아니라 활자로 인쇄된)를 사용한 글자 맞추기 놀이에 이르는 발전선상에서 볼 수 있다.

(1) 색인

목록은 쓰기와 더불어 나타난다. 구디는 기원전 1300년경의 우가리트(Ugaritic) 문자 기록물이나 그 밖의 초기 기록물에서 목록이 사용되었다는 점을 논하였다(Goody 1977, pp. 74~111). 그는 목록에 담긴 정보에 그것이 뿌리내린 사회 상황에서 추상되는 것('살찐 새끼 양', '목축한 암사슴'처럼 그 이상의 세세한 규정을 지니지 않은 것)도 있지만 언어적 문맥(보통 구술 발화에서 명사는, 목록에서와 달리 유동하지 않고 문장에 끼워 넣어진다. 손으로 쓰인 목록이나 인쇄된 목록을 읽는 경우를 제외하면, 명사의 나열만으로 이루어진 구술 암송을 듣는 일은 드물다)에서 추상되는 것도 있다는 데 주목한다. 이러한 의미에서 비록 쓰인 개별 단어가 그 의미를 밝히기 위하여 우리 내면의 귀에 울린다 하더라도, 목록은 '목소리로서의 등가물은 아니다'(Goody 1977, pp. 86~87). 또한 구디는 이런 목록을 만들 때 항목과 구분하는 칸을 넣거나 규정으로 선을 긋거나 점선을 넣거나 선을 길게 늘이며 공간을 사용하는 방식이 쓰기의 초창기에는 서투르고 임시적이었다고 말한다. 행정 목록 외에도 그는 행사 목록, 어휘 목록(단어는 갖가지 순서로 열거되지만 종종 신, 신족, 신의 종복과 같이 의미에 따라서 계층적으로 목록화된다), 그리고 종종 암기되어 구술로 암송되는 이집트의 어휘 사전 또는 이름 목록을 거론한다. 아직 구술문화의 영향을 강하게 받는 필사문화에서, 언제라도 구술로 상기하기 위하여 일련의 사물을 적어 놓는 것은 그 자체만으로도 지적인 진보라고 느껴졌다(서구의 교육자들은 최근까지도 이 같은 감각을 가지고 있었으며, 세계적으로도 아마 대부분의 교육자가 여전히 마찬가지일 것이다). 쓰기는 여기서도 역시 목소리로서의 말에 봉사하는 셈이다.

구디의 예가 보여주는 것은 필사문화에서 언어자료가 이전에 비해서 한층 세련된 방식으로 처리되기에 이르렀다는 사실이다. 이러한 처리를 통해 언어 자료가 공간적으로 조직되고 훨씬 직접적인 방식으로 상기된다. 목록은 어느 항목에 관련한 이름을 동일한 물리적·시각적 공간에 배열한다. 인쇄는 시각적으로 조직하고 효과적으로 상기하기 위한 공간 사용법을 더한층 세련되게 하고 발전시킨다.

색인은 이러한 발전의 가장 중요한 예다. 알파벳순 색인은, 말이 담론의 맥락에서 뽑혀 활자 공간에 끼워 넣어졌다는 사실을 명백하게 보여준다. 필사본에도 알파벳순 색인을 붙일 수는 있다. 그러나 그러한 경우는 드물다(Daly 1967, pp. 81~90; Clanchy 1979, pp. 28~29, 85). 동일한 작품의 두 필사본은, 비록 동일한 구술로부터 베껴졌다 하더라도 양쪽의 페이지가 서로 맞아떨어지는 경우가 거의 없다. 따라서 동일한 작품의 사본이라도 각 사본에는 보통 별도의 색인이 필요하다. 색인을 만들어도 노력한 보람이 없었던 셈이다. 기억을 더듬어서 생각난 대목을 말해보는 편이 완벽하지는 않지만 훨씬 경제적이었다. 필사본 텍스트에서 자료의 시각적인 위치를 잡아주는 역할로는 회화적인 기호 쪽이 종종 알파벳순 색인보다 선호되었다. 곧잘 사용된 기호는 '문단'이었는데, 이 기호는 본래 표시를 의미하였지 담론의 단위는 전혀 아니었다. 알파벳순 색인은 처음엔 드물고 조잡하였으며 일반적으로 이해하기 힘들었다. 13세기 유럽에서조차, 한 필사본을 위해 만들어진 색인이 페이지가 다르게 매겨진 별도의 필사본에 페이지 변경도 없이 붙여지는 일이 종종 있었다(Clanchy 1979, p. 144). 색인은 때로 유용성보다도 아름다움이나 신비함 때문에 애호되었던 것 같다. 1286년에 제노바의 편집자가 손수 만든 알파벳순 카탈로그를 보고 경탄했던 것은 그것을 만든 자신의 솜씨 때문이 아니라 '자기 안에서 역사하는 신의 은총' 때문이었다(Daly 1967, p. 73). 색인을 만드는 일은 오랫동안 단어의 최초 문자, 아니 오히려 단어의 첫 소리만을 취해서 행해졌다. 1506년만 하더라도 로마에서 라틴어로 출판된 작품의 색인을 보면 'Halyzones'라는 단어가 A 항목에 있었는데, 이탈리아인 화자가 이탈리아어나 라틴어를 말할 때 H를 발음하지 않았던 데 따른 것이다(이 논의에 관해서는 Ong 1977, pp. 169~172 참조). 여기에서는 시각적인 복구조차 청각적으로 작용한다. 요안네스 라비시우스 텍스토르(Ioannes Ravisius Textor)의『형용구 용례집(Specimen epithetorum)』(Paris, 1518)에서는 알파벳순 색인을 짜면서 A 항목에 드는 단어들 맨 앞에 'Apollo'를 두었다. 시와 관련된 작품에서는 시신(詩神)이 서열의 선두에 있어야 알맞다고 생각했기 때문이다. 인쇄된 알파벳순 색인에서도 시각적인 복구에 우선도가 낮게 주어졌다는 것은 분명하다. 인간관계에 입각한 구술문화 세계가 여전히 말을 사물로서 처리하는 방식(쓰기-옮긴이)을 지배할 수 있었던 셈이다.

알파벳순 색인은 실제로 청각적인 문화와 시각적인 문화의 교차점이다. '색인'이란 본래 '장소의 지시(index locorum)' 또는 '공통 장소의 지시(index locorum communium)'라는 말의 단축형이다. 수사법은 원인, 결과, 유관한 것, 이질적인 것 등과 같은 갖가지 '논거'를 찾을 수 있는 여러 '장소(loci)' 또는 '위치(places)'—지금이라면 '찾아내기 항목'이라고 할 수 있는 것—를 제시하였다. 이처럼 구술문화에 입각한 정형구적인 도구들로 텍스트를 만든 400년 전의 색인 제작자는 단지 텍스트의 몇 페이지에 이러저러한 장소(locus)가 발견되는지 적었을 뿐이었다. 즉 장소(locus)와 그것에 대응하는 페이지 수를 '장소의 지시(index locorum)'에 열거했던 것이다. 장소(loci)는 본래 정신 속에 있는 '장소'이며 여러 관념들이 저장되는 곳으로 막연히 그려졌다. 인쇄된 책에서 이 막연하고 내적인 '장소'가 완전히 물리적이고도 시각적인 장소로 변화되었던 것이다. 새로운 인식의 세계가 공간적으로 조직되어 형성되어가고 있었다.

이 새로운 세계에서 책은 발화가 아니라 사물과 한층 비슷하게 되었다. 필사문화에서는 책을 하나의 대상물이라기보다 일종의 발화로, 즉 회화 속에서의 한 사건으로 보는 감각이 쭉 유지되어오고 있었다. 인쇄 이전의 필사문화에 속하는 책에는 표제지가 없고 대개 표제 자체가 붙어 있지 않다. 그러한 책은 보통 'incipit'('시작'을 의미하는 라틴어)나 또는 텍스트 서두의 첫 단어(주기도문을 가리켜서 '하늘에 계신 우리 아버지'라는 말로 표기하는 것은 텍스트의 incipit에 의거하는 방식으로, 확실히 구술문화 잔재의 증거이다)에 따라 색인 목록화되었다. 앞서 본 바와 같이 표제지는 인쇄와 더불어 나타났다. 표제지란 표찰이다. 이는 책을 일종의 사물 내지 대상으로 보는 감각을 나타낸다. 서양 중세 필사본에는 표제지가 없는 대신에, 마치 한 인간의 다른 인간에 대한 인사로 시작하는 대화처럼 독자에 대한 인사말로 텍스트가 시작되는 경우가 흔히 있었다. "Hic habes, carissime lector, librum quem scripset quidam de……(친애하는 독자여, 당신이 지금 손에 들고 있는 책은 이러이러한 사람이 쓴 것이며, 그 주제는……)". 여기에는 구술문화의 유산이 살아 있다. 구술문화에서도 물론 이야기나 여러 다른 전통적인 암송 주제(트로이 전쟁 이야기나 므윈도 이야기 등)를 지시하는 갖가지 방식이 있었지만, 표찰과 같은 타이틀은 별 쓸모가 없었기 때문이다. 이를테면 호메로스가 『일리아드』의 삽화를 암송할 때에 '일리아드'라고 한마디 말하고 나서 시작하는 경우는 거의 없었을 것이다.

(2) 책, 내용, 표찰
인쇄가 상당한 정도로 내면화되면서 책은 과학이나 창작물 등의 정보를 '내용으로 하는' 일종의 물건으로 여겨졌고, 그전처럼 발화가 기록된 것으로 여겨지지는 않았다(Ong 1958, p. 313). 같은 판으로 인쇄된 각각의 책은 물리적으로 서로 같으며 동일한 물건이다. 그에 반해 필사본은 비록 동일한 텍스트를 나타내고 있을 때조차 물리적으로 다르며 동일한 물건이 아니다. 이제 인쇄를 통해 어떤 작품의 두 사본은 단지 같은 내용을 말하고 있을 뿐만 아니라 사물처럼 서로의 복제품이 된다. 이러한 상황이 표찰 사용을 낳고, 나아가서 인쇄된 책은 문자가 쓰인 '사물'이기에 당연히 문자 표찰인 표제지가 붙었다(new with print – Steinberg 1974, pp. 145~48). 그러나 동시에 비유적인 도해를 비롯한 비언어 도안으로 가득 찬 매우 상징적인 장식이 그려진 타이틀 페이지가 1660년경까지 잔존하였던 것처럼, 도해를 요구하는 욕구도 아직 뿌리 깊게 남아 있었다.

(3) 의미 있는 판면

아이빈스는 여러 다양한 판면에 도안을 인쇄하는 기술이 여러 세기 전부터 알려져 있었지만, 1400년대 중반에 가동 활자가 발달하지 않았더라면 그러한 인쇄가 정보를 실어나르기 위하여 계통적으로 사용되지 못했을 것이라고 지적하였다(Ivins 1953, p. 31). 그에 따르면 비록 솜씨 좋은 화가라도 그 도해에 관련된 분야의 전문가에게 보아 달라고 하지 않는 한 도해의 중요한 부분을 잘못 그리는 경우가 흔했기 때문에, 필사본에 손으로 그려진 전문적인 그림은 아주 졸렬한 것이었다고 한다(pp. 14~16, 40~45). 전문가의 감수가 없으면 흰 클로버의 잔가지도 실제 흰 클로버를 본 적 없는 몇몇 화가들의 손을 거친 끝에 종국에는 아스파라거스처럼 될 수 있다. 장식을 목적으로 하는 인쇄는 이미 몇 세기 전부터 행해졌기 때문에, 필사문화의 이러한 문제는 인쇄로써 해결될 수 있었다. 흰 클로버를 인쇄하려고 정교한 판본을 새기는 것은 활판인쇄가 발명되기 훨씬 전부터 충분히 가능했을 것이다. 그리고 그런 판본이 새겨지면 바로 필요했던 것, 즉 '정확히 반복할 수 있는 시각정보'가 얻어졌을 것이다. 그렇지만 필사본 생산은 그런 제조과정과는 달랐다. 필사본은 손으로 쓰여 생산되는 것이지 미리 존재하는 부품으로 생산되는 것(인쇄는 이런 제조과정을 거친다)은 아니었다. 언어 텍스트는 미리 준비된 부품으로 되풀이 생산되었으며, 인쇄 역시 그렇게 생산될 수 있었다. 인쇄기는 활자로 짜인 조판과 마찬가지로 용이하게 '정확히 반복 가능한 시각정보'를 인쇄할 수 있었던 것이다.

정확히 반복할 수 있는 새로운 시각정보의 성과 중 하나가 근대 과학이다. 정확한 관찰이 근대 과학과 더불어 시작되지는 않았다. 훨씬 옛날부터 생존을 위해서는, 예컨대 사냥꾼이나 그 밖의 다양한 장인으로 살아가려면 항상 정확한 관찰이 필수적이었다. 근대 과학을 그 이전의 과학과 구별하는 것은 정확한 관찰을 정확한 언어 표현과 결부시키는 일, 주의 깊게 관찰한 복합적인 사물이나 과정을 정확한 말로 기술하는 일이다. 주의 깊게 찍어낸 전문적인 인쇄(처음에는 목판이 사용되었으나 나중에는 한층 정밀한 금속판이 사용되었다)가 이용 가능해짐으로써 정확한 언어 표현도 가능하게 되었다. 전문적인 인쇄와 전문적인 언어 표현은 피차 말을 떠받치고 상승시켰던 것이다. 그 결과로 생긴 고도 시각 인식의 세계는 전대미문의 것이었다. 고대와 중세 저작가들은 복합적인 사물을 단순히 정확한 말로 기술하는 것도 제대로 못했고, 인쇄 이후에 나타난 쓰기의 수준에는 근접조차 하지 못했다. 그러한 쓰기는 실제로 낭만주의 시대, 즉 산업혁명 시대에 주로 성숙하였다. 구술문화의 특유한 언어표현 또는 아직 구술문화의 영향을 받는 언어표현이 관심을 두는 것은 행위이지 사물·장면·인물의 시각적인 외견이 아니다(Fritschi 1981, pp. 65~66; Havelock 1963, pp. 61~96 참조). 비트루비우스(Vitruvius)의 건축에 관한 논문은 그 애매함으로 널리 알려져 있다. 오랫동안 지배적이었던 수사법 전통이 추구했던 정확성은, 시각에 유래하는 언어적 정확성은 아니었다. 에이젠슈

타인(Eisenstein)은 어떤 것을 물리적으로 정밀하게 표현한 그림을 본 사람이 거의 없는 과거의 문화를 상상해보기가 오늘날과 비교하여 얼마나 어려운가 하는 점을 시사한다(1979, p. 64).

정확하게 반복할 수 있는 시각정보, 그에 따라 정확한 말로 표현된 실제의 물리적 기술로 개안된 새로운 인식 세계는 과학뿐만 아니라 문학에도 영향을 끼쳤다. 낭만주의 이전의 어떠한 산문도 제러드 맨리 홉킨스(Gerard Manley Hopkins)의 「노트북(Notebooks)」(1937)만큼 세세하게 풍경을 묘사하지 않았으며, 낭만주의 이전의 어떠한 시도 예컨대 홉킨스의 「인버스네이드(Inversnaid)」에서 이루어진 흘러가는 시냇물 묘사처럼 세심하고 실제적인 주의로 자연현상에 접하지는 않았다. 다윈(Darwin)의 진화론적 생물학이나 미켈슨(Michelson)의 물리학과 마찬가지로, 이런 종류의 시도 인쇄 세계의 산물이다.

(4) 활자 공간

시각적인 지면이 부과된 의미를 짊어지기 때문에, 그리고 단어가 지면에 놓여 텍스트를 구성하는 문제뿐만 아니라 페이지에서의 정확한 배치나 단어끼리의 정확한 위치도 인쇄에 통제를 받기 때문에, 인쇄된 지면 자체의 이른바 '여백'은 근대와 포스트모던 세계에 직접 연결되는 큰 의미를 갖게 되었다. 구디가 논한 바와 같이 필사본에서의 목록이나 도표(Goody 1977, pp. 74~111)에서도 단어들은 서로 특정한 위치 관계를 갖고 배치된다. 그러나 그러한 위치 관계가 매우 복잡해지면, 여러 번 필사되는 동안 그 복잡한 관계에 필사자의 자의가 끼어들어 본래대로 재현되기 어렵다. 인쇄는 다시없이 복잡한 목록이나 도표라도 완전히 정밀하게 대량으로 재생산할 수 있다. 인쇄 시대 초기에 이미 지극히 복잡한 도표가 학술적인 주제를 가르치는 목적으로 나타났다(Ong 1958b, pp. 80, 81, 202,

그 밖의 여러 곳).

활자 공간(typographic space)은 과학적·철학적 상상력뿐만 아니라 문학적 상상력에도 작용한다. 이러한 문학적 상상력은 활자가 만들어낸 공간이 마음에 현존하는 복잡한 방식의 일단을 보여준다. 조지 허버트(George Herbert)는 시 「부활절 날개(Easter Wings)」와 「성찬대(The Altar)」에서 활자 공간을 이용하여 의미를 부여하였다. 즉, 행 길이를 여러 가지로 바꾸어서 각각의 시에서 다룬 날개나 성찬대를 연상시키는 시각적인 형태를 만들었다. 필사본에서 이런 종류의 시각적 구성은 실현할 수 있다 하더라도 본질적인 의미는 없을 것이다. 『트리스트럼 샌디(Tristram shandy)』(1760~67)에서 로렌스 스턴(Laurence Sterne)은 계산된 기발함으로 활자 공간을 사용한다. 즉 책에 여백을 끼워 넣음으로써 어떤 사건에 관해 그가 말할 기분이 나지 않음을 표시함과 동시에 이를 채워주도록 독자에게 요청하였다. 여기에서 공간은 침묵의 등가물이다. 더 최근으로 오면 스테판 말라르메(Stéphane Mallarmé)는, 훨씬 세련된 방식으로 여러 서체와 다양한 크기의 활자를 사용하고 활자가 자유 낙하하듯 행을 페이지에서 페이지로 일부러 흐트러뜨림으로써, 주사위 던지기를 지배하는 우연을 시사하도록 시 「주사위 던지기(Un Coup de dés)」를 구성하였다(이 시는 Bruns 1978, pp. 115~38에 재현되어 논의되었다). 말라르메가 선언한 목적은 시의 독법에서 '이야기를 회피하고' 행간을 띄우는 것이었는데, 그 결과 행이 아니라 활자 공간을 수반하는 페이지가 시의 단위가 되었다. 메뚜기에 관한 커밍스(E. E. Cummings)의 무제 시 「No. 276」(1968)은 텍스트의 단어를 해체하여 페이지 여기저기에 흐트러뜨리는데, 그러한 문자들이 최종적으로 'grasshopper'라는 단어로 한곳에 모이도록 되어 있다. 이는 메뚜기가 이리저리 뛰어다니고 눈이 아찔할 정도로 날아다니다 마침내는 눈앞의 풀잎에 뛰어올라 모습을 드러냄을 시사한다. 여백이 커밍스의 시

일부가 되어 있으므로, 그의 시를 소리 내어 읽기는 거의 불가능하다. 문자가 지시하는 소리는 상상 속에 있어야 하지만, 그 소리는 단지 청각적인 것만이 아니고 문자 주위에 시각적·운동감각적으로 감지되는 공간과 서로 영향을 주고받는다.

구체시(Concrete Poetry, Solt 1970)는 어느 의미에서 소리로서의 말과 활자가 만들어낸 공간과의 상호작용의 절정이다. 즉 문자나 단어 또는 그 양쪽을 복잡한 방식으로 또는 복잡하지 않은 방식으로 교묘하게 시각적으로 배열한 시인데, 그렇게 배열된 문자나 단어 중에는 볼 수 있어도 전혀 목소리로 읽을 수 없는 것도 있다. 하지만 그런 문자나 단어도 그것들이 지닌 말로서의 소리가 어느 정도 의식되지 않으면 그 시에 적당하다고는 할 수 없다. 완전히 읽기 불가능한 경우에도 구체시는 단순한 그림은 아니다. 구체시는 별로 중요하지 않은 장르이며 개중에는 피상적인 작품도 흔히 있다. 하지만 그러한 것일수록 어째서 그러한 시를 만들어 내려는 충동이 생겼을지 설명할 필요가 있다.

하트먼은 자크 데리다가 권장하는 텍스트를 사용한 말맞추기 놀이와 구체시 사이에 어떤 관계가 있다는 것을 시사하였다(1981, p. 35). 그러한 관계가 있는 것만은 확실하며, 그 관계는 어느 정도 주의할 가치가 있다. 구체시는 음성으로서의 말과 대립하는 공간 속에 못 박힌 말의 변증법을 넘논다. 음성으로서의 말은 결코 공간에 못 박힐 수 없다(바로 그렇기 때문에 모든 텍스트는 프리 텍스트이다). 즉, 구체시는 텍스트성(textuality)이 지니는 절대적인 한계와 함께 넘논다. 그러한 절대적 한계는 역설적으로 발화되는 말에 포함되어 있는 한계도 분명히 드러내는 것이다. 이것이 곧 데리다의 영역인데, 데리다는 나름대로의 계산된 방식으로 이러한 영역을 연구 대상으로 삼았다. 구체시가 쓰기의 소산이 아니라 활자 인쇄의 소산이라는 것은 이미 본 바와 같다. 해체론(deconstruction)도 제창자들에 의해 종종 쓰기에 결부되는 것처럼 보이지만, 그것은 쓰기보다도 오히려 활자 인쇄에 결부된다.

한층 광범위한 영향

인쇄가 서구인의 인지 체계 내지 '심성'에 끼친 다소간의 직접적인 영향은 얼마든지 더 제시할 수 있다. 인쇄는 (구술문화에 입각한) 수사법이라는 옛 기술을 결과적으로 학문 교육의 중심에서 추방했다. 인쇄는 수학적인 분석이나 다이어그램이나 도표를 이용해서 지식의 수량화를 대규모로 촉진시켰고 또 그것을 가능케 했다. 인쇄의 초기에 일찍이 없었을 정도로 많은 도해적인 예시가 유포되었음에도 불구하고, 결과적으로 인쇄는 지식 관리에 있어 도해의 출현을 감소시켰다. 도해적인 모습은 구술적 말하기에 나오는 '무거운' 등장인물 또는 판에 박은 듯한 등장인물과 같은 부류여서, 수사법이나 구술문화가 지식 관리에 필요로 하는 기억술과 결부돼 있었던 것이다(Yates 1966).

인쇄는 모든 말을 망라하는 사전을 만들어내고, '올바른' 언어의 규칙을 세우려는 욕구를 창출했다. 이러한 욕구의 상당 부분은 학술 라틴어 학습에 입각한 언어감각에서 자라났다. 학술 언어는 언어를 텍스트로 간주하게 하고, 언어란 근본적으로 쓰인 것이라고 여기게 하기 때문이다. 인쇄는 언어를 본질적으로 텍스트적인 존재로 의미화하는 데 도움이 된다. 쓰인 텍스트와 달리 인쇄된 텍스트는 가장 완전한 모범적인 형태의 텍스트이기 때문이다.

인쇄는 사전이 더욱 발전되도록 하는 환경을 만들어냈다. 18세기에 비로소 영어 사전이 만들어지고 나서 지금으로부터 겨우 2, 30년 전까지, 영어 사전에서는 보통 인쇄된 텍스트를 쓰는 작가의 용법만이 언어 규범으로서 선택되었다(그리고 모든 작가들에게서 선택된 것도 아니었다). 이와 같이 활자화된 용례에서 벗어난 다른 모든 사람의 용법은 비문으로 간주되었다. 『웹스터 새국제사전 제3판(Webster's Third New International Dictionary)』(1961)은 이와 같이 인쇄본에 한정되는 구식 관습과 깨끗이 손을 끊고, 인쇄되기 위해 쓰이지 않은 사람들의 일상 용법도 원전에 포함시키는 등 당대 사람들의 문장을 인용한 최초의 대규모 어휘 연구였다. 당연히 옛 이데올로기에 길든 여러 사람들은 이 감동적인 어휘 연구의 성과를 곧바로 평가절하 하였고, '진정한' 또는 '순수한' 언어에 대한 배반이라고 기술했다(Dykema 1963).

인쇄는 또 근대 사회를 특징짓는 개인의 사생활 감각을 발달시키는 데도 중요한 요소였다. 인쇄는 필사문화에서의 일반적인 책보다 작으며 가지고 다닐 수 있는 책을 만들어냈다. 이는 심리적으로 본다면 조용한 한 구석에서 혼자 책을 읽을 수 있는, 따라서 아예 목소리를 내지 않고서도 읽을 수 있는 계기를 마련해주었다. 필사문화와 초기 인쇄문화에서 책을 읽는다는 것은 많은 경우 한 사람이 집단 속에서 다른 사람들에게 읽어들려주는 사회 활동이었다. 스타이너가 말한 바와 같이(1967, p. 383) 사적인 독서에는 개인이 혼자 조용히 처박힐 수 있을 만큼 넓은 집이 필요하다(오늘날 빈곤 지역 아이들의 교사는 아이들의 성적이 오르지 않는 주된 이유가, 흔히 많은 가족들이 비좁게 살기 때문에 능률적으로 공부할 만한 장소를 가질 수 없기 때문임을 통렬하게 느낀다).

인쇄는 말의 사적인 소유라는 새로운 감각을 만들어냈다. 일차적 구술문화 속에 사는 사람들도 시에 대한 소유적 감각을 어느 정도 가질 수 있다. 그러나 보통 전승이나 정형구나 이야기의 주제는 공유되고 누구나 꺼내서 말할 수 있기 때문에, 그러한 감각은 드물며 결국 약해지고 만다. 그러나 쓰기와 더불어 표절에 대한 분노가 나타나기 시작한다. 고대 로마의 시인 마르티알리스는 고문인, 유괴인, 억압자를 의미하는 *plagiarius*라는 단어를 타인이 쓴 것을 자기가 쓴 것으로 해버리는 사람을 가리켜 사용하였다(i. 53.9). 그러나 이는 표절자(plagiarist)나 표절(plagiarism)만을 전적으로 의미하는 특별한 라틴어가 없었던 탓도 있다. 구술로 유포하는 상용구의 전통은 여전히 뿌리 깊었다. 그렇지만 인쇄가 시작된 초기부터 이미 최초 발행자 이외의 사람이 그 인쇄본을 다시 찍는 일을 금하는 '특허'가 종종 선보였다. 1518년에 리처드 핀슨(Richard Pynson)은 그러한 '특허'를 헨리 8세로부터 부여받았다. 1557년에는 작자와 인쇄업자 내지 발행자의 권리를 보전하는 '서적출판업 조합(Stationers' Company)'이 런던에 설립되었다. 그리고 18세기에 이르면 근대적인 저작권법이 서유럽 전역에 만들어지기 시작했다. 활자 인쇄는 말을 상품으로 바꾸어버렸다. 그전의 공동적인 구술문화 세계는, 각자 주장하는 사적인 자유 소유권으로 완전히 분할되었다. 인쇄는 갈수록 개인주의를 지향하는 인간 의식의 경향에 크게 기여하였다. 물론 말이 전적으로 사유재산이 된 것은 아니며, 얼마간은 계속 공유재산으로 있었다. 인쇄본은 바라든 바라지 않든 간에 서로 다른 사람의 영향을 받았던 것이다. 전자 시대가 바야흐로 시작되려던 시기에, 조이스는 이처럼 영향을 받는다는 불안에 진지하게 맞서서 『율리시스』와 『피네건의 경야』에서 일부러 모든 사람들의 반향을 불러일으키고자 시도했다.

말은 활동적인 인간 사이의 교제에서 처음 생겨났지만, 인쇄는 음성의 세계로부터 말을 떼어내 시각적인 평면에 결정적으로 귀속시켰고 지식의 관리를 위해 시각공간을 다른 방식으로 활용하기 시작했다. 이처럼 인쇄를 통하여 인간은 자신의 내면 의식과 무의식적인 자원을 갈수록 점점 사물과 같은 것, 비인격적인 것, 종교적으로 중립적인 것으로 생각하도록 촉발되었다. 인쇄는 인간 정신으로 하여금 그 소유물이 내면적인 심적 공간에 보관되어 있다고 느끼도록 촉구했다.

인쇄와 폐쇄: 상호텍스트성

인쇄는 폐쇄 감각을 부추긴다. 즉 텍스트에서 발견되는 것이 어떤 식으로든 마무리되어 완성 상태에 이른다는 감각을 일으킨다. 이런 감각은 문학 창작뿐만 아니라 분석적·철학적 저작이나 과학적 저작에도 영향을 준다.

인식의 폐쇄 감각은 인쇄 이전에도 쓰기를 통해 촉발되었다. 쓰기는 사고를 대화 상대로부터 분리하여 쓰인 지면에 격리한다. 그리고 발화도 그런 의미에서 독립적인 것, 어떠한 반론에도 무관심한 것이 된다. 이렇듯 쓰기는 발화와 사고를 그 자체 말고는 무엇과도 관련성을 갖지 않고 그 자체로 만족스러운 것, 완전한 것으로 제시한다. 인쇄도 마찬가지로 발화와 사고를 다른 모든 것으로부터 떼어내어 지면에 고정시키지만, 바로 그 점으로 인해 쓰기보다 훨씬 자기 충족적이다. 인쇄는 하나의 작품에 대하여 똑같은 시각적·물리적 일치성을 가진 복사물 몇천 부 속에 사고를 폐쇄시켜버리기 때문이다. 같은 인쇄본의 언어적 일치성은 전혀 소리에 의지하지 않고 눈으로 확인된다. 힌맨 교정기는 어떤 텍스트의 두 판본을 대응하는 페이지끼리 훑어 다른 대목이 있으면 깜박거리는 빛으로 알려준다.

인쇄된 텍스트는 저자의 말을 결정적인 또는 '최종적인' 형태로 나타낸다고 여겨진다. 인쇄는 최종적인 형태여야 충족되기 때문이다. 일단 활자의 조판이 닫히고 죄이면, 또는 사진평판이 만들어져 종이에 인쇄되면, 텍스트는 손으로 쓴 것만큼 간단히 (삭제나 삽입 등) 변경하기 어렵다. 대조적으로 필사본은 주석이나 방주를 통해서 외부 세계와 끊임없이 대화를 주고받는다(주석이나 방주는 종종 그 다음에 필사되는 사본의 텍스트에 포함된다). 필사본은 구술 표현의 주고받음과 여전히 근접해 있다. 필사본 독자는 인쇄용 텍스트의 독자만큼 저자로부터 격리되거나 부재중이지 않다. 인쇄가 강요하는 폐쇄성이나 완전성이라는 감각은 때로는 대단히 물리적이다. 신문의 페이지는 보통 모두 채워진다(어떤 종류의 기사는 '채울 거리(fillers)'라 일컬어진다). 마찬가지로 활자의 행간은 보통 모두 가지런하다(모든 행이 정확히 같은 폭으로 간추려진다). 인쇄는 기묘하게도 물리적인 불완전성에 관용적이지 못하다. 인쇄는 부지불식간에 그러나 대단히 현실적으로, 인쇄된 텍스트가 다루고 있는 재료도 유사하게 완전하고 자기 충족적이라는 인상을 줄 수 있다.

인쇄는 한층 더 견고하게 폐쇄된 언어예술의 형태를 만들어낸다. 특히 이야기에서는 더욱 그러하다. 인쇄가 등장하기까지, 하나의 플롯으로 이루어진 긴 줄거리를 가진 이야기는 희곡뿐이었다. 희곡은 고대 이래 쓰기를 통해 조율되어왔다. 에우리피데스의 비극은 쓰기로 만들어진 텍스트이며, 축어적으로 암기되어 구술 연행되었다. 인쇄와 더불어 플롯은 더욱 견고해져, 제인 오스틴 이후의 소설에서 긴 이야기에 사용되기에 이르렀고 탐정소설에서 절정을 이루었다. 이런 언어예술 형태들에 관해서는 다음 장에서 논할 것이다.

문학이론에서 인쇄는 각 언어예술 작품이 그 자체의 세계에, 즉 '언어 아이콘(verbal icon)'에 갇혀 있다는 확신을 통해 궁극적으로 형식주의와 신비평을 낳았다. 이 아이콘이 보는 것이지 듣는 것이 아니라는 점은 의미심장하다. 필사문화에서 언어예술 작품은 구술 세계에 한층 가까운 것으로 느껴졌고, 시와 수사법도 그다지 명확하게 구별되지 않았다. 형식주의와 신비평에 관해서도 다음 장에서 더욱 상세하게 논하겠다.

인쇄는 궁극적으로 상호텍스트성(intertextuality)이라는 현대적 문제를 제기한다. 이 문제는 오늘날 현상학자나 비평가 사이에서 매우 중요한 관심사가 되었다(Hawkes 1977, p. 144). 상호텍스트성이란 문자로 쓰인 심리적인 상용구의 문제이다. 텍스트는 단지 생생한 경험만으로 창조되지 않으며, 소설가는 자신의 경험을 텍스트로 조직하는 데 익숙하기 때문에 소설을 쓴다.

필사문화에서는 상호텍스트성이 당연한 것으로 받아들여졌다. 필사문화는 옛 구술 세계의 상용구 전통에 아직 결부되어 있었으므로, 원래 구두로 유포되었던 공통 정형구나 테마를 차용·수정·공유함으로써 다른 텍스트로부터 신중하게 새로운 텍스트를 만들어냈다. 설령 필사문화가 텍스트를 쓰기 없이는 불가능한 색다른 문학 형식으로 삼았을지라도 말이다. 인쇄문화는 그것과 다른 정신적 틀을 가진다. 인쇄문화에서 하나의 작품은 다른 작품에서 떨어져나가 그 자체로 하나의 단위가 되는 '닫힌 것'으로 간주되는 경향이 있다. 인쇄문화는 '독자성'과 '창조성'이라는 낭만적인 개념을 낳았다. 인쇄문화는 작품의 기원과 의미가 적어도 이상적으로는 외부 영역으로부터 독립된 것으로 보이게 하려고 개개의 작품을 다른 작품으로부터 더욱 차별화했다. 지난 몇십 년 동안 상호텍스트성을 말하는 여러 이론들이 등장하여 낭만적인 인쇄문화의 고립주의 미학을 공격했고, 이 이론들은 충격으로 받아들여졌다. 근대 작가들은 고통스럽게 문학사를 의식하면서 자신의 작품이 사실상 상호텍스트성 하에 있음을 의식했기에 자신이 정말로 새롭고 참신한 것을 전혀 만들어내지 못했을지도 모른다고 근심했다. 이처럼 전적으로 타인의 텍스트 영향 아래 있는지 모른다고 근심하는 이들에게 그러한 이론은 더더욱 불안을 촉발하였다. 해럴드 블룸(Harold Bloom)의 『영향의 불안(The Anxiety of Influence)』(1973)은 이러한 근대 작가의 고뇌를 논한 바 있다. 필사문화에서 작가를 괴롭히는 영향에 관한 불안 같은 것은 대수롭지 않게 생각됐

214

으며, 구술문화에서는 사실상 그러한 불안이 없었다.

인쇄는 문학 작품뿐만 아니라 분석적·철학적 저작이나 과학적 저작에서도 폐쇄 감각을 만들어낸다. 인쇄와 더불어 나타난 것이 교리문답서와 '교과서'다. 그것들은 학문적 주제를 제시하는 책이어서 이전의 표현들 대부분에 비해 산만하거나 논쟁적이지 않았다. 교리문답서나 교과서는 '사실'이나 사실에 상응하는 것을 제시했다. 즉, 어느 분야에서 해당 사안에 관한 문제들을 단도직입적이고 포괄적으로 말하는 문장을 기억하기 쉬운 평이한 형태로 제시했다. 이에 반해 구술문화 또는 구술문화의 영향이 남은 필사문화에서 기억하기 쉬운 문장이란 '사실'이 아니라 성찰을 제시하고 종종 거기에 포함되는 역설 때문에 한층 더 성찰을 촉발하는 격언 같은 것, 속담 같은 것이 되는 경향이 있었다.

피터 라무스(Peter Ramus, 1515~72)는 교과서 분야의 모범을 만들어냈다. 거의 대부분의 학과목(변증법 또는 논리학, 수사학, 문법, 산수 등)에 해당되는 교과서는 엄격한 정의와 분할에서 시작하여 더욱 진전된 정의와 더욱 진전된 분할로 나아가는데, 이러한 방식은 그 과목의 가장 세세한 항목이 정리되어 끝날 때까지 계속된다. 어느 과목에 관한 라무스의 교과서는 교과서 외부와의 의식적 상호작용을 전혀 포함하지 않았다. 즉, 어떠한 문제점도 '반론'도 실리지 않았다. (라무스주의자들의 주장에 의하면) 어떠한 교과 또는 '기술(art)'도 라무스의 방식에 따라서 올바로 제시된다면 아무런 문제가 없다. 즉 올바른 방식으로 정의하고 분할한다면 그 기술의 모든 사안은 완전히 자명하고 그 자체로 자족한 것이 된다. 라무스는 문제점과 반론에 대한 논박을 변증법, 수사학, 문법, 산술 등에 관한 별도의 '강의(lectures)'에서 다루었는데, 강의는 그 자체로 닫힌 '기술' 밖에 위치했다. 나아가서 라무스의 각 교과서 내용은 이분법에 따른 개요나 도표와 같은 인쇄물로 제시될 수 있었다. 그렇게 제시된 개요나 도표는 교과서 내용이 그 자체 속에서 그리고 정신 속에서 어떻게 공간적으로 조직되었는지 한눈에 보여주었다. 각 기술은 마치 외부 공간이 있는 집들이 다른 집들과 분리되듯이, 그 자체로 다른 모든 기술과 완전히 분리되었다. 다만 '사용'에 있어서는 여러 기술들이 합쳐졌다. 즉 이야기 한 구절을 세련되게 만드는 데 문법, 수사학, 또는 필요한 모든 기술이 동시에 사용되었다(Ong 1958b, pp. 30~31, 225~69, 280).

마셜 맥루언의 지적에 의하면, 인쇄를 통해 조장된 닫힌 감각과 표리를 이루는 것은 인쇄와 더불어 나타난 고정된 시점이다(1962, pp. 126~27, 135~36). 고정된 시점을 통해 장편 산문작품 전체에서 일정한 어조가 유지될 수 있게 되었다. 고정된 시점과 일정한 어조가 보여주는 것은 한편으로 작자와 독자의 거리가 더 멀어지고, 한편으로 그들 사이의 암묵적 양해가 더 깊어졌다는 것이다. 즉 저자는 확신을 가지고 그의 길을 갈 수 있게 되었다(멀리 떨어져서, 무관심하게). 무엇이든 메니푸스 식의 풍자(Menippean satire)로 말할 필요는 없어졌다. 즉 다양한 감성에 맞추기 위해서 다양한 시점과 어조를 취할 필요는 없어졌다. 저자는 독자가 자기에게 순응하리라는 것을 확신할 수 있었다(더 깊어진 양해). 이때 '독자 대중' - 작자가 개인적으로 알지는 않으나 다소나마 확립된 특정 시점을 다룰 수 있는 규모 독자층 - 이 등장했다.

활자 이후: 전자

언어표현이 전자 방식으로 변화됨으로써 한편으로는 쓰기에서 시작되고 인쇄로 강화된 말과 공간의 관련이 더욱 깊어졌으며, 다른 한편으로는 이차적 구술성이라는 새로운 시대의 문화로 의식이 이행되어왔다. 비록 이 책에서 문제 삼은 구술성과 문자성이라는 양극성과 전자적으로 처리된 말이 밀접한 관련성을 가진다 해도, 여기서 그 방대한 주제를 다 고찰할 수는 없으므로 필요한 두세 가지 점만을 살펴본다.

전자 장치들 때문에 인쇄본이 조만간 없어질 것이라고도 말하지만, 실제로는 점점 더 많은 인쇄물이 생산되고 있다. 전자 테이프에 녹음된 인터뷰는 무수한 '대담'집이나 '대담'기사를 만들어낸다. 그러한 책이나 기사는 테이프 녹음이 가능하기 전까지는 결코 존재하지 않았다. 여기서 새로운 매체는 옛 매체를 보완해준다. 그러나 물론 새로운 매체는 일부러 비형식적인 새로운 스타일을 만들어냄으로써 옛 매체를 변형하기도 한다. 활자문화 속에 사는 사람들은 보통 구술적인 주고받음을 격식을 차리지 않는 것으로 생각하기 때문이다(구술문화 속에 사는 사람들은 보통 구술적인 주고받음을 예의바른 것으로 생각하였다. Ong 1977, pp. 82~91). 더구나 컴퓨터 단말기로 활자를 짜는 방식이 이미 말한 바와 같이 구식 식자를 대신하였고, 얼마 안 가서 대부분의 인쇄는 어떠한 방식으로든 전자 장비의 도움으로 수행될 것이다. 그리고 물론 전자 장치가 모아서 처리하는/모으거나 처리하는 온갖 정보는 인쇄되어 활자의 생산량을 증대시킨다. 마지막으로, 쓰기로 시작되고 인쇄로 새로운 단계에 이른 말의 순차적 처리와 공간화는 컴퓨터로 더욱 강화된다. 컴퓨터는 말과 공간 및 (전자적인) 위치 운동의 관련을 극대화하고 분석적인 순차배열을 거의 순간적으로 실현함으로써 가장 효과적으로 행하기 때문이다.

그와 동시에 전자 기술은 전화, 라디오, 텔레비전, 온갖 녹음 테이프로 우리를 '이차적 구술성'의 시대로 끌어넣었다. 이 새로운 구술성은 다음과 같은 점에서 과거의 구술문화와 놀랄 만큼 유사하다. 즉 이차적 구술성은 그 속에 사람들이 참가한다는 신비성을 지니며, 고유한 감각을 키우고, 지금 이 순간을 중히 여기는 한편, 정형구를 사용하기까지 한다 (Ong 1971, pp. 284~303; 1977, pp. 16~49, 305~41). 그러나 이는 본질에 있어서는 한층 의도적이고 스스로를 의식하는 구술성이며, 쓰기와 인쇄의 사용에 끊임없이 기반하는 구술성이다. 쓰기와 인쇄는 이 구술성의 요구를 제조하고 기능을 발휘하는 데는 물론, 그것을 사용하는 데도 없어서는 안 된다.

이차적 구술성은 일차적 구술성과 매우 유사한 동시에 매우 다르다. 일차적 구술성과 마찬가지로 이차적 구술성은 강한 집단의식을 낳았다. 말하기에 귀를 기울이는 것은 청취자를 하나의 현실적인 청중, 하나의 집단으로 만들어내기 때문이다. 이는 쓰인 텍스트나 인쇄된 텍스트의 읽기가 개인을 내향화시키는 것과는 매우 대조적이다. 그러나 맥루언의 '지구촌'이라는 말이 보여주는 것처럼, 이차적 구술성에서 의식되는 집단은 일차적 구술성에서 의식되는 집단과는 비교가 되지 않을 만큼 방대하다. 게다가 쓰기가 나타나기 이전 구술문화 속에 살았던 사람들이 집단정신을 가졌던 것은 따로 적당한 대안이 없었기 때문인데, 우리는 이차적 구술성의 시대에 의식적으로 그리고 실제적인 사고방식으로 집단정신을 가지고 살아간다. 즉, 개인은 저마다 한 사람으로서 사회의식을 가져야 한다고 느끼는 것이다. 일차적 구술성에 속하는 사람들이 외향적인 것은 내면을 향할 기회가 거의 없었기 때문이었지만, 우리가 외부를 향하는 것은 거꾸로 지금까지 내면을 향하고 있었기 때문이다. 마찬가지로 일차적 구술성에서 사람들이 자연스러움을 증진시킨 것은 쓰기를 통해 이행된 분석적인 사려가 통용되지 않았기 때문인데, 이차적 구술성에서 사람들이 자연스러움을 증진시킨 것은 분석적인 사려를 통하여 자연스러움이 좋은 것이라고 결정했기 때문이다. 우리는 해프닝이 완전히 자연발생적이라는 것을 확실히 하기 위해서 용의주도하게 해프닝을 계획한다.

과거의 연설과 오늘날의 연설을 대조해보면 일차적 구술성과 이차적 구술성의 대조가 뚜렷해질 것이다. 라디오와 텔레비전 덕분에, 중요 정치인들은 근대 전자의 발달 이전에 가능했던 것 이상으로 보다 많은 대중 앞에서 연설가로 설 수 있게 되었다. 따라서 어떤 의미에서 구술성은 일찍이 없었던 그 본령을 발휘하고 있는 셈이다. 그러나 그것은 과거의 구술성은 아니다. 일차적 구술성에 속하는 옛 스타일의 연설은 영구히 사라지고 말았다. 1858년 링컨과 더글러스의 토론에서, 두 전사―그들은 말 그대로 진정 전사였다―는 종종 타는 듯한 일리노이의 여름 태양 아래 거칠게 반응하는 청중 12000~15000명(네바다 주의 오타와 일리노이 주의 프리보트에서 청중의 수, Sparks 1908, pp. 138~38, 189~90)을 앞에 두고 각각 한 시간 반 동안이나 연설하였다. 최초 연설자가 한 시간, 다음 연설자가 한 시간 반, 이어서 최초 연설자가 반론을 위해서 30분 연설했다. 확성기도 사용하지 않고서였다. 그들의 연설은 부가적이고 누적적이며 신중하게 균형을 이루었고 고도로 논쟁적인 형식이었다는 점에서, 또 연설가와 청중 사이에 은밀한 교감이 내포되었다는 점에서 일차적 구술성을 느끼게 하였다. 싸움이 끝날 때마다 토론하는 두 사람의 목소리는 쉬고, 그들의 육체는 지치고 말았다. 오늘날 대통령 후보자들의 텔레비전 토론은 과거 구술성의 세계에서의 토론과 매우 다르다. 청중은 부재하며, 후보자들은 그들의 모습을 보는 것도 듣는 것도 불가능하다. 후보자들은 좁고 작은 자리에 편히 앉아서 짧게 정견을 말하고, 논쟁적인 내용은 상당히 둔화된 듣기 좋은 회화를 주고받는다. 전자 미디어는 분명하게 적대적인 쇼는 허용하지 않는다. 설사 자연스러움에서 생겨난 세련된 분위기가 감돈다 할지라도, 전자 미디어는 인쇄의 유산이라 할 수 있는 폐쇄 감각에 완전히 지배된다. 적대적인 쇼는 폐쇄된 세계의 완벽한 통제를 깨트릴지도 모른다. 후보자들은 미디어의 심리학에 자신들을 순응시킨다. 품위 있고 교양 있는 우아함이 지배적이다. 일차적 구술성과 연결된 연설이 어떠했는지 오늘날은 노인들만이 상기할 수 있다. 오늘날 젊은 사람들은 백 년 전 사람들보다도 훨씬 더 많은 연설이나 대담을 주요 공인들로부터 든는다. 그러나 그들이 듣는 것을 통해 전자 시대 이전부터 2천 년 넘는 역사를 갖는 과거의 연설을 상기할 수는 없으며, 그러한 연설이 있었던 구술적 생활양식과 사고구조를 떠올릴 수도 없다.

6장
구술적 기억,
줄거리, 성격화

줄거리의 기본

구술성에서 문자성으로의 변천은 많은 언어예술 장르에 각인되어 있다. 즉 서정시, 내러티브, 서술적 담론, 웅변(순수한 구술부터 텔레비전 대중 연설에 맞는 조직화된 웅변까지), 연극, 철학적·과학적 저작들, 역사문헌, 전기 등이다. 이 중에 구술성에서 문자성으로의 변천에 관한 연구를 하는데 가장 크게 기여해온 것은 내러티브다. 구술성과 문자성에 관한 연구로 산출된 보다 새로운 통찰을 제시하려면, 내러티브로 된 몇몇 작품들의 고찰이 유용할 것이다. 우리는 현재의 목적상 연극을 내러티브에 포함시킬 수 있는데, 연극이 보여주는 행동은 내러티브다운 목소리를 지니지 않지만 내러티브처럼 줄거리를 지니기 때문이다.

분명히, 구술성에서 문자성으로의 변천 이외에도 여러 사회적인 발달이 여러 시대에 걸쳐 내러티브를 발달시켰다. 정치 조직의 변화, 종교 발달, 상호 문화 교환, 여타 언어 장르의 발달 등 여러 사회적인 발달에 따라 내러티브도 발달되어왔다. 내러티브를 이렇게 취급하는 것은 모든 인과관계를 구술성에서 문자성으로의 변천으로만 국한하려는 것이 아니라 단지 이런 변화에서 생겨나는 효과들을 보여주려는 것이다.

내러티브는 일차적 구술문화로부터 고도의 문자성과 전자 정보처리에 이르기까지 줄곧 발생함으로서 어디서나 언어예술의 주된 장르가 되어왔다. 어떤 의미에서 내러티브는, 심지어 가장 추상적인 것에 이르기까지 모든 예술형태의 기초가 되기 때문에 모든 언어예술 형태 중에 최상의 것이다. 인간의 지식은 시간으로부터 나온다. 과학이라는 추상성 하에서조차도 관찰이라는 내러티브가 존재한다. 과학 연구소의 학생들은 실험결과를 써야 한다. 즉, 그들이 행한 일과 그 일을 수행할 때 일어났던 것을 서술해야 한다. 서술(narration)로써 어떤 일반화나 추상적인 결론을 공식화할 수 있다. 속담, 격언, 철학적 고찰, 종교의식 밑에는 시간적으로 쭉 늘어선 인간 경험의 기억이 있는데, 이 모두가 내러티브 취급에 종속된다. 서정시는 일련의 사건을 내포하는데, 서정시의 목소리는 그 사건 안에 새겨지거나 그 사건과 관련된다. 이 모든 것은 지식과 담론이 인간 경험에서 나온다는 사실을 말해주며, 또 인간 경험을 언어로 처리하는 기초 방법은 다소라도 그 경험의 이유에 대해 설명하는 것임을 말해준다. 그런데 그 경험은 시간의 흐름 속에 새겨진 채로 실제 존재한다. 줄거리를 전개하는 것은 이러한 흐름을 취급하는 한 방법이다.

내러티브와 구술문화

내러티브는 모든 문화에서 발견되긴 하지만, 어떤 점에서는 다른 문화보다 초기 구술문화에서 더욱 폭넓게 기능한다. 첫째로 해블록이 지적한 바(1978a, 1963 참조)처럼 초기 구술문화에서 지식은 정교한 범주, 그리고 다소 과학적으로 추상적인 범주 안에서 다루어질 수 없다. 구술문화는 이러한 범주를 생성해낼 수 없다. 따라서 구술문화는 그 안에 있는 많은 것을 보관·조직·전달하기 위하여 인간 행동에 관한 이야기를 이용한다. 전부는 아니라도 대부분의 구술문화들은 고대 그리스인들의 트로이 전쟁 이야기, 여러 미국 원주민들의 늑대 이야기, 벨리즈(Belize)를 비롯한 아프리카계 카리브 문화의 아난시 이야기, 말리 공화국의 선자타 왕 이야기, 니양가인들의 므윈도 이야기와 같이 매우 방대한 분량의 내러티브들 또는 연속 내러티브를 생성한다. 이런 내러티브는 분량 때문에, 그리고 장면과 행동의 복잡성 때문에 흔히 구술문화 전승의 가장 넓은 저장고가 된다.

내러티브가 일차적 구술문화에서 특별히 중요한 둘째 이유는, 상당히 견고하면서도 비교적 실체적이고 긴 형식(구술문화에서 반복되기 쉬운 형식) 속에 많은 양의 전승을 묶어둘 수 있기 때문이다. 격언·수수께끼·속담 등도 물론 지속적이기는 하나 보통 단순하다. 장황하기 십상인 의식적인 정형구는 대부분 특수한 내용을 지닌다. 비교적 긴 족보는 고도로 전문화된 정보를 제시한다. 일차적 구술문화에서 다른 긴 언어 연행(verbal performance)은 국지적이고 단 한 번만 일어나는 경향이 있다. 그래서 연설은 중요한 내러티브만큼 실체적이고 장황한 것이 될지도 모르며, 한자리에서 취급되는 내러티브의 한 부분이 될지도 모른다. 그러나 연설은 지속적이지 않다. 즉 대체로 반복되지 않는다. 연설은 특별한 상황에 맞춰 말해지므로, 쓰기가 완전히 부재할 때는 상황 그 자체와 함께 영원히 인간 생활로부터 사라진다. 서정시에는 간결하거나 국지적인 경향, 또는 두 경향 모두가 있다. 다른 형식들의 경우도 그렇다.

쓰기 또는 인쇄문화에서 텍스트는 어떤 내용을 담든지 간에 그 내용을 물리적으로 묶으며, 따라서 전체적으로 어떤 종류의 사고조직을 끌어낼 수 있게 해준다. 텍스트가 전혀 없는 일차적 구술문화에서 내러티브는 다른 장르보다 대량으로 그리고 영구히 생각을 묶는 데 봉사한다.

구술적인 기억과 줄거리

내러티브 자체에도 역사가 있다. 숄즈와 켈로그는 사회적·심리학적·미학적인 것을 비롯한 복잡한 요인들에 면밀히 주의를 기울여서, 서구의 내러티브가 고대의 구술적인 기원에서부터 현재까지 발달되어온 방법을 조사하고 도식화했다(Scholes and Kellogg 1966). 이 자리에서는 내러티브의 역사 전체의 복잡성을 고려해서, 기억의 기능 작용에 특별히 유의하여 전체적으로 구술문화적인 환경에서 출발한 내러티브와 문자를 수단으로 하는 내러티브의 두드러진 차이점들에 주의를 돌리는 데 그치기로 한다.

3장에서 기술한 일차적 구술문화에서의 지식 보유와 회상은 우리에겐 아주 낯설고 우스꽝스럽게 보일 수도 있는 지적 구조와 과정을 요구한다. 구술적인 기억술의 구조와 절차는 실제로 내러티브 플롯에서 가장 뚜렷하게 드러나는데, 그렇다고 해서 이 플롯이 구술문화에서 전형적으로 구성한 것과 똑같지는 않다. 오늘날 읽고 쓸 줄 아는 인쇄문화 속의 사람들은, 의식적으로 고안된 내러티브를 유명한 '프라이탁(Freytag)의 피라미드'(상향 경사가 있고, 거기에 하향 경사가 뒤따르는)처럼 도형화된 클라이맥스 선형 플롯(climactic linear plot)—상승하는 행동은 긴장을 쌓으며 정점에 이른다. 그 정점은 하나의 인지나 '운명의 역전', 그 밖에도 행동의 반전을 야기하는 사건으로 구성된다. 그리고 대단원 또는 해결이 뒤따른다—속에서 전형적으로 제작된 것으로 간주한다. 이 때문에 표준화된 선형 플롯은 매듭의 묶음과 풀림에 비유되어왔다. 이것이 아리스토텔레스가 그리스 연극에서 발견한 플롯이다(『시학』 1451b~1452b). 그리스 연극은 구술로 행해졌지만 쓰인 텍스트로 구성되었고 서양에서 최초의 언어적 장르였으며, 몇 세기 동안 쓰기를 통해 완전히 조종될 수 있는 유일한 언어적 장르였기 때문에, 이러한 플롯의 분명한 자리가 되었다.

고대 그리스의 구술적 내러티브인 서사시는 이러한 방식으로 구성되지 않았다. 호라티우스는 『시론(Ars Poetica)』에서 "서사시인은 곧바로 행동을 취하여 청자를 상황 가운데로 빠뜨려버린다"(148~49행)고 썼다. 호라티우스는 서사시인이 시간적인 연쇄를 싫어한다는 점에 유념하고 있다. 서사시인은 우선 상황을 보고할 것이며 훨씬 이후에나 (흔히 세부적으로) 어떻게 그리 되었는지 설명할 것이다. 또한 그는 아마도 마음속에 호메로스의 간결함과 생기를 지녔을 것이다(Brink 1971, pp. 221~22). 즉 호메로스는 행동이 일어나는 부분으로 직행하려 한다. 하지만 어쨌든 간에, 문자를 사용하는 시인들은 결국 호라티우스의 '사건의 핵심으로(*in medias res*)'를 서사시에서 의무적으로 '도치법(*hysteron proteron*)'을 만드는 것으로 해석했다. 그래서 존 밀턴(John Milton)은 『실낙원』 1권 「논쟁」에서, 이 시의 '전체 주제를 간결하게' 제시하고 아담이 타락한 '주된 원인'을 가볍게 언급한 다음 바로 "이 시는 사건의 중심으로 서둘러 돌진한다"고 설명한다.

여기에서 밀턴의 말은 애당초 어느 구송시인도 장악할 수 없었던 밀턴 자신의 주제를, 또 그가 주제에 따라 행동을 강화하는 원인들을 통제하는 힘을 가졌다는 것을 보여준다. 밀턴은 자신이 보고하는 사건들의 플롯과 고도로 조직화된 플롯이 처음, 중간, 끝(아리스토텔레스『시학』, 1450b)을 가진 시간적인 연쇄의 관점에서는 일치한다고 생각하였다. 그는 이 플롯을 세심하게 분할하여, 의식적으로 고안한 시대착오적 형태 속에 재구성했다.

과거에 문자를 사용하는 사람들이 쓴 구술 서사시 해설을 보면 공히 구술 서사시인들이 밀턴과 똑같은 일을 하는 것으로 보고, 사실 쓰기 없이는 활용 불가능했던 조직화로부터의 의식 일탈을 서사시인들에게 전가한다. 이러한 해설에는, '구전문학(oral literature)'라는 용어에 나타나는 것과 같이 필사된 것에 대한 명백한 편견이 엿보인다. 구술 연행(oral performance)이 쓰기의 변형으로 간주된 것처럼, 구술 서사시의 플롯은 연극 쓰기에 작용하는 플롯의 변이형으로 간주되었다. 아리스토텔레스는 이미 『시학』(1447~1448a, 1451a, 그 밖의 여러 곳)에서 이런 방식으로 생각하였는데, 이러한 방식은 몇 가지 분명한 이유들 때문에 오랫동안 사라졌던 일차적 구술문화의 산물인 서사시보다 자신의 서사문화 속에서 쓰이고 공연된 연극을 그가 더 잘 이해하였음을 보여준다.

사실 구술문화는 긴 서사시적 규모나 소설적 규모의 클라이맥스 선형 플롯에 관한 경험이 전혀 없다. 지난 200년 동안 문학 독자들이 더욱더 익숙하게 기대해왔지만 최근 몇십 년간은 자의식적으로 경시해온 학문적이고 무모한 클라이맥스 방식으로, 구술문화는 더 짧은 내러티브조차도 조직할 수 없다. 구술적 작법(oral composition)을 구술문화가 알지 못하고 인식할 수도 없는 어떤 조직화로부터 변형된 것으로 설명한다면 구전 작문을 올바르게 평가할 수 없다. 중간에서 행동이 시작될 예정인 그 '존재들'은, 간략한 단락들을 제외하고는 어떤 '플롯'을 결코 연대순으로 배열하지 못한다. 호라티우스의 사건은 문자성으로 건축된 것이다. 우리는 실제 사람들의 삶에서 이미 형성된 클라이맥스가 있는 선형 플롯을 발견하지 않는다. 비록 인간의 실제 삶이, 주도면밀하게 강조된 몇몇 사건들 외에 모든 것을 무모하게 제거함으로서 만들어진 선형 플롯에는 나오지 않는 자료를 제공한다고 해도 말이다. 오셀로의 전 생애에 걸친 사건들을 모두 완전하게 다룬 이야기는 매우 지루할 것이다.

구송시인들(oral poets)은 특히 노래를 진행시키는 데 어려움을 겪는다. 헤시오도스의 『신통기』는 구술 연행과 쓰인 작품 사이의 경계선상에서,

똑같은 내용의 도입부를 세 번 시도한다(Peabody 1975, pp. 432~33). 구송 시인들은 보통 어떤 거창한 계획 때문이 아니라 부득이한 사정 때문에 사건의 중심으로 독자를 끌어들였다. 그들에게는 다른 방도가 없었다. 아마도 호메로스는 가수들 몇십 명이 트로이 전쟁에 관해 몇백 가지 길이의 노래들을 부르는 것을 들었을 테지만, 그는 쓰기가 없이, 즉 그것들을 엄격히 연대순으로 조직할 방법이 전혀 없이 수많은 삽화 레퍼토리를 (서사시로) 엮어나갔다. 쓰기가 없었던 탓에 삽화들의 목록은 전혀 없었고, 목록이란 걸 생각할 가능성조차 없었다. 구송시인이 아무리 엄밀하게 연대순으로 진행하려고 노력하더라도, 레퍼토리가 연대순으로 맞추어져야 할 어떤 상황에서든 틀림없이 하나 이상 삽화를 빠뜨릴 것이다. 설사 삽화를 연대순으로 정확히 기억해 배열할지라도, 그 다음 상황에서 다른 삽화들을 빠뜨리거나 잘못된 연대순으로 배열할 것이 틀림없다.

더구나 서사시의 소재는 애초에 기꺼이 클라이맥스 선형 플롯에 양보를 할 종류의 소재가 아니다. 『일리아드』나 『오디세이』의 삽화들이 엄격히 연대순으로 재배열된다면 그 전체는 시간 순으로 진전되겠지만, 그것이 연극의 전형적인 꽉 짜인 클라이맥스 구조를 가지지는 않는다. 휘트먼(Whitman)의 『일리아드』조직 도표(1965)는 프라이탁의 피라미드가 아닌, 주제의 재발생을 통해 창조된 상자 속의 상자를 암시한다.

훌륭한 서사시인은, 청중이 사건의 중심에 뛰어들도록 요구하는 정교한 속임수로 분열된 클라이맥스 선형 플롯을 완성함으로써 만들어지지 않았다. 훌륭한 서사시인을 만드는 것은 (물론 여러 가지가 있었지만) 첫째로 삽화적 구조가 기다란 내러티브를 상상하고 조종하는 유일한 방법이자 전체적으로 자연스런 방법이라는 사실을 암묵적으로 수용하고, 둘째로 회상 장면을 다루는 최상의 기술과 그 밖의 삽화적 기교를 소유하는 것이었다. '사건의 중심'에서 시작하는 것은 의식적으로 고안된 계획이 아니라 구술시인의 기다란 내러티브에 접근하는 데 불가피한 창조적·자연적 방법이었다(매우 짤막한 이야기들은 별도로 하고). 클라이맥스 선형 플롯을 플롯의 모범으로 여긴다면, 서사시에는 플롯이 전혀 없다. 기다란 내러티브에 대한 엄격한 플롯은 쓰기와 함께 나타난다.

왜 기다란 클라이맥스 플롯이 쓰기와 함께 나타났으며, 전혀 서술자가 없는 연극에서 처음 나타났을까? 그리고 왜 2천 년 이후 제인 오스틴 시대 소설들에 이르러서야 더 긴 내러티브로 나아갔을까? 라파예트 부인의 『클레브 공작부인(La Princesse de Clèves)』(1678)과 소수 다른 작가들의 작품은 덜 그렇다 해도, 소위 초기 소설들은 다소간 삽화를 긁어모아 놓은 것이었다. 클라이맥스 선형 플롯은 탐정소설에서 완전한 형식에 도달한다. 즉 가차없이 고조되는 긴장, 정교하고 매끄러운 전개와 반전, 완전히 해결된 대단원 등이다. 추리소설은 일반적으로 1841년 에드거 앨런 포의 『모르그 가의 살인』에서 시작되었다고 여겨진다. 왜 우리가 아는 한 전 세계에 걸쳐 1800년대 초 이전의 긴 소설(무라사키 시키부가 쓴, 다른 점에서는 완숙한 작품 『겐지 이야기』조차도)은 모두 다소간 삽화적이었는가? 왜 1841년 이전에 어느 누구도 매끄러운 추리소설을 쓰지 않았는가? 물론 전부는 아니더라도, 이런 질문들에 대한 대답들은 구술성에서 문자성으로의 변천 역학을 이해하는 데서 찾을 수 있다.

버클리 피바디(Berkley Peabody)는 최근의 긴 저서 『날개 달린 말: 주로 헤시오도스의 「노동과 나날」을 통하여 살펴본 고대 그리스 구전작문 기법에 대한 연구』(1975)에서 기억과 플롯의 관계에 대한 새로운 통찰력을 공개했다. 피바디는 패리, 로드, 해블록의 작품과 관련 작품뿐만 아니라 앙투안 메이예(Antoine Meillet), 테오도르 베르크(Theodor Berg), 헤르만 우세네르(Hermann Usener)와 울리히 폰 빌라모비츠-묄렌도르프(Ulrich von Wilamowitz-Moellendorff) 같은 과거 유럽인들의 작품과 일부 사이버네틱·

구조주의 문학을 기초로 한다. 그는 인도유럽 전통 속에서 그리스 서사시의 정신역학적 위치를 정하고, 그리스 운율과 아베스타와 인도의 베다를 비롯한 산스크리트 운율의 밀접한 연관성을 보여주며, 육각운의 전개와 지적 과정의 친근한 관계를 보여준다. 피바디가 자신의 결론을 위치시킨 다음과 같은 더 큰 상황은 훨씬 더 폭넓은 지평 너머를 암시한다. 즉, 그가 고대 그리스 서사 송가의 플롯 배치 및 관련 문제에 관하여 말해야만 했던 것이 발견되어 전 세계 문화에 걸쳐 여러 가지 방식으로 매우 그럴듯하게 구술적 내러티브에 적용될 것이다. 실제로 피바디는 풍부한 기록을 통해서 때때로 미국 원주민 및 여타 비(非)인도유럽인의 전승과 실행을 언급한다.

일부는 명료하고 일부는 함축성 있게, 피바디는 선형 플롯(프라이탁의 피라미드)과 구술 기억의 비양립성을 드러낸다. 그 이전의 연구에서는 성취하지 못한 것이다. 고대 그리스 구전 서사시의 진실한 사상이나 내용은 어떤 기억 방식으로 내러티브를 조직하거나 '구성'하고자 하는 가수의 의식적 의도보다 오히려 암기하여 전승되어온 정형구적 형태와 시구 형태에 있다는 것을 그는 분명히 한다(1975, pp. 172~79). "가수는 자신의 의도를 전달하여 효과를 거두지 않고, 자신을 포함한 청자들을 위하여 전통적 사고를 관습적으로 실현화함으로써 효과를 거둔다"(1975, p. 176). 가수는 자신에서부터 청자에 이르기까지, 우리가 아는 것처럼 '수송관을 따라 데이터를 전달'하는 식의 평범한 의미로 '정보'를 전달하지 않는다. 기본적으로 그는 호기심을 유발할 만한 대중적인 방식에 의존하지도 않는다. 기억된 텍스트가 없기 때문에 그러한 텍스트에 의존하지도 않으며, 언어의 축어적인 연쇄에 의존하지도 않고, 단지 그가 다른 가수들로부터 줄곧 들어왔던 주제들과 정형구들에 의존하여 기억한다. 그는 이것들을 항상 다르게 기억하며, 특정한 경우에 특정한 청중을 위해서 자신의 방식대로 함께 짜 맞추거나 엮어낸다. "노래한다는 것은 불리는 노래들의 기억이다"(1975, p. 216).

쓰인 작문과 달리, 구전 서사시(그리고 가설을 확장하자면 구술문화에서의 다른 내러티브 형식들)는 현대적 의미의 창조적 상상력과 전혀 관계가 없다. "정성들여 형성한 새로운 개념들, 추상들 그리고 상상의 형식 안에서 우리 자신의 즐거움은 분명히 전통적 가수에 기인한 것이 아니다"(1975, p. 216). 음유시인이 새로운 재료를 더할 때 그것은 전통적 방식을 통해서다. 시인이 상황을 완전히 통제할 수 있는 경우는 없다. 사람들이 시인에게 노래하길 원하는 것은 그처럼 우연한 상황에서이다(1975, p. 174). (우리는 현대의 공연자가 예기치 않게 사람들에게 무대로 밀려나왔을 때 보통 우선 이의를 표시하며, 그에 대한 반발이 이어지면 다시 무대로 끌려나와 결국 청중 앞에서 공연할 수 있는 관계—예컨대 '좋습니다. 여러분이 원하신다면'을 수립한다는 것을 경험을 통해서 알고 있다.) 구전 노래(또는 다른 내러티브)는 가수, 참석한 청중, 불린 노래에 대해 가수가 기억하는 내용의 상호작용에 따른 결과이다. 이런 상호작용과 더불어 노래한다는 점에서, 음유시인은 작가와 다소 다른 근거에서 독창적이고 창조적이다.

예를 들어 지금까지 어느 누구도 트로이 전쟁을 완전하게 연대순으로 노래하지 않았기 때문에, 호메로스 같은 위대한 시인도 그런 식으로 부르는 것을 생각할 수조차 없었다. 음유시인의 목적은 탄탄한 총체적 플롯(tight over-all plot)에 있는 것이 아니다. 현대의 자이레에 사는 칸디 루레케(Candi Rureke)는 니양가(Nyanga)의 영웅 므윈도(Mwindo) 이야기들을 모두 말하라고 요청받았을 때 깜짝 놀랐다(Biebuyck and Mateene 1971, p. 14). 그는 어느 누구도 결코 모든 므윈도 이야기들을 순서대로 공연한 적이 없다고 항변했다. 우리는 이 공연을 어떻게 루레케로부터 이끌어냈는지 알고 있다. 비예바이크와 마틴은 공연 이전에 협상을 벌였고, 그 결과

루케케는 이따금씩 합창단을 동반하여 열이틀 동안 청중 앞에서(약간 유동적으로) 모든 므윈도 이야기들을 구연했다. 니얀가인 두 명과 벨기에인 한 명, 즉 서기 세 명이 그의 말을 기록했다. 이는 소설이나 시를 쓰는 것과 전혀 다르다. 날마다 이어진 공연은 루케케를 심리적으로나 육체적으로나 피곤하게 했고, 열이틀 이후 그는 완전히 기진맥진했다.

피바디는 기억 문제를 심오하게 처리함으로써 이 책 3장에서 일찍이 논의했던 구술성에 기초한 사상과 표현의 많은 특징에 새로운 빛을 던진다. 특히 구술적 사상과 표현의 첨가적이고 집합적인 특징, 보수주의, 장황성과 상투성, 그리고 참여적인 성질에 관해서는 더욱 그러하다.

물론 내러티브는 사건의 시간적 연속과 관계있으며, 그래서 모든 내러티브에는 어떤 종류의 줄거리(story line)가 있다. 연속적인 사건들의 결과처럼, 종국의 상황은 처음에 있었던 것의 뒤에 일어난다. 그럼에도 불구하고, 기억이 구송시인을 이끄는 방식은 흔히 시간적 연속 안에서 사건들을 엄격하게 선조적으로 표현하는 방식과 무관하다. 구송시인은 (이야기 속) 영웅의 방패를 묘사하는 데 열중하여 내러티브의 경로를 완전히 잃어버릴 것이다. 오늘날 인쇄문화와 전자문화 속에서 우리는 담론 요소의 선조적 질서와 그것에 관련되는 질서—그 담론이 언급하는 세계 내에서의 연대적 질서—가 정확하게 일치하는 것에 만족하곤 한다. 우리는 자신이 경험했거나 경험하여 배열할 수 있는 것을 정확히 평행시키는 언어적 보고의 연속성을 좋아한다. 오늘날 내러티브가 이런 평행주의를 버리거나 왜곡할 때, 로브그리예(Robbe-Grillet)의 『지난해 마리앵바드에서』나 훌리오 코르타사르(Julio Cortázar)의 『팔방놀이(Rayuela)』에서처럼 그 효과는 분명히 자의식적이다. 즉, 사람들은 흔히 기대하는 평행주의가 부재한다는 것을 의식한다.

구술적 내러티브는, 내러티브의 연속과 관련되는 여분 내러티브의 연속이 정확하게 연속적으로 평행하는지 신경 쓰지 않는다. 평행주의는 마음이 문자성을 내면화할 때만 주요 목표물이 된다. 사포(Sappho)가 이를 일찍 이용하였고, 그로 인해 그녀의 시들에는 일시적으로 겪은 사적 경험의 보고와 같은 이상한 근대성이 부여된다고 피바디는 지적한다(1975, p. 221). 물론 사포의 시대(기원전 600년)에 쓰기는 이미 그리스 정신을 구조화하였다.

플롯의 폐쇄: 여행담에서 추리소설로

문자성과 이후의 인쇄술이 내러티브의 플롯에 끼친 효과는 너무 광범위하여 여기서 세부적으로 다룰 수 없다. 그러나 구술성으로부터 문자성까지의 변천을 고려함으로써 더 많은 특유의 효과가 설명된다. 텍스트를 연구하는 경험이 텍스트만큼 성숙함에 따라, 지금은 정확하게 한 사람의 '저자'인 텍스트 작자는 살아 있는 청중 앞에서 구술 연행자가 느끼는 표현 및 조직과 현저히 다른 것을 얻는다. '저자'는 다른 사람들의 이야기를 혼자 읽을 수 있고 기록으로부터 작업을 할 수 있으며 심지어 이야기를 쓰기에 앞서 그 윤곽을 잡을 수 있다. 무의식의 근원으로부터 영감이 계속 떠오르지만, 작가는 구술적인 화자보다 훨씬 강하게 의식을 통제하여 무의식의 영감을 지배할 수 있다. 작가는 자기가 쓴 말들이 마침내 발표되어 효과를 보이기 전까지 재고, 수정, 그 밖의 조정을 통해 그것에 접근할 수 있음을 안다. 저자의 눈 아래서 원본은 처음, 중간, 끝으로 배열된다. 그래서 작가는 자신의 작품을 종결에 의해 자급자족된, 별개 단위로 정의된 것으로 간주하도록 고무된다.

의식의 통제가 강해짐으로써, 줄거리는 옛 구술 이야기의 삽화식 플롯 대신에 더욱 단단한 클라이맥스 구조를 발달시킨다. 앞에서 언급했듯이 고대 그리스 연극은 서구 최초로 쓰기를 통해 완전히 통제되는 언어예술 형식이었다. 그것은 본래 (몇 세기 동안은) 전형적으로 단단한 프라이탁의 피라미드 구조를 가진 최초의 장르였다. 역설적으로 연극은 구술로써 표현된 경우라 해도 그 이전에 쓰인 텍스트로서 제작되었다. 극적 표현에는 서술적 목소리가 부족한 것이 분명하다. 서술자는 텍스트에 자신을 완전히 묻어 인물들의 목소리 아래로 사라져버린다. 앞에서 살펴본 대로, 구술문화에서 서술자는 정상적이고도 자연스럽게 삽화적 구조를 다루었다. 그래서 서술적 목소리를 제거하는 것은 줄거리에서 이런 삽화적 형태를 제거하기 위해 우선적 필수사항이었던 것처럼 보인다. 실제 생활 경험이 프라이탁의 피라미드보다는 오히려 일련의 삽화처럼 보인다는 이유만으로도, 삽화적 플롯이 긴 줄거리를 다루는 자연스런 방법이었다는 것을 잊어서는 안 된다. 세심한 선택성은 탄탄한 피라미드형 플롯(tight pyramidal plot)을 만들어낸다. 이런 선택성은 쓰기를 통해 확립된 표현과 실생활의 거리로 이전보다 훨씬 잘 보충된다.

연극 외에는, 내러티브에서와 같이 구술적 서술자의 원래 목소리가 작가의 소리 없는 목소리가 되어 여러 새로운 형식을 띠게 되었다. 이는 쓰기의 영향으로 생겨난 거리가 문맥화되지 못한 독자와 작가를 다양하게 허구화시켰던 것과 같다(Ong 1977, pp. 53~81). 그러나 인쇄가 나타나서 더 완전한 영향을 끼쳤을 때까지 그 목소리는 고집스럽게 삽화에 충실하였다.

앞에서 살펴본 대로, 인쇄는 심리학적으로뿐만 아니라 기계적으로 공간 속에 말들을 감금하여 쓰기보다 더 확고하게 폐쇄의 의미를 확립했다. 인쇄술에 힘입어 탄생된 소설은, 상당수의 연극처럼 항상 클라이맥스 형태로 단단히 조직되지 않더라도 삽화적 구조와는 결국 완전히 결별하고 말았다. 소설가는 더욱더 텍스트에 사로잡혔고, 상상적이거나 실제적인(인쇄된 산문 로맨스는 흔히 큰 소리로 읽기 위해서 쓰였기 때문에) 청자들에게는 덜 관심을 쏟았다. 그러나 그의 위치는 아직도 완전히 정착되지 못하였다. 19세기 소설가가 되풀이하는 '친애하는 독자여'라는 구절은 이러한(정착되지 못한) 문제를 조절하려는 것을 나타낸다. 즉 저자는 아직도 어딘가 청중, 청자를 인식하는 경향이 있었다. 그래서 이야기가 각자 자기 세계에 홀로 떨어진 독자들(청자들이 아니라)을 위한 것임을 자주 환기해야만 했다. 디킨스를 비롯한 19세기 소설가들이 낭독풍 독법을 취하려 몰두한 데서 고대 구술적 서술자의 세계가 잔존한다는 느낌이 나타난다. 특히 그 세계에서 생겨나 고집스럽게 남은 희미한 흔적은 '방랑하는 영웅'이다. 이 영웅들은 여행을 통해 삽화들을 기다랗게 배열하는데, 이는 중세 로맨스와 심지어는 세르반테스의 믿을 수 없을 만큼 선구적인 『돈 키호테』로부터 디포의 소설(로빈슨 크루소는 좌초된 방랑자다), 필딩(Fielding)의 『톰 존스(Tom Jones)』, 스몰렛(Smollett)의 삽화적 내러티브, 그리고 『픽윅 페이퍼스(The Pickwick Papers)』와 같은 디킨스의 일부 작품에까지 살아남았다.

앞에서 본 바와 같이 피라미드 구조를 가진 내러티브는 1841년에 출간된 『모르그 가의 살인』으로부터 시작하여 추리소설에서 절정에 이른다. 이상적인 추리소설에서 상승 작용은 거의 견딜 수 없는 긴장, 즉 절정의 인식을 가차 없이 일으키며, 반전은 갑작스런 폭발력으로 긴장을 해소하고, 대단원은 모든 것을 전체적으로 해방시킨다. 이야기의 모든 세부사항이 매우 중요하다는 것이 드러난다. 또는 클라이맥스와 대단원에 이르러서야 세부사항들이 효과적으로 오도되었다는 것이 드러나기도 한다. 17세기에 시작되어 18~19세기에 무르익은 중국 추리소설들은 소재 면에서는 포의 작품과 공통점이 있으나, '긴 시, 철학적 여담 등'을 함유함으로써 결코 포의 클라이맥스적인 간결함을 달성하지 않았다(Gulik

1949, p. iii).

추리소설의 플롯은, 흔히 완전한 폐쇄가 애초에는 인물 중 한 사람의 정신에서 이루어져 그 다음에 독자와 소설의 다른 인물들에게 확산된다는 점에서 매우 내부적이다. 셜록 홈스는 특히 독자를 포함하여 어느 다른 사람보다도 먼저 자기 머릿속에서 그것을 모두 파악했다. 이것이 완벽하게 폐쇄된 체계를 가지지 않은 단순한 미스터리 이야기와 대치되는 추리소설의 전형이다. 칼러(Kahler)의 용어인 '내러티브의 내면적 회귀(inward turn of narrative)'은 고대의 구술적 내러티브와 대조해보면 여기에서 뚜렷하게 설명된다. 전형적으로 외적인 측면에서 두드러지게 장점을 지닌 구술적 서술자의 주인공은, 인쇄문화의 내러티브 주인공이 지닌 내부의식으로 대체되었다.

추리소설이 플롯과 텍스트성(textuality)의 직접적 관계를 빈번히 보여주지는 않는다. 『황금벌레』(1843)에서 에드거 앨런 포는 르그랑(Legrand)의 정신 내부에 행동의 열쇠를 둘 뿐만 아니라 텍스트를 르그랑의 정신에 외적인 등가물로, 즉 지도가 숨겨진 보물의 위치를 지시하는 것을 방해하는 쓰인 코드로 표현한다. 르그랑이 직접 해결하는 즉각적인 문제는 존재의 문제(보물이 어디 있느냐)가 아니라 텍스트의 문제(이 글이 어떻게 해석되어야 하는가)이다. 일단 텍스트의 문제가 해결되면 다른 것이 모두 제자리를 잡는다. 그리고 패럴(Thomas J. Farrell)이 언젠가 내게 지적했듯이, 손으로 쓰인 텍스트라 해도 그 코드는 단순히 알파벳 문자로만이 아니라 구두점 부호(필사본에는 소수이거나 존재하지 않지만 인쇄문에는 매우 풍부한)로 이루어진 인쇄된 것의 성격을 띤다. 구두점 부호들은 알파벳 문자의 세계보다도 구술의 세계에서 훨씬 멀리 있다. 구두점은 텍스트의 부분은 될지라도 발음될 수는 없으며 비음소적이다. 분리와 폐쇄의 의미를 최대화시킨다는 점에서 인쇄의 효과는 분명하다. 텍스트와 정신 내부의 것은 완전한 단위이며, 그 말없는 내적 논리 안에서는 자기 충족적이다. 이후에 헨리 제임스(Henry James)는 유사한 추리소설에서 똑같은 주제를 변경한 『애스펀의 러브레터(The Aspern Papers)』(1888)의 신비한 주인공을 창조했다. 이 인물의 원래 정체성(identity)은 출판되지 않고 보관된 그의 편지들 속에 묶여 있다. 그런데 이 편지들은, 애스펀이 실제로 어떤 사람인지 알아내려고 그 편지를 찾는 데 일생을 바친 사람에게 읽히지 못한 채 이야기의 막판에서 소각되어버린다. 편지가 소각되면서 애스펀이라는 인간에 대한 신비는 그를 알고자 추구하는 사람의 마음으로부터 연기 속으로 올라가버린다. 이 좀처럼 잊히지 않는 이야기는 텍스트성을 구체화한다. "문자는 죽이는 것이요, 영혼은 살리는 것이니라"(고린도후서 3장 6절).

쓰기에 관한 숙고 그 자체(이는 구술 전달에 비교하여 쓰기의 속도가 느리다는 것뿐만 아니라 구술 연행자에 비교하여 작가가 더 고립되어 있음으로써 강화되었다)는 무의식에서 의식이 성장해나가도록 고무한다. 포 자신의 이론화 작업에서 분명해졌던 것처럼, 추리소설 작가는 피바디가 말한 서사시 서술자보다도 더욱 반성적으로 의식적이다.

앞에서 본 것처럼 쓰기는 본질적으로 의식을 상승시키는 작용이다. 탄탄하게 조직된 이야기나 고전적으로 구성된 이야기는 둘 다 고양된 의식의 결과이며 그러한 의식을 고무시킨다. 그리고 추리소설에 완전한 피라미드 플롯이 정착되고 그 행동이 주인공(즉 탐정)의 의식 내에서 초점화해 나타날 때, 이러한 사실은 그 자체를 상징적으로 표현한다. 최근 10년 사이에 인쇄문화가 전자문화로 바뀜에 따라, 탄탄하게 조직된 이야기는 저자와 독자에게 너무 뻔한(너무나 완전히 의식에 의해 통제된) 것이 되어 선호도가 떨어졌다. 아방가르드 문학은 이제 내러티브의 플롯을 허물거나 애매하게 해야 한다. 그러나 플롯이 허물어진 전자 시대의 이야기들은 삽화적인 내러티브는 아니다. 전자 시대의 이야기는, 그에 앞섰던 구성된 이야기에 바탕을 두고 생겨난 인상적이고 이미지적인 변이형들이다. 내러티브 플롯은 이제 영구히 쓰기와 인쇄의 특징을 담지한다. 그것이 무의식에 상당히 의존한 초기의 구술적 내러티브를 암시하면서 기억과 메아리 속에서 그 자체를 구조화할 때(Peabody 1975), 로브그리예의 『질투(La Jalousie)』나 제임스 조이스의 『율리시즈(Ulysses)』에서처럼 자의식적이고 독특한 문자성의 방식을 불가피하게 구체화하게 된다.

'입체적' 인물, 쓰기, 인쇄

포스터의 용어를 사용하면, 현대 독자는 흔히 내러티브나 연극에서의 효과적인 '성격화'란 '입체적(round)' 인물(E. M. Forster 1974, pp. 46~54), 즉 '셀 수 없는 삶의 양상을 지닌' 인물을 산출하는 것이라고 이해하였다. '입체적' 인물의 반대는 기대를 잘 충족시킴으로써 결코 독자를 놀래키지 않고 오히려 유쾌하게 하는 '평면적(flat)' 인물이다. '무거운'(heavy, 또는 '평면적') 인물은 원래 일차적 구술적 내러티브로부터 파생하는데, 익히 알려져 있듯 구술적 내러티브는 그 외에 어떤 다른 종류의 인물도 제공할 수 없다. 그런 유형의 인물은 줄거리 자체를 조직하고 내러티브 속에서 발생하는 비내러티브적(non-narrative) 요소들을 다루는 데 도움을 준다. 오디세우스 또는 타 문화에서의 토끼 형제(Brer Rabbit)나 거미 아난시(Anansi) 주변에는 영리함에 관계된 전승이 이용 가능하게 준비되어 있고, 네스토르(Nestor) 주변에는 현명함에 관한 전승이 이용 가능하게 준비되어 있다. 그 밖의 경우도 마찬가지다.

담론(discourse)이 일차적 구술성에서 더욱더 광범하게 필사하고 인쇄하는 문화로 옮겨옴에 따라 평면적인, 즉 '무거운' 인물은 더욱더 '입체적'인 인물에, 즉 첫눈에 예측할 수 없는 방법으로 행동하지만 그에게 부여된 복잡한 인물 구조와 복잡한 동기부여의 견지에서 보면 논리적인 인물에 굴복한다. 시간이 지나고 소설적 동기부여가 복잡해지면서, 또 소설에서 내면 심리를 다루는 정도가 커지면서 입체적 인물은 '실제 사람'처럼 된다. 장편소설에서 출현한 입체적 인물은 외견상으로는 많은 발달을 거쳤다. 숄즈와 켈로그(Scholes and Kellogg 1966, pp. 165~177)는 이에 끼친 영향으로 다음과 같은 것들을 제시한다—구약성서에서의 내면화 추진과 기독성 강화, 그리스 연극의 전통, 오비디우스와 아우구스티누스의 내성적 전통, 중세 켈트족 로망스와 궁중 연애문학의 전통으로 촉진된 내향성. 그러나 또한 그들은 소설이 단순한 구조물이 아닌 인간 행동의 구성체가 될 때에야 개별 인물의 특질 세분화가 완전해질 수 있다고 지적한 바 있다.

이러한 모든 발달들은 일차적 구술문화에선 상상할 수 없는 것이며, 사실 쓰기가 지배한 세계에서 출현한다. 즉 이러한 발달은 쓰기의 강력한 추진과 더불어 조심스럽게 내성적인 작업이 항목화함으로써, 또 인간의 내면 상태와 내향적으로 구조화된 연속적 관계들을 정성들여 분석함으로써 출현한다. '입체적' 인물의 출현에 관하여 더 충분히 설명하자면, 쓰기와 이후의 인쇄가 고대의 지적 체계에 미친 영향을 인식하는 일이 추가로 필요하다. 우리가 입체적 인물에 최초로 근접한 것은 쓰기를 통해 완전히 통제된 최초의 장르인 그리스 비극을 통해서이다. 이 비극들은 여전히, 소설에서 풍성하게 발견되는 평범하고 가정적인 인물들보다도 본질적으로 공적인 지도자들을 다룬다. 그러나 소포클레스의 오이디푸스, 심지어 에우리피데스의 비극 속 펜테우스와 아가페와 이피게네이아와 오레스테스 등은 호메로스의 어떤 인물보다 훨씬 더, 비교할 수 없을 만큼 복잡하고 내적 고뇌에 차 있다. 구술성-문자성의 관점에서 내가 여기 다루는 문제는, 쓰기를 통해 열린 세상이 갈수록 내면화를 증가시켜왔다는 것이다. 와트(Watt 1967, p. 75)는 (이미 디포가 발견한) 인간 성격에 대한 느낌을 만들어내는 '양심의 내면화'와 내적 습관에 주의하고, 칼뱅주의 청교도라는 디포의 배경에까지 거슬러 올라간다. 디포의 내성적 인물들이 세속 세계에 관련되는 방법에는 분명히 칼뱅적인 무언가가 있다. 그러나 내성화와 더더욱 광범위해지는 내면화는 기독교적인 금욕주의의 역사 전체를 나타내는데, 그 역사에서 이러한 내성화와 내면화의 강화는 분명히 아우구스티누스의 『고백록』에서부터 리지외의 성 테레즈(St. Thérèse of Lisieux)의 『자서전』에 이르기까지 쓰기와 관련이 있다. 와트가 인용한 밀러와 존슨의 글(Miller and Johnson 1933, p. 461)은 "읽고 쓸 줄 아는 청교도는 거의 모두 어떤 종류의 출판물을 간직했다"고 기록하였다. 인쇄의 출현은 필사가 촉발했던 내향성을 강화했다. 인쇄 시대에 프로테스탄트 모임에서는 성경의 사적이고 개인적인 해석을 변호하는 경향이 즉각 두드러졌으며, 가톨릭 모임에서는 빈번한 고해성사의 증가와 부수적으로 양심의 시험에 대한 강조가 두드러졌다. 쓰기와 인쇄가 기독교의 금욕주의에 끼친 영향은 연구를 필요로 한다.

앞에서 본 것처럼, 쓰기와 읽기는 개별적인 활동이다(처음에 쓰기는 자주 공공적으로 행해졌지만). 그것들은 정신을 구술적인 사람들은 접근할 수 없는 일종의 격렬하고 내면화되고 개별화된 사고에 종사하게 만든다. 그로 인해 발생한 사적 세계에서 '입체적' 인물이 생겨나고, 동기 부여로 깊이 내면화되며, 애매모호하지만 내적으로는 모순이 없게 된다. 애당초 '입체적' 인물은 필사문화의 지배를 받은 고대 그리스 연극에서 처음 나타나 인쇄문화의 도래 이후 셰익스피어 시대에 더욱 발달되고, 낭만주의 시대 출현 이후에 인쇄문화가 더욱 완전하게 내면화되면서 소설과 함께 절정에 이른다(Ong 1971).

쓰기와 인쇄가 평면적 인물들을 완전하게 제거하지는 않았다. 말을 사용하는 새로운 기술이 옛것을 변화시키면서 동시에 옛것을 강화시킨다는 원칙에 일치하여, 쓰기문화는 사실 어떤 시점에서 요약형 인물, 즉 추상적 인물들을 생성할 수 있다. 이 점은 중세 말기의 도덕극(morality plays)에서 일어나는데, 여기에는 추상적 미덕과 악덕을 지닌 인물—쓰기만이 강화할 수 있는 방식으로 강화된 전형적 인물들—이 등장한다. 17세기 유머극에서도 이러한 일이 일어나는데, 이 유머극들은 벤 존슨(Ben Johnson)의 『볼포네 또는 여우』와 같은 더욱 복잡한 플롯 속의 인물처럼 다소간 구체화된 미덕과 악덕들을 소개한다. 디포, 리처드슨(Richardson), 필딩을 비롯한 초기 소설가들(Watt 1967, pp. 19~21), 종종 제인 오스틴조차도 미덕과 악덕을 전형화한 이름으로 인물들을 명명했다. 즉 러브레이스(Lovelace), 하트프리(Heartfree), 올워시(Allworthy), 스퀘어(Square) 등이다. 고도 기술화한 최근의 전자문화는 아직도 서부극 같은 퇴행적인 장르나 자의식적 유머극(이 말의 근대적 개념으로)의 전후문맥에서 유형적인 인물을 생산해낸다. 졸리 그린 자이언트(Jolly Green Giant)는, 반(反)영웅적 형용사구인 'jolly'가 성인들이 이 근대의 풍요신을 중대하게 여기지 않는다는 것을 광고하기 때문에, 필사문화를 광고하는 데 훌륭하게 구실한다. 유형화된 인물들에 관한 이야기와, 그런 인물들로 쓰인 소설과 구두 전승 사이에 형성된 복잡한 관계는 아직 전혀 해명되지 않았다.

최근의 후기 인쇄 시대 또는 전자 시대에 생겨난 플롯을 벗어난 이야기가 고전적인 플롯을 바탕으로 삼으면서도 플롯이 가려지거나 사라져버린다는 의미에서 그 효과를 얻는 것과 마찬가지로, 동시대에 카프카나 사무엘 베케트(Samuel Becktt), 토머스 핀천(Thomas Pynchon)의 작품에서처럼 의식의 극단적인 상태를 나타내는 괴기하게 공허한 인물들은 전임자들과의, 즉 고전소설의 '입체적' 인물들과의 대조적인 느낌에서 그 효과를 얻는다. 이렇듯 전자 시대 인물들이 지닌 상상 불가능한 특성으로 해서, 어떠한 '입체적' 인물의 단계도 지나지 않는 내러티브가 생겨났다.

입체적 인물의 발달은 문학세계의 범위를 훨씬 뛰어넘는 의식 변화를 표시한다. 프로이트 이래 인물구조의 심리학적인, 특히 정신분석학적인 이해는 그 모델을 소설의 입체적 인물과 같은 것으로 삼아왔다. 프로이트는 실제 인간을 심리학적으로 구조화된 존재로 이해하였다. 즉 그는 인간을 아킬레스로서 이해하지 않고 극중 인물인 오이디푸스로서 이해하였다. 사실상 19세기 소설 세계를 통해 해석한 오이디푸스로서, 고대 그리스 문학의 어느 인물보다 더 '입체적'인 오이디푸스로서 이해하였다. 현대 심층심리학의 발달은, 쓰기로 시작되고 인쇄가 강화한 정신의 내향화에 의존하는 연극 및 소설에서의 인물 발달과 평행관계를 맺는 것으로 보인다. 심층심리학이 일상생활의 표면 밑에 숨겨진 다소 애매하나 매우 중요하며 더 깊은 의미를 찾고자 하는 것과 마찬가지로, 제인 오스틴부터 새커리(Thackeray)와 플로베르(Flaubert)에 이르기까지 소설가들은 자신이 그려 놓은 금이 간 표면이나 속임수로 위장한 표면 아래의 더욱 진실한 의미를 읽어내도록 독자를 초대한다. '심층'심리학의 통찰력은 그 이전에는 불가능했는데, 이는 19세기 소설에 나오는 완전하게 '입체적인' 인물이 그 이전 시대에는 불가능했던 이유와 똑같다. 이 두 가지 경우 의식의 텍스트적 조직이 요구되었지만, 물론 다음과 같은 다른 힘 또한 작용했다—'오래된'(파스퇴르 이전의) 약의 전체론적 치료법으로부터 벗어나려는 움직임과 새로운 전체론에 대한 요구, 문화의 민주화와 사유화(이 자체가 쓰기 및 그 이후에 나타난 인쇄의 결과이다), 유전의 '선(線)'을 보존하려고 조직된 대가족 대신에 소위 '핵가족' 또는 '애정가족'의 발흥, 인간 집단들을 더욱 가깝게 관계시키는 진보된 기술 등.

그러나 심층심리학의 발달 뒤에 있었던 여러 힘들이 무엇이든지 간에, 한 가지 주된 힘은 쓰기와 인쇄로 야기된 인간 생활세계와 개인에 대한 새로운 감각이었다. 형용구로 묘사된 인물들은 정신분석 비평에 좀처럼 굴복하지 않으며, '미덕'과 '악덕'을 경쟁시키는 기능심리학으로 그려진 인물들 역시 그렇다. 현대 심리학과 소설의 '입체적' 인물이 인간 존재를 현대의 의식대로 나타내는 한, 인간 존재에 대한 감각은 쓰기와 인쇄를 통하여 처리되어왔다. 이것이 결코 인간 존재에 대한 현대의 감각을 비난하는 의미는 아니다. 오히려 그 반대다. 존재에 대한 현대의 현상학적 의미는 그 이전의 어떤 것보다도 의식적이고 분명한 고찰이 풍부하다. 그러나 이런 현상학적 의미는 우리에게 깊이 내면화되고 정신적 자원의 일부가 된 쓰기와 인쇄 기술에 달려 있다고 인식하는 쪽이 유익할 것이다. 오늘날 정교한 내러티브와 인물의 성격화를 자세하게 논하는 역사와 심리를 비롯한 지식들의 거대한 보고는, 쓰기와 인쇄(그리고 현재의 전자공학)의 사용을 통해서만 축적될 수 있었을 것이다. 그러나 말을 다루는 이러한 기술들은 단지 우리가 아는 것을 저장하는 데 그치지 않는다. 그것들은 우리가 아는 것을 구술문화에서는 전혀 접근할 수 없고 실로 생각할 수도 없는 방법을 통해 특정한 형태로 맞춘다.

7장

몇 가지 정리

구술성과 문자성을 대조하는 작업은 아직 완전히 끝나지 않았으며 아직도 해야 할 일이 많이 남았다. 이 대조 작업이 최근 알려짐으로써 구술문화에 입각한 과거뿐만 아니라 현재의 우리 자신에 관한 이해도 계속 넓어지고 있다. 텍스트에 묶인 우리의 정신을 해방하고 오랫동안 우리에게 익숙했던 많은 것들을 새로운 관점으로 비춰보게 된 것이다. 여기서는 그러한 전망과 통찰 중에서 비교적 관심을 끌 만한 몇 가지를 제시하려는데, 포괄적으로 또는 완전히 제시하기란 불가능하기 때문에 어디까지나 아주 사소한 것에 한정하겠다. 나는 몇 가지 정리(定理, theorem)로, 즉 어느 정도 가정적인 언명으로 그것들을 제시하려 한다. 이러한 정리들은 구술성에 관해, 구술성에서 문자성으로의 변천에 관해 이 책에서 설명해온 내용과 여러 가지로 관련된다. 지금까지의 논의가 작으나마 성공을 거두었다면, 독자는 그러한 정리를 더욱 발전시킬 것이며 스스로의 힘으로 자기 나름의 정리나 보충적인 통찰을 얻을 수 있을 것이다.

다음의 정리 몇 가지는 오늘날 여러 문학 해석 내지 철학 유파들이 구술성에서 문자성으로의 변천에 관계 맺는 방식을 특히 주의하여 거론할 것이다. 이런 학파들 중 대부분은 호크스가 논한 바 있다(Hawkes 1977). 독자의 편의를 위해 여기서 직접 호크스를 참조하고 인용했다. 그 책을 통해 여러 일차적 문헌을 찾을 수 있기 때문이다.

문학사

구술성와 문자성을 대조한 연구를 통해 나타난 여러 가능성이 문학사에서도 개척되고 있으나, 이는 아직 시작일 따름이다. 지금까지도 세계 여러 지역의 전승에 관해 중요한 연구가 이루어지고 있으며, 그러한 전승을 통해 일차적 구술문화에 속하는 연행이나 문자로 기록된 텍스트 속의 구술적인 요소도 전해진다. 폴리가 인용하여 연구 대상으로 삼은 것으로는 다음의 예들이 있다(Foley 1980b). 수메르 신화나 성서의 시편, 서아프리카나 중앙아프리카의 여러 구술 작품, 영국·독일·프랑스의 중세 문학(Curschmann 1967 참조), 러시아의 빌리나(bylina), 미국의 민간 설교 등이다. 헤임즈가 드는 목록에는 위의 것에 더하여 아이누와 터키, 그 밖에도 여러 지역의 전승에 관한 연구가 들어 있다(Haymes 1973). 그러나 문학사 연구는 전반적으로 구술성과 문자성의 양극성을 거의 인식하지 않은 채로 진행되었다. 장르, 플롯, 등장 인물의 성격 묘사, 필자와 독자의 관계(Iser 1978 참조), 문학과 사회적·지적·심적 구조화의 관련 등 많은 사안의 발전에서 이 양극성이 맡은 구실의 중요성에도 불구하고 말이다.

텍스트에는 구술성과 문자성의 양극성에 대한 여러 대응이 기재되었다. 서구에서의 필사문화는 구술적 특성을 띠었다. 텍스트성이 오늘날처럼 자리를 잡은 것은 인쇄가 등장한 후로도 한참 지난 최근의 일이다. 아직 다음의 사실이 충분히 이해되었다고는 할 수 없다. 즉 고대 이래로 줄곧, 그리고 18세기가 되어서도 아직 많은 텍스트는 비록 쓰기로 이루어진 것이라도 일반적으로 대중 앞에서 낭독되었으며, 본래 저자 스스로가 낭독하는 것이었다는 사실이다(Hadas 1954, p. 40; Nelson 1976~77, p. 77). 가족이나 그 밖의 소규모 모임에서 소리를 내어 읽는 것은 20세기 초에도 아직 일반적이었다. 전자문화가 집단에 출석한 구성원 중 한 사람의 주위 대신에 라디오나 텔레비전 주위로 사람들을 모으기 시작한 것은 그 이후의 일이다.

중세 문학은 구술성과 관련해서 특히 흥미롭다. 이전에는 없었던 더 큰 문자성의 압력이 중세 사람들의 정신에 작용하였기 때문이다. 그런 압력이 있었던 것은 성서가 인간 생활의 중심을 차지했을 뿐만 아니라(반면에 고대 그리스·로마인들은 성스러운 텍스트를 갖지 않았고, 그들의 종교에는 정식 신학이 없다고 해도 무방했다) 중세 아카데미즘 안에 구술성(토론)과 텍스트성(textuality, 이 경우 쓰인 작품의 주석)이 미묘하게 섞여 있었기 때문이다(Hajnal 1954). 아마 중세 유럽 전역에 걸쳐 작가 대부분은 목소리로 읽히는 것을 염두에 두고서 문학작품을 쓰는 고전적인 방식을 유지하였을 것이다(Crosby 1936; Nelson 1976~77; Ahern 1981). 그러한 방식이 언제나 수사적 문체뿐만 아니라 플롯과 인물 성격화의 본질도 결정하였다.

문예부흥기에도 이러한 방식은 대체로 계속되었다. 윌리엄 넬슨(William Nelson)은 알라마니(Alamanni)가 애초에는 그다지 성공적이지 못했던 작품『지롱 코르테스(Giron Cortese)』를 어떻게 고쳐 썼는지에 주목하면서(1976~77, pp. 119~20), 그가 삽화를 추가하여 모인 사람들에게 낭독해주는 데 한층 알맞게 하려 했다고 지적한다. 마치 성공한 타소의 작품『오를란도(Orlando)』처럼 말이다. 넬슨은 다시 추론을 이어나가, 필립 시드니 경(Sir Philip Sidney)이『옛 아르카디아(Old Arcadia)』를 고쳐 쓴 것 역시 같은 동기, 즉 낭독으로 읽는 데 한층 알맞게 하려는 것 때문이었다고 주장한다. 소리 내어 읽는 것이 관행이었던 문예부흥기의 저자들은, 오늘날 저자들이 일반적으로 말을 거는 '가상의 독자'를 상대하는 것이 아니라 '마치 진짜 사람이 듣는 것처럼' 자신의 이야기를 표현하게 되었다고 그는 지적한다(Nelson 1976~77, p. 117). 여기에서 라블레(Rabelais)나 토머스 내시(Tomas Nashe)의 문체도 생겨났다. 중세에서 19세기까지 영문학에서 구술성과 문자성의 대립 역학을 지적하고, 그러한 대립을 연구하는 것이 얼마나 중요한지 가르쳐주었다는 점에서 넬슨의 연구는 가장 풍부하게 결실을 거둔 것 중 하나이다. 지금까지 릴리(Lyly)의 『유피즈(Euphues)』를 소리 내어 읽기 위한 작품으로서 접근한 사람이 있었던가?

낭만주의 운동은 구술성에 기초를 둔 고전 수사학의 종말이 시작되었음을 나타낸다(Ong 1971). 그러나 구술성의 메아리는 때로는 집요하게 때로는 거북살스럽게, 미합중국 건국의 아버지들은 말할 것도 없고 호손(Hawthorne)과 같은 초기 비극 작가들의 문체에 이르기까지 반향을 일으켰으며(Bayer 1980) 토머스 배빙턴 매콜리(Tomas Babington macaulay)를 거쳐서 윈스턴 처칠(Winston Churchill)에 이르는 역사문학에도 확실히 반향을 일으켰다. 이런 작가들에게서 보이는 연극적 개념화와 반쯤 연극화된 문체는 영국 사립학교에서 큰 영향을 끼치며 잔존해 있는 구술성을 드러낸다. 문학사는 이러한 점에서 복잡하게 엉클어진 모든 사항을 다시 해명해야 한다.

구술성에서 쓰기와 인쇄를 거쳐 전자 매체를 통한 언어 처리로의 이행은, 언어예술의 진화 및 그에 당연히 수반하는 인물 성격화와 플롯 양식의 변화에 여러 세기 동안 깊이 영향을 끼쳐왔고, 사실상 그러한 변화를 근본적으로 결정해왔다. 예컨대 서구에서 서사시는 근본적으로 그리고 돌이킬 수 없이, 구술된 말에 입각한 예술형태이다. 쓰이고 인쇄된 서사시, 이른바 '예술' 서사시는 구술로 이야기될 때 생겨나는 정신역학이 요구하는 절차, 예를 들면 서두에서 난데없이 '사건의 핵심으로' 들어가거나, 갑옷과 투쟁적 행위에 대한 정형구적인 설명을 정교하게 하거나 그 밖의 구술적 주제를 정형화시켜 전개해나가는 절차를 의식적·의고적으로 모방한다. 쓰기와 인쇄의 출현으로 구술성이 점차 약화되어감에 따라, 서사시는 작가 최선의 의도와 노력에도 불구하고 형태를 바꾸지 않을 수 없다. 『일리아드』와 『오디세이』의 서술자는 그러한 구술성 공동체(oral communality)에서 이름도 남기지 않고 사라졌다. 그는 결코 '나'라는 자격으로는 나타나지 않는다. 그런데 『아이네이드(Aeneid)』를 쓴 베르길리우스는 이 책 서두를 "나는 무기와 무사를 노래 부르리(Arma, virumque cano)"로 시작한다. 『선녀 여왕(The Faerie Queene)』 서문에서 월터 롤리 경(Sir Walter Raleigh)에게 보낸 스펜서(Spenser)의 편지를 보면, 스펜서는 사실 호메로스와 같은 작품을 쓰려고 했음을 알 수 있다. 그러나 그것이 쓰이고 인쇄된다는 점 때문에 그의 의도는 처음부터 실현될 수 없으리라고 정해져 있었다. 결국 서사시는 상상적인 신빙성마저 잃게 된다. 구술문화의 지적 체계에 젖어 있던 그 뿌리가 말라 비틀어졌기 때문이다. 18세기 들어 서사시는 패러디하여 웃음거리로 삼는 방식으로만 진지하게 추켜세워졌다. 몇백 명이나 되는 작자들이 그러한 패러디를 만들어냈다. 그런 뒤에 서사시는 실질적으로 생명을 잃는다. 카잔차키스(Kazantzakis)가 쓴 『오디세이』 속편은 원작과는 거리가 먼 문학 형태다.

로망스는 필사문화의 소산이다. 로망스는 구술성에 입각한 사고와 표현 양식에 깊이 의존하면서도, 새로운 쓰인 장르 속에서 산출된 것이다. 그러나 그것은 '예술' 서사시처럼 의식적으로 이전의 구술적인 형식을 본뜨지는 않는다. 잉글랜드와 스코틀랜드 방언으로 노래 불린 〈변경의 발라드〉와 같은 민중 발라드는 구술성의 마지막 꽃이다. 소설은 확실히 인쇄된 장르에 속하고, 깊이 내면적이며 영웅을 다루지 않고 아이러니한

경향을 강하게 띤다. 플롯을 벗어난 오늘날의 내러티브 형태는 (컴퓨터와
같이) 난해한 코드 안에 우회적으로 구조화된 전자 시대의 일부분이다.
그 밖의 다른 예도 있다. 이상은 몇 가지 일반적이고도 전체적인 형태에
관한 것이다. 세부 형태가 어떠했는가에 관해서는 대체로 아직 누구도
모른다. 그러나 연구와 이해가 진전됨에 따라 과거뿐만 아니라 현재, 그
리고 어쩌면 미래의 예술형태와 사고형태에 대해서도 새로운 깨달음이
있을 것이다.

   문학 장르와 문체에 여성이 끼친 영향에 관한 우리의 이해에는 크나큰
간극이 있다. 구술성에서 문자성에, 그리고 인쇄에 이르는 이행에 주목한
다면 그러한 간극에 다리를 놓아 메울 수 있을 것이다. 이 책의 4장에서
본 바와 같이 초기의 여성 소설가나 그 밖의 여성 저자들은 일반적으로
구두 전승과 별로 관계없이 작업하였다. 남자들이 학교에서 받은 구술성
에 기초한 수사적 훈련을 여자들은 일반적으로 받을 수가 없었다는 단순
한 이유 때문이다. 여성의 문체는 남성의 그것과 비교하면 격식에 맞춘
구술 표현 부분이 매우 적다. 그러나 내가 아는 한 이 사실의 영향력을 탐
구한 주요 연구는 아직 하나도 나타나지 않았다. 그러한 연구가 나오면
방대한 내용이 될 것임에 틀림없다. 여성 저술가에게 적합했던, 수사법을
사용하지 않는 문체가 오늘날 소설을 만드는 데 힘이 되었다는 것은 확
실하다. 즉 강단에서의 연설보다 일상 회화가 근대 소설의 바탕이 되었
던 것이다. 스타이너는 소설의 기원으로 장사꾼의 생활을 주목한다
(Steiner 1967, pp. 387~89). 장사꾼의 생활은 온전히 문자에 입각한 것이었
으나, 그 문자문화는 일상생활에 뿌리박고 있었으며 라틴어 수사학에 입
각하지는 않았다. 반국교(反國敎)적인 학교는 장사꾼 자제의 교육을 목적
으로 하였으나 동시에 최초로 여성의 입학을 허용한 학교였다.

   구술성의 영향이 잔존한 온갖 문화뿐만 아니라 라디오와 텔레비전을

통해 생겨나는 이차적 구술문화, 즉 '문자에 입각한 구술성(literate orality)'을 금후 철저하게 연구해야 한다(1971, pp. 284~303; 1977, pp. 53~81). 구술성과 문자성의 대립에 관해서 오늘날 가장 흥미로운 작업 하나는, 현재 영어를 모어로 쓰는 서아프리카 지역의 문학 연구에서 이루어지고 있다(Fritschi 1981).

가장 실용적인 차원에서는, 쓰기의 정신역학과 구술성의 정신역학의 차이에 대한 우리의 이해가 한층 깊어지면 읽기와 쓰기 교육을 개선하는 데 유용할 것이다. 아프리카의 여러 문화처럼 거의 완전한 구술성에서 문자성으로 급속히 이행하고 있는 문화에서(Essien 1978), 그리고 고도의 문자성이 지배적인 가운데 구술성이 잔존한 하위문화에서(Farrell 1978a; 1978b) 이 문제는 매우 긴급하다.

신비평과 형식주의

구술성에서 문자성으로의 이행은, 텍스트에 매인 사고의 가장 좋은 예인 신비평의 의미를 명확하게 했다(Hawkes 1977, pp. 151~56). 신비평은 개별적인 텍스트 예술작품의 '독립성(autonomy)'을 강조했다. 쓰기는 구술 발화(oral utterance)와 대비되어 '자율 담론(autonomous discourse)'이라고 일컬어졌다. 구술 발화는 결코 그 자체로 독립된 것이 아니라 언제나 비언어적인 상황에 뿌리박고 있기 때문이다. 신비평가들은 언어예술 작품을 말하기와 듣기로 이루어진 사건의 세계로서보다 오히려 텍스트라는 시각적인 대상의 세계로 받아들였다. 그들은 시나 그 밖의 문학작품을 하나의 대상, 즉 하나의 '언어 아이콘(verbal icon)'으로 간주해야 한다고 주장해왔다.

시를 비롯하여 언어로 만들어진 작품에 관한 이와 같은 시각적인 모델이 구술 연행에 어떻게 적용될 수 있을지는 알기 어렵다. 아마도 구술 연행이야말로 진정한 시라고 생각되지만 말이다. 소리(sound)를 하나의 '대상'이나 하나의 '아이콘'이라고 하기는 어렵다. 이미 말한 바와 같이 소리는 끊임없이 진행되는 사건이기 때문이다. 더구나 시를 그 주변의 상황으로부터 떼어낸다는 것은 구술문화에서는 어려운 일이다. 시의 독창성은 가수나 서술자가 그때그때 청중과 관계를 맺는 방식 속에 존재하기 때문이다. 시는 물론 어떤 의미에서는 특수한 상황에서의 특수한 사건이지만, 다른 종류의 사건과 상황에서는 다른 것이 된다. 시의 목적 그리고/또는 결과가 심미적인 것에 한정되는 경우는 매우 드물다. 예컨대 구술 서사시의 연행은 축제 행위로서도, 파이데이아(*paideia*) 즉 젊은이를 위한 교육으로서도, 집단의 일체성을 강요하기 위해서도, 역사·생물·동물·사회·수렵·항해·종교 등 온갖 종류의 전승 지식을 생생히 간직하는 방식으로서도 동시에 유용할 수가 있다. 나아가 서술자는 자신의 이야기에 나오는 등장인물의 하나가 되어서 실제 청중과 자유롭게 상호작용을 한다. 청중은 그와의 응답을 통해서 그가 말하는 것들, 즉 내러티브의 분량이나 문체를 결정하는 데 참가한다. 『므윈도 서사시』를 연행하면서 칸디 루레케(Candi Rureke)는 스스로 청중에게 호소할 뿐만 아니라, 연행 과정을 쓰기로 기록하는 필사자들에게 더 빨리 기록하라고 이야기 주인공 므윈도의 입으로 말한다(Biebuyck and Mateene 1971). 이러한 것들을 하나의 아이콘처럼 생각하기란 거의 불가능하다. 이 서사시의 마지막에서 루레케는, 그 이야기가 담고 있다고 생각하는 실생활상의 교훈을 요약한다(1971, p. 44). 실제 일상으로부터 완전히 격리되어 봉인된 '순수시'를 구하는 낭만주의적 탐구는, 쓰기를 통해 생겨난 자율적 담론의 감각과 나아가 인쇄를 통해 생겨난 폐쇄 감각에서 파생되었다. 낭만주의 운동과 기술의 밀접하고도 거의 무의식적인 결합이 이만큼 뚜렷하게 제시된 경우는 없다.

신비평에 약간 앞서 일어났던 러시아 형식주의(Hawkes 1977, pp. 59~73)
는 신비평과 매우 흡사한 입장을 취했지만, 이 두 학파는 서로 독립적이
었다. 형식주의자들은 '전경화된' 언어로서, 즉 그 자체로 자율적이고 내
적인 체계를 가진 폐쇄된 시 안에서 시어들이 서로 관계를 맺는 데 주목
을 요하는 언어로서 시를 중시했다. 형식주의자는 시의 '메시지', '원천',
'역사', 또는 저자의 전기적 사항을 비평에서 되도록 줄이거나 제외한다.
그들 역시 분명히 텍스트에 얽매여서, 쓰기로 이루어진 시에만 전적으로
(그리고 대개는 무반성적으로) 주목한다.

신비평가나 러시아 형식주의자가 텍스트에 얽매인다고 말한다 해서
그들을 낮춰보는 것은 아니다. 그들이 대상으로 한 것은 실제로 텍스트
로 만들어진 시였기 때문이다. 더구나 그들 이전에는 텍스트를 무시하고
저자의 전기나 심리 해명에 전적으로 힘을 쏟는 것이 비평의 대세였으므
로, 그들이 텍스트를 강조한 데는 정당한 이유가 있었다. 그들 이전의 비
평은 구술문화가 잔존한 전통, 즉 수사학적 전통의 뿌리를 가졌기에, 자
율적인 담론과 순수하게 텍스트적인 담론을 다루는 데 있어서는 사실상
익숙하지 않았다. 그리하여 구술성과 문자성의 대립이라는 시점에서 본
다면, 이전의 비평에서 형식주의나 신비평으로의 이행은 구술문화가 잔
존한(수사학적이고 상황적인) 심성에서 텍스트적인(상황에 결부되지 않는) 심
성으로의 변화에 뒤따라 일어났다. 그러나 어떤 점에서 이러한 텍스트적
인 심성은 무반성적이다. 텍스트는 구술 표현과 비교하면 확실히 자율적
이지만, 결국 어떠한 텍스트도 외부 세계로부터 독립되어 그 자체로 존
속할 수는 없기 때문이다. 모든 텍스트는 그럴듯한 구실(pretext)을 바탕
으로 성립하는 셈이다.

모든 텍스트는 텍스트 외적인 뒷받침을 지닌다. 롤랑 바르트(Hawkes

1977, pp. 154~5)는 텍스트 해석이 언제나 텍스트 외부로 나가서 독자를 언급해야 한다고 지적하였다. 독자가 텍스트를 읽기 전까지 텍스트는 어떠한 의미도 갖지 않으며, 텍스트를 이해하려면 독자는 그것을 해석해야 한다는 것이다. 그러나 이것이 텍스트를 자의적으로 읽는다거나 저자의 세계에 조금도 관계치 않고 읽는다는 의미는 아니다. 이러한 사정을 다음과 같이 말할 수 있을 것이다. 주어진 시간은 전체 시간 속에 위치하기 때문에, 주어진 시간에 저자가 써서 남긴 텍스트는 결과적으로 모든 시간과 관계를 맺으며 시간이 경과해야만 해명되는 잠재 의미를 가지고 있다. 그런데 잠재 의미는, 저자나 저자와 동년배인 사람의 의식에 접근할 수 없는 것이다. 비록 그들의 무의식에는 그 의미가 존재하고 있더라도 말이다. 마르크스주의 비평(바르트의 비평도 부분적으로는 여기서 파생되었다-Hawkes 1977, pp. 267~71)은, 신비평의 자기 언급이 계급적으로 결정되었으며 아첨꾼 같은 성격을 띤다고 주장한다. 마르크스주의 비평에서는 텍스트의 '객관적' 의미를 현실적으로 텍스트 외부에 있는 무언가와 동일시하기 때문이다. 이러한 해석은 마르크스주의 비평가들의 생각에 따르면 세련, 기지, 전통에의 감각, 본질적으로는 몰락하는 귀족계급의 태도에 뒷받침된 것이어야 한다(Hawkes 1977, p. 155). 이러한 견해에 따르면, 신비평은 귀족적인 환경을 동경하고 그것에 아첨하는 중류계급에서 가장 좋은 반응을 얻었다.

신비평은 구술성-문자성의 역학에 대한 또 하나의 중요한 재편성으로부터 성장했다. 그 재편성은, 아카데미즘의 기초가 필사문자로 통제되는 학술 라틴어로부터 더욱 자유롭게 구술되는 일상어(vernacular)로 이행된 시기에 발생하였다. 1850년경 미국 대학에는 이미 영문학 강좌가 소수이지만 산재해 있었다. 그러나 영문학이 어엿한 학문적 주제로 인정된 것은 겨우 20세기 초이며, 석사 과정에서 인정된 것은 1차 대전 이후에 와

서이다(Parker 1967). 옥스퍼드와 케임브리지 양 대학에서도 학부에서 영어 연구가 조심스럽게 행해진 것은 겨우 19세기 후반부터이며, 그러한 연구를 거쳐 어엿한 학과가 된 것은 역시 1차 대전 이후이다(Potter 1937; Tillyard 1958). 1930년대에 이미 신비평 운동이 진행 중이었을 때, 그 운동은 새로 시작된 학문적 환경에서 추진된 최초의 것이었다(Ong 1962, pp. 177~205). 학계에는 영어에 관한 그 어떤 '옛 비평'도 없었다. 그 전에 일상어로 쓰인 작품에 관한 비평은 아무리 날카로운 것이라 해도 학계 외부에서 이루어졌으며 산발적으로 종종 아마추어에 의해 쓰였다. 이전 학계에서 전문적인 문학연구는 전반적으로 라틴어와 약간의 그리스어 문헌에 한정되었으며, 그것도 수사학 연구의 기초 위에서였다.

이미 본 바와 같이 라틴어는 1천 년 이상이나 줄곧 필사를 통해 통제된 언어였으며 이미 모어는 아니었다. 라틴어는 구술문화가 잔존한 심성과 결부되긴 했으나, 모어와 같이 무의식에 직접 접근하지는 못하였다. 이러한 조건 하에서 라틴어로 쓰인 문학 텍스트는 아무리 복잡하고 학문적으로 이해되었다 하더라도, 모어로 쓰인 텍스트에 비하면 불투명하다는 점을 면할 수 없었다. 모어로 쓰인 텍스트는 무의식적 요소와 의식적 요소의 풍부한 혼합으로 이루어지기 때문이다. 라틴어 텍스트에 내재하는 이런 상대적인 불투명성을 고려하면, 라틴어 텍스트의 주석이 어느 정도는 텍스트 자체에서 벗어나서 저자나 저자의 심리, 역사적 배경 등 신비평 옹호자들을 안달나게 한 외적인 요소로 향해야 했음이 그다지 놀라운 것은 아니다.

신비평 자체는 처음부터 영어로 쓰인 텍스트에 초점을 맞추었는데, 대개는 학계 내에서 이루어졌다. 학계에서는 일상어로 쓰인 작품에 대하여 산발적으로 이루어진 이전의 비평보다 한층 광범위하고 지속적이며 조직적인 논의가 전개되었다. 텍스트가 그만큼 철저한 방식으로 주의를 끈 예는 이전에 없었다. 그 이유 중 하나는 1930~40년대에 의식의 하층에 숨어 있는 것들이 심층심리학을 통해 밝혀지고 정신의 내성적인 면에 지금까지 없었던 정도로 주의가 쏠리게 되었기 때문이다. 그러나 또 하나의 이유는, 일상어로 쓰인 텍스트와 어린 시절에 겪은 구술적인 세계의 색다른 관계이다. 그 관계는 천 년을 족히 넘는 동안 한정된 사람만이 읽고 쓸 수 있던 언어로 쓰인 텍스트의 경우와는 달랐다. 내가 아는 한, 텍스트 연구는 여기에 포함된 의미를 아직도 캐내고 있지 않은 것처럼 보인다(Ong 1977, pp. 22~34). 여기에 포함되어 있는 의미 내용은 방대하다. 일반적으로 말해서 기호론적 구조주의와 탈구조주의도, 텍스트가 그 기저에 있는 구술 세계와 다양한 방식으로 관련된다는 점을 전혀 인식하지 못하고 있다. 이러한 이론들은, 전자문화가 막 시작되려던(모스 부호전신이 성공적으로 선보인 것은 1844년이다) 낭만주의 시대에 발전된 후기 활자문화의 관점에서 특징지어진 텍스트를 전문적으로 다루었다.

구조주의

클로드 레비스트로스(1970; Hawkes 1977, pp. 32~58)가 전개한 구조 분석은 구술적인 내러티브에 초점을 맞추어왔고, 쓰인 내러티브에서 발전된 플롯의 견지보다는 추상적인 이항대립 견지에서 구술적 내러티브를 분해함으로써 필사문화와 인쇄문화에 따른 편견에서 어느 정도 벗어날 수 있었다. 레비스트로스가 내러티브와 기본적으로 유사하다고 생각한 것은 음소, 형태소 등 대립되는 요소의 체계로 이루어진 언어 그 자체다. 그러나 패리나 로드, 특히 해블록과 피바디의 작업에서 분명해진 구술 표현의 특이한 정신역학에 관해서는 레비스트로스와 그의 후계자들도 거의 주의를 기울이지 않았다. 그들이 만약 그런 작업에 주의를 기울였다면, 가끔씩 지나치게 추상적이고 일변적이라고 비난받은 구조주의 분석에서도 다른 차원이 열렸을 것이다. 구조주의 분석이 비난받는 것은, 그것이 항상 이항대립 구조를 내세우며(우리는 바로 이러한 방식으로 컴퓨터 시대를 살아가고 있지만) 이항대립주의(binarism)를 성립시키기 위해 그 도식에 맞아 떨어지지 않으면서도 가끔은 매우 중요한 여러 요소들을 무시하기 때문이다. 더구나 이항대립 구조는 그로부터 그려지는 추상 형태가 아무리 흥미롭다 할지라도 이야기가 갖는 심리적인 긴장감은 설명할 수 없는 듯하다. 그러므로 이항대립 구조는 어째서 그 이야기가 하나의 이야기가 되었는지 설명할 수 없다.

구술성을 있는 그대로 연구함으로써 분명해진 것은 구술적 내러티브가 항상 구조주의적인 이항대립분석을 허용하는 견지에서도, 프로프가 민담에 적용하는 엄격한 주제 분석에 따르는 견지(Propp 1968)에서도 형성되지 않는다는 것이다. 구술적 내러티브의 구조는 때로 무너져 있으나, 그렇더라도 탈선과 회상의 기술을 가진 노련한 서술자에게는 아무런 문제가 되지 않는다. 피바디가 분명히 한 바와 같이, 일차적 구술문화의 연행에서 내러티브의 직선적인 '줄거리'가 맡는 역할은 쓰인 작문에서만큼(또는 쓰인 작문에 영향을 받은 사람의 구술 연행에서만큼) 중요하지 않다(1975, pp. 179, 235와 그 밖의 여러 곳). 구술로 조립된 작품은 '정보 핵심(informational core)'에 입각하는데, 그 안에 있는 정형구는 "우리가 보통 사고 과정에 결부시켜 생각하는 정도로 조직되어 있지 않다"(Peabody 1975, p. 179). 설령 테마가 그러한 조직화를 다소 보여주는 수가 있더라도 말이다.

구술 연행자(oral performers), 특히 시를 연행하는 사람(꼭 시에 한하는 것은 아니지만)은 언제나 옆길로 빗나갈 위험에 처한다. 하나의 말이 일련의 연상을 낳고, 연행자는 그것을 뒤쫓다가 숙련된 서술자가 아니면 빠져나

올 수 없는 막다른 골목에 이른다. 호메로스도 드물지 않게 그러한 궁지에 빠졌다. '호메로스의 실수'가 바로 그것이다. 잘못을 우아하게 정정하고 마치 전혀 잘못이 아닌 것처럼 보이게 하는 재질이 숙련된 가수와 서투른 가수를 가르는 하나의 갈림길이다(Peabody 1975, pp. 235, 457~64; Lord 1960, p. 109). 이야기가 조직되었는가 아닌가는 여기서 단지 '브리콜라주(bricolage, 잡동사니 즉 임시변통으로 짜 맞추기)'의 문제만은 아닌 것처럼 보인다. 구조주의 기호론에서 선호하는 브리콜라주라는 용어는 레비스트로스가 『토테미즘(Totemism)』(1963)과 『야생의 사고』(1966)에서 사용한 것이다. 브리콜라주란 문자에 익숙한 사람이 사용하는 말이며, 그러한 사람이 구술적인 문체로 시를 만들었을 때에 뭔가 잘못을 저지른 듯이 느끼게 하는 말이다. 그러나 구술적으로 짜인 작품의 구성은 임시변통으로 짜 맞추어 쓰인 구성과는 다르다. 예컨대 구술적인 기원을 갖는 고대 그리스의 내러티브에서는 육각운 운율 구조와 그 사고 형태에 미묘한 연관이 있는지도 모른다.

텍스트주의자와 탈구조주의자

구술성과 문자성의 정신역학이 점점 알려지면서, 이 문제는 내가 여기서 텍스트주의자라고 부르는 사람들의 작업과도 관련을 맺는다. 특히 그레마스(A. J. Greimas), 토도로프(Tzvetan Todorov), 후기의 바르트(Roland Barthes), 솔레르스(Philippe Sollers), 데리다(Jacques Derrida), 푸코(Michel Foucault), 라캉(Jacques Lacan) 등의 작업과 관련을 맺게 된다(Hawkes 1977). 비평가이자 철학가이기도 한 이들은 넓은 의미에서 후설의 전통에 있으면서 연구 대상을 텍스트에 한정한다. 그것도 사실상 인쇄된 텍스트, 대부분 낭만주의 시대 이후에 인쇄된 최근 텍스트에 한정한다. 이는 낭만주의 시대가 의식의 새로운 단계를 구분지은 시대이며 인쇄를 통해 사물을 보는 방식이 결정적으로 내면화되고 고전 수사학 전통이 쇠퇴한 시대로 여겨지기(Ong 1971, 1977) 때문이다. 대부분의 텍스트주의자는 역사적 연속성(한편으로는 심리적 연속성)에는 거의 관심을 보이지 않는다. 푸코의 '고고학'이 과거를 과거 자체로써 설명하는 것보다 근대의 견해를 정정하는 데 얼마나 중점을 두는지는 코헨이 기록한 바 있다(Cohen 1977, p. 22). 마찬가지로 피에르 마슈레(Pierre Macherey)로 대표되는 구조주의나 텍스트주의와 관련성이 있는 마르크스주의 기호론이나 문학이론도, 해당 저서의 역자가 말한 것처럼 모두 19세기 소설에서 인용한 사례에 바탕을 둔다(1978, p. 60).

텍스트주의자들은 장자크 루소를 연구의 출발점으로 선호해왔다. 데리다는 루소와 긴 대화를 주고받아왔다(Derrida 1976, pp. 164~268과 그 밖의 여러 곳). 데리다는 쓰기가 '발화되는 말에 덧붙인 것이 아니라' 전혀 다른 행위라고 주장한다. 이러한 강조로 해서 그를 비롯한 텍스트주의자들은 필사문자나 활자문화에 사로잡힌 편견을 깨뜨리는 데 크게 공헌했다. 그런 편견의 타파가 바로 이 책에서 내가 의도했던 것이다. 텍스트주의자의 견해에 따르면 그런 편견은 최악의 경우 다음과 같은 모습을 취한다. 마음의 외부에 존재하는 것과 발화되는 말은 단순히 일대일로 대응하며, 발화되는 말과 쓰인 말도 마찬가지로 일대일로 대응된다는 상정이다(여기서 말한 쓰인 것에는 인쇄된 것도 포함되는 듯하다. 텍스트주의자는 일반적으로 쓰인 것과 인쇄된 것을 같게 보고, 전자매체를 통한 커뮤니케이션에 관해서는 거의 일고조차 하지 않는다). 단순한 독자는 이러한 일대일 대응의 상정에 입각해서 마음 외부에 지시물이 먼저 존재한다고 가정하고, 그 다음에 말이 지시물을 포착해서 일종의 파이프라인을 통하여 마음속으로 전한다고 가정한다.

본질과 현상의 구별이라는 칸트의 주제(이 주제 자체가 쓰기로 초래되고 인쇄로 강화된 시각적 우세와 관계있다–Ong 1967b, p. 74)를 변화시켜 다루면서 데리다는 위에서 말한 현존의 형이상학을 비판한다. 그는 파이프라인 모델을 '이성중심주의(logocentrism)'라 부르고 그것이 '음성중심주의(phonocentrism)'에서 유래한다고 진단한다. '음성중심주의'는 논리 또는 음성으로서의 말이 선행한다는, 따라서 쓰기를 구술로 하는 말에 비해 비하시키는 입장이다. 쓰기는 파이프라인 모델을 깨뜨린다. 쓰기에는 그 자체의 체계(economy)가 있어서 말하기에서 받아들인 것을 변화시키지 않고 그대로 전할 수는 없다는 사실이 명백히 드러나기 때문이다. 더구나 우리는 쓰기가 이룬 단절로부터 뒤돌아보면서 이미 발화된 말에 의하여 파이프라인이 단절되었음을 깨닫는다. 발화된 말 자체도 마음 외부에 있는 세계를 유리처럼 투명하게 전달할 수는 없기 때문이다. 언어는 구조이지만, 마음 외부세계의 구조는 아니다. 데리다의 결론은, 문학—실제로는 언어 그 자체지만—이 외부에 있는 무엇인가를 '표상'하거나 '표현'하진 않는다는 것이다. 문학은 파이프라인이 사물을 전달하는 것처럼 무엇인가를 지시하지는 못하기 때문에, 본래 아무것도 지시하지 않으며 의미하지도 않는다.

그러나 본래 A는 B가 아니라고 해서 A가 아무것도 아니라는 논리는 타당하지 않다. 컬러(J. Culler)는 내가 여기서 텍스트주의자로 칭한 사람들을 구조주의자로 칭하며, 그들의 작업에 관해서 다음과 같이 논하였다(1975, pp. 241~54). 파리의 『텔켈(Tel Quel)』 그룹에 속하는 구조주의자(또는 바르트, 토도로프, 솔레르스, 줄리아 크리스테바 등의 텍스트주의자)들은 문학이 무엇인가를 재현하거나 지시한다는 것을 부정하면서도 오히려 실제로는—그리고 불가피하게—언어를 재현적으로 사용한다는 것을 보여준다. 그들도 "자기들의 분석이 다른 이들의 분석을 조금도 능가하지 못한다고 주장하고 싶지는 않기"(Culler 1975, p. 252) 때문이다.

다른 면에서 보면, 오늘날 많은 사람들은 의심할 나위 없이 지적 사고 과정과 의사소통과정에서 논리중심 모델에 의존한다. 데리다는 그가 명명한 음성중심주의와 논리중심주의를 깨트리는 데 있어 환영받을 만한 작업을 하고 있는데, 이는 마셜 맥루언이 유명한 금언 '미디어는 메시지다'로 선풍을 일으켰던 것과 공통된 영역에 위치한다.

그러나 구술성과 문자성의 대립에 관한 최근 연구에 따르면 음성중심주의 및 논리중심주의의 근원은, 특히 플라톤의 경우 텍스트주의자가 설명하는 것 이상으로 복잡하다. 플라톤과 구술성의 관계는 완전히 모호하다. 그는 『파이드로스(Phaedrus)』나 『일곱 번째 서한(Seventh Letter)』에서 쓰기의 가치를 낮추고 구술적 말하기를 중히 여긴 점에서는 음성중심적이다. 그러나 한편 『국가(Republic)』에서 그는 시인을 배척한다. 해블록이 보여준 바와 같이, 플라톤이 그렇게 한 것은 시인들이 오래된 구술문화의 첨가적이고 장황하며 다변적이고 전통적이며 인간적으로 따뜻하고 참여성이 강한 모방의 기억 세계를 지지하였기 때문이다. 이는 플라톤이 찬양하던 세계, 즉 분석적이며 간결하고 정확하고 추상적이며 시각적인 부동의 '이데아'로 이루어진 세계와 반목하였다. 플라톤이 시인들에 대한 반감을, 즉 오래된 구술문화에 입각한 사고 조직체계에 대한 반감을 의식적으로 가졌던 것은 아니었다. 그러나 그 반감의 원인이 바로 이런 것이었음을 우리는 이제 확실히 알 수 있다. 플라톤이 그런 반감을 느낀 것은, 알파벳이 그리스인의 마음에 처음으로 충분히 내면화되고 이에 따라 플라톤 자신을 포함한 그리스인의 사고를 변화시키던 시대에 살았기 때문이다. 당시는 인간 정신이 문자성을 통해서 데이터를 처리하게 된 방식 때문에, 참올성 있게 분석을 행하고 길게 연쇄된 사고 과정이 처음으로 나타난 시대였다.

역설적이지만 플라톤이 음성중심주의 즉 쓰기보다도 구술성을 중히 여기는 입장을 뚜렷이 그리고 효과적으로 나타낼 수 있었던 것은, 단지 그가 쓸 수 있었기 때문이었다. 플라톤의 음성중심주의는 텍스트를 통해서 발견되고 옹호되었다. 그러한 음성중심주의를 논리중심주의와 '현존(presence)' 형이상학이라고 바꾸어 말할 수 있는가는 논쟁거리가 될 만하다. 플라톤의 '이데아'설은 그렇게 바꾸어 말할 수 없다는 것을 암시한다. '이데아'설에서 마음이 상대하는 것은 그림자 또는 그림자의 그림자일 뿐, 참 '이데아'의 현존은 아니기 때문이다. 아마도 플라톤의 '이데아'는 최초의 문법학(grammatology)이었던 것이다.

논리중심주의가 음성중심주의와 결부된다는 것은, 논리중심주의가 일종의 거친 실재론이며 음성의 탁월성에 주목함으로써 형성된다는 것을 의미한다. 그렇지만 논리중심주의가 힘을 얻는 것은 텍스트성에서다. 필사문자에서 만들어진 텍스트성이 인쇄로 강화되자마자 논리중심주의는 더욱 뚜렷한 모습을 보이기 시작했고, 16세기 프랑스 철학자이자 교육자였던 라무스(Peter Ramus)의 인지 체계에서 절정에 달하였다(Ong 1985b). 라무스는 변증법 내지 논리학에서 그야말로 극단적인 논리중심주의의 예를 제공하였다. 나는 『라무스, 방법, 그리고 대화의 쇠퇴(Ramus, Method, and the Decay of Dialogue)』에서 그것을 논리중심주의가 아니라 '입자론적 인식론(corpuscular epistemology)'이라고 불렀다(Ong 1985b, pp. 203~4). 즉 개념, 말, 지시문 사이에 일대일로 이루어지는 대응이 있다는 이론을 대충 그렇게 칭했던 것이다. 이 이론은 실제로 구술적 말하기와 전혀 관계가 없었으며 인쇄된 텍스트를 출발점이자 사고 모델로 하였다.

내가 아는 한, 텍스트주의자들은 그들이 논리중심주의라 부르는 것의 역사적 기원을 자세히 말한 일이 없었다. 하트먼(Geoffrey H. Hartman)은 최근 저서 『텍스트의 부재: 문학/데리다/철학(Saving the Text: Literature/

Derrida/Philosophy)』에서, (구술문화에 입각한) '모방' 세계에서 그 뒤의 (인쇄문화에 입각한) 유포(dissemination) 세계로의 이행을 데리다가 조금도 설명하지 않는다는 데 주목한다(1981, p. 35). 그러한 설명이 없는 것은, 텍스트성에 대한 텍스트주의 비판이 확실히 유려하며 어느 점에서 유익함에도 불구하고, 기묘하게도 여전히 그 자체가 텍스트에 묶여 있기 때문으로 보인다. 확실히 텍스트주의 비판은 모든 이데올로기 중에서도 가장 텍스트에 묶여 있다. 마치 텍스트라는 것이 닫힌 시스템인 듯 텍스트성을 다른 모든 것들로부터 떼어내어 모든 역사적인 맥락에서 고립시키고서 관련된 여러 역설들을 이리저리 논하기 때문이다. 이처럼 텍스트에 묶인 상태에서 빠져나가는 단 하나의 길은, 일차적 구술문화가 어떤 것이었는지 역사적으로 이해하는 일이다. 일차적 구술문화는 텍스트성이 그로부터 처음으로 모습을 드러낼 수 있었던 단 하나의 언어적 원천이기 때문이다. 하트만이 말한 바와 같이 "생각한다는 것이 오늘날 우리에게 텍스트성이라고 한다면 그 근거를 이해해야 한다 (⋯) 텍스트는 속임의 바탕이기 때문이다"(Hartman 1981, p. 66). 굳이 말한다면(또는 '쓴다면'이라고 해야 할지) 텍스트는 근본적으로 표면적 구실(pretext)이다. 그렇다고 해서 텍스트가 구술성으로 환언될 수 있다는 의미는 아니지만 말이다.

문학적 텍스트의 '해체론(deconstruction)'은 여기서 언급한 바와 같은 텍스트주의 작업을 바탕으로 생겨났다. 해체론자들은 "언어는 (적어도 서구의 언어는) 논리를 긍정함과 동시에 논리를 위태롭게 한다"(Miller 1979, p. 32)고 종종 지적한다. 이 점을 입증하기 위해서, 그들은 어떤 시의 함축적인 의미를 모두 검사한다면 시 전체가 일관되진 않는다는 점을 보여주려 한다.

그러나 어째서 언어가 제시하는 모든 의미가 일관적이어야 하는가? 도대체 무엇 때문에 사람들은 언어가 완전히 일관적이며 닫힌 체계를 형성하도록 구조화되어 있다고 믿는 것일까? 닫힌 체계 같은 것은 없고 지금까지 있었던 적도 없다. 논리가 닫힌 체계라는 착각은 쓰기를 통해, 그리고 인쇄를 통해 더한층 촉발되어왔다. 구술문화는 다른 착각에 사로잡혀 있었는지는 몰라도, 이와 같은 착각에는 좀처럼 사로잡히지 않았다. 구술문화는 언어를 '구조'로 보지 않는다. 구술문화는 언어를 결코 건축물이나 공간 속에 있는 것에서 유추하지 않았다. 고대 그리스인에게 있어 언어와 사고는 기억에서 생겨났다. 헤파이스토스가 아니라 므네모슈네(Mnemosyne)야말로 뮤즈(Muses)의 어머니다. 건축은 언어와 사고에 무관하였다. '구조주의'에서 건축은 불가피한 관련성으로 언어와 사고에 관계를 맺고 있지만 말이다.

지금까지 논해온 해체주의나 그 밖의 텍스트주의 작업은, 부분적으로는 역사적으로 성찰되지 않고 무비판적으로 받아들여지는 문자성의 도움에 호소한다. 더한층 충분한 견식을 가진 텍스트주의자는 이러한 작업에서 진실된 점을 종종 더욱 적극적으로 표명할 수 있을 것이다. 텍스트는 우리의 사고 과정을 형성하는 필수적인 것이지만, 그러한 사고 과정의 약점에 대한 이해와 병행 가능하다. 쓰기(l'ecriture)와 구술성은 서로 다른 것으로 환언할 수 없는 저마다의 '특권적 구실'을 지닌다. 텍스트주의(textualism)가 없으면 구술성은 아예 파악하기가 불가능하다. 그리고 구술성이 없으면 텍스트주의는 불투명해져서 이를 다루는 일은 일종의 신비학(occultism), 인위적 혼란이 될 수 있으며, 딱히 아무런 정보도 제공하지 않는 때조차 끝없는 언어유희로 빠질 수 있다.

언어행위론과 독자반응론

문학에 대한 또 다른 특수한 접근방법 두 가지가 구술성과 문자성의 대조에 있어서 재고를 촉구한다. 그중 하나는 오스틴(J. L. Austin), 설(John R. Searle), 그라이스(H. P. Grice) 등이 정교하게 이론화한 언어행위론에서 생겨난 것이다. 메리 루이즈 프랫은 최초로 언어행위론에 입각해서 담론의 정의를 시도하였다(Pratt 1977). 언어행위론은 '발화행위(locutionary act, 발화를 하고 언어 구조를 만들어내는 행위)', '발화 내 행위(illocutionary act, 발화자와 이야기를 받아들이는 사람의 상호작용 상황을 표현하는 행위, 이를테면 약속·인사·단언·자만 등), '발화 매개 행위(prelocutionary act, 청자의 내면에 의도된 효과, 이를테면 두려움·확신·용기 등을 일으키는 행위)'를 구별한다. 언어행위론은 그라이스의 '협력 원리(cooperative principle)'를 포함한다. 이 원리는 "회화에 끼어들려면 그가 관여하는 이야기의 교환 속에서 받아들여지는 방향을 따라야 한다"고 명령하고, 그것에 따라서 이야기의 전개를 암묵적으로 지배한다. 언어행위론은 그라이스의 '함축(implicature)'이라는 개념 또한 포함한다. 이 개념은 들은 내용에 의미를 부여하려고 우리가 사용하는 여러 종류의 생각과 관련이 있다. 협력 원리이든 함축이든, 구술적 커뮤니케이션의 경우와 쓰인 것을 통한 커뮤니케이션의 경우에 의미가 전혀 달라진다는 점은 분명하다. 내가 아는 한 이런 의미의 차이는 지금까지 한번도 확실하게 설명된 적이 없다. 만약 그러한 설명이 나온다면, 약속·응답·인사·단언·협박·명령·항의 등의 발화 내 행위가 문자문화에서 의미하는 것이 구술문화에서도 똑같은 의미를 띠진 않는다는 점이 그 설명을 통해 잘 드러날 것이다. 문자에 익숙하면서 고도 구술문화를 경험하는 사람들은 대부분 이 두 문화에서의 의미 차이를 인식한다. 그 때문에 그들은 그러한 구술문화 속에서 사는 사람들을 예컨대 약속 이행이나 질문에 대한 대답에 있어 불성실하다고 간주하게 된다.

이상의 내용은 구술성과 문자성의 대조가 언어행위론의 연구 영역에 던져주는 깨달음 중 하나일 뿐이다. 언어행위론은 구술적 커뮤니케이션에 관한 고찰을 한층 깊게 하는 방향으로 발전시킬 수 있을 뿐만 아니라, 텍스트를 통한 커뮤니케이션에 더욱 반성적으로 주의를 기울이는 방향으로도 발전시킬 수 있을 것이다. 호너는 '문장' 쓰기라는 아카데믹한 수련이 (그녀의 명칭에 따르면) 소위 텍스트 행위라는 일종의 특별한 행위임을 시사함으로써, 이러한 방향에서 언어행위론을 발전시켜왔다(Honer 1979).

구술성과 문자성의 대조에 있어 특별히 재고해야 할 또 다른 문학에의 접근방법은 볼프강 이저(Wolfgang Iser), 노먼 홀랜드(Norman Holland), 스탠리 피시(Stanley Fish), 데이비드 블리치(David Bleich), 미셸 리파테르(Michael Riffaterre) 등의 독자반응 비평이다. 데리다와 폴 리쾨르도 이에 포함된다. 독자반응 비평은 쓰기와 읽기가 구술적 커뮤니케이션과는 다르다는 것을 충분히 자각한다. 여기에서는 부재라는 말을 사용하여 다음과 같이 그 차이를 말한다. 구술적 커뮤니케이션에서 화자와 청자는 서로의 눈앞에 존재하는 반면, 쓰기와 읽기에서는 보통 작자가 쓰는 동안 독자가 부재하며 독자가 읽을 때는 작자가 부재한다는 것이다. 독자반응 비평가들은 신비평이 만들어낸 물리적인 텍스트의 신화에 대해서도 격렬하게 반발한다. "텍스트의 객관성이란 하나의 착각이다"(Fish 1972, p. 400). 그렇지만 독자의 반응을 일차적 구술성으로부터 구술성이 잔존한 문화를 거쳐 문자성에 이르는 사고 과정의 진화 속에서 이해하는 작업은 지금까지 거의 이루어지지 않았다. 두 종류의 독자, 즉 격식에 맞게 펼쳐지는 말하기에 대한 규범과 기대가 구술성에 영향 받은 정신적 틀을 통해 강화된 독자와 문체에 대한 감각이 근본적으로 텍스트적인 독자는 하나의 텍스트에 대해서도 전혀 다른 자세를 가진다. 이미 말한 바와 같이 19세기 소설에 보이는 '독자여!'라는 신경질적인 돈호법은, 당시 저자들이 오늘날의 저자들과는 달리 전형적인 독자를 과거의 청자에 한층 더 가까운 것으로 느꼈음을 보여준다. 그러나 오늘날도 미국의(그리고 의심할 나위 없이 고도의 문자성이 실현되고 있는 어떤 사회에서든) 특정 하위문화에 속하는 독자는 아직도 기본적으로 정보 지향적이라기보다 연행 지향적인 구술성에 입각한 틀 안에서 활동한다(Ong 1978). 이 점에서 그 이상의 진전된 연구를 위한 기회가 열려 있으며 또 그런 연구가 요구된다. 그러한 연구는 읽기와 쓰기 교육에 있어서도 실천적인 의미를 지니며 성급한 이론화에 대해서도 의미가 있을 것이다.

언어행위론과 독자반응론을 더욱 확장하여 적용한다면 분명히 라디오와 텔레비전, 전화기 사용에 대해서도 새로운 깨달음을 얻게 될 것이다. 이런 전자 기술들은 이차적 구술성(일차적 구술성과 달리, 쓰기와 인쇄에 선행하지 않고 그것들 이후에 생겨나 그것들에 의지하는 구술성)에 속한다. 그러한 기술들에 맞춰서 적용되기 위해서는, 언어행위론과 독자반응론 모두 일차적 구술성과 먼저 관련을 맺을 필요가 있다.

사회과학, 철학, 성서 연구

구술성과 문자성의 연구에 관련된 다른 분야에 관해서 이 책에서는 단순한 언급밖에 할 수 없다. 지금까지 본 바와 같이 인류학과 언어는 이미 이 연구에서 영향을 받았으며, 문자성과 비교하여 구술성에 관한 우리의 지식을 증가시키는 데 크게 공헌하고 있다. 사회학은 지금까지 이 연구에서 그다지 영향을 받지 않았다. 역사학은 앞으로 영향을 받을 것이다. 이를테면 리비우스와 같이 읽히기 위해서 기록한 역사가들을 어떻게 해석할 것인가, 수사법 속에 미라처럼 남은 구술성과 르네상스 역사기술의 관계는 어떤 것인가 하는 문제가 제기될 것이다. 쓰기가 역사를 만들어 낸 셈인데, 그런 역사에 인쇄는 무엇을 첨가했는가? 이러한 물음에 대해서 단지 '사실(facts)'의 증가라고 양적인 방식으로 대답하는 것으로는 충분하지 않다. 인쇄가 형성한 폐쇄 감각(the feeling for closure)이 역사서의 플롯 만들기에는 어떻게 관계하는가? 역사가가 주제를 선택하고 이어붙이지 않은 직물처럼 잇대어진 주변 사건을 싹둑 끊어 하나의 이야기로 말할 때, 그의 감각은 어떻게 관계하는가? 비록 쓰였다고는 해도 이전에 구술문화가 지닌 특이한 구조를 아직 버리지 못했던 초기의 역사는 대개 전쟁이나 전쟁과 같은 싸움의 이야기로 이루어진다. 오늘날 우리는 의식(consciousness)의 역사를 논하는 데까지 이르렀다. 이와 같은 역사에 있어서 초점의 이동이 쓰기로 형성된 심성의 내면화 경향에 결부된다면, 어떠한 방식으로 그러한가?

내가 아는 한 철학도 사상사도 구술성 연구에는 거의 공헌하지 않았다. 철학을 비롯한 모든 과학과 여러 '기술'(아리스토텔레스의 『수사학』과 같은 절차에 관한 분석적 연구)은 쓰기에 그 존재를 힘입고 있다. 즉, 그것들은 아마추어적인 인간 정신이 아니라 사람의 사고 과정에 깊이 내면화되고 동화된 기술을 이용하는 정신을 통해서 산출되었다. 정신은 주위의 물질 세계와 지금까지 생각되어온 이상으로 깊이 창조적으로 작용한다. 철학은 자기 성찰을 통해 스스로가 기술의 산물임을 인식해야 할 것이다(특수하고 매우 인간적인 산물이긴 하지만 말이다). 논리 자체도 쓰기 기술에서 생겨났다.

구술성에 입각한 지혜로부터 성장해온 분석적이고 설명적인 사고는 매우 지지부진한 것이었다. 그러한 사고는 우리가 컴퓨터 시대에 맞추어 개념 틀을 바꾸는 가운데 아직도 구술성의 잔재를 털어내고 있는 듯하다. 플라톤의 '정의'와 같은 개념이, 그런 정의 개념을 아직 알지 못했던 종전의 인간 활동 평가방식(구술문화에 특징적인 '상황의존적 사고')에서 벗어난 쓰기의 영향 하에 어떻게 발전했는지 해블록은 잘 보여준다

(Havelock 1978a). 구술성과 문자성의 비교연구가 더욱 진전되면 철학을 새롭게 조명할 수 있을 것이다.

구술성과 문자성을 대비시키는 관점에서 중세 철학의 개념 장치(conceptual apparatus)를 연구해보면, 고대 그리스 철학만큼 구술문화에 바탕을 두지는 않으나 헤겔이나 그 뒤의 현상학적 사고와 비교해보면 훨씬 구술문화에 바탕을 두었음을 확실히 알 수 있다. 그러나 고대나 중세 사상가들의 관심을 끈 미덕과 악덕이, 헤겔이나 그 뒤의 현상학적 사고에서 한층 복잡한 뉘앙스를 풍기는 추상적 심리화와 비교할 때 구술적 이야기에 나오는 '무거운' 등장인물 유형과 비슷한 것은 도대체 어째서인가? 이러한 종류의 문제는 상세한 비교연구가 나온 후에 비로소 대답을 얻을 것이다. 그러한 비교연구가 이루어진다면, 여러 시대에 걸친 여러 철학적 문제에 틀림없이 빛을 비추어줄 것이다.

요컨대 철학이란 자신의 본성에 관해 반성하는 것이라고 한다면, 아마 추어적인 인간 정신이 아니라 쓰기의 기술에 익숙하고 그 기술을 깊이 내면화한 인간 정신만이 비로소 철학적 사고를 수행할 수 있다는 사실을 철학은 어떻게 받아들여야 할까? 그리고 바로 이러한 지성이 기술을 필요로 한다는 점에서 의식과 외부세계의 관계에 관해 어떻게 말해야 할까? 그리고 기술을 생산과 소외의 수단으로 생각하려는 마르크스주의 이론에 관해서는 어떻게 말해야 할까? 헤겔 철학과 그 뒤에 전개된 철학은 구술성과 문자성의 문제로 가득 차 있다. 헤겔 철학과 그 밖의 현상학은 자아를 한층 깊게 반성하고 발견한다는 데 크게 의존하는데, 그처럼 자아에 대한 한층 진전된 발견은 쓰기와 인쇄의 결과이기 때문이다. 즉 이러한 기술들 없이는 자아의 근대적인 개인화도, 이중으로 반성적인 근대의 예민한 자기의식도 불가능했기 때문이다.

구술성과 문자성에 관한 여러 정리(定理)는 아마 다른 어떤 학문 영역보다도 성서 연구에서 큰 문제를 제기할 것이다. 성서 연구는 여러 세기에 걸쳐 아마 이 세상에서 가장 많은 텍스트 주석의 산더미를 만들어왔기 때문이다. 군켈(Hermann Gunkel, 1862~1932)의 형식 비판 이래 성서학은 정형구적인 구술 요소와 같은 텍스트의 세부사항에 점점 더 주의를 기울여왔다(culley 1967). 그러나 켈버가 말하는 것처럼, 성서 연구에서도 다른 텍스트 연구와 마찬가지로 구술문화의 인지 체계와 언어 체계를 부지중에 문자문화에 입각해서 생각하는 경향이 있다(Kelber 1980, 1983). 즉 구술문화의 특유한 기억을 문자에 입각한 축어적 기능의 변종처럼 생각하고, 구두 전승에 보존된 것을 적어둔 일종의 텍스트와 같은 것으로 생각해버린다. 켈버의 주저 『구술된 복음과 쓰인 복음(The Oral and the Written Gospel)』은 요약적으로 적은 텍스트가 나타나기 전에 존재한 구두 전승이 실제로 어떠한 것이었는지, 구술성과 문자성에 관한 최근의 연구를 충분히 거친 뒤에 비로소 정면으로 문제 삼는다. 구술성이 도대체 무엇인지 완전히는 모른다 하더라도, 텍스트가 구술성의 배경을 갖는다는 것은 알 수 있다. 오코너는 실제로 히브리어 운율 구조를 구술성의 정신 역학에 입각해서 재검토함으로써, 구술성이 무엇인지 인식하지 못하는 지배적인 경향을 탈피하였다(O'Connor 1980). 일차적 구술성의 인식 과정과 커뮤니케이션 과정을 충분히 이해함으로써, 성서 연구에 있어 텍스트에 대한 이해와 학술적인 이해의 새로운 지평이 열릴 수 있다는 것은 확실하다.

구술성, 쓰기, 인간적인 것

옛날부터 '문명인'은 자기를 '원시인'이나 '야만인'과 대비시켜왔다. 자유로운 대화나 칵테일파티에서만이 아니라 세련된 역사 연구나 인류학 연구에서도 그러한 대비가 행해졌다. 지난 몇십 년 동안 가장 중요한 인류학 연구 중 하나는 이 책에서 종종 인용한 바 있는 레비스트로스(Claude Levi-Strauss)의 『야생의 사고(The Savage Mind)』(1966, 최초의 프랑스어판 La Pensée Sauvage는 1962년 출간)다. 그리고 레비스트로스 이전에도 뤼시앵 레비브륄(Lucien Levy-Bruhl)의 『하등사회에서의 정신 작용(Les Fonctions Mentales dans les Sociétés)』(1910)과 『원시 심성(La Mentalité Primitive)』(1923), 프란츠 보아스(Franz Boas)의 로웰 대학 강의인 『원시인의 정신(The Mind of Primitive Man)』(1922) 등이 있었다. '하등'은 논외로 하더라도 '원시'나 '야만'은 모두 가치를 포함한 말이다. 누구도 자신이 '원시적'이라든가 '야만적'이라는 말을 듣고 싶어 하지는 않는다. 반면 그런 말로 다른 사람들을 부르고 자신은 그렇지 않다고 대조적으로 내보인다는 것은 우쭐한 일이다. 이러한 말은 '문맹(illiterate)'이라는 말과 어딘가 비슷하다. 양쪽 모두 이전 상태에 대해 결여 내지 결핍을 지적함으로써 부정적으로 말하기 때문이다.

구술성에 대하여, 그리고 구술성과 문자성의 대립에 대하여 오늘날처럼 주의를 기울이게 됨에 따라서, 선의에서 나온 것이기는 하지만 본질적으로 한계를 갖는 이상의 접근 방법을 대신하여 의식의 전단계에 관한 한층 긍정적인 이해가 자리 잡아왔거나 자리 잡고 있다. 최근에 책으로 출간된 라디오 통신 강의에서 레비스트로스는 스스로 "우리가 소위 '원시적'이라 잘못 부르는 사람들"을 옹호하고, 그들의 정신은 '조잡하다'라든가 '기본적으로 우리와 다르다'라는 단정에 반대한다(Levi-Strauss 1979, pp. 15~16). 그는 '원시적'이라는 말을 '쓰기를 모른다'는 말로 바꾸어야 한다고 제안한다. 그러나 '쓰기를 모른다'는 말도 여전히 부정적인 평가이며, 쓰기로 인해 생겨난 편견을 엿보이게 한다. 이 책에서 지금까지 논해온 내용을 되돌아본다면, '구술적'이란 말은 그다지 낮추어 보는 의미를 포함하지 않고 한결 긍정적인 용어임이 암시되었을 것이다. '야생의 사고는 전체화된다'라는 레비스트로스의 곧잘 인용되는 말(Levi-Strauss 1966, p. 245)은, '구술적인 사고는 전체화된다'로 변경될 것이다.

구술성이 이상적인 것은 아니다. 그것이 이상적이었던 경우는 없었다. 구술문화를 긍정적으로 본다는 것이, 그것을 항구적인 상태로 간주하고 모든 문화에 대비하여 옹호한다는 것은 아니다. 문자성은 쓰기 없이는 상상도 할 수 없었던 많은 가능성을 말과 인간 생활에 가져다주었다. 오늘날에도 여전히 존속하는 구술문화는 구두 전승을 중요하게 여기고 그러한 전승이 상실되어가는 것을 고민한다. 그렇지만 되도록 빨리 문자문화에 도달하고 싶어 하지 않는 구술문화를 나는 보지 못했으며, 그러한 문화에 관해서 들은 일도 없다(물론 개인적으로 문자문화에 저항하는 사람들도 있으나, 그러한 사람들은 대개 바로 잊힌다). 그렇지만 구술성은 결코 얕잡아볼 것이 아니다. 구술성은 이를테면 『오디세이』처럼 문자를 터득한 인간으로서는 결코 만들 수 없는 작품을 낳을 수 있다. 또 구술성은 완전히 소멸될 수 있는 것도 아니다. 텍스트를 읽는 것은 그 텍스트를 목소리로 되돌리는 일이기 때문이다. 구술성과 그것으로부터 성장한 문자성은 의식의 진화에 다 같이 필요하다.

정신과 문화에 있어서의 대단히 많은 변화가 구술성에서 쓰기로의 이행과 결부된다고 말하는 것은, 쓰기(그리고/또는 그에 이어지는 인쇄)를 그 모든 변화의 유일한 원인으로 삼는 상관관계이다. 구술성에서 쓰기로의 이행은 지금까지 언급한 것 이상으로 많은 심리적·사회적 발전과 밀접하게 상관된다. 식료품 생산, 교역, 정치 조직, 종교 제도, 기술 숙련, 교육 실천, 수송 수단, 가족 제도, 그 밖에 인간 생활에 걸려 있는 다양한 영역에서의 발전은 모두 저마다 다른 구실을 맡는다. 그러나 그러한 발전들 대부분이, 실제로는 거의 모두가 구술문화에서 문자문화로의 이행에 종종 대단히 깊은 영향을 받는다. 나아가 그러한 발전들 중 많은 것이 반대로 그러한 이행에 영향을 주기도 한다.

'미디어' 대 인간의 의사소통

이 책에서는 언어를 다루는 기술에 관하여 논하면서 되도록 미디어(이제는 점점 더 쇠해가는 그 단수형인 미디엄medium과 더불어)라는 용어를 사용하지 않았다. 그 이유는, 언어적 의사소통을 비롯한 인간의 의사소통이 갖는 성격과 관련하여 미디어라는 말은 잘못된 인상을 주기가 쉽기 때문이다. 의사소통의 '미디어' 또는 '미디엄'을 생각하는 것은, 의사소통이 '정보'라 일컬어지는 재료 단위를 어느 장소에서 다른 장소로 일종의 파이프라인을 통해 수송하는 것이라는 전제를 암암리에 품고 있다. 우리의 정신은 하나의 상자다. 우리는 '정보'의 한 단위를 거기에서 꺼내어 코드화해서(즉 그것을 운반하는 파이프의 크기와 형태에 맞도록 가공해서) 파이프(두 가지 다른 것 사이에 있는 존재로서의 매체이다) 한쪽 끝에 집어넣는다. 파이프 한쪽 끝에 집어넣은 '정보'는 다른 한쪽 끝으로 운반되고, 거기서 누군가가 그 '정보'의 코드를 해독하여(즉 본래 크기와 모습으로 되돌려) 상대와 비슷한 자신의 용기, 즉 정신이라 불리는 용기에 넣는다. 이 모델은 인간의 의사소통과 관련성을 갖는 것처럼 보이지만 잘 보면 실은 거의 관련이 없고, 원형을 벗어날 정도로 의사소통 행위를 왜곡하고 있다. 맥루언의 저서 제목이 『미디어는 마사지다(The Medium is Massage)』('메시지message'가 아니다)인 것은 이 때문이다.

언어적이든 그렇지 않든 간에, 인간의 의사소통은 본래 그것이 성립하는 데 기대되는 피드백을 필요로 한다는 점에서 '미디어' 모델과 근본적으로 다르다. 미디어 모델에서 메시지는 보내는 사람 쪽에서 받는 사람

쪽으로 이동한다. 실제 인간의 의사소통에서 보내는 사람은, 무엇인가를 보낼 수 있기 전에 보내는 사람의 입장뿐만 아니라 받는 사람의 입장에도 있어야 한다.

말을 하려면 한 사람 또는 여타 다른 사람들을 상대해야 한다. 제정신인 사람이라면 아무에게나 마구 말을 걸면서 숲속을 돌아다니지는 않는다. 스스로에게 말을 걸 때조차 자신이 두 사람인 듯 시늉해야 한다. 어떠한 현실 또는 공상을 상대에게 말한다고 생각하느냐에 따라서, 즉 어떠한 반응이 되돌아올 것이라고 기대하는가에 따라서 내가 말하는 것은 달라지기 때문이다. 그러므로 나는 어른과 어린이에게 같은 메시지를 보내지 않는다. 말을 하려면 시작하기 전에 상대의 정신과 이미 어떤 의미에서 의사소통이 이루어져 있어야 한다. 그러한 의사소통을 할 수 있는 것은 과거의 관계를 통해서, 또는 새로 시선을 교환함으로써, 또는 대화 상대를 붙여준 제삼자를 알기 때문일 수도 있다(언어는 말 이외의 상황에 따라 조정되는 하나의 양상이기 때문이다). 나의 발언과 관련되는 타인의 정신을 나는 어떠한 방식으로든 느껴야 한다. 인간의 의사소통은 결코 일방적이지 않다. 그것은 응답을 요구할 뿐만 아니라, 예상된 응답에 따라 바로 그 형식과 내용을 형성하기도 한다.

이것은 내가 말하는 것에 타인이 어떻게 응답할지 확실히 안다는 의미는 아니다. 그보다도 비록 막연한 방식으로나마 응답이 가능한 범위를 추측할 수 있어야 한다는 것이다. 내가 메시지를 가지고 타인의 정신 속에 들어가려면, 이미 그 타인의 정신 속에 어떤 모습으로든 들어가 있어야 한다. 그리고 그 타인도 역시 나의 정신 속에 들어와 있어야 한다. 무엇을 말로 표현하든지 간에 나는 한 사람 내지 복수의 타인을 이미 '정신 속에' 가지고 있어야만 한다. 이것이 인간의 의사소통이 갖는 역설이다. 의사소통은 상호주관이다. 미디어 모델은 그렇지 않다. 이와 같은 의식

작용을 나타내기에 적당한 모델은 물리적인 세계에 존재하지 않는다. 이러한 의식 작용은 두드러지게 인간적인 것이어서 진정한 공동체를 형성할 수 있는 인간의 능력을 보여준다. 그런 공동체를 인간은 내면에서 그리고 상호주관적으로 타인과 공유한다.

의사소통의 '미디어' 모델을 기꺼이 받아들여 그와 공존한다는 것은 필사문화적 조건 부여를 보여준다. 우선 첫째로, 구술문화와 비교할 때 쓰기에 입각한 문화에서 말하기는 유난히 정보를 전달하는 수단으로 여겨지기 때문이다. 구술문화에서 말하기는 한층 연행 지향적이어서 누군가에 대해 무엇인가를 행하는 방식이 된다. 둘째로, 쓰인 텍스트는 일견 정보의 일방통행로처럼 보이기 때문이다. 텍스트가 출현할 때 거기에는 어떠한 실제 수신자(독자나 청자)도 없다는 것이다. 그렇지만 말할 때든 쓸 때든 수신자는 있어야 한다. 그렇지 않으면 아무런 텍스트도 산출될 수 없기 때문이다. 그러므로 실제 사람들에서 떨어져서 쓰는 작자는 허구의 사람들을 짜내는 것이다. 쓰는 사람의 청중은 언제나 허구이다(Ong 1977, 99. 54~81). 쓰는 사람에게는 보통 실제 수신자가 없다(어쩌다 있다고 하더라도, 메시지를 쓴다는 것 자체가 마치 아무도 거기에 있지 않은 듯이 행해지는 것이다. 그렇지 않다면 어째서 쓸 필요가 있겠는가?) 독자를 허구로 만들어내야 한다는 것이 쓰기를 이렇게도 곤란한 것으로 만드는 이유이다. 쓰기 과정은 복잡하고 불확실성을 띤다. 우리는 스스로 그런 가운데 쓰고 있다는 전통―만약 바란다면 이것을 상호텍스트성(intertextuality)이라고 말해도 좋다―을 알아야 한다. 우리는 그러한 전통 안에서 어떤 허구적 구실, 즉 실제 독자가 그것을 대표할 수 있고 나아가 그것을 수행하게 되어 있는 허구적 구실을 실제 독자를 위해서 창조할 수 있다. 눈앞에 있지 않은 사람들의 정신 내부를 살핀다는 것은 쉬운 일이 아니며, 그 대부분이 이후에도 만날 수 없는 사람들이라면 더욱 그러하다. 그러나 만약 그러한 사람들이 속한 문학 전통에 익숙하다면 그러한 일이 불가능하지는 않다. 나는 스스로 얼마간이나마 그러한 전통을 포착하고 이 책을 읽는 독자들의 정신 내부를 살필 수 있었으면 하고 바란다.

내면으로의 회귀: 의식과 텍스트

적어도 헤겔의 시대 이후로, 인간 의식이 진화한다는 깨달음은 더욱더 성장해왔다. 그래서 인간이 된다는 것은 개인이 되는 것이며, 인간은 유일하고 복제할 수 없는 존재다. 그렇지만 인간에 관한 역사적 지식이 성장하면서, 개인이 우주 속에서 자신을 느끼는 방식은 전 시대에 걸쳐 어떤 형태를 따라 진화해왔다는 사실이 분명해졌다. 구술성에서 문자성으로, 그리고 문자성에서 인쇄와 전자매체를 통한 언어 처리로의 이행에 관한 현재의 여러 연구들이 갈수록 더욱 분명히 드러내는 것은, 그런 진화가 쓰기에 의존해왔다는 점 그리고 그것이 이루어진 방식이다.

인류사를 통한 의식 진화는, 개인이 자신의 내면에 점점 분절된 주의를 돌리게 되었다는 점에서 특징지어진다. 그러한 개인은 저마다 자신이 필연적으로 속한 공유적인 집단의 틀에서(꼭 이탈하지는 않더라도) 일정한 거리를 취하게 된다. 인간이라면 자의식을 갖는다. '나'라고 말할 수 있는 인간이라면 누구라도 자신에 관해 예민한 감각을 갖는다. 그러나 자신에 관해서 반성하고 자신을 분절화하는 데는 시간이 필요하다. 단기간 내에 그러한 반성과 분절화의 진전이 있을 수 있다. 에우리피데스(Euripides)의 희곡을 그 이전의 비극작가 아이스킬로스(Aeschylus)의 희곡과 비교해보면, 거기에 그려진 위기는 사회적 전망보다 내면적 의식의 위기라는 점이 강하게 나타난다. 의식에 관한 명시적인 철학적 관심이 장기간에 걸쳐 발전되어왔는데, 여기에서도 어떤 유사점을 찾을 수 있다. 즉 그러한 관심은 칸트(Kant)에서 두드러지기 시작하여 피히테(Fichte)에서 중심이 되고, 키르케고르(Kierkegaard)에서는 이상하게 부풀어 올라 20세기 실존주의나 인격주의에서 전면적으로 작용하게 되었다. 『내러티브의 내면적 회귀(The Inward Turn of Narrative)』에서 에리히 칼러(Erich Kahler)는 서구의 내러티브가 갈수록 내면적·개인적인 위기를 많이 다루고 더욱 분절화되는 양상을 세세하게 보고했다(1973). 『의식의 기원사(Origines and History of Consciousness)』에서 에리히 노이만(Erich Neumann)은 융(K. Jung)의 틀에 따라서 의식을 여러 단계로 기술하고, 그 의식 단계가 자기 의식적이고 분절화되고 고도로 개인적인 내면성을 향하고 있다고 말하였다(1954).

고도로 내면화된 의식 단계에 이르면 개인은 이미 공유적인 집단의 틀 안에 무의식적으로 잠겨 있을 수 없다. 그러나 쓰기가 없다면 의식은 결코 그러한 단계에 도달하지 않을 것이다. 모든 인간들이 태어나면서부터 몸에 지니는 구술성과 태어나면서부터 몸에 지니지 않는 쓰기 기술의 상호작용은 마음 깊숙이 영향을 미친다. 개체발생적으로든 계통발생적으로든, 분절된 언어를 통해 우선적으로 의식을 비추는 것은 구술언어다. 분절된 언어는 주어와 술어를 나누어서 양자를 관련시키고, 사회에서는 이러한 언어로 인간과 인간을 결부시킨다. 쓰기는 분할과 소외를 끌어넣고 그와 더불어 한층 고차원적인 통일도 끌어넣는다. 쓰기는 자신이 아는 감각을 강화함으로써 사람들 사이의 한층 의식적인 상호작용을 북돋는다. 쓰기는 의식 함양이다.

구술성과 문자성의 상호작용은 인간의 궁극적인 관심과 원망(願望)에도 관련된다. 인류의 모든 종교 전통은 구술문화에 뿌리박은 과거에 먼 기원을 가진다. 그리고 그러한 전통은 음성 언어(spoken word)를 대단히 중요시하는 것처럼 보인다. 그러나 세계의 주요 종교들은 성스러운 텍스트(베다, 성서, 코란)의 발전을 통해서도 내면화되어왔다. 그리스도교의 교의는 특히 구술성과 문자성의 양극성이 첨예하다. 아마 다른 어떠한 종교 전통보다도 (심지어 유대교와 비교해도) 첨예할 것이다. 그리스도교의 교의에서는 유일신의 제2위격, 즉 인류의 죄를 대신하는 제2위격이 '신의 아들'이라 일컬어질 뿐만 아니라 '신의 말'이라고도 일컬어지기 때문이다. 이 교의에 따르면 아버지인 신은 그의 '말', 즉 그의 '아들'을 입으로 내어 말하며, 결코 그것을 쓰지는 않는다. '아들'의 존재 그 자체가 '신의 말'로 이루어진다. 그렇지만 그리스도교 교의의 핵심에는 신의 쓰인 말, 즉 성서도 존재한다. 성서는 다른 어떠한 책과도 달리 인간 저자들의 뒤에 신을 저자로서 지닌다. 신의 '말'이 갖는 두 가지 의미는 상호간에 어떻게 관련되며, 또 역사상의 인간과는 어떻게 관련되는 것일까? 이 문제는 오늘날 전에 없을 정도로 주목받고 있다.

현재 우리가 구술성과 문자성에 관해서 아는 것에 연루된 문제들은 이와 같이 무수히 많다. 구술성과 문자성의 역학은 한층 심화된 내면화와 더불어 한층 심화된 개방으로 향하는 의식의 현대적 진화의 흐름에 합류하고 있다.

옹이즘(ONGISM)
이후

네트워크화된 정보의 진화

존 하틀리

　　1982년에 초판이 나온 옹의 『구술문화와 문자문화』의 여전한 중요성과 영향을 확인하려면, 구글 학술검색(Google Scholar)을 찾아보기만 하면된다. 내가 가장 최근에 찾아본 바로는, 이 책은 7600회 인용되었다. 헵디지(D. Hebdige)의 『하위문화(Subculture)』(1979) 5000회, 호크스(T. Hawkes)의 『구조주의와 기호학(Structuralism & Semiotics)』(1977) 1300회, 피스크(J. Fiske)와 나의 공저인 『텔레비전 읽기(Reading Television)』(1978) 1100회를 비롯하여 내가 아는 한 '뉴 악센트(New Accents)' 시리즈의 어느 책보다도 많은 인용 회수이다.[1] 이 책의 재발행이 요청되는 것은 당연하다. 하지만 이 책의 경우 재발행은 판매 가능성 이상의 문제다. 영화·라디오·텔레비전 같은 시청각 매체와 전자 매체의 시대였던 1980년대에 이 책이 처음나온 이래 지속적으로 증가해온 이 주제의 중요성에 미루어 생각하면, 이 책의 재발행은 충분히 타당성을 지닌다.

1　2012년 6월 검색결과이다.

매체와 원격통신(tele-communication)과 컴퓨터 기술의 융합은, 소셜 미디어와 모바일 어플리케이션, 소비자 공동제작 콘텐츠를 포함하여 참여 플랫폼에 의한 소통 형식에 보다 많은 변화를 촉발시켰다. 이제 매체의 청중은 동시에 사용자(user)이며, 모든 사용자는 잠재 생산자이자 발행인이고 저널리스트이며 공연자(performer)고 비평가다. 이와 같이 '사용자가 창조자가 되는 미시생산성'(user-created micro-productivity)은 구술성과 문자성의 매력적인 혼합이다. 옹이 전자 매체에 기반을 둔 '이차적 구술성'이라 부른 것의 한가운데 우리가 있다는 것, 그리고 다음 서술은 동일한 설득력을 지닌다.

> 읽기는 텔레비전의 성장 때문에 쇠퇴하는 추세였지만 1980년부터 2008년까지 세 배로 늘었는데, 인터넷 상의 정보를 받아들이는 방식 중에서 압도적으로 선호되었기 때문이다. (Bohn and Short 2010, p. 7)

옹의 작업은 학문 영역으로서 충분히 중요한 '구술성'과 '문자성'에 대한 우리의 관심뿐 아니라, 그것들 사이의 관계와 그것들의 변화의 역학 혹은 단기적·장기적 진화에도 주목하고 있다. 옹은 매체 변화 이론가이다. 물론 이 책은 30년 동안 꾸준히 출판되면서 칭찬만큼이나 비판도 받아왔다. 어떤 사람은 이 책과 맥루언(Marshall McLuhan)의 책이 "기술적으로 시대에 뒤떨어졌다"고 주장했는데(Pettitt 2012), 두 사람의 책들이 디지털 매체와 인터넷이 사회적으로 활용되기 이전의 아날로그 시대에 잘 나갔기 때문이다. 그렇다면 옹의 생각이 더 이상 적절하지 않다는 것인가? 그래서 옹이즘은 역사에 맡겨져야 할 것인가? 아니면 장기적 전망을 가질 정도로 의미 있는가? 옹 자신은 지속적(longue durée)이라는 표현을 선호했다. 그는 "근대인의 지적 활동을 형성하고 작동시킨 기술"로 기원

전 3500년경에 수메르인이 창안한 알파벳 문자 체계를 지명하면서 5000
년을 단위로 생각하였다(『구술문화와 문자문화』, p. 146). 그는 쓰기의 중요
성을 주장했고, 그것이 "인간의 모든 기술적 발명 중에도 가장 영향력이
컸으며 지금도 그러하다"고 생각하였다(『구술문화와 문자문화』, p. 147).

그의 주장은 어느 정도까지 옳은가? 각 커뮤니케이션 기술의 중요성
은 후속 커뮤니케이션의 발명과 활용에 따라 감소하는가? 맥루언의 경
우, 인쇄의 발명에 우선권을 부여했던 『구텐베르크 은하계』(1962)에서
그렇게 생각했던 것 같다. 현재 어떤 사람들은 인터넷을 지명하기도 하
고, 또 맥루언 지지자이며 "세계에서 가장 스마트한 웹사이트"[2]인 The
Edge의 설립자라고 자인한 브로크먼(J. Brockman)이 '분산된 네트워크 정
보(Distributed Networked Intelligence, DNI)'라 부르는 것을 지명하는 경향도
있다. 그것은 인터넷 자체가 아니라 인터넷을 가능하게 하는 것(다시 말해
서 표면화된 형태의 인간 사고)이다. 즉 "우리 모두가 공유하고 있는 집단적
으로 표면화된 정신, 인간이라는 것에 더욱 충만하고 풍요로운 차원을
덧붙이며 그 자체로 상호작용하는 우리 집단의식의 무한한 진동"이다
(The Edge 1999; 또한 Brockman 2012 참고). 이는 브로크먼이 뉴 밀레니엄을
맞는 밤에 뛰어난 사상가들 100명에게 '지난 2천 년 동안 가장 중요한 발
명'을 뽑아달라고 요청한 후 답변 내용을 정리하며 덧붙인 맺음말로서,
매우 의미심장하다.[3]

요컨대 판돈은 장기적 사고에 걸려 있고, 그에 있어서 옹은 훌륭했다.
그러므로 그의 저술이 현재의 학문과 논쟁에 지속적으로 반향되는 이상,

---

2 John Naughton, the Observer(2012년 1월 8일): www.guardian.co.uk/technology/2012/jan/08/
john-brockman-edge-interview-john-naughton 브로크먼에 대한 맥루언의 영향은 이 인터뷰에
서 논의되었다.

3 The Edge(1999)에 실린 전체 114개의 기고문을 참고하라.

우리는 그것을 비평의 장에 위치시켜야 할 것이다. 한 번 더 말하자면, 이 장이 옹의 삶과 저술에 대해 총체적인 평가를 하는 자리는 아니다. 이미 다른 사람들에 의해 이루어진 탁월한 평가들, (예컨대) 예수교 커뮤니케이션 학자 소우쿱(P. Soukup 2007), 문화사가 페티트(T. Pettitt 2012), 그리고 옹에 관해 집중적으로 다루어 이후의 연구들에 영향을 준 패럴의 저술들이 있다(특히 Farrell 2000, 그리고 Ong의 2002년 저서에 실린 Farrell의 서문 참고). 다음에서는 『구술문화와 문자문화』라는 제한된 맥락에서, '옹이즘 이후'를 발생시킨 몇몇 쟁점들과 그가 비난받았던 쟁점들에 대하여 논의할 것이다.

구텐베르크 괄호

페티트 같은 몇몇 현대 비평가들은, 인쇄의 시대가 직선적 발전이나 "의식 함양"(『구술문화와 문자문화』, p. 275)의 사례보다는 오히려 역사적인 일탈을 구성한다고 주장함으로써 옹 계열의 사고를 재활성시켰다. 페티트(2007; 2012)는 '구텐베르크 괄호'에 주의를 환기시켰다. 구텐베르크 괄호('근대'로 보다 잘 알려진)란 옹이 '일차적 구술성'(구텐베르크 이전 혹은 엄격히 말하자면 문자성 이전)과 '이차적 구술성'(구텐베르크 이후 매체와 디지털 문자성)이라 부른 것, 즉 구술 및 필사문화의 두 기간 사이에 존재하는 500년이다. 이러한 접근을 통해서 구술성과 문자성에 관한 화제는 '원시주의 대(對) 문명화'에 관한 논쟁에 환원되지 않고, 인터넷과 디지털 매체와 모바일 장치들과 사회연결망의 시기로 나아갈 수 있게 된다. '구텐베르크 괄호'라는 개념은 인쇄-문자성의 지배와 명성과 편재(遍在)성에도 불구하고, 그것이 인간의 사고라는 더욱 긴 궤적에서는 하나의 예외라는 사실을 시사한다. 이 궤적은 공간과 시간 지연보다 말하기와 즉시성에 바탕을 둔 이전의 소통 양식을 복원하는 과정에 있을지도 모른다.

인쇄에 관한 가장 기묘한 점 중 하나는, 인쇄가 출판을 통제했던 사람들로 하여금 진실의 표현을 독점적으로 통제하도록 했다는 점이다 (Eisenstein 2011 참고).[4] 인쇄가 모두의 사고를 해방시킨 것처럼 보이고 수 세기에 걸쳐 많은 사람들에게 그렇게 칭송받았지만, 이는 읽기에서의 자유일 뿐이었다. 사실 출판, 마케팅 산업, 과학적 협회들과 다른 협회들, 정부기관들, 그리고 물론 '신문들'을 포함하여 인쇄에 의해 작동된 여러 제도적인 형식들은, 그 개념들을 전체 대중에게 확장시킨 바로 그 순간 '말하기 권력'을 소수자의 손에 집중시켰다.

인쇄가 말하기를 대체한 시기는 기껏해야 16세기부터 21세기 초반까지이며 상대적으로 짧은 기간이었다. 그것은 항상 다른 소통 양식들과 갈등관계에 있었는데, 특히 가족관계, 허구적 상상, 사회적 가치, 예술·드라마·음악과 같은 육체적 오락물, 의복·음식·성적 신호에 토대를 둔 기호체계 등에 대한 구술 표현에 대해 그러했다. 그러나 근대 계몽운동과 민주화·산업화·소비지상주의를 수반하는 근대화 혁명을 거치면서, 인쇄는 진리(종교적·과학적·전문적·저널리즘적)와 통제(규제와 검열, 그리고 저자와 독자 사이의 극단적인 불균형) 둘 다를 훌륭하게 실어 나르는 운반자가 되었다. (의학과 같은) 지식 체계를 통해 일상생활 관리에 접근하는 푸코식의 방법과, 인쇄를 통해 지식의 배치에 접근하는 옹식의 방법을 서로 연결시킬 수도 있다(예를 들면 Chartier 1994; Cavallo and Chartier 1999를 참고).

---

4 아래 인용한 셔키(C. Shirky)의 탁월한 구절에서 보듯, 출판을 통제하는 사람들은 '대중적 사고'를 통제한다. "사물을 대중화시키는 것이 특권화된 활동이었던 체계에서 수혜를 받은 사람들은, 그들이 학자이든 정치가이든 리포터이든 박사학위자든 간에 새로운 대중적 사고가 구체계를 뒤집는 방식에 대하여 불평할 것이다. 그러나 그러한 불평들은 초상집의 조곡과 같다. 그들이 두려워하는 변화는 이미 과거의 것이다. 실질적인 행위는 다른 곳에 있다." www.edge.org/q2010/q10_1. html#shirky (Brockman 2012 참고).

두 경우 모두 인쇄 자체의 본질적이며 심리적인 '효과'만 문제가 되는 게 아니라, 옹 자신이 "비대한 교육 조직(pedagogical juggernaut)"이라 불렀던 (1958) 것의 제도적 권위도 존재하며, 또 그 권위가 지식의 생산·형식·보급을 통제하기도 한다.

오직 상호작용적인 디지털 매체의 성장에 입각해서만, 이러한 '괄호'는 필연적 진화 단계로 드러나기보다 역사상 별개의 기간으로 간주될 수 있을 것이다. 인터넷 시대에는 이전보다 엄청나게 많은 사람들이 스스로 출판에 참여함에 따라 인쇄를 포함하여 문자를 쓰게 되었다. 그래서 우리는 전례 없는 구술과 쓰기와 인쇄 양식들 사이에 있는 전환의 시대를 살고 있다. 이 시대에 사교적 커뮤니케이션(phatic communication)과 같은 구술형식들은 웹으로 이동하고 있으며, 화자 전환의 말하기 양식들은 링크·사진·파일 공유 등에 의하여 확장되고, 사적인 대화들은 전 지구적으로 출판되며, 텍스트는 문자 그대로 고도 팽창(hyper inflated)된다. 그리고 이러한 멀티미디어 글쓰기의 다중 양식적 사용은 지금까지보다 더 넓은 지역 사람들을 가로질러 확장된다(Baron 2009; Rettberg 2008; Papacharissi 2011 참고). 이러한 새로운 매체 시대에 구술성과 문자성—문자와 인쇄—사이의 관계들을 다시 생각하는 일은 분명히 중요한 일이다.

진보주의자의 자민족중심주의

「옹이즘 이전」장에서 그 개요가 파악된 미국주의의 역사를 전제할 때, 구술문화에서 문자문화로의 전이에 관한 옹의 논의에 서구 진보주의의 입김을 남겨놓은 역사적 내러티브들을 방해하거나 파괴하는 작업이 필연적으로 행해져야 한다는 사람들도 있다. 확실히 몇몇 논평자들은, 그가 사고를 문자화하는 양식을 보다 발전된 혹은 문명화된 것으로서 구술 양식에 비하여 선호했던 것을 비난하도록 유혹받아왔다(Svehla 2006, pp. 106~8; Moje and Luke 2009). 그러나 서구의 사고를 인간 정신과 동일시했던 그의 보편적으로 관대한 습관에도 불구하고, 유럽의 역사적 전통에 대한 옹의 애착은 동시대 과학·상업·매체에 대한 '뉴잉글랜드' 청교도주의의 단순한 보편화로 간주되어서는 안 된다. 그의 멘토였던 맥루언처럼 옹은 가톨릭 신자로 출발했다. 뿐만 아니라, 그 시대의 다른 급진적 사상 선동가였던 일리치(I. Illich)처럼 그는 예수회 신부였다. 그는 예수회 세인트루이스 대학에서 가르쳤으며, 동시대 청교도들 대부분과는 달리 라틴어를 편안하게 말했다. 그러므로 그의 대표 저술이 성 바르톨메오 축일 학살(1572)에서 가톨릭 테러리스트들에 의해 살해되었던 청교도 교육자이자 근대 방법론의 설립자 피터 라무스(Peter Ramus)의 저술에 헌정되었음(Ong 1958, p. 29)에도 불구하고, 그를 단순히 청교도 종교개혁이나 '질박한 문체'에 대한 옹호론자로 생각할 순 없다.

아마도 옹은 청교도 종교개혁을 합리적 지식의 불가피한 진보로서보다 그가 찬양한 체계에 대한 불행한 방해 – 하나의 '괄호' – 로 간주할 만한 타당한 이유를 갖고 있었던 듯하다. 그는, "오래된 구술문화의 첨가적이며 장황하며 다변적이고 전통적이며 인간적으로 따뜻하고 참여적 성격이 강한 모방의 기억 세계"와, 그가 주장한 알파벳 글쓰기(그 뒤에 인쇄-쓰기로 규모가 커진)로 인한 "분석적이며 간결하고 정확하고 추상적이며 시각적인 부동의 [플라톤식] '이데아'로 이루어진 세계"(『구술문화와 문자문화』, p. 259) 간의 상극을 인지했다. 이러한 설명이 기술적이고 인지적인 '발전'이라는 진보주의적(휘그당 식의) 서사를 함축하지는 않는다. 옹이 구술 양식들에 애착을 보였다는 충분한 증거가 있다. 그는 구술 양식이 내면화된 사람들을 기꺼이 타락 이전의 인류로 호명하며, 또 그가 글쓰기를 그것의 활동 과다한 자손인 인쇄와 더불어 또 다른 타락(인간이 지식의 나무를 너무 과도하게 소비하여 초래되는)으로 간주한 것도 깊이 숙고할 만하다. 옹은 라무스주의를 "서사시의 창공에서 활판인쇄라는 문명의 바다로 곤두박질치던 오랜 구술-청각적 세계가 마지막으로 발산한 불꽃"으로 묘사했다(Ong 2002, p. 303). 이러한 몰락은 유대교와 기독교에서 공히 나타나는 아담의 몰락이 아니라, 프로메테우스의 불꽃 속에 있는 이카로스의 몰락이었다. 양쪽 모두 지식이 그 자체로부터 지나치게 멀리 나간 결과였다.

그러므로 스베흘라(L. Svehla)가 그랬던 것처럼, 구술 세계와 문자 세계의 차이에 대한 옹의 설명은 '근대론자의 인식론'이나 마찬가지여서 어떤 결론을 내릴 필요가 없다. 그런 인식론에 힘입어 교육자들은 동시대 학생들 특히 도시 중심의 빈민가에 사는 학생들과 책에 덜 노출되어 있는 가난한 이웃들이 "대중 매체 양식에 몰입하고", "아이콘 속에 갇혀서" "문화적으로 결핍되고 인지적으로 장애가 있는" 사람들이라는 결론에 이를 수밖에 없었을 것(Svehla 2006, pp. 108~9)이라는 점에서 그러하다. 옹의 저술은 (청교도적인) 근대성이라는 공간적 추상화보다는 수사학적인 구교도의 중세주의를 선호한 것으로 읽힐 수 있다.[5] 그리고 마찬가지로, 그가 '이차적 구술성'이라 이름 붙였던 전자매체를 통해 동시대 세계를 재중세화(re-Medievalisation)하는 것을 맥루언과 더불어 환영하는 것으로 읽힐 수 있다. 이 글에서 '이차적'이라는 용어는 열등함을 의미하지 않고, 단순히 순서만을 의미한다.

물론 자민족중심주의라는 비난은 여전히 유효하다. 왜냐하면 스스로 시인한 바와 같이, 옹은 고전적인 발명으로서 알파벳 글쓰기가 유럽문화

---

5 옹과 맥루언만이 '청교도적' 미국에 '가톨릭적' 눈길을 던지는 중세주의자는 아닐 것이다—에코 (U. Eco)는 일찍이 (토머스 아퀴나스의 미학에 관해 연구한) 박사 연구기간에 가톨릭 신앙을 버렸지만, 훗날 『초현실성에서의 여행(Travels in Hyperreality)』에서 가톨릭에 눈길을 돌렸다.

와 서구문화에서 활용되는 데 집중했으며 이를 메소포타미아, 동아시아, 중앙아메리카, "기타 등등"의 매우 다른 전통과 비교하진 않았기 때문이다(『구술문화와 문자문화』, p. 32). 간략하게 말한다면, 옹이 인간으로서 보편화한 것은 그 여러 나라들의 모든 시민이 아니라 오직 최근의 서구적 전통에서만 논쟁적으로 관찰되는 사람들이다.

현대적 감성은, 전통(옹의 경우 어물쩍 넘어가려 하는)의 역할을 기꺼이 수용하려 한다는 점에서 훨씬 더 '가톨릭적'이다. 그리고 인간의 문명을 하나로 통합하는 이야기를 말하고자 하는 어려운 작업이 이미 시도되기 시작하였다. 폭넓게 칭찬받는 사례는 『100대 유물로 보는 세계사(A History of the World in 100 Objets)』(2010)이다. 이 프로젝트는 라디오 연속극과 같이 구술적으로 시작되었고, 잘 사용되는 웹사이트처럼 디지털로 보존되어 있다.[6] 영국박물관 관장이었던 맥그리거(N. MacGregor)는 모든 대륙과 여러 문명에 입각하여 세계사를 서술한다. 그는 거의 2백만 년 전에 초기 유인원이 사용한 올두바이(Olduvai)의 돌 찍개에서부터 최근에 중국에서 만든 태양열 램프 세트에 이르기까지 전적으로 오브제를 통해서 이러한 작업을 한다.

이러한 접근방법은 자민족중심주의가 어떻게 무용화되는가를 보여줄 뿐 아니라, 지식에 대한 이성중심주의 접근 방법의 한계를 보여준다. 또한 지식이 쓰인 것이든 아니든 말(words)만으로 전달되었다는 가설에 대해, 또 커뮤니케이션 기술만으로 인간 의식을 변화시킬 수 있다는 가설에 대하여 경고한다. 맥그리거는 "오브제들은 우리로 하여금, 우리 조상들이 살기 위해 동아프리카를 떠난 이래 우리의 세계가 별로 변하지 않았다는 사실을 겸손하게 인정하도록 한다"(2010, p. 658)고 결론짓는다.

---

6 www.bbc.co.uk/ahistoryoftheworld을 참고하라.

인간 정신이 얼마나 변화했는가 하는 문제는 불확실한 상태로 남아 있다. 그러나 그러한 기간 동안 지식이 기하급수적으로 성장했다는 사실을 부인할 수는 없다. 많은 지식들이 말들과 마찬가지로 사물·관계·제도·관습 속에 코드화되어 있다. 옹의 작업은 의식의 역사가 아니라 지식 역사의 일부분으로서 가장 가치 있다.

이항대립주의(Binarism)

옹이 구술적 세계를 문자성과 "반목하는" 것으로 제시했을 때(『구술문화와 문자문화』, p. 259), 그가 종교적으로나 방법론적으로 어떤 편협성을 가졌는지의 여부는 중요치 않다. 또 그가 둘 중 어느 쪽을 선호하는지도 별로 문제되지 않는다. 좀 더 심층적인 문제는, 이러한 범주들이 ('반목'이라는 말이 환기하듯이) 이항대립으로 이루어져 있다는 전제에 있다. 그리고 알파벳 글쓰기 체계와 활자인쇄를 채택함으로써 인간의 지식 습득 방식에 변화가 야기되었다는 가설에 있다. 옹은 구조주의자들의 이분법적 사고를 비판하였음에도 불구하고(『구술문화와 문자문화』, p. 255), 사실상 이분법적 경향이 『구술문화와 문자문화』의 연구방식을 구성했다. 옹의 그러한 사고 특징은 1960년대 중반에 탁월한 저술을 남겼던 영향력 있는 저술가 집단과 공유하는 것이기도 했다. 여기에는 인류학자인 구디 경(Sir J. Goody)도 포함되는데, 그의 견해(예컨대 1977)는 소설 이론가인 와트(I. Watt)와 공동으로 저술했으며 여러 선집에 포함된 「문자성의 결과들(The Consequences of Literacy)」이라는 논문을 통해 문학·문학·매체 연구에 영향력을 끼치기도 하였다(Goody and Watt 1963).[7]

---

7   심지어 역사가들도 이항대립으로 생각하기 시작하였다. 라슬릿(P. Laslett)의 영향력 있는 책 『우리가 잃어버린 세계(The World We Have Lost)』(2004; 초판 1965)는 읽기와 쓰기가 무척 드문 능력

자연스럽게도 이항대립주의는 유럽 대륙의 구조주의 인류학, 특히 클로드 레비스트로스(Claud Lévi‑Strauss)와 딱 들어맞는다. 예컨대, 레비스트로스는『야생의 사고(La Pensée Sauvage)』(1962)에서 사고의 '브리콜라주'(구술적) 양식과 '엔지니어링'(문자적) 양식을 구분하였다. 이항대립주의는 리치 경(Sir E. Reach 1976)과 같은 통역사를 거쳐, 구조주의 인류학과 함께 영어권 국가들로 건너갔다. 이항대립주의는 맥루언의 저서, 특히『구텐베르크 은하계(Gutenberg Galaxy)』(1962)와 맥루언의 스승이었던 이니스(H. Innis 1950; 1951)의 저술을 뒷받침하고 있다. 캐나다에서 이니스의 동시대인들에게 강력하게 지지를 받은 해블록(E. Havelock, 옹에게 중요한 영향을 준 사람이다.『구술문화와 문자문화』, pp. 66~7을 참고하라)의 책『플라톤 서설(Preface to Plato)』(1963)은 그가 하버드 대학에서 근무한 후에 발행되었다. 해블록은 그리스 알파벳의 발명은 모든 것을 변화시켰다고—점점 더 완고하게—주장했다.

> 그리스 알파벳의 발명은 페니키아 알파벳을 비롯한 모든 이전 체계들과 대립하는 인류 문화 역사상 하나의 사건에 해당되며, 그 중요성은 아직 충분히 파악되지 않았다. 그것의 등장은 그리스 이전의 모든 문명을 그리스 이후의 문명과 갈라놓는다. (1977, p. 369)

이항대립 분석은, 적어도 '뉴 악센트' 시리즈에 포함되어 있는 나의 공저인『텔레비전 읽기』를 통해서, 매체와 문화 연구에서도 영향력을 갖게 되었다. 우리는 사고의 구술 양식과 문자 양식 사이의 일련의 차이들을

인 사회를 묘사하려고 이러한 쟁점들을 다루고 있다. 그는 이 책에서, 그런 사회가 소위 '과거의 과거성(the pastness of the past)'이라는 것을 강조하는—책 제목의 '우리(we)'를 그것과 구분하는—오늘날 우리의 사회와 다르다고 하였다.

사실로 받아들였다. 우리의 목적은 대립적인 것들을 지키는 것이 아니라 오히려 그 반대이다. 즉 우리가 그것의 구술적이고 '음유시인적인' 논리로 설명함으로써 반박하고 싶은 것은, 대중적인 텔레비전에 반대하는 학자와 전문 엘리트들이 지닌 '인쇄-쓰기 편향'이다. 우리는 '구술 양식들'을 정당한 연구 대상으로 회복시키고 싶었다. 즉 둘 사이의 '거대한 차이'를 조장하는 것이 아니라 재조정하고 싶었던 것이다. 그럼에도 불구하고, 이항대립주의의 사용은 심지어 분석적인 목적의 경우에서조차 구술성과 문자성이 얼마간 '반목'한다는 관념을 정당화시켜주는 효과를 발휘한다. 하지만 이는 검증되지 않은 가설로, 우리 책과 같은 '뉴 악센트' 시리즈로 4년 후에 출판된 옹의 책에서는 전혀 다루어지지 않은 내용이다.

교육법상의 원시주의

올슨(D. Olson)과 토렌스(N. Torrance)는 이러한 이분법적인 접근 방법을 '거대한 차이' 이론이라고 불렀다(1991, p. 7). '거대한 차이' 이론의 문제점들—이론을 경험적으로 시험하는 도전을 넘어서는—은 그것이 적용되었을 때, 특히 교실에서 적용되었을 때 가장 예리하게 드러난다. 문자성 전문가들 사이에서 그것은 '대약진' 이론으로 알려져 있다. 학교교육 개혁을 주장하기 위해 '거대한 차이'를 필요로 했던 올슨(Olson 2003)의 아래 논평을 보자.

그렇다면 필요한 일은, 심리학 이론과 교육 개혁 사이의 관계를 보다 더 잘 이해하고 (…) 정신의 발전에 관한 우리의 이해를 진전시키는 데 상응하는 관료 기구로서 우리가 학교를 더욱더 잘 이해하는 것이다(2003, p. xi).

문자성의 '대약진' 이론은 다음과 같은 글에 이어진다. "만일 우리가 사람들의 학습 방법을 더 잘 알기만 한다면, 교육적 실천은 앞으로 대약진을 하게 될 것이다"(Olson 2003, p. ix). 학교교육과 학습 사이에 인지된 바로 그 간극에서, 학교교육은 학습을 수반하는 데 실패한다. 또 그러한 간극은 인쇄 문자성과 구술 양식 사이에서 사회 계급에 바탕을 둔 인지된 차이로 투사된다. 적어도 개혁론자들의 입장에서는 문자성을 가진 엘리트의 가치를 보편화함으로써, 문자성이 없는 사람들과 계급투쟁을 벌일 필요가 없게 되었다. 대신에 전체 대중의 지적인 해방을 촉진하는 견해와 더불어 정신적인 학습의 구술 양식으로써 제도적인 구성 차원에서 교육학을 개혁하려는 의제(실질적으로 16세기 라무스주의의 계획에 반대하여 그 교육제도의 유산을 무효화하도록 설계된)가 형성되었다(이와 반대되는 견해에 대해서는 Kintgen et al 1988을 참고하라).

문자 자격증 편중주의(literate credentialism), 즉 필기시험을 통해서 개인에게 자격을 부여하는 문화는 옹이『구술문화와 문자문화』를 썼을 때보다 현재 오히려 더 지배적이다. 그러한 '교육적인 거대조직'은 현재 교육 자격인증의 전 지구적인 경쟁시장이 되어 있다. 인쇄 문자성은 과학·조사·교육 분야는 물론이고, 행정·관리·무역·사업·학문·전문직 자격증 등 시험에 의해 접근 가능한 사회기구들의 매체가 된다. 이것은 옹이 '2차적 구술성'이라고 부른 것, 즉 표현과 소통에서 전자적으로 매개된 구술 양식들과 대조된다. (자격증 편중 문화라는) 도전적인 환경에서 자란 많은 학생들을 포함하여, 대중문화와 매체, 패션과 소비, 온라인과 거리의 사회연결망 속에서 감각이 양육된 학생들 사이에서는 '2차적 구술성'이 지닌 비공식적 의사전달과 학습 양식이 선호된다. 계층 구분을 통해서 소통 양식을 이론화하려는 이러한 시도들은, 지식의 위계들을 재생산하는 데 기여하는 바로 그 제도들 안에서 이미 확립된 지식의 위계를 거꾸로 하기 위해 설계된 교육 프로그램을 통해 적용된다. 이러한 종류의 교육 해방주의는, 옹뿐만 아니라 역시 가톨릭 학자들인 프레이리(P. Freire 1970)와 일리치(1971) 등 급진적인 교육학자들을 쏟아냈다. 그것은 구술적 사고양식들이 문자적 사고양식들과 동등하게, 혹은 심지어 그 이상으로 평가되게 하려는 욕망, 즉 교육학에 라무스주의를 삽입하여 괄호로 묶으려는 욕망에 의해 동기 부여되었다.

어떤 사람들은 이러한 노력에서 종족중심주의의 흔적을 발견한다. 이 종족중심주의는 일종의 '고귀한 야만인' 로맨티시즘인데, 여기에서 1960년대 세대가 특별히 희생된 것처럼 보인다(예컨대 피어시그와 카스타네다의 글).[8] 옹도 그로부터 예외가 아니다. 심지어 그는 스스로 "보다 더 단순한 문화에 속해 있는 사람들" 그리고 "보다 더 원시적인 사람들"이라고 부른 의례적인 삶에 가치를 부여하고자 하였다(Ong 1971, p. 115). 따라서 그는 르네상스 시대의 라틴어 학습을 사춘기 의례에 비교하여, 그것을 "근본적으로 교훈적인" 것으로 보았다.

베추아나인들 사이에서, 소년들이 벌거벗고 춤을 추는 동안 마을의 성인 남자들은 소년들에게 "추장을 잘 지키겠느냐" 혹은 "소떼를 잘 몰겠느냐"와 같은 질문들을 하며 긴 막대기처럼 생긴 회초리로 소년들을 때린다. (Ong 1971, p. 117)

르네상스 시대에 성인 남성들을 소년과 분리시키는 것은 보통의 문자

---

8 피어시그(R. Pirsig)의 『선(禪)과 모터사이클 관리술(Zen & the Art of Motocycle Maintenance)』 (1974)과 카스타네다(C. Castaneda)의 『돈 후안의 가르침(The Teaching of Don Juan)』(1968)은 비(非)서구 모델이나 종족 모델에서 지혜를 찾으려 하였다. 흥미롭게도 둘 다 본래 학구적인 학위논문으로 세상에 나왔다.

성이 아니고 라틴어였다. 그들은 라틴어로 인해서 여성, 집안 살림, 일상적인 문자성으로부터도 분리되었다. 이것은 '학습'(즉 라틴어 지식)이 거의 독점적으로 남성의 업적이라는 사실을 의미하였으며, 학교와 대학은 "원시 부족사회에서의 남성 클럽하우스"를 강력하게 연상시켰다(p. 120). 그러므로 전근대 부족 사회의 구술문화가 문자 시대까지 지속되었다는 것을 보여줄 때조차도 옹은 원시적인(아마도 이것은 '발전된'의 반대인 듯하다) 사회들의 모델을 집요하게 강조하였으며, 때로는 그들을 여성·가정·집이라는 무식자와 일상의 세계로 제한시키는 구술적인 성취모델을 집요하게 강조하였다.

그럼에도 불구하고 이러한 연구에서 옹의 목적은 원시문화에서 미국 문화로의 점진적인 발전을 주장하는 것이 아니라, 공식적인 라틴어 학습이 전통적인 사춘기 의례와 얼마나 많이 닮았는가를 설명하는 것이었다. 이는 르네상스를 넘어서는 반향을 지닌 매혹적인 통찰이다.[9] 현대 과학의 토대가 이러한 종류의 학교교육을 능숙하게 다루었던(운영했던) 르네상스 사상가들에 의해서 만들어졌을 뿐만 아니라, 그러한 '사춘기 의례' 양상이 계속되어왔기 때문이다. 옹은 라틴어—가족 구성원들, 특히 여성들과 공유하지 않으며 일상 사회생활에서 사용되지 않는 죽은 언어—를 사용하는 사람들은 단순히 일상어 학습을 하는 사람들보다 불가사의한 지식에 대한 접근과 내집단의 정체성 형성이라는 배타적 감각에 추가적 차원을 덧붙인다고 주장한다. 옹에게 그런 "사회적 연루관계는 거창한 것이었다".

라틴어가 일상적으로 사용되지 않게 되었을 때, 라틴어를 알고 있는 사람

---

9 나는 Hartley(2012)에서 그러한 반향을 더 논의한다.

들의 사회 안에서는 그렇지 않은 사람들과의 명확한 구분이 만들어졌다. '주변적 환경'의 여러 조건들이 (다른 언어를 사용하는) 가족과 (라틴어를 사용하여) 가족 너머의 세계를 학습하는 사람들 사이에 제시되었다. 주변적 환경이 일차적으로 언어적이라는 사실은 그러한 상황의 초기 양상들을 더욱 강조했을 뿐인데, 내밀한 의미와 소통 수단의 학습이 입문 의례에 공통된 특질이기 때문이다. 성인 남성은 소통 능력을 통해서만 소속감을 성취할 수 있다. (p. 119)

맥루언이 지구촌이라 이름 붙인 이 세상에서, 아마도 우리는—르네상스는 예외로 하고—과거 부족문화를 넘어 더 멀리, 즉 우리가 생각했던 것만큼 더 멀리 '진전'하지는 않은 것 같다. "소년 교육은 근본적으로 사춘기 의례이다. 즉 소년에게 자신을 더 강하게 하여 미래에 과거의 유산을 보호하도록 보증하는 환경에서, 그 유산을 전달함으로써 성인의 삶을 준비하도록 하는 과정이다"(1971, p. 140)라는 옹의 서술을 읽으며, 동시대 학자들은 그러한 분석으로—적어도 거대한 미국 대학에서의—대학원 교육 경험을 얼마나 잘 설명할 수 있을지 궁금해 할지도 모른다.

의식 전환, 그렇게 빨리는 어렵다

선의에서 나온 관념임에도 불구하고, 교육이 구술성과 문자성 사이의 '거대한 틈'을 이어줌으로써 '대약진'할 수 있다는 관념은 여전히 논란거리로 남아 있다. 문자성 역사학자들(Graff 1981)과 인간 심리학자들(Scribner and Cole 1981) 모두, 옹이 그토록 확신에 차 주장했던 것처럼(『구술문화와 문자문화』, 4장) 문자성이 알파벳에 관해서든 인쇄에 관해서든 사실상 인간의 의식을 변형시키거나 '재구조화'시키는지 여부에 대해 강력한 회의를 표현했기 때문이다.

그러한 관념의 문제란, 쓰기는 구술을 대체하지 않으며 인쇄는 쓰기를 대체하지 않는다는 것이다. 일반적으로 새로운 매체 기술들은 이미 사용 중인 매체 기술들을 보충한다. 그래서 문자성 역사학자인 그라프(H. Graff)는, 교육 자체가 구술 양식과 문자 양식이 공존하는 상호작용 과정 안에서 "오래도록 구술 활동으로 남아왔다"(1991, p. 5)고 지적하였다. 그라프는 문자성 역사의 연속성을 강조함으로써 문자성 연구를 진보적 변화라는 관념에서 분리하려고 하였다(1991, p. 8, 또한 Graff 1987; Finnegan 1988, pp. 139, 175를 참고하라).

실제로, 문자성에 대한 최근의 교육적 접근은 '대약진' 이론을 피하려는 경향이 있다(Street 1984; Daniell 1986). 다만 교실에서 비인쇄 매체를 즐겨 사용하는 교육 활동가들은, 방송과 디지털 매체 시대에 교육학(그리고 기술공학)을 업데이트하도록 압박하기 위하여 그 이론의 다른 버전이나 그 자취를 종종 고수한다(Kellner 2002). 그러나 21세기가 됨에 따라, '매체 문자성' 교육에 대한 옹의 영향은 대서양 양쪽의 가장 영향력 있는 연구들에서 그의 이름도 맥루언의 이름도 언급되지 않는 방향으로 약화되었다(예컨대 Jenkins 외, n.d.; Buckingham 2003).

옹으로부터 벗어나려는 이러한 선회는 유감스러운 것이다. 목욕물을 버리려다가 아이까지 버리는 격이기 때문이다. 학문 비평가는 일상적으로 반대자의 가장 큰 결점을 찾는다(반면 자신의 가장 큰 장점들은 제대로 평가되기를 바란다). 옹의 지나친 주장들에 대한 거부는 그의 최고 저작을 방치하는 것으로 이어진 듯하다. 그는 자신이 알았던 것들, 즉 구술성·쓰기·(필사 문자성)·인쇄 문자성 사이의 수사학적·기술적·순수이성적 구분의 역사로부터 벗어나 그가 알지 못했던 것(즉 정신)에까지 이르는 과정을 증명할 근거를 가지고 있지 않았다. 말하기라는 지식 기술로부터 쓰기라는 다른 지식 기술로의 역사적 전환이 인간 의식을 '재구조화'한 다는 그의 주장은 과도한 일반화에 불과하다. 그러한 주장은, 읽을 수 없 거나 읽지 않는 사람들(쓰지 못하거나 쓰지 않는 사람은 말할 것도 없고)과 다 른 문화에 속한 사람들의 의식이 그들은 사용하지 않는 수사학 전통이나 매체 기술에 의해서 변형된다는 주장이 성립되지 않는 한, 일반화될 수 없는 것이다. 아무리 구석구석 스며든다 해도, 쓰기·인쇄·방송·전자 커 뮤니케이션과 매체 기술은 모두 인간적 속성(본질)이라기보다는 사회 제 도들(문화)이다. '인간 의식'에 관한 옹의 이야기는 본질적으로 훈제 청어 (a red herring: 근본 문제에서 관심을 다른 곳으로 돌리는 일—옮긴이)였다. 그가 학문에 기여한 점은 그 자체로 중요하고 매혹적인 것, 즉 학습 체계의 역 사였기 때문이다. 그는 사회적 학습에서 인간 의식을 추론할 필요가 없 었다.

여러 차례, 심지어 옹이 젠더 쟁점을 다루려 했을 때조차도, 그는 사실 상 젠더 계열을 따라 의식이 나뉜다고 주장한 것 같다(예컨대 1971, pp. 119~20; 『구술문화와 문자문화』, pp. 186~7, 156~7; 2002, p. 483~4). 그러나 그 는 신경과학자가 아니었던 만큼, 소녀들에 대해서 많이 알진 못했다. "우 리는 여기에서 소년들에만 관심이 있다. 왜냐하면, 일반적으로 소년들만 이 르네상스 시대 학교에서 배웠거나 체계적인 공식 교육을 받았기 때문 이다"(1971, p. 117). 이 글에는 적어도 어떤 것(커뮤니케이션 기술)이 변화되 었기 때문에 모든 것(인간 의식)이 변화되었다는 것—여성의 의식에 있어 서는 그렇지 않음에도—을 제시하는 듯한 부주의한 기술결정론이 있다. 옹은 교육과 남성성의 차원 모두에서 '의식적 싸움'의 역할에 관심이 있 었다. 그러나 긴 부제를 달고 이러한 주제를 다룬 저서 『삶을 위한 투쟁: 경쟁, 섹슈얼리티, 그리고 의식(Fighting For Life: Contest, Sexuality, & Consciousness)』(1981)에서 그는 이에 대해 과도한 관심을 표명하는데, 그

로 인해 자신의 이해 범주를 넘어서는 모습을 보인다. '경쟁'과 '섹슈얼리
티'는 교육 제도 안에서는 연결될지도 모르지만, 그러한 연결이 인간 '의
식'의 변화를 수반하지는 않기 때문이다.

　그러나 (옹의 주장을) 반대하는 측의 결점 역시 피해야 할 필요가 있다.
옹은 자신의 주제로부터 시작하여 '인류'로 일반화하거나 보편화하는 습
관 때문에 극단적인 가설들을 야기하고 때로 오류에 빠지기도 하지만,
그의 가설 모두가 잘못된 것은 아니다. 우리 모두 다 때로는 어리석은 진
술을 하게 마련이다. 그러나 옹은 지식 기술의 역사를 알고 있었고, 그것
을 우리로 하여금 깨우치도록 하였다. 그 지식 기술이 쓰기나 인쇄와 같
은 하드웨어든, 수사학이나 공간화된 방법과 같은 소프트웨어든 말이다.
여기에서 그는 한 가지에 대해서는 명쾌하게 진술하였는데, 바로 문화적
진화였다.

옹이즘의 진화

　옹은 진화론이라는 화두를 건드렸다. 사실 그는 『구술문화와 문자문
화』의 마지막 절을 아래와 같이 썼다.

> 적어도 헤겔의 시대 이후로, 인간 의식이 진화한다는 깨달음은 더욱더 성
> 장해왔다. (…) 구술성과 문자성의 역학은 (…) 의식의 현대적 진화의 흐름
> 에 합류하고 있다. (『구술문화와 문자문화』, pp. 274~6)

　인문학과 휴게실에서 그 단어를 발화하는 것만으로도 대단한 경악을
야기할 시기에(당시 인문학계에서는 진화=사회적 다윈주의=나치주의였다), 진
화에 대한 언급은 아마도 대담한 행동이었을 것이다. 그럼에도 불구하고

이상하게도 도킨스(Dawkins) 이후 우리 세대의 귀에는, 위의 구절이 다윈으로 향하는 게 아니라 종교적 내면화로 향하는 것으로 들린다. 옹은 '현대적 의식의 진화'가 아니라 '의식의 현대적 진화'라고 썼기 때문에, 그가 결코 다윈식 진화를 의미하지 않았다는 해석이 가능하다. 여기에서 단어의 순서는 상당한 차이를 가져올 수 있는데, 왜냐하면 '~의 현대적 진화(modern evolution of)'는 단순히 '역사적 변화'(최대한 5000년)를 의미할 수 있고, '현대적 ~의 진화(evolution of modern)'는 다윈식 진화(최소 50,000년)를 의미할 수 있기 때문이다. 아무튼, 마르크스주의 정치 체제에 영향 받았던 그 시대의 매체 학문은 산업화와 계급투쟁이 초래한 변화에 더 관심이 있었다. 이 맥락에서 의식의 변화는 확실히 지지를 받았지만, 진화 과정이 아니라 체계적이고 제도적인 과정의 결과로 설명되었다. 즉 연구 대상은 '의식의 진화'가 아니라 '의식 산업'이었던 것이다(Enzensberger 1970; 1974).

그러나 비밀은 금세 폭로되었다. 옹은 진화를 구술·문자·인쇄에 토대를 둔 의식과 제휴한 변화 이면의 원인 메커니즘으로 보고, 그것을 "개체 발생적으로 그리고 계통 발생적으로" 끌어냈다. 당대에 이것은 하나의 작은 조짐에 불과했다. 옹이 속한 시대는, 개념의 역사에 있어 매체 기술·인지·문화 변화 사이에 인과적 연결이 있을 것이라고 추측은 했지만 아직 생물학·인지심리학·문학사 연구가 충분하지 못하여 이를 증명하지 못했던 시대였다. 옹 세대의 사고실험(thought experiment)은 맥루언·구디·와트·해블록 등에 의해 행해졌는데, 대담하고 영향력은 있었지만 증명되지 않았고 심지어 다른 과학들과 삼각관계를 이루기는 불가능한 실험들이었다. 그러한 '의식의 진화'는 실제 연구의 한 분야라기보다는 도발적인 은유로 남았다. 생물학(유전학), 심리학(두뇌), 텍스트 학문(복합적으로 연결된 의미 체계)은 내적으로도 혹은 상호 관련적으로도, 말하기처럼 내적인 것이든 쓰기처럼 외적인 것이든, 의식 기술(technologies of consciousness) 연구에서 인과적인 진화 메커니즘을 분리하고자 시도할 정도로 충분히 개발되지 않았다(하지만 Lotman 2009를 참고하라).

1982년 이후 시대는 변화했다. 그러한 변화들 가운데 과학과 인문학의 '통섭'이 가속화되고 있었다(Wilson 1998). 즉 진화론이나 신다윈주의, 복잡성이론이나 연결망이론, 신경과학과 진화심리학을 포함한 유전생물학 등의 접근법을 사용하여 문학적·문화적 주제를 연구하려는 다양한 시도들이 가속화되고 있었다. 진화에 대한 옹의 관심은, 현대 진화과학 저술에서는 그가 예측하지 못한 방식으로 받아들여졌다(Mesoudi 2011). 그러한 저술은, 우리가 진화론—이 이론은 단순히 변화를 위한 느슨한 은유에 불과한 것이 아니며, 생물학 외에도 사회과학이나 문화과학에서의 신다윈주의적인 선회의 일부이다—을 통해서 실제로 문화와 의식을 이해할 수도 있다는 점을 암시한다(Boyd and Richerson 1985). 생물학·신경과학·진화이론·복합성이론에서 진화적이고 복합체계적인 접근 방법들이 뒤따라 신속하게 개발되었으며(예를 들면 Kauffman 1995), 결국 인문학에서조차 '의식의 진화' 문제가 커뮤니케이션 기술 및 매체 변화와 관련하여 시기적절하게 재개되었다. 이러한 작업에 안내 지침이 될 만한 것으로는 아서(B. Arther)와 보이드(B. Boyd)의 저술들을 포함하여 몇 권이 있다. 아서(2009)는 커뮤니케이션 기술에 반드시 적용되어야 할 기술 진화에 대한 설득력 있는 이론화 작업을 하였다. 보이드(2009)는 호메로스와 이야기의 진화에 관해, 또 문학에의 진화론적인 접근에 관해 다루어, 막 생겨나는 이 분야의 미래에 유익한 논의를 제공하는 표준을 마련하였다. 그 밖에도 여러 사람들이 이제 새로이 대두되는 진화에 관한 토의에 기여하고 있으며, 예술 분야에서도 그렇다. 예컨대 Austin(2010), Boyd et al(2010), Carroll(2011), Dissanayake(2000), 그리고 Dutton(2009) 등이 있

다. 이러한 작업에 대한 비평을 보려면 Kramnick(2011)을 참고하라.[10]

옹의 작업을 이와 같이 보다 더 넓게 위치시키면, 학제간 맥락들은 그의 '인지적(noetic)'이고 관념사적인 접근(방법)을 진화론적 · 체계적인 사고뿐 아니라 '과학 중의 과학'인 현대적 분야에도 연결하게 된다.[11] 매체기술은 많은 영역에 영향을 주는 '진화론적 선회'의 일부로서 연구될 수있다. 그리고 그런 선회는, 인류가 기술과 지식의 성장에서 진화론적 변화에 채택해온 범위를 이해하기 위하여 생명과학, 텍스트 연구, 연결망이론이나 복잡성이론으로부터 생겨난 통찰들을 한데 합친다. 이제 옹의 책을 읽을 때 당신은 브로크먼이 "분산된 네트워크 정보(Distributed Networked Intelligence)"라고 부른 것(The Edge 1999)에 대해 생각할 것이다. 또한 그것에 대해서 생각만 하는 게 아니라 직접 참여할 것이다.

그렇게 직접 참여할 때, 셰익스피어의 『율리우스 시저(Julius Caesar)』에서 마르쿠스 안토니우스의 유명한 연설 "나에게 귀 좀 빌려주시게(Lend me your ears)"[12]를 듣고 있는 익명의 '일등 시민'의 말을 참고하라. 그 시민은 "내 생각에 그(안토니우스)의 말은 여러모로 이치에 맞는다"고 말했다. 월터 J. 옹에 대해서도 같은 말을 할 수 있을 것이다.

---

10 'Darwinian literary studies'라는 위키피디어 항목을 참고하면 좋다(2012년 1월 기준).

11 예를 들어 『경제학자(The Economist)』(2011)를 참고하라.

12 William Shakespeare(1599), 『줄리어스 시저(Julius Caesar)』, Ⅲ. ii .52. 온라인: http://shakespeare. mit.edu/julius_caesar/julius_caesar.3.2.html;

    아래의 목록에는 본문에서 인용한 문헌뿐 아니라, 독자에게 특히 도움이 될
만한 그 밖의 문헌도 포함되어 있다.

    이 목록에는 구술성과 문자성에 관련된 모든 분야(이를테면 아프리카 문화 등)
의 방대한 문헌이 완전하게 망라되지는 않았으나, 중요 분야에 유용한 몇몇
중요 문헌들은 포함되어 있다. 여기에 든 많은 저작들에는, 갖가지 문제를 더
욱 심도 있게 탐구하는 데 도움을 주는 문헌 목록이 포함되어 있다.

    구술성과 문자성의 대조를 논한 주요 문헌 대부분은 영어로 씌어졌고, 그
선구적인 업적의 많은 것들은 미국과 캐나다의 연구자에 의해서 이루어졌다.
이 목록에는 주로 영어로 된 문헌들을 모았으나, 그 밖의 언어로 된 문헌도 약
간 포함되어 있다.

    이 책에서 다룬 자료 중에, 백과사전과 같이 손쉽게 알아볼 수 있는 일반적
인 참고서는 번잡함을 피하려고 참고 문헌으로 들지 않았다. 특별한 설명이
필요한 곳에는 주를 달았다.

Abrahams, Roger D. (1968) 'Introductory remarks to a rhetorical theory of folklore', *Journal of American Folklore*, 81, 143~58.

———— (1972) 'The training of the man of words in talking sweet', *Language in Society*, 1, 15~29.

Achebe, Chinua (1961) *No Longer at Ease* (New York: Ivan Obolensky).

Ahern, John (1982) 'Singing the book: orality in the reception of Dante's Comedy', *Annals of Scholarship* (in press).

Antinucci, Francesco (1979) 'Notes on the linguistic structure of Somali poetry' in Hussein M. Adam (ed.), *Somalia and the World: Proceedings of the International Symposium...... Oct. 15~21, 1979*, vol. I(Mogadishu: Halgan), 141~53.

Aristotle (1961) *Aristotle's Poetics, trans. and analysis* by Kenneth A. Telford (Chicago: Henry Regnery).

Balogh, Josef (1926) '"Voces Paginarum": Beiträe zur Geschichte des lauten Lesens und Schreibens,' *Philologus*, 82, 84~109, 202~40. 매우 오래전 출판된 책이지만, 아직도 많은 정보를 제공해준다.

Basham, A. L. (1963) *The Wonder That Was India: A Study of the History and Culture of the Indian Sub-Continent before the coming of the Muslims*, new and rev. edn (New York: Hawthorn Books). 1st edn 1954.

Bäuml, Franz H. (1980). 'Varieties and consequences of medieval literacy and illiteracy', *Speculum*, 55, 237~65. 이 책은 많은 정보를 내포하고 있으며, 일러주는 바도 많다. 중세 문화는 그 지도자들 사이에서는 기본적으로 문자 중심적이었다. 그러나 그중 많은 사람들은 씌어진 텍스트를 읽을 수 없었다. 그중 많은 사람들은 텍스트라는 것을 알고 있었다 해도 오직 그들에게 그것을 읽어주는 사람을 통해서 아는 것이었다. 글자를 안다는 것과 글자를 알지 못하는 것은, 중세에서는 단지 '개인적인 능력'의 차이라기보다는 '커

뮤니케이션의 두 가지 다른 유형을 나타내는 지표'였던 것이다.

Bayer, John G. (1980) 'Narrative techniques and oral tradition in *The Scarlet Letter*', *American Literature*, 52, 250~63.

Berget, Brigitte (1978) 'A new interpretation of the IQ controversy', *The Public Interest*, 50 (Winter 1978), 29~44.

Bernstein, Basil (1974) *Class, Codes, and Control. Theoretical Studies towards a Sociology of Language*, vol. I, 2nd rev. edn (London: Routledge & Kegan Paul). 1st edn 1971.

Biebuyck, Daniel and Mateene, Kahombo C. (eds and trans.) (1971) *The Mwindo Epic from the Banyanga* (Berkeley and Los Angeles: University of California Press). 칸디 루레케가 서술한 것으로, 니얀가어로 된 원전을 영어로 옮긴 책이다.

Bloom, Harold (1973) *The Anxiety of Influence* (New York: Oxford University Press).

Boas, Franz (1922) The Mind of Primitive Man (New York: Macmillan). 저자가 1910~11년에 로웰(Lowell) 연구소, 보스턴 대학, 매사추세츠 대학, 그리고 멕시코 국립대학에서 강의한 내용이다.

Boerner, Peter (1969) *Tagebuch* (Stuttgart: J. B. Metzler).

Bright, William (1981) 'Literature: written and oral' in Deborah Tannen (ed.), *Georgetown University Round Table on Languages and Linguistics 1981* (Washington, DC: Georgetown University Press), 270~83.

Brink, C[harles] O[scar](1971) *Horace on Poetry: The 'Ars Poetica'* (Cambridge, England: Cambridge University Press).

Bruns, Gerald L. (1974) *Modern Poetry and the Idea of Language: A Ctritical and Historical Study* (New Haven and London: Yale University Press).

Bynum, David E. (1967) 'The generic nature of oral epic poerty', Genre, 2(3) (September 1967), 236~58. Reprinted in Dan Ben-Amos (ed.), *Folklore Genres* (Austin and London: University of Texts Press, 1976), 32~58.

——— (1974) *Child's Legacy Enlarged: Oral Literary Studies at Harvard since 1856*, Publications of the Milman Parry Collection (Cambridge, Mass.: Center for the Study of Oral Literature). Reprinted from the types of Harvard Library Bulletin, xxii(3) (July 1974).

——— (1978) *The Daemon in the Wood: A Study of Oral Narrative Patterns* (Cambridge, Mass: Center for the Study of Oral Literature). Distributed by Harvard University Press.

Carothers, J. C. (1959) 'Culture, psychiatry, and the written word', *Psychiatry*, 22, 307~20.

Carrington, John F. (1974) *La Voix des tambours: comment comprendre le langage tambouriné d'Afrique* (Kinshasa: Centre Protestant d'Editions et de diffusion).

Carter, Thomas Francis(1955) *The Invention of Printing in China and Its Spread Westward*, rev. by L. Carrington Goodrich, 2nd edn (New York: Ronald Press).

Chadwick, H[ector] Munro and Chadwick, N[ora] Kershaw(1932~40) *The Growth of Literature*, 3 vols (Cambridge, England: Cambridge University Press).

Chafe, Wallace L. (1982) 'Integration and involvement in speaking, writing, and oral literature', to appear in Deborah Tannen (ed.), *Spoken and Written Language: Exploring Orality and Literacy* (Norwood, NJ: Ablex).

Champagne, Roland A. (1977~78) 'A grammar of the languages of culture: literary theory and Yury M. Lotman's semiotics', *New Literary History*, ix, 205~10.

Chaytor, H[enry] J[ohn] (1945) *From Script to Print: An Introduction to Medieval Literature* (Cambridge, England: Cambridge University Press).

Clanchy, M. T. (1979) *From Memory to Written Record: England, 1066~1307* (Cambridge, Mass.: Harvard University Press).

Cohen, Murray (1977) *Sensible Words: Linguistic Practice in England 1640~1785*

(Baltimore and London: Johns Hopkins University Press).

Cole, Michael and Scribner, Sylvia (1973) *Culture and Thought* (New York: John Wiley).

Cook-Gumperz, Jenny and Gumperz, John (1978) 'From oral to written culture: the transition to literacy', in Marcia Farr Whitehead (ed.), *Variation in Writing* (Hillsdale, NJ: Lawrence Erlbaum Associates).

Cormier, Raymond J. (1974) 'The problem of anachronism: recent scholarship on the French medieval romances of antiquity', *Philological Quarterly*, LIII, (2) (Spring 1974), 145~57. 문자 이전 사회의 특징이라고 일반적으로 받아들여진 것은, (중세의) 로망스에 귀를 기울이던 당시 새로 출현한 '조숙한' 청중에게는 부분적으로 밖에 적합하지 않다. 고대의 로망스와 다른 시대의 로망스에 보이는 시대착오성의 한 원인으로 '읽고 쓸 수 없음'을 드는 것은 아주 주목할 만한 생각이다. 그러나 문자가 없는 사회의 특징이라고 일반적으로 인식되어 있는 것, 즉 구술문화, 역동적 세계관, 논쟁 선호, 외향적 분열 행동 등은 12세기 중엽 사회의 단지 일부만을 특징짓는 것임을 강조해두고 싶다.

Crosby, Ruth (1936) 'Oral delivery in the Middle Ages', *Speculum*, II, 88~110.

Culler, Jonathan (1975) *Structuralist Poetics: Structuralism, Linguistics, and the Study of Literature* (Ithaca, NY: Cornell University Press).

Culley, Robert (1967) *Oral-Formulaic Language in the Biblical Psalms* (Toronto: University of Toronto Press).

Cummings, E. E.(Edward Estlin)(1968) *Complete Poems*, 2 vols (London: MacGibbon and Kee).

Curschmann, Michael (1967) 'Oral poetry in medieval English, French, and German literature: some notes on recent research], *Speculum*, 42, 36~53.

Daly, Lloyd S. (1967) *Contributions to a History of Alphabetization in Antiquity*

and the Middle Ages, Collection Latomus, vol. xc (Bruxelles: Latomus, Revue d'
études latines).

Derrida, Jacques (1976) *Of Grammatology*, trans. by Gayatri Chakravortry
Spivak (Baltimore and London: Johns Hopkins University Press).

———— (1978) *Writing and Difference*, trans. with an introduction and
additional notes, by Alan Bass (Chicago: University of Chicago Press).

Diringer, David (1953) *The Alphabet: A Key to the History of Mankind*, 2nd edn,
rev (New York: Philosophical Library).

———— (1960) *The Story of Aleph Beth* (New York and London: Yoseloff).

———— (1962) *Writing, Ancient Peoples and Places, 25* (London: Thames &
Hudson).

Durand, Gilbert (1960) *Les Structures anthropologiques de l'imaginaire* (Paris:
Presses Universitaires de France).

Dykema, Karl (1963) 'Cultural lag and reviewers of *Webster III*', AAUP Bulletin
49, 364~69.

Edmonson, Munro E. (1971) *Lore: An Introduction to the Science of Folklore and
Literature* (New York: Holt, Rinehart & Winston).

Eisenstein, Elizabeth (1979) *The Printing Press as an Agent of Change:
Communications and Cultural Transformations in Early-Modern Europe*, 2 vols
(New York: Cambridge University Press).

Eliade, Mircea (1958) *Patterns in Comparative Religion*, trans. by Willard R.
Trask (New York: Sheed & Ward).

Elyot, Sir Thomas (1534) *The Boke Named the Gouernour* (London: Thomas
Berthelet).

Eoyang, Eugene (1977) 'A taste for apricots: approaches to Chinese fiction', in
Andrew H. Plaks (ed.), *Chinese Narrative: Critical and Theoretical Eaasys*, with

a foreword by Cyril Birch (Princeton, NJ: Princeton University Press), 53~69.

Essien, Patrick(1978) 'The use of Annang proverbs as tools of education in Nigeria', dissertation, St Louis University.

Faik-Nzuji, Cléentine (1970) *Enigmes Lubas-Nshinga: Étude structurale* (Kinshasa: Editions de l'Universit Lovanium).

Farrell, Thomas J. (1978a) 'Developing literacy: Walter J. Ong, and basic writing', *Journal of Basic Writing*, 2, (1) (Fall/Winter 1978), 30~51.

———— (1978b) 'Differentiating writing from talking', *College Composition and Communication*, 29, 346~50.

Febvre, Lucien and Martin, Henri-Jean (1958) *L'Apparition du livre* (Paris: Editions Albin-Michel).

Fernandez, James (1980) in Ivan Karp and Charles S. Bird (eds), *Explorations in African Systems of Thought* (Bloomington, Ind.: Indiana University Press), 44~59.

Finnegan, Ruth (1970) *Oral Literature in Africa* (Oxford: Carendon Press).

———— (1977) *Oral Poetry: Its Nature, Significance, and Social Context* (Cambridge, England: Cambridge University Press).

———— (1978) *A World Treasury of Oral Poetry*, ed. with an introduction by Ruth Finnegan (Bloomington and London: Indiana University Press).

Fish, Stanley (1972) *Self-Consuming Artifacts: The Experience of Seventeenth-Century Poetry* (Berkeley, Calif. and London: University of California Press).

Foley, John Miles (1977) 'The traditional oral audience', *Balkan Studies*, 18, 145~53. 이 책은 1973년 세르비아의 축제에서 때 있었던 구술 연행의 사회적·의례적·친족적 구조 등을 기술했다.

———— (1979) Review of *Oral Poetry*: Its Nature, Significance, and Social Context (1977) by Ruth Finnegan, Balkan Studies, 20, 470~75.

———— (1980a) '*Beowulf* and traditional narrative song: the potential and limits of comparison', in John D. Niles (ed.), *Old English Literature in Context: Ten Essays* (London, England, and Totowa, NJ: Boydell, Rowman & Littlefield), 117~36, 173~78. 이 책은 구술문화에 특유한 정형구가 정확히 어떤 것인가, 또 그것이 어떻게 기능을 발휘하는가 하는 문제가 그것이 쓰이는 전통에 의존한다고 말한다. 그렇지만 '구술문화에서 특유한 정형구'라는 용어를 줄곧 사용해도 좋을 만큼 (다른 전통에도) 충분히 많은 유사성이 있다.

———— (1980b) 'Oral literature: premises and problems', *Choice*, 18, 487~96. 전문가적인 초점이 맞춰진 논문으로, 녹음 자료 명단이 포함된 귀중한 목록이 붙어 있다.

———— (ed.)(1981) *Oral Traditional Literature: A Festschrift for Albert Bates Lord* (Columbus, Ohio: Slavica Press).

Forster, E[dward] M[organ](1974) *Aspects of the Novel and Related Writings* (London: Edward Arnold).

Fritschi, Gerhard(1981) 'Oral experience in some modern African novels', 282쪽으로 된 타이프 원고로, 저자에게서 직접 입수했다.

Frye, Northrop (1957) *Anatomy of Criticism* (Princeton, NJ: Princeton University Press).

Gelb, I[gnace] J. (1963). *A Study of Writing*, rev. edn(Chicago: Univeristy of Chicago Press). Originally published as *A Study of Writing: The Foundations of Grammatology* (1952).

Givón, Talmy (1979) 'From discourse to syntax: grammar as processing strategy', *Syntax and Semantics*, 12, 81~112.

Gladwin, Thomas (1970) *East Is a Big Bird: Navigation and Logic on Puluwat Atoll* (Cambridge, Mass.: Harvard University Press).

Goldin, Frederick (ed.) (1973) *Lyrics of the Troubadours and Trouvères: An Anthology and a History*, trans and introduction by Frederick Goldin(Garden

City, NY: Anchor Books).

Goody, Jack[John Rankin] (ed.) (1968a) *Literacy in Traditional Societies*, introduction by Jack Goody (Cambride, England: Cambridge University Press).

———— (1968b) 'Restricted Literacy in Northern Ghana', in Jack Goody (ed.), *Literacy in Traditional Societies* (Cambridge, England: Cambridge University Press), 198~264.

———— (1977) *The Domestication of the Savage Mind* (Cambridge, England: Cambridge University Press).

Goody, Jack[John Rankine] and Watt, Ian (1968) 'The consequences of literacy', in Jack Goody (ed.), *Literacy in Traditional Societies* (Cambridge, England: Cambridge University Press), 27~84.

Grimble, A. F. (1957) *Return to the Islands* (London: Murray).

Gulik, Robert Hans van (trans. and ed.) (1949) *Three Murder Cases Solved by Judge Dee: An Old Chinese Detective Novel* (Tokyo: Toppan Printing Co.). 원작은 18세기 중국의 작자 미상의 작품이다. 실존 인물 狄人傑, 통칭 '狄判事'(A. D. 630~700)는 옛날 중국의 이야기에 등장하였다.

Gumperz, John J., Kaltmann, Hannah and O'Connor, Catherine (1982 or 1983) 'The transition to literacy', to appear in Deborah Tannen (ed.), *Coherence in Spoken and written Discourse*, in preparation for 1982 or 1983 publication (Norwood, NJ: Ablex). 1981년 3월 19~21일에 '언어와 언어학'이라는 테마로 개최된 제32회 조지타운 대학 연차 원탁회의의 예비 심포지움에 제출된 논문. 저자로부터 직접 입수(1984년에 출판).

Guxman, M. M. (1970) 'Some general regularities in the formation and development of national languages', in Joshua A. Fishman(ed.), *Readings in the Sociology of Language* (The Hague: Mouton), 773~76.

Hadas, Moses (1954) *Ancilla to Classical Reading* (New York: Columbia University

Press).

Hajnal, István (1954) *L'Enseignement de l'écriture aux universités médiévales* (Budapest: Academia Scientiarum Hungarica Budapestini).

Harms, Robert W. (1980) 'Bobangi oral traditions: indicators of changing perceptions', in Joseph C. Miller (ed.), *The African Past Speaks* (London: Dawson; Hamden, Conn.: Archon), 178~200. 이러한 접근들은 구술 전통이 과거의 나태한 호기심에 의해서 유지되고 전해지는 것이 아니라, 현재에 관해서 무엇인가 뜻 있는 바를 말해주기 때문에 유지되고 전해진다는 가정에 바탕을 두고 있다.

Hartman, Geoffrey (1981) *Saving the Text: Literature/Derrida/Philosophy* (Baltimore, Md: Johns Hopkins University Press).

Haugen, Einar (1966) 'Lingustics and language planning', in William Bright (ed.), *Sociolingustics: Proceedings of the UCLA Sociolingustics Conference 1964* (The Hague: Mouton), 50~71.

Havelock, Eric A. (1963) *Preface to Plato* (Cambridge, Mass.: Belknap Press of Harvard University Press).

———— (1973) 'Prologue to Greek literacy', in *Lectures in Memory of Louise Taft Sample*, University of Cincinnati Classical Studies, vol. 2 (Norman, Okla.: University of Oklahoma Press), 229~91.

———— (1976) *Origins of Western Literacy* (Toronto: Ontario Institute for Studies in Education).

———— (1978a) *The Greek Concept of Justice: From Its Shadow in Homer to Its Substance in Plato* (Cambridge, Mass., and London, England: Harvard University Press).

———— (1978b) 'The alphabetization of Homer', in Eric A. Havelock and Jackson F. Herschell (eds), *Communication Arts in the Ancient World* (New

York: Hastings House), 3~21.

―――― (1979) 'The ancient art of oral poetry', *Philosophy and Rhetoric*, 19, 187~202.

Havelock, Eric A. and Herschell, Jackson P. (eds) (1978) *Communication Arts in the Ancient World, Humanistic Studies in the Communication Arts* (New York: Hastings House).

Hawkes, Terence (1977) *Structuralism and Semiotics* (Berkeley and Los Angeles: University of California Press: London: Methuen).

Haymes, Edward R. (1973) *A Bibliography of Studies Relating to Parry's and Lord's Oral Theory*, Publications of the Milman Parry Collection: Documentation and Planning Series, (Cambridge, Mass.: Harvard University Press). 매우 귀중한 문헌이다. 500개 이상의 항목으로 되어 있다(Holoka 1973을 참조).

Henige, David (1980) "The disease of writing": Ganda and Nyoro Kinglists in a newly literate world', in Joseph C. Miller (ed.), *The African Past Speaks* (London: Dawson: Hamden, Conn.: Archon), 240~61.

Hirsch, E. D., Jr. (1977) *The Philosophy of Compostion* (Chicago and London: University of Chicago Press).

Holoka, James P. (1973) 'Homeric originality: a survey', *Classical World*, 66, 257~93. 매우 귀중한 참고 문헌으로 설명이 붙어 있다. 214개 항목(Haymes 1973을 참조).

Hopkins, Gerard Manley (1937) *Note-Books and Papers of Gerard Manley Hopkins*, ed. Humphrey House (London: Oxford University Press).

Horner, Winifred Bryan (1979) 'Speech-act and text-act theory: "theme-ing" in freshman composition', *College Composition and Communication*, 30, 166~69.

―――― (1980) *Historical Rhetoric: An Annotated Bibliography of Selected Sources in English* (Boston, Mass.: G. K. Hall).

Howell, Wilbur Samuel (1956) *Logic and Rhetoric in England*, 1500~1700 (Princeton, NJ: Princeton University Press).

———— (1971) *Eighteent-Century British Logic and Rhetoric* (Princeton, NJ: Princeton University Press).

Iser, Wolfgang(1978) *The Act of Reading: A Theory of Aesthetic Response* (Baltimore and London: Johns Hopkins University Press). 원서는 *Der Akt des Lesens: Theorie ästhetischer Wirkung* (Munich: Wilhelm Fink, 1976)로 출간.

Ivans, William M., Jr. (1953) *Prints and Visual Communication* (Cambridge, Mass.: Harvard University Press).

Jaynes, Julian (1977) *The Origins of Consciousness in the Breakdown of the Bicameral Mind* (Boston: Houghton Mifflin).

Johnson, John William (1979a) 'Somali prosodic systems', *Horn of Africa*, 2(3) (July~September), 46~54.

———— (1979b) 'Recent contributions by Somalis and Somalists to the study of oral literature', in Hussein M. Adam (ed.), *Somalia and the World: Proceedings of the International Symposium...... Oct.* 15~21, 1979, vol. 1 (Mogadishu: Halgan), 117~31.

Jousse, Marcel (1925) *Le Style oral rhythmique et mnémotechnique chez les Verbomoteurs* (Paris: G. Beauchesne.)

———— (1978) *Le Parlant, la parole, et le souffle*, préface by Maurice Houis, Ecole Pratique des Houtes Etudes, L'Anthropologie du geste (Paris: Gallimard).

Kahler, Erich (1973) *The Inward Turn of Narrative*, trans. by Richard and Clara Winston (Princeton, NJ: Princeton University Press).

Kelber, Werner (1980) 'Mark and oral tradition', *Semeia*, 16, 7~55.

———— (1983) *The Oral and the Written Gospel: The Hermeneutics of Speaking and Writing in the Synoptic Tradition, Mark, Paul and Q.* (Philadephia: Fortress Press).

Kennedy, George A. (1980) *Classical Rhetoric and Its Christian and Secular Tradition from Ancient to Modern Times* (Chapel Hill, NC: University of North Carolina Press).

Kerckhove, Derrick de (1981) 'A theory of Greek tragedy', *Sub-Stance*, Pub. by Sub-Stance, Inc., University of Wisconsin, Madison (Summer 1981).

Kiparsky, Paul (1976) 'Oral poetry: some linguistic and typological considerations', in Benjamin A. Stolz and Richard S. Shannon (eds), *Oral Literature and the Formula* (Ann Arbor, Mich.: Center for the Coordination of Ancient and Modern Studies), 73~106.

Kroeber, A. L. (1972) 'Sign language inquiry', in Garrick Mallery (ed.), *Sign Language among North American Indians* (The Hague: Mouton). Reprinted Washington, DC, 1981.

Lanham, Richard A. (1968) *A Handlist of Rhetorical Terms* (Berkeley: University of California Press).

Leakey, Richard E. and Lewin, Roget (1979) *People of the Lake: Mankind and Its Beginnings* (Garden City, NY: Anchor Press/Doubleday).

Lévi-Strauss, Claude (1963) *Totemism*, trans. by Rodney Needham (Boston: Beacon Press).

———— (1966) *The Savage Mind* (Chicago: University of Chicago Press). 원서는 La Pensée sauvage(1962)로 출판.

———— (1970) *The Raw and the Cooked*, trans. by John and Doreen Weightman (New York: Harper & Row). 원서는 *Le Cru et le cuit*(1964)로 출판.

———— (1979) *Myth and Meaning*, the 1977 Massey Lectures, CBS Radio series, 'Ideas' (New York: Schocken Books).

Lévy-Bruhl, Lucien (1910) *Les Fonctions mentales dans les sociétés inférieures* (Paris: F. Alcan).

───── (1923) *Primitive Mentality, authorized* trans. by Lilian A. Clare (New York: Macmillan). 프랑스어 원판은 La Mentalit primitive.

Lewis, C[live] S[taples](1954) *English Literature in the Sixteenth Century* (excluding Drama). vol. 3 of *Oxford History of English Literature* (Oxford: Clarendon Press).

Lloyd, G[eoffrey] E[dward] R[ichard](1966) *Polarity and Analogy: Two Types of Argumentation in Early Greek Thought* (Cambridge, England: Cambridge University Press).

Lord, Albert B. (1960) *The Singer of Tales*, Harvard Studies in Comparative Literature, 24 (Cambridge, Mass.: Harvard University Press).

───── (1975) 'Perspectives on recent work in oral literature', in Joesph J. Duggan (ed.), *Oral Literature* (New York: Barnes and Noble), 1~24.

Lotman, Jurij (1977) *The Structure of the Artistic Text*, Trans. by Ronald Vroon, Michigan Slavic Contributions, 7 (Ann Arbor, Mich: University of Michigan).

Lowry, Martin (1979) *The World of Aldus Manutius: Business and Scholarship in Renaissance Venice* (Ithaca, NY: Cornell University Press).

Luria [also Lurriia], Aleksandr Romanovich (1976) *Cognitive Development: Its Cultural and Social Foundations*, ed. Michael Cole, trans. by Martin Lopez-Morillas and Lynn Solotaroff (Cambridge, Mass., and London: Harvard University Press).

Lynn, Robert Wood (1973) 'Civil catechetics in mid-Victorian America: some notes about American civil religion, past and present', *Religious Education*, 68, 5~27.

Macherey, Pierre (1978) *A Theory of Literary Production*, trans. by Geoffrey Wall (London and Boston: Routledge & Kegan Paul). 원서는 *Pour une Théorie de la production littéraire*(1966)으로 출판.

Mackay, Ian (1978) *Introducing Practical Phonetics* (Boston: Little, Brown).

McLuhan, Marshall (1962) *The Gutenberg Galaxy: The Making of Typographic Man* (Toronto: University of Toronto Press).

———— (1964) *Understanding Media: The Extensions of Man* (New York: McGraw-Hill).

McLuhan, Marshall and Fiore, Quentin (1967) *The Medium Is the Massage* (New York: Bantam Books).

Malimowski, Bronislaw (1923) 'The problem of meaing in primitive languages', in C. K. Ogden, and I. A. Richards (eds), *The Meaning of Meaning: A Study of the Influence of Language upon Thought and of the Science of Symbolism*, introduction by J. P. Postgate and supplementary essays by B. Malinowski and F. G. Crookshank (New York: Harcourt, Brace; London: Kegan Paul, Trench, Trubner). 451~10.

Mallery, Garrick (1972) *Sign Language among North American Indians compared with That among Other Peoples and Deaf-Mutes*, with articles by A. L. Kroeber and C. F. Voegelin, Approaches to Semiotics, 14 (The Hague: Mouton). 제1회 민족학회 보고서로서 1881년에 출판된 것의 복각판.

Maranda, Pierre, and Maranda, Elli Köngäs (eds) (1971) *Structural Analysis of Oral Tradition* (Philadelphia: University of Pennsylvania Press). Studies by Claude Lévi-Strauss, Edmund R. Leach, Dell Hymes, A. Julien Greimas, Victor Turner, James L. Peacock, Alan Dundes, Elli Köngäs Maranda, Alan Lomax and Joan Halifax, Roberto de Matta, and David Maybury-Lewis.

Markham, Gervase (1675) *The English House-Wife, containing the inward and outward Vertues which ought to be in a Compleat Woman: As her Skill in Physick, Chirurgery, Cookery, Extraction of Oyls, Banquetting stuff, Ordering of great Feasts, Preserving all sorts of Wines, conceited Secrets, Distillations, Perfumes, Ordering of Wool, Hemp, Flax; Making Cloth and Dying; the knowledge of Dayries; Office of Malting; of Oats, their excellent uses in Families; of Brewing, Baking and all other things belonging to the Household.* (London: George Sawbridge).

Marrou, Henri-Irénée (1956) *A History of Education in Antiquity*, trans. by George Lamb (New York: Sheed & Ward).

Meggitt, Mervyn (1968) 'Uses of literacy in New Guinea and Melanesia', in Jack Goody (ed.), *Literacy in Traditional Societies* (Cambridge, England: Cambridge University Press), 300~9.

Merleau-Ponty, Maurice (1961) 'L'Oeil et l'esprit', *Les Temps modernes*, 18, 184~85. Numéro spécial: 'Maurice Merleau-Ponty', 1930~227.

Miller, Joseph C. (1980) *The African Past Speaks: Essays on Oral Tradition and History* (London: Dawson; Hamden, Conn.: Archon).

Miller, J[oseph] Hillis (1979) 'On edge: the crossways of contemporary criticism', *Bulletin of the American Academy of Arts and Sciences*, 32, (2) (January), 13~32.

Miller, Perry and Johnson, Thomas H. (1938) *The Puritans* (New York: American Book Co.).

Murphy, James J. (1974) *Rhetoric in the Middle Ages: A History of Rhetorical Theory from St. Augustine to the Renaissance* (Berkeley, Los Angeles, and London: Univeisity of California Press).

Nänny, Max (1973) *Ezra Pound: Poetics for an Electric Age* (Berne: A. Franke Verlag).

Nelson, William (1976~77) 'From "Listen, Lordings" to "Dear Reader"', *University of Toronto Quarterly*, 46, 111~24.

Neumann, Erich (1954) *The Origins and History of Consciousness*, foreword by C. G. Jung, trans. by R. F. C. Hull, Bollingen Series, XL11 (New York: Pantheon Books). 원서는 Ursprungsgeschichte des Bewusstseins (1949)으로 출판.

Obeichina, Emmanuel (1975) *Culture, Tradition, and Society in the West African Novel* (Cambridge, England: Cambridge University Press). "구술적 전통과 문자적 전통이 서로 충돌하여 뒤섞여서 서아프리카 소설의 두드러진 지방색이 되었다"(p. 34).

O'Connor, M[ichael Patrick] (1980) *Hebrew Verse Structure* (Winona Lake, Ind.: Eisenbrauns). 이 책은 패리, 로드, 옹의 연구를 이용해서 구술문화와 그 정신역학에 관한 새로운 발견을 마련한 가운데, 놀라운 수완과 역량으로 히브리 시를 재검토하고 있다.

Okpewho, Isidore (1979) *The Epic in Africa: Toward a Poetics of the Oral Performance* (New York: Columbia University Press).

Oliver, Robert T. (1971) *Comunication and Culture in Ancient India and China* (Syracuse, NY: Syracuse University Press).

Olson, David R. (1977) 'From utterance to text: the bias of language in speech and writing', *Harvard Educational Review*, 47, 257~81.

──── (1980a) 'On the language and authority of textbooks', *Journal of Communication*, 30, (4) (Winter), 186~96.

──── (ed.) (1980b) *Social Foundations of Language and Thought* (New York: Norton).

Ong, Walter J. (1958a) *Ramus and Talon Inventory* (Cambridge Mass.: Harvard University, Press).

──── (1958b) *Ramus, Method, and the Decay of Dialogue* (Cambridge, Mass.:

Harvard University Press).

———— (1962) *The Barbarian Within* (New York: Macmillan).

———— (1967a) *In the Human Grain* (New York: Macmillan; London: Collier-Macmillan).

———— (1967b) *The Presence of the Word* (New Haven and London: Yale University Press).

———— (1971) *Rhetoric, Romance, and Technology* (Ithaca and London: Cornell University Press).

———— (1977) *Interfaces of the Word* (Ithaca and London: Cornell University Press).

———— (1978) 'Literacy and orality in our times', *ADE Bulletin*, 58 (September), 1~7.

———— (1981) *Fighting for Life: Contest, Sexuality, and Consciousness* (Ithaca and London: Cornell University Press).

Opie, Iona Archibald and Opie, Peter (1952) *The Oxford Dictionary of Nursery Rhymes* (Oxford: Clarendon Press).

Opland, Jeff[rey] (1975) 'Imbongi Nezibongo: the Xhosa tribal poet and the contemporary poetic tradition', *PMLA*, 90, 185~208.

———— (1976) Discussion following the paper 'Oral Poerty: some linguistic and typological considerations', by Paul Kiparsky, in Benjamin A. Stoltz and Richard S. Shannon (eds), *Oral Literature and the Formmula* (Ann Arbor, Mich.: Center for the Coordination of Ancient and Modern Studies), 107~25.

Oppenheim, A. Leo (1964) *Ancient Mesopotamia* (Chicago: University of Chicago Press).

Packard, Randall M. (1980) 'The study of historical process in African traditions of genesis: the Bashu myth of Muhiyi', in Joseph C. Miller (ed.), *The African Past Speaks*, (London: Dawson; Hamden, Conn,: Archon), 157~77.

316

Parker, William Riley(1967) 'Where do English departments come from?',
College English, 28, 339~51.

Parry, Adam (1971) Introduction, pp. ix~xlii, and footnotes, passim, in Milman
Parry, *The Making of Homeric Verse: The Collected Papers of Milman Parry*, ed.
Adam Parry (Oxford: Clarendon Press).

Parry, Anne Amory (1973) *Blameless Aegisthus: A Study of ἀμύμων and Other
Homeric Epithets*, Mnemosyne: Bibliotheca Classica Batava, Supp. 26 (Leyden:
E. J. Brill).

Parry, Milman(1928) *L'Epithète traditionelle dans Homère* (Paris: Société Éditrice
Les Belles Lettres). In English traslation, pp. 1~190 in Milman Parry, *The
Making of Homeric Verse*, ed. Adam Parry (Oxford: Clarendon Press, 1971).

———— (1971) *The Making of Homeric Verse: The Collected Papers of Milman
Parry*, ed. [his son] Adam Parry (Oxford: Clarendon Press).

Peabody, Berkley (1975) *The Winged Word: A Study in the Technique of Ancient
Greek Oral Compasition as Seen Principally through Hesiod's Works and Days*
(Albany, NY: State University of New York Press).

Plaks, Andrew H. (ed.) (1977) *Chinese Narrative: Critical and Theoretical Essays,
foreword by Cyril Birch* (Princeton, NJ: Princeton University Press).

Plato(1973) *Phaedrus and Letters VII and VIII*, trans. with introductions by
Walter Hamilton (Harmondsworth, England: Penguin Books). [플라톤 저작의 참
고는 관용적으로 쓰이는 스테파누스 전집을 인용한다. 이 전집이 학술적으
로, 또 가장 보편적으로 알려진 판본이기 때문이다.]

Potter, Stephen (1937) *The Muse in Chains: A Study in Education* (London:
Jonathan Cape).

Pratt, Mary Louise (1977) *Toward a Speech Act Theory of Literary Discourse*
(Bloomington and London: Indiana University Press).

Propp, V[ladimir Iakovlevich] (1968) *Morphology of the Folktale*, 2nd edn rev. (Austin and London: Univeristy of Texas Press, for the Ameican Folklore Society and the Indiana University Research Center for the Language Sciences).

Reichert, John (1978) 'More than kin and less than kind: limits of genre theory', in Joseph P. Strelka (ed.), *Theories of Literary Genre. Yearbook of Comparative Criticism*, vol. VIII(University Park and London: Pennsylvania State University Press), 57~79.

Renou, Louis (1965) *The Destiny of the Veda in India*, ed. Dev Raj Chanana (Delhi, Patna, Varanasi: Motilal Banarsidass).

Richardson, Malcolm (1980) 'Henry V, The English chancery, and chancery English', *Speculum*, 55, (4) (October), 726~50.

Rosenberg, Bruce A. (1970) *The Art of the American Folk Preacher* (New York: Oxford University Press).

———— (1978) 'The genres of oral narrative', in Joseph P. Strelka (ed.), *Theories of Literary Genre. Yearbook of Comparative Criticism*, vol. VIII (University Park and London: Pennsylvania State University Press), 150~65.

Rousseau, Jean-Jacques (1821) 'Essai sur l'origine des langues: où il est parlé de la mélodie et de l'imitation musicale', in *Oeuvres de J. J. Rousseau* (21 vols, 1820~23) vol. 13, *Ècrits sur la musique* (Paris: E. A. Lequien), 143~221.

Rutledge, Eric (1981) 'The lessons of apprenticeship: music and textual variation in Japanese epic tradition', New York, NY, 27~30 December, 1981, program item 487, 'Anthropological approaches to literature', 29 December. 저자에게서 직접 입수한 원고로, 미국 현대언어학회 96회 정기 총회에서 읽혔다.

Sampson, Geoffrey (1980) *Schools of Linguistics* (Stanford, Calif: Stanford University Press).

Saussure, Ferdinand de (1959) *Course in General Linguistics*, trans. by Wade

Baskin, ed. by Charles Bally and Albert Sechehaye, in collaboration with Albert Reidlinger (New York: Philosophical Library). 원서는 프랑스어로 1916년에 출판. 소쉬르의 가장 중요한 저작인 이 책은 1906~7년, 1908~9년, 1910~11년에 제네바 대학에서 행한 일반언어학 강의를 그의 학생들이 적은 노트를 모아서 편집한 것이다. 소쉬르는 자신의 강의에 관한 텍스트를 일절 남기지 않았다.

Scheub, Harold (1977) 'Body and image in oral narrative performance', *New Literary History*, 8, 345~67. 이 책에는 코사(Xhosa)인 사이에서 이야기를 말하는 여성 이야기꾼의 손짓, 몸짓 사진이 수록되어 있다.

Schmandt-Besserat, Denise (1978) 'The earliest precursor of writing', *Scientific American*, 238, (6) (June), 50~59. 이 책은 점토로 만든 속이 빈 불라(bullae)와 그 속에 봉입된 점토로 만든 표지물(토큰)에 관해서 언급한다. 이것들은 신석기 시대 서아시아의 것으로, 기원전 9천 년 무렵 몇천 년에 걸쳐서 가축이나 곡물이나 그 밖의 물건의 보유와 수송을 기록하려고 사용된 것 같다. 이런 것들이 쓰기의 전신이었을 가능성이 높으며, 아마 실제로 그런 것들에서 쓰기가 생겨났을 것이다.

Scholes, Robert and Kellogg, Robert (1966) *The Nature of Narrative* (New York: Oxford University Press).

Scribner, Sylvia and Cole, Michael (1978) 'Literacy without schooling: testing for intellectual effects', *Harvard Educational Review*, 48, 448~61.

Sherzer, Joel (1974) 'Namakke, Sunmakke, Kormakke: three types of Cuna speech event', in Richard Bauman and Joel Sherzer (eds), *Explorations in the Ethnography of Speaking* (Cambridge, England, and New York: Cambridge University Press), 263~82, 462~64, 489. Reprint with same pagination: Institure of Latin American Studies, University of Texas at Austin, Offprint Series, 174 (n. d.).

———— (1981) 'The interplay of structure and function in Kuna narrative, or, how to grab a snake in the Darien', in Deborah Tannen (ed.), *Georgetown University Round Table on Languages and Linguists 1981* (Washington, DC: Georgetown University Press), 306~22.

Siertsema, B. (1955) *A Study of Glassematics: Critical Survey of its Fundamental Concepts* (The Hague: Martinus Nijhoff).

Solt, Mary Ellen (ed.) (1970) *Concrete Petry: A World View* (Bloomington: Indiana University Press).

Sonnino, Lee Ann (1968) *A Handbook for Sixteenth-Century Rhetoric* (London: Routledge & Kegan Paul).

Sparks, Edwin Erle (ed.) (1908) *The Lincoln-Douglas Debates of 1858*, Collections of the Illinois State Historical Library, vol. III, Lincoln Series, vol. I (Springfield, Ill: Illinois State Historical Library).

Steinberg, S. H. (1974) *Five Hundred Years of Printing*, 3rd edn rev. by James Moran (Harmondsworth, England: Penguin Books).

Steiner, Geroge (1967) *Language and Silence: Essays on Language, Literature, and the Inbuman* (New York: Athenaeum).

Stokoe, William, C., Jr. (1972) *Semiotics and Human Sign Language* (The Hague and Paris: Mouton).

Stolz, Benjamin A. and Shannon, Richard S. (eds) (1976) *Oral Literature and the Formula* (Ann Arbor, Mich.: Center for the Coordination of Ancient and Modern Studies).

Tambiah, S. J. (1968) 'Literacy in a Buddhist village in north-east Thailand', in Jack Goody (ed.), *Literacy in Traditional Societies* (Cambridge, England: Cambridge University Press), 85~131.

Tannen, Deborah (1980a) 'A comparative analysis of oral narrative strategies:

320

Athenian Greek and American English', in Wallace L. Chafe (ed.), *The Pear Stories: Cultural, Cognitive, and Linguistic Aspects of Narrative Production* (Norwood, NJ: Ablex), 51~87.

———— (1980b) 'Implications of the oral/literate continuum for cross-cultural communication', in James E. Alatis (ed.), *Georgetown University Round Table on Languages and Linguistics 1980: Current Issues in Bilingual Education* (Washington, DC: Georgetown University Press), 326~47.

Tillyard, E. M. W. (1958) *The Muse Unchained: An Intimate Account of the Revolution in English Studies at Cambridge* (London: Bowes & Bowes).

Toelken, Barre (1976) 'The "Pretty Language" of Yellowman: Genre, Mode, and Texture in Navaho Coyote Narratives', in Dan Ben-Amos (ed.), *Folklore Genres* (Austin, Texas, and London: University of Texas Press). 145~70. Visible Language (formerly Journal of Typographic Research). 이 잡지에는 활자 인쇄의 구성 및 발전, 그리고 그 심리적·문화적 영향 등에 관한 귀중한 논문이 여럿 발표되어 있다.

Watt, Ian (1967) *The Rise of the Novel: Studies in Defoe, Richardson, and Fielding* (Berkeley: University of California Press). Rpt. 1957.

Whitman, Cedric M. (1958) *Homer and the Homeric Tradition* (Cambridge, Mass.: Harvard University Press). Reprinted New York: Norton, 1965. 이 책은 《일리아드》의 기하학적 구조'에 관해서 논하고 있다(pp. 249~84). 그리고 336쪽 이하의 4쪽에 걸친 부록에는 도표가 실려 있다. 호메로스는 순환(循環)적 구성(시의 한 절을 시작하는 정형구가 그 절을 마감할 때에도 사용되는 구성법)에 의해서, 《일리아드》를 상자 속에 상자가 들어 있는 기하학적 패턴으로(무의식적으로 그랬는지는 모르나) 조립한 것으로 보고 있다. 《일리아드》는 자잘한 삽화로 부터 이야기가 전개되는데, 《오디세이》의 이야기 전개는 더욱 복잡하다(pp. 306 ff).

Wilks, Ivor (1968) 'The transmission of Islamic learning in the western Sudan', in Jack Goody (ed.), *Literacy in Traditional Societies* (Cambridge, England: Cambridge University Press), 162~97.

Wilson, Edward O. (1975) *Sociobiology: The New Synthesis* (Cambridge, Mass.: Belknap Press of Harvard University Press).

Wolfram, Walt (1972) 'Sociolinguistic premises and the nature of nonstandard dialects', in Arthur L. Smith (ed.), *Language, Communication, and Rhetoric in Black America* (New York: Harper & Row), 28~40.

Yates, Frances A. (1966) *The Art of Memory* (Chicago: University of Chicago Press).

Zwettler, Michael J. (1977) *The Oral Tradition of Classical Arabic Poetry* (Columbus, Ohio: Ohio State University Press).

Altegoer, D. (2000) *Reckoning Words: Baconian Science and the Construction of Truth in English Renaissance Culture*. Cranbury NJ: Associated University Presses.

Altick, R. (1957) *The English Common Reader: A Social History of the Mass Reading Public, 1800~1900*. Chicago: Chicago University Press.

Arthur, B. (2009) *The Nature of Technology: What It Is and How It Evolves*. New York: Free Press.

Atiyah, Sir M. (2006) 'Benjamin Franklin and the Edinburgh Enlightenment.' *Proceedings of the American Philosophical Society*, 150:4, 591-606.

Austin, M. (2010) *Useful Fictions: Evolution, Anxiety, and the Origins of Literature*. USA: University of Nebraska Press.

Bacon, Sir F. (1605) *The Advancement of Learning*. Accessible at: http:// ebooks. adelaide.edu.au/b/bacon/francis/b12a/complete.html.

Baron, D. (2009) *A Better Pencil: Readers, Writers, and the Digital Revolution*.

Oxford: Oxford University Press.

Bedford (1984) 'A Brief History of Rhetoric and Composition.' *The Bedford Bibliography for Teachers of Writing*. Online: http://www.macmillanhighered. com/CATALOG/static/bsm/bb/history.html

Berry, C. (1997) *Social Theory of the Scottish Enlightenment*. Edinburgh: Edinburgh University Press.

Bohn, R. and J. Short (2010) *How Much Information? 2009 Report on American Consumers*. UC San Diego: Global Information Industry Center: hmi.ucsd. edu/pdf/HMl_2009_ConsumerReport_Dec9_2009.pdf.

Boyd, B. (2009) *On the Origin of Stories: Evolution, Cognition and Fiction*. Cambridge, MA: Harvard University Press.

Boyd, B., J. Carroll and J. Gottschall, eds. (2010) *Evolution, Literature, and Film: A Reader*. New York: Columbia University Press.

Boyd, R. and P. Richerson (1985) *Culture and the Evolutionary Process*. Chicago: University of Chicago Press.

Brockman, J., ed. (2012) *How is the Internet Changing the Way You Think?* London: Atlantic Books.

Buckingham, D. (2003) *Media Education: Literacy, Learning and Contemporary Culture*. Cambridge: Polity.

Carroll, J. (2011) *Reading Human Nature: Literary Darwinism in Theory and Practice*. Albany, NY: SUNY Press.

Castaneda, C. (1968) *The Teachings of Don Juan: A Yaqui Way of Knowledge*. Berkeley: University of California Press.

Cavallo, G. and R. Chartier, eds. (1999) *A History of Reading in the West*. Amherst, MA: University of Massachusetts Press.

Chartier, R. (1994) *The Order of Books: Readers, Authors, and Libraries in Europe*

Between the Fourteenth and Eighteenth Centuries. London: Polity Press.

Cousins, J., ed. (1910) *A Short Biographical Dictionary of English Literature.* London: J. M. Dent and Co.

Daniell, B. (1986) 'Against the Great Leap Theory of Literacy.' *PRE/TEXT,* 7, 181~93.

Dissanayake, E. (2000) *Art and Intimacy: How the Arts Began.* Seattle: University of Washington Press.

Dutton, D. (2009) *The Art Instinct: Beauty, Pleasure, and Human Evolution.* Oxford: Oxford University Press.

Eco, U. (1987) *Travels in Hyperreality.* London: Picador.

Economist, The (2011, April 28) 'The science of science: How to use the web to understand the way ideas evolve.' Online: www.economist.com/ node/ 18618025.

Edge, The (1999) 'What Is The Most Important Invention In The Past Two Thousand Years?' *The Edge.* Online: edge.org/documents/ Invention.html.

Eisenstein, E. (2011) *Divine Art, Infernal Machine: The Reception of Printing in the West from First Impressions to the Sense of an Ending.* Philadelphia: University of Pennsylvania Press.

Empson, Sir W. (1930) *Seven Types of Ambiguity.* London: Chatto&Windus.

Enzensberger, H. M. (1970) 'Constituents of a Theory of the Media.' *New Left Review,* 64, 13~36.

Enzensberger, H. M. (1974). *The Consciousness Industry: On Literature, Politics and the Media.* New York: Continuum Books/Seabury Press.

Farrell, T. (2000) *Walter Ong's Contributions to Cultural Studies: The Phenomenology of the Word and I-Thou Communication.* Cresskill, NJ: Hampton Press.

Finnegan, R. (1988) *Literacy and Orality: Studies in the Technology of Communication*. Oxford: Blackwell.

Fiske, J. and J. Hartley (1978) *Reading Television*. London: Methuen.

Freire, P. (1970) *Pedagogy of the Oppressed*. New York: Continuum.

Gibbon, E. (1910, first published 1776~88) *The Decline and Fall of the Roman Empire*. London: Everyman's Library.

Gitlin, T. (1987) *The Sixties: Years of Hope, Days of Rage*. NY: Bantam Books.

Goody, Sir J. (1977) *The Domestication of the Savage Mind*. Cambridge: Cambridge University Press.

Goody, Sir J. and I. Watt (1963) 'The Consequences of Literacy.' *Comparative Studies in Society and History*, 5:3, 304~45.

Gould, S. J. (1977) *Ontogeny and Phylogeny*. Cambridge, MA: Harvard University Press.

Graff, H. (1981) *Literacy and Social Development in the West*. Cambridge: Cambridge University Press.

Graff, H. (1987) *The Labyrinths of Literacy*. London: Falmer.

Graff, H. (1991) *The Legacies of Literacy: Continuities and Contradictions in Western Culture and Society*. Bloomington: Indiana University Press.

Gurr, A. (2004) *Playgoing in Shakespeare's London*. 3rd revised edn. Cambridge: Cambridge University Press.

Harbage, A. (1941) *Shakespeare's Audience*. NY: Columbia University Press.

Harbage, A. (1947/1961) *As They Liked It*. New York: Harper Torchbooks edn. Accessible at: www.archive.org/stream/astheylikeditast017764 mbp.

Hartley, J. (2012) 'Remembering Expertise: From Puberty Rite to Irenic Media Studies.' In K. Darian-Smith and S. Turnbull, eds. *Remembering Television: History, Memory and Technologies*. Cambridge: Cambridge Scholars Press.

Havelock, E. (1963) *Preface to Plato*. Cambridge, MA: Harvard University Press.

Havelock, E. (1977) 'The Preliteracy of the Greeks.' *New Literary History*, 8:3, 369~91.

Havelock, E. (1986) *The Muse Learns to Write: Reflections on Orality and Literacy from Antiquity to the Present*. New Haven, CT: Yale University Press.

Hawkes, T. (1977) *Structuralism and Semiotics*. London: Methuen.

Hawkes, T. (2009) 'William Empson's influence on the CIA.' *Times Literary Supplement*, June 10. Accessible at: http://philosophysother.blog spot. com/2009/08/hawkes-terence-william-empsons.html.

Hebdige, D. (1979) *Subculture: The Meaning of Style*. London: Methuen.

Holzman, M. (1999) 'The Ideological Origins of American Studies at Yale.' *American Studies*, 40:2, 71~99, accessible at: https://journals. ku.edu/index. php/amerstud/article/viewFile/2679/2638.

Holzman, M. (2008) *James Jesus Angleton, the CIA and the Craft of Counter-intelligence*. Amherst: University of Massachusetts Press.

Hymes, D. (1996) *Ethnography, Linguistics, Narrative Inequality: Toward an Understanding of Voice*. London: Taylor & Francis.

Illich, I. (1971) *Deschooling Society*. London: Calder & Boyars. Accessible at: ournature.org/~novembre/illich/1970_deschooling.html.

Innis, H. (1950) *Empire and Communications*. Oxford: Clarendon Press.

Innis, H. (1951) *The Bias of Communication*. Toronto: University of Toronto Press.

Jenkins, H., K. Clinton, R. Purushotma, A. J. Robison and M. Weigel (n.d.) *Confronting the Challenges of Participatory Culture: Media Education for the 21st Century*. Chicago: MacArthur Foundation. Accessible at: http:// digitallearning.macfound.org/atf/cf

Jones, R. F. (1953) *The Triumph of the English Language*. Palo Alto, CA: Stanford University Press.

Kauffman, S. (1995) *At Home in the Universe: The Search for the Laws of Self-Organization and Complexity*. Oxford: Oxford University Press.

Kellner, D. (2002) 'New Media and New Literacies: Reconstructing Education for the New Millennium.' In L. Lievrouw and S. Livingstone (eds) *The Handbook of New Media*. London: Sage.

Kintgen, E., B. Kroll and M. Rose (eds) (1988) *Perspectives on Literacy*. Carbondale: Southern Illinois University Press.

Kramnick, J. (2011) 'Against Literary Darwinism.' *Critical Inquiry* 37, 315–47. Accessible at: http://digitallearning.macfound.org/atf/cf

Krippner, S. (1970) 'The Effects of Psychedelic Experience on Language Functioning.' In B. Aaronson and H. Osmond, eds, *PSYCHEDELICS, The Uses and Implications of Hallucinogenic Drugs*. NY: Doubleday & Company. Accessible at: www.psychedelic-library.org/ krippner.htm.

Laslett, P. (2004; first published 1965) *The World We Have Lost*. London: Routledge.

Leach, Sir E. (1976) *Culture and Communication*. Cambridge: Cambridge University Press.

Lévi-Strauss, C. (1962) *La Pensée Sauvage*. Paris: Plon. Accessible at: http://archive.org/details/lapenseesauvage00levi.

Lotman, Y. (2009) *Culture and Explosion*. Berlin: Mouton de Gruyter.

MacGregor, N. (2010) *A History of the World in 100 Objects*. London: Penguin.

McLean, I. (2011) 'Scottish Enlightenment Influence on Thomas Jefferson's Book-Buying: Introducing Jefferson's Libraries.' Oxford University: Nuffield's Working Papers Series in Politics. Accessible at: www.nuffield.

ox.ac.uk/politics/papers/2011/Iain%20McLean_working%20paper%20
2011_01.pdf.

McLuhan, M. (1962) *The Gutenberg Galaxy: The Making of Typographic Man*.
Toronto: University of Toronto Press.

McLuhan, M., Q. Fiore and J. Agel (1967) *The Medium is the Massage: An
Inventory of Effects*. New York: Gingko Press.

Mesoudi, A. (2011) *Cultural Evolution: How Darwinian Theory Can Explain
Human Culture and Synthesize the Social Sciences*. Chicago: Chicago
University Press.

Miller, P. (1939) *The New England Mind: The Seventeenth Century*. Cambridge,
MA: Harvard University Press.

Miller, P. (1953) *The New England Mind: From Colony to Province*. Cambridge,
MA: Harvard University Press.

Moje, E. B. and A. Luke (2009) 'Literacy and Identity: Examining the
metaphors in history and contemporary research.' *Reading Research
Quarterly*, 44:4, 415~37.

Olson, D. (1993) *Psychological Theory and Educational Reform: How School
Remakes Mind and Society*. Cambridge: Cambridge University Press.

Olson, D. and N. Torrance, eds. (1991) *Literacy and Orality*. Cambridge:
Cambridge University Press.

Ong, W. J. (1953) 'Peter Ramus and the Naming of Methodism: Medieval
Science Through Ramist Homiletic.' *Journal of the History of Ideas*, 14:2,
235~48.

Ong, W. J. (1958/2004) *Ramus, Method, and the Decay of Dialogue: From the Art
of Discourse to the Art of Reason*. Chicago: Chicago University Press.

Ong, W. J. (1971) *Rhetoric, Romance, and Technology: Studies in the Interaction of Expression and Culture*. Ithaca, NY and London: Cornell University Press.

Ong, W. J. (1981) *Fighting For Life: Contest, Sexuality, and Consciousness*. Ithaca, NY: Cornell University Press.

Ong, W. J. (2002) *An Ong Reader: Challenges for Further Inquiry*. ed. T. Farrell and P. Soukup. Cresskill, NJ: Hampton Press.

Papacharissi, Z., ed. (2011) *A Networked Self: Identity, Community, and Culture on Social Network Sites*. New York: Routledge.

Pettitt, T. (2007) 'Before the Gutenberg Parenthesis.' Plenary paper to *Media in Transition 5: Creativity, Ownership and Collaboration in the Digital Age*. MIT: web.mit.edu/comm-forum/mit5/papers/pettitt_plenary_gutenberg.pdf.

Pettitt, T. (2012) 'Media Dynamics and the Lessons of History: The "Gutenberg Parenthesis" as Restoration Topos.' In J. Hartley, J. Burgess and A. Bruns, eds. *A Companion to New Media Dynamics*. Malden, MA and Oxford: Wiley-Blackwell, Chapter 3.

Phillipson, N. (2010) *Adam Smith: An Enlightened Life*. USA: Yale University Press; UK: Penguin Books.

Pirsig, R. (1974) *Zen and the Art of Motorcycle Maintenance: An Inquiry into Values*. New York: Bantam Books.

Rathbun, L. (2000) 'The Ciceronian Rhetoric of John Quincy Adams.' *Rhetorica: A Journal of the History of Rhetoric*, 18(2): 175~215.

Rettberg, J. W. (2008) *Blogging*. Cambridge: Polity Press.

Reuters (2012) 'China claims success in curbing racy entertainment.' *Chicago Tribune*, January 4: http://www.reuters.com/article/us-china-television-regulator-idUSTRE8030UC20120104

Schudson, M. (1998) *The Cood Citizen: A History of American Civic Life*. NY: The Free Press.

Scribner, S. and M. Cole (1981) *The Psychology of Literacy*. Cambridge, MA: Harvard University Press.

Soukup, P. (2007) '*Orality and Literacy* 25 Years Later.' *Communication Research Trends*, 26:4, 3~20.

Street, B. (1984) *Literacy in Theory and Practice*. Cambridge: Cambridge University Press.

Svehla, L. (2006) 'The Supremacy of the Image: Urban Students and the Idea of Secondary Orality.' *EAPSU Online: A Journal of Critical and Creative Work*, vol 3, 104-28: http://www.ibrarian.net/navon/paper/EAPSU_Online_and_Creative_Work.pdf?paperid=7851288

Tawney, R. H. (1998, first published 1926) *Religion and the Rise of Capitalism*. New Brunswick, NJ: Transaction Publishers.

Wilson, E. O. (1998) *Consilience: The Unity of Knowledge*. NY: Knopf.

Wolfe, T. (2000, originally published 1965) 'What if he is right?' in J. Hartley and R. Pearson (eds), *American Cultural Studies: A Reader*. Oxford: Oxford University Press, 22~31 [also published in Wolfe's The Pump House Gang (New York: Bantam Books, 1969: 105~33)].

1

월터 J. 옹(Walter J. Ong)의 저서 *Orality and Literacy* 초판은 1982년에 발간되었고, 그것의 한국어 번역본 초판은 1995년에 나왔다. 이렇게 강산이 두세 번 이상 바뀐 사이에 저자는 타계하였고, 원저(原著)도 "30주년 기념판"이란 표제를 붙여 개정판으로 탈바꿈하였다. 이 개정판이 출판된 2012년은 저자 옹의 탄신 100주년이 되는 해이기도 하다.

이 개정판에는 존 하틀리(John Hartley, 오스트레일리아 커틴대 교수)가 쓴 해제(解題) 두 편이 추가되어 있는데, 이것들은 각각 "BEFORE ONGISM", "AFTER ONGISM"이란 이름으로 나뉘어 책의 서두와 말미에 액자처럼 자리 잡고 있다. 이렇듯 하틀리 교수가 추가한 두 장의 해제로 해서 이 개정판을 번역할 필요가 생긴 셈이다. 옮긴이는 초판 번역의 전력으로 해서 이 개정판을 옮기는 일에도 손을 대지 않을 수 없었다. 또한 초판 번역본 여기저기에서 자질구레한 티끌들이 발견되었었던 바, 이번에 그것을 바로잡을 기회가 되기도 하였던 것이다.

이 개정판의 체제는 초판과는 사뭇 다르다. 초판의 전문(全文)이 고스란히 그대로 수록되었음에도 그러하다. 하틀리의 해제 중 하나의 장이 책의 서두에 매우 도드라지게 전경화(前景化)되어 있기 때문이다. 또한 다른 하나의 해제는 보통 서적의 그것처럼 뒷부분에 붙어있기는 한데, 이 책의 경우 서두의 그것과 강하게 수미쌍관(首尾雙關)의 형식을 취함으로써 옹의 본문(29쪽 '서문'에서 276쪽 7장 끝까지, 이하 '본문'으로 표기)이 상대적으로 후경(後景)으로 밀려나 있는 것 같은 인상을 지울 수 없다.

옮긴이가 받은 이런 인상으로 해서, 이 번역본의 독자들에게 다음과 같은 순서로 이 책을 읽기를 권하고 싶다. 본문 → 뒤의 해제(옹이즘 이후) → 앞의 해제(옹이즘 이전). 초판 번역본을 읽지 않은 독자라면 이 순서로 읽어야 본문을 선입견 없이 이해할 수 있을 것이다. 하지만 초판 번역본을 독파하고 그 내용을 숙지하고 있는 독자라면 두 개의 해제를 순서대로 먼저 읽는 게 좋을 듯하다. 그런 다음 본문을 '비판적 독자'의 태도로 읽는다면, 하틀리의 해제에 대해서도 비판적인 이해가 가능할 것이다.

2

저자 옹에 관한 언급을 빠트릴 수 없다. 그의 일반적인 이력은 이 책의 앞표지 뒷면에 간단하나마 소개되었으므로 여기에서는 그의 학문적 여정을 소략하게 보충하고자 한다.

옹은 대학과 대학원에서 고전학(라틴학)·철학·문학·언어학·역사학 등을 공부하면서 줄곧 이른바 '고전문예3과', 즉 수사학·문법학·변증학에 관심을 경주하였다. 그는 문예3과가 전근대 지식과 학문을 조직하고 체계화시키는 골격이라고 믿었던 것 같고, 이런 골격들이 근대 학문의 체계에 어떻게 연결되는가에 관심의 초점이 모아졌던 것으로 보인다. 그러다 석사과정에서 맥루언(M. McLuhan)을 만나면서 매체론과 소통이론을 접하게 되고, 문예3과에서 절대적인 구실을 하는 '언어'가 매체와 소통의 가장 주요한 양식(mode)이란 점을 간파하게 된다. 이런 과정에서 '언어'는 전근대적·근대적 학문의 골격과 조직을 이해하는 중요한 고리가 된다고 판단하였던 것 같다.

이러한 '언어의 고리 역할'에 대한 관찰은, "매체는 메시지다"라는 맥루언의 언명에 힘입어, 음성과 문자라는 양식의 차이를 탐구하는 데로 나아가게 되고, 라무스(P. Ramus)의 수사학을 연구하여 박사논문을 작성하는 과정에서 이런 양식의 차이가 수사학의 변화를 초래한 원인이라는 점을 파악하기에 이른다. 그는 이후 언어 양식이 가담하는 커뮤니케이션·미디어 기술이 인간의 의식과 사고에 미친 영향력을 꾸준히 탐구하였고, 이런 연구 결과들을 *The Presence of the Word*(1967), *Rhetoric, Romance, and Technology*(1971), *Interfaces of the Word*(1977) 등의 저술로 발표하였으며, 뒤에 이를 정리하여 *Orality and Literacy: The technologizing of the word*(1982)로 종합하였다.

30여 년에 걸친 그의 작업은, 하틀리의 서두 해제에서도 지적되었듯이, 역사적 방법과 학제적 방법을 교직하면서 전개되었다. 그의 공시적인 안목은 약 5,000년 전의 메소포타미아나 이집트의 고대문화에서 현대의 전자문화에 이르는 폭넓은 스펙트럼을 지지하고 있고, 그의 통시적인 통찰은 문학비평·언어학·신학·철학·인류학·문화론을 넘어 역사학·수사학·소통이론·매체론·고전학·컴퓨터과학 등의 분야에까지 확장되어 있다. 이렇듯 수직적·수평적으로 매우 깊고 넓게 퍼져 있는 그의 학문적 방법은 현대 학문의 일반적인 모습에 가깝다. 그러나 그가 지향하는 학문적 정신은 상당히 진보적 색채를 띤 것으로 보인다.

옹은 프로테스탄트인 아버지와 가톨릭 신자인 어머니 사이에서 태어났는데 후에 그가 예수회 신부(神父)가 된 것으로 보아 청소년기에는 어머니의 영향을 많이 받은 것 같다. 그러나 그의 박사학위 논문의 주제가 16세기 종교 갈등이 극심한 시기 프랑스의 개혁가였던 라무스(P. Ramus)의 수사학인 것을 보면[1], 40세 전후 본격적인 학자의 길로 나서면서 그는 초기 개신교의 진보적 정신을 자신의 학문적 지향으로 삼은 것 같다. 실제로 그는 20세기 후반 철학·신학·문학·언어학·인류학 등의 동향을 면밀히 파악하면서 20세기 말 이후 새로이 대두되는 매스미디어 환경을 세밀하게 관찰하여 그의 90세 생일에 즈음하여 발표한 마지막 저술 *An Ong Reader*(2002)의 부제를 '미래 탐구를 위한 도전'이라 붙인 데에서도 그의 진보적 자세를 엿볼 수 있다. 또한 그의 평생의 화두였던 사제와 학자 사이의 균형을 세우기 위하여 종교적 신념보다는 학문적 객관성을 앞세워 언어와 매체와 소통에 매달린 점에서 그의 진보적 자세를 엿볼 수 있다.

3

초판의 번역본을 아직 읽지 않은 독자를 위해서 이제 옹의 본문에 대한 소개를 할 차례이다.

옹은 본문에서 언어를 목소리로 구술하는 것(orality)과 문자로 쓰거나 인쇄하는 것(literacy)이 인간의 의식 및 사고(思考)에 어떻게 작용하는가에 초점을 두면서, 음성언어에 비탕을 둔 구술문화와 쓰기 및 인쇄에 토

---

1 라무스(P. Ramus, 1515~1572)는 자신의 학자적 신념에 따라 아리스토텔레스와 스콜라 철학을 비판하는 글들을 발표함으로써 당대 학계의 주류였던 스콜라 철학자들의 반발과 그로 인한 격렬한 논쟁을 불러 일으켰다. 또한 기존의 학문 및 교육 체계를 신랄히 비판하고 대학 제도의 급격한 개혁을 추진함으로써 그는 항상 많은 논적들로 둘러싸여 있었다. 그의 굽힐 줄 모르는 신념은 당시 신교도에 대한 탄압이 매우 거세지고 있던 상황에서 스스로 신교도임을 고백하도록 하여, 자신의 후원자였던 가톨릭 추기경이나 왕실로부터 배척당하기도 하였다. 한 마디로 그의 학자로서의 삶은 그리스·로마의 고전에 대한 해석 및 학문의 성립과 실천을 둘러싸고 벌어진 수많은 격론들로 점철되어 있다. 결국 그는 교조주의적 보수파의 사주에 의해 1572년 자객들에 의해 처참히 살해당하였다.
김경식, 『페트루스 라무스 생애와 사상으로 본 서유럽 종교개혁 지형도』(이새의나무, 2016) 참조.

대를 둔 문자문화가 인류의 표현양식과 매체의 변천과 더불어 어떻게 변화되어 오늘에 이르렀는지를 명징한 논리와 풍부한 예증을 통하여 검증해낸다. 또한 그는 이에 덧붙여 오늘의 새로운 문화양태라 할 수 있는 전자문화가 그에 앞선 구술문화나 문자문화의 맥락에 어떻게 연결되는가를 탐색함으로써 오늘의 현대문화의 흐름과 동향을 매우 흥미로운 관점에서 가늠한다. 특히 그는, 우리 현대인들이 그간 부지불식간에 문자문화에 내면화되어 있음을 일깨워주면서, 아울러 전통적인 구술문화의 특성이 어떻게 인류의 역사적 전개에 작용하고 있는가를 풍부한 예증과 논거를 통하여 제시한다.

본문의 내용을 간략할 필요가 있겠다. 1장은 대체로 구술성(orality)에 대한 개략적인 설명이지만 문자성(literacy)과의 대비를 통하여 독자들로 하여금 구술성에 대한 관심을 갖도록 유도하는 통로 역할을 한다. 2장은 구술성이 어떤 학문적 작업을 걸쳐 그 성격이 밝혀졌는가를 여러 사례를 모아 정리한 것으로 '구술성에 대한 발견'이란 제목도 어울리지만 '구술성에 대한 연구사'로 간주해도 크게 어긋나지는 않을 것이다. 3장은 이 책의 핵심을 담고 있다. 여기에서는 구술성에 입각한 정신과 생활 방식이 문자성에 입각한 그것과 근본적으로 다를 수밖에 없다는 옹의 견해가 여러 가지 사례와 보고내용을 앞세워 피력되어 있다. 4장은 문자성의 출발·발전·전개 양상을 통시적인 관점에서 정리하였고, 후반에서는 쓰기와 구술성과의 상호작용을 계열적으로 설명하고 있다. 5장은 인쇄가 보편화되면서 문자성이 강화되는 양상을 설명하면서 텍스트학의 관점을 투사하여 설득력을 확보하고 있다. 6장에서는 서사문학에서의 문자성과 구술성을 검토하는데 여기에는 구조주의적 서사론에 대한 비판과 지지가 혼재되어 있다. 7장은 옹의 학제적 안목이 잘 드러나는 부분이면서, 한편으로는 그의 학설이 여러 분야로 확산될 수 있는 가능성을 암시하기

도 한다. 그러나 이 장의 일부분은 30년이 지난 오늘의 관점에서는 신선
하게 읽히지는 않는다. 하틀리의 말미 해제를 보면 왜 그렇데 느껴지는
지 깨닫게 된다.

4

하틀리의 해제는 분량 상으로는 적지만 이 책에서 차지하는 비중은 만
만치 않다.

여기에서 가장 두드려져 보이는 것은 '옹이즘(Ongism)'이란 말이다. 이
말은, 하틀리에 따르면, 하임즈(D. Hymes)가 1996년 '소통이론에서 기술
결정주의를 지시하기 위하여 맨 처음 사용하였다고 한다. 하지만 하틀리
는 옹이즘을 "마음이 매체에 의해 결정되는 지점"이라 비유적으로 정의
하기도 하고, "*Orality and Literacy*의 놀라운 현대적 성취와 많은 학제간
영역들을 가로지르는 옹의 영향에 관한 콘텍스트"라고 조금은 구체적으
로 설명하지만, 아무래도 그 개념이 명확하게 정리되지는 않는다. 그러나
그의 두 개의 해제를 정독해보면, *Orality and Literacy* (1982) 발행 이후 "수
사학, 커뮤니케이션, 교육, 매체 연구, 영어, 문학비평, 고전, 성서 연구, 신
학, 철학, 심리학, 인류학, 문화 연구, 역사, 중세 연구, 르네상스 연구, 미
국 연구, 젠더 연구, 생물학, 컴퓨터 과학" 등 넓은 범위에 영향을 끼친 옹
의 "정통한 전문 지식과 그것을 아우르는 학문적 탐색 정신" 정도로 이해
할 수 있다. 아무튼 이 책 발행 이후 '구글 학술검색'에서 30년간 7,600회
이상 인용되었다는 점에서 옹이즘은 현대학문 여러 분야에서 상당한 반
향을 불러일으킨 것만은 확실시된다.

그럼에도 불구하고 하틀리는 옹이즘을 매우 냉정한 시선으로 톺아본
다. 일면 비판적인 관점도 간취되는데, 그 하나는 옹이즘을 2차 대전 후
팍스 아메리카를 앞세운 이른바 '미국 국가주의'에 편승하기도 하고 또

그것의 기치를 날리는 데 상당한 기여를 한 것으로 지적한 대목이다. 그 연장선에서 미국 문예학자들의 고전 연구, 매체 연구, 문화론, 신비평의 전개 등을 이른바 '연성 권력'으로 간주하기도 한다. 이런 하틀리의 견해는 상당한 논거들로 뒷받침되고 있지만, 필자의 단견으로는, 그 안에 포스트-콜로니얼이즘의 시각이 깔려있는 것으로 보인다. 그래서 20세기 후반 이후 이른바 '후기 식민성'으로부터 자유롭지 못한 한국의 독자에게 이 부분은 매우 강렬한 '반성적 읽기'를 유도한다.

하틀리의 해제에서 가장 주목되는 것은, 뒤의 해제에서 옹이 주장한 "의식의 현대적 진화"와 관련하여, 1982년 이후 새로이 대두된 진화론이나 신다윈주의, 복잡성이론이나 연결망이론, 신경과학과 진화심리학을 포함한 유전생물학 등의 힘입어 옹의 주장처럼 의식의 변화가 그렇게 빨리 진행될 수 없음을 강조하는 대목이다. 이 부분은 옹의 전체적인 논지 전개에 상당한 제동으로 작동하지만, 그렇다고 하틀리는 옹의 주장을 전면적으로 부정하지도 않는다. 이 책의 서두와 말미에서 셰익스피어의 작품 『줄리어스 시저(Julius Caesar)』에서 주인공 안토니우스의 연설 "나에게 귀 좀 빌려주시게(Lend me your ears)"와 이에 대한 익명의 '일등 시민'의 대답 "내 생각에 그(안토니우스)의 말은 여러모로 이치에 맞는다"를 인용하여, 하틀리는 대체적으로 옹의 견해를 인정하고 있는 셈이다.

5

이 번역본의 형식에 관한 부분을 언급하고자 한다.

먼저 책 제목에 관해서 말하지 않을 수 없다. 원서의 제목이 *Orality and Literacy*이니 우선 그 낱말의 표면적인 개념에 따른다면 『구술성과 문식성』이 가장 근접할 듯하다. 그러나 '문식성(文飾性)'이란 말이 문자 텍스트의 이해와 생성 능력이라는 기능적인 측면에 기울어져 있다고 여겨지고, 또 문식성의 존재여부가 매우 긍정적·부정적 가치판단으로 작용한다고 보아, 이 책의 전체적인 내용과는 거리가 있다고 판단하였다.[2] 그 다음 『구술성과 문자성』이 무난하다고 생각되었지만, 이 책 전반에 문화사적 맥락이 강하게 깔려 있음을 고려할 때, 이 제목이 그런 특징을 포괄적으로 담보하는 데에는 한계가 있다고 보았다. 또한 구술문화와 문자문화에 이어 현재의 '전자문화'(구술성과 문자성이 혼재된)가 그 맥을 잇고 있다는 옹의 견해를 존중한다면, 책의 제목을 '00문화'로 넓히는 것이 괜찮다고 보았다. 그러나 본문 안에서 핵심어로 등장하는 orality와 literacy는 특별한 상황이 아니라면 '구술성'과 '문자성'으로 옮겼다.

이 번역서의 색인은 원서의 그것에 옮긴이가 보아 한국어 독자들에게 도움이 될 만한 것들을 새 항목으로 추가하여 정리하였다.

6

끝으로 감사 인사를 덧붙인다. 개정판 원서를 함께 읽고 또 초역 원고가 나오기까지 기꺼이 토론에 참여하는 등 여러모로 수고를 아끼지 않은 윤영옥 박사에게 고마움의 뜻을 표한다. 그리고 이 책이 완성될 때까지 세심한 정성을 쏟아주신 문예출판사 여러분께도 감사를 드린다.

2018년 입추(立秋) 절기
옮긴이 임 명 진

---

2 최근 교육학 분야에서 '문식성'의 기능적 측면(즉 최소 수준의 읽기와 쓰기의 능력)에 국한하지 않고 사회·문화적 맥락을 인식하고 행동하는 능력으로 확대하여 사용하기도 하지만, 이런 확대된 개념 역시 이 책에서 지시하고자 하는 'literacy' 개념에서 멀어진다고 판단된다.
최미숙 외 7인, 『국어교육의 이해』(사회평론아카데미, 2016), 24쪽 참조.

옮긴이 임명진(林明鎭, 1952~)

전북대 명예교수이자 문학비평가. 전북 장수 출생으로 전북대학교와 동 대학원에서 한국문학을 공부하였다. 1985년 경향신문 신춘문예에 문학평론이 당선되었다. 1991~2018년 전북대 국문과 교수 재직 시 주로 문학비평론·한국현대문학사·현대소설론 등을 강의하였다. 현대문학이론학회장, 민족문학작가회의 이사, 전북작가회의 회장, 한국언어문학회장, 전북민예총 회장, 6·15공동선언실천전북본부 상임의장 등을 역임하였다.

지은 책으로는 『제3세대 비평문학』(1987, 공저), 『문학의 비평적 대화와 해석』(1997), 『판소리의 공연예술적 특성』(2003, 공저), 『한국 근대소설과 서사전통』(2004), 『탈경계의 문학과 비평』(2008), 『한국 현대문학과 탈식민성』(2012, 공저), 『탈식민의 시각으로 보는 한국현대문학사』(2015) 등이 있고, 옮긴 책으로 『문학의 의미』(1985)가 있으며, 엮은 책으로는 『호남좌도 풍물굿』(1994, 이하 공편), 『호남우도 풍물굿』(1995), 『페미니즘 문학론』(1996), 『판소리 단가』(2003), 『전북문학지도 1·2·3』(2004~6) 등이 있다.

구술문화와 문자문화

1판 1쇄 발행 1995년 2월 20일
2판 1쇄 발행 2009년 3월 20일
개정판 1쇄 발행 2018년 8월 20일
개정판 4쇄 발행 2023년 9월 10일

지은이 월터 J. 옹 | 옮긴이 임명진
펴낸곳 (주)문예출판사 | 펴낸이 전준배
출판등록 2004. 02. 12. 제 2013-000360호 (1966. 12. 2. 제 1-134호)
주소 04001 서울시 마포구 월드컵북로 21
전화 393-5681 | 팩스 393-5685
홈페이지 www.moonye.com | 블로그 blog.naver.com/imoonye
페이스북 www.facebook.com/moonyepublishing | 이메일 info@moonye.com

ISBN 978-89-310-1110-4 03800

∘ 잘못 만든 책은 구입하신 서점에서 바꿔드립니다.

문예출판사® 상표등록 제 40-0833187호, 제 41-0200044호